中国古典文学
读本丛书典藏

唐宋传奇选

张友鹤 选注

人民文学出版社

图书在版编目（CIP）数据

唐宋传奇选／张友鹤选注．—北京：人民文学出版社，2021（2023.12 重印）
（中国古典文学读本丛书典藏）
ISBN 978-7-02-016752-4

Ⅰ．①唐… Ⅱ．①张… Ⅲ．①传奇小说—小说集—中国—唐宋时期 Ⅳ．①I242.1

中国版本图书馆 CIP 数据核字（2020）第 256062 号

责任编辑	胡文骏　张梦笔
装帧设计	陶　雷
责任印制	王重艺

出版发行	人民文学出版社
社　　址	北京市朝内大街 166 号
邮政编码	100705
印　　刷	北京明恒达印务有限公司
经　　销	全国新华书店等
字　　数	253 千字
开　　本	880 毫米×1230 毫米　1/32
印　　张	11.25　插页 3
印　　数	6001—9000
版　　次	1964 年 6 月北京第 1 版
印　　次	2023 年 12 月第 2 次印刷
书　　号	978-7-02-016752-4
定　　价	42.00 元

如有印装质量问题，请与本社图书销售中心调换。电话：010-65233595

目 录

前言　1

沈既济—篇
　　任氏传　1
陈玄祐—篇
　　离魂记　19
许尧佐—篇
　　柳氏传　23
李朝威—篇
　　柳毅传　34
李景亮—篇
　　李章武传　59
蒋　防—篇
　　霍小玉传　69
李公佐三篇
　　古《岳渎经》　85
　　南柯太守传　89
　　谢小娥传　106
白行简—篇
　　李娃传　113
陈　鸿二篇

东城老父传　132
　　长恨传　146
元　稹一篇
　　莺莺传　163
薛　调一篇
　　无双传　180
杜光庭一篇
　　虬髯客传　190
牛僧孺一篇
　　郭元振　200
牛　肃一篇
　　马待封　206
薛用弱二篇
　　王维　211
　　王之涣　215
袁　郊一篇
　　红线　220
裴　铏三篇
　　昆仑奴　229
　　聂隐娘　234
　　裴航　238
皇甫枚四篇
　　王知古　245
　　飞烟传　261
　　却要　272
　　温京兆　273

张　读一篇
　　闾丘子　278
段成式一篇
　　崔玄微　282
皇甫氏三篇
　　吴堪　286
　　京都儒士　288
　　画琵琶　290
缺　名一篇
　　李薯　292
康　骈一篇
　　李使君　296
孟　启一篇
　　崔护　299
张　实一篇
　　流红记　302
秦　醇一篇
　　谭意哥传　307
缺　名一篇
　　梅妃传　322
缺　名一篇
　　李师师外传　333

前 言

唐代传奇是中国小说发展成熟的一块里程碑。早在唐代初年,大约公元七世纪的二十年代,王度的《古镜记》已经突破了六朝志怪粗陈梗概的窠臼,开辟了传奇体小说的蹊径。稍晚一些,在诗国高潮的盛唐时期,来源于辞赋与民间说唱文学的新体小说《游仙窟》和蜕化自志怪小说而又赋予新貌的《补江总白猿传》、《梁四公记》等作品又相继问世。牛肃则写出了十卷本的小说集《纪闻》,成为写小说的专业作家。随后张荐的《灵怪集》、戴孚的《广异记》又开创了"用传奇法而以志怪"(鲁迅论《聊斋志异》语)的先河。这时期的小说虽然仍以神怪故事为主要题材,但是在写作方法上注重文采和意想,加强了细节描写,因而篇幅曼长,显然不同于以往的志怪小说,后人就称之为传奇。

传奇是唐代小说的一个别称。把它作为书名的是晚唐人裴铏的小说集《传奇》。在他之前的元稹《莺莺传》也曾被人称为"传奇",不过未必是作者自己采用的原名,很可能是宋朝人擅改的新题(最早见赵令畤《侯鲭录》引王铚《传奇辨证》)。北宋古文家尹洙曾讥笑范仲淹《岳阳楼记》中"用对语说时景"是"传奇体",据陈师道《后山诗话》的解释说:"传奇,唐裴铏所著小说也。"当时人所谓的"传奇体"还是特指裴铏《传奇》一书的文风,它的确是以"用对语说时景"为艺术特色的。但《传奇》的内容也有鲜明的特色,那就是以神仙和爱情相结合的故事为主要题材。南宋人习惯于用"传奇"专称爱情故事,逐步把书名变成了某一类小说的通称。说话人把《莺莺传》、《卓文君》、《李亚仙》、《崔护觅水》等故事列为传奇类,与灵怪、公案、神仙等并列对举(见《醉翁谈录·小说开辟》),可见它只是小说的一个类别。谢采伯在《密斋笔记》自序里说:"经史〔疑脱及字〕本朝文艺杂说几五万馀言,固未足追

1

媲古作,要之无抵牾于圣人,不犹愈于稗官小说传奇志怪之流乎?"更明白地把传奇和志怪并举,作为这一类型小说的通称了。元人夏庭芝《青楼集序》则说:"唐时有传奇,皆文人所编,犹野史也,但资谐笑耳。"又作了具体的说明,但对传奇的评价却不高。明代人如胡应麟等才明确地把传奇列为小说的一大类,而且给予了较高的评价。

传奇成为唐代小说的通称,当然并不能包括唐代小说的全部。传奇体这一概念的外延不断扩大,就不限于裴铏《传奇》的文风,它的体制不限于"用对语说时景",题材也不限于爱情故事。《传奇》本来就是一部小说集,当然也不限于单篇流传的作品了。南宋赵彦卫《云麓漫钞》卷八有一段关于唐人小说的论述:

> 唐之举人,先藉当世显人,以姓名达之主司,然后以所业投献。逾数日又投,谓之温卷,如《幽怪录》、《传奇》等皆是也。盖此等文备众体,可以见史才、诗笔、议论。

这段话常为人引用,虽不完全确切可信,但能给我们以一定的启示。唐代小说不一定每篇都"文备众体",如他所举的《幽怪录》、《传奇》就很少"议论"。所谓"史才"和"诗笔"的结合,的确是唐代小说的一大成就。唐代不少作家以"史才"为基础,继承了魏晋以来志怪小说及志人小说的若干因素,又融合了文人才子的"诗笔",才创造出了一种新型的传记体小说。当时最成功的作品是写人间社会生活的,其代表作如《柳氏传》、《李娃传》、《莺莺传》、《霍小玉传》等,是完全不含神怪成分的(《霍小玉传》的结尾有鬼魂报冤情节,但不占主要地位)。另外如《离魂记》、《柳毅传》、《长恨传》、《南柯太守传》等,或多或少带有神仙鬼怪的成分,但写的其实也是人的生活、人的性格、人的思想感情、人的心理活动。这一部分小说已经达到了《聊斋志异》"用传奇法而以志怪"的门径。我们如果再引申一下,唐代小说中一部分写人的作品,被宋初人统称为"杂传记"的如《李娃传》之类,也许可以说是"用传奇法而以志人"的了。志人小说是鲁迅从志怪小说推衍而来的。我们如果从文学即人学的观点来看小说,那么不妨说唐代作家所写的那些"杂传记",终于从史学类的传记转变为文学类的传奇了。南北朝的杂传和逸事小说中的《世说》体作品,逐步注重人物个性的描写。到了唐代,史家和文人都参与了传记文的写作,在注重故事情节发展的同时更加强了人物个性的刻画,才使杂传演进为真正的小说。

我们应该注意到,至少在北宋时期,传奇的概念还是比较狭隘的,大致只限于"用对语说时景"的偏重"诗笔"的爱情故事。其他的单篇传奇则一般称作杂传记或传记。传奇小说到底具有哪些特征,至今还是一个有待深入讨论的问题。一般说,由于细节描写和人物对话的加强,传奇小说的篇幅相对地加长了,与志怪小说相比,就可以说是一种中篇小说。传奇在文字上讲究辞章藻饰,往往穿插一些诗歌或对仗句。这种文风,即沈既济在《任氏传》中所提出的"著文章之美,传要妙之情",鲁迅则总结为"大归则究在文采与意想"(《中国小说史略》第八篇)。

本书所选的作品以建中二年(781)的《任氏传》为压卷,这是一篇典型的传奇小说,标志着唐代小说发展新阶段的一个起点。正如鲁迅所归纳的,"源盖出于志怪,然施之藻绘,扩其波澜,故所成就乃特异"(同上)。《任氏传》写的是一个狐精女妖的故事,然而女主人公性格鲜明,情感丰富,可爱而不可怕,与志怪小说大不相同。而且构思巧妙,描摹精细,如一再从侧面来写任氏的美,用韦崟家僮对话里所提到的几个美人来作比较,都说是"非其伦也";后面再用市人张大的话来加以渲染,说:"此必天人贵戚,为郎所窃,且非人间所宜有者。"完全不用作者的视点来加以评说,这正是有意识的文艺创作。当然,《任氏传》还是唐代传奇中偏重"史才"的纪实派的作品。晚唐传奇如裴铏《传奇》中的《昆仑奴》、《裴航》和皇甫枚的《飞烟传》及《三水小牍》中的《王知古》等,则是偏重"诗笔"的词章派的作品。他们往往在叙事中穿插一些诗歌或大量地运用辞藻,包括所谓"用对语说时景"的手法。比较突出的如《王知古》中保母为王知古说媒时的一段对话:

> 秀才轩裳令胄,金玉奇标,既富春秋,又洁操履,斯实淑媛之贤夫也。小君以钟爱稚女,将及笄年,尝托媒妁,为求谐对久矣。今夕何夕,获遘良人。潘、杨之睦可遵,凤凰之兆斯在。未知雅抱何如耳?

大体是骈偶句,非常典雅华美,然而却不符合人物的身份和处境。这就是传奇体发展到极端的例证。

我们还应该注意到,唐代传奇中杰出的作品如《李娃传》、《霍小玉传》等,却是很少用"诗笔"而且不用对偶句的散文作品。这些也是唐代传奇的代表作。从这方面看,传奇的基本特征应该是写实的,即以偏重"史才"的叙事方法为主。这应该是小说艺术发展的主攻方向。此外,还有如牛肃《纪闻》、薛用弱《集异记》一类的作品,其中既有篇幅较短的志怪小说,也有质实简朴的逸事小说,是不是都可以视作传奇,还是可以研究的。

宋代传奇是唐代传奇的遗响,相对地大为逊色。前人都认为宋代小说不如唐代小说,那自然是指文言小说而言的。如胡应麟说:"小说,唐人以前,纪述多虚而藻绘可观;宋人以后,论次多实而彩艳殊乏。"(《少室山房笔丛》卷29《九流绪论》)然而宋代也并非完全没有重视藻绘的作品,只是被提倡古文、片面重视"史才"的文人所贬斥,大多已经散失了。本书所收的《流红记》和《谭意哥传》,都出自《青琐高议》,基本上是摹拟唐代传奇的仿制品。《流红记》显然是根据《云溪友议·题红怨》而再创作的。《谭意哥传》则是针对《霍小玉传》而作的翻案文章，又加上了《李娃传》模式的团圆结尾。《梅妃传》和《李师师外传》的思想性和艺术性都有独特的成就，在宋代传奇中可以说是较好的作品了。尤其是《李师师外传》写当代的野史佚闻，写出了一个下层妇女坚贞沉着的个性，反映了靖康之乱后宋朝人的民族感情和批判精神，不失为宋代小说中略有新意的一个馀波。

  本书是1963年之前张友鹤先生编选的，无论选目和注释，都代表编者个人的观点和见解，也反映了当时中国小说史研究的学术成就。现在看来，当然不无可以改进之处。令人遗憾的是张友鹤先生已经作古，无法再作修订。好在大家公认的唐宋传奇的佳作，大多数已经收录在内了，而张先生的注释（包括一部分校勘成果）又很详尽，在每篇第一条注文里还对作品的特点作了简明扼要的介绍。它至今仍不失为一种比较精当的选读本。本书出版之际，责任编辑同志委托我写一篇前言略作介绍，我辞不获命，只能谈一些个人对唐宋小说的粗浅看法，未必有当于编选者的原意，更未必能适应读者的要求，仅供参考而已。最重要的还是精读原著，我相信读者一定会从唐宋传奇中感受到民族文化的艺术魅力的。

程毅中
1994年5月

沈既济[1]

任氏传

　　任氏,女妖也。有韦使君[2]者,名崟[3],第九[4],信安王祎[5]之外孙。少落拓[6],好饮酒。其从父[7]妹婿曰郑六,不记其名。早习武艺,亦好酒色。贫无家,托身于妻族;与崟相得[8],游处不间[9]。天宝[10]九年夏六月,崟与郑子偕行于长安陌中[11],将会饮于新昌里[12]。至宣平之南,郑子辞有故,请间去,继至饮所[13]。崟乘白马而东[14]。郑子乘驴而南,入升平之北门。偶值三妇人行于道中,中有白衣者,容色姝丽。郑子见之惊悦,策[15]其驴,忽先之,忽后之[16],将挑[17]而未敢。白衣时时盼睐[18],意有所受[19]。郑子戏之曰:"美艳若此,而徒行[20],何也?"白衣笑曰:"有乘不解相假[21],不徒行何为[22]?"郑子曰:"劣乘不足以代佳人之步,今辄以[23]相奉。某得步从,足矣。"相视大笑。同行者更相眩诱,稍已狎昵。郑子随之东,至乐游园[24],已昏黑矣。见一宅,土垣车门[25],室宇甚严[26]。白衣将入,顾曰"愿少踟蹰[27]"而入。女奴从者一人,留于门屏间[28],问其姓第[29]。郑子既告,亦问之。对曰:"姓任氏,第二十。"少顷,延入。郑子絷驴于门[30],置帽于鞍。始见妇人年三十馀,与之承迎,即任氏姊也。列烛置膳,举酒数觞[31]。任氏更妆而出,酣饮极欢。夜久而寝,其妍姿美质,歌笑态度,举措皆艳,殆非人世所有。将晓,任氏曰:"可去矣。某兄弟名系教坊[32],职属南衙[33],晨兴将出,不可淹留[34]。"乃约后期而去。既行,及里门,门扃未发[35]。门旁有胡人[36]鬻[37]饼之舍,方张灯炽炉[38]。郑子憩其帘下,坐以候鼓[39],因与主人言。郑子指宿所以问之曰:"自此东转,有门者,谁氏之宅?"主人曰:"此隤墉[40]弃地,无第宅也。"郑子曰:"适[41]过之,曷以云无[42]?"与之固争。主人适悟,乃曰:"吁!我知之矣。此中有一狐,多诱男子偶宿,尝三见矣。今子亦遇乎?"郑子赧而隐[43]曰:"无。"质明[44],复视其所,见土垣车门如故。窥其中,皆榛荒[45]及废圃耳。既归,见鋑。鋑责以失期[46]。郑子不泄,以他事对。然想其艳冶,愿复一见之,心尝存之不忘。经十许日,郑子游,入西市[47]衣肆,瞥然[48]见之,曩女奴从。郑子遽呼之。任氏侧身周旋于稠人中[49]以避焉。郑子连呼前迫,方背立,以扇障其后,曰:"公知之,何相近焉?"郑子曰:"虽知之,何患[50]?"对曰:"事可愧耻,难施面目[51]。"郑子曰:"勤想如是,忍相弃乎?"对曰:"安敢弃也,惧公之见恶耳。"郑子发誓,词旨益切。任氏乃回眸去扇,光彩艳丽如初。谓郑子曰:"人间如某之比者非一,公自不识耳,无独怪也。"郑子请之与叙欢。对曰:"凡某之流,为人恶忌者,非他[52],为其伤人耳。某则不然。若公未见恶,愿终已以奉巾栉[53]。"郑子许与谋栖止[54]。任氏曰:"从此而东,大树出于栋间者,门巷幽静,可税[55]以居。前时自宣平之南,乘白马而东者,非君妻之昆弟[56]乎?其家多什器[57],可以假用。"——是时崟伯叔从役[58]于四方,三院什器,皆贮藏之。——郑子如言访其舍,而诣崟假什器。问其所用。郑子曰:"新获一丽人,已税得其舍,假具以备用。"崟笑曰:"观子之貌,必获诡陋,何丽之绝也[59]!"崟乃悉假帷帐榻席之具,使家童之惠黠[60]者,随以觇之。俄而奔走返命,气吁汗洽[61]。崟迎问之:"有乎?"又问:"容若何?"曰:"奇怪也!天下未尝见之矣!"崟姻族广茂[62],且夙从逸游,多识美丽。乃问曰:"孰若某美[63]?"童曰:"非其伦[64]也!"崟遍比其佳者四五人,皆曰:"非其伦。"是时吴王[65]之女有第六者,则崟之内妹[66],秾艳[67]如神仙,中表[68]素推第一。崟问曰:"孰与吴王家第六女美?"又曰:"非其伦也。"崟抚手[69]大骇曰:"天下岂有斯人乎?"遽命汲水澡颈,巾首膏唇[70]而往。既至,郑子适出。崟入门,见小童拥彗[71]方扫,有一女奴在其门,他无所见。征[72]于小童。小童笑曰:"无之。"崟周视室内,见红裳出于户下。迫而察焉,见任氏戢身匿于扇间[73]。崟引出,就明而观之,殆过于所传矣。崟爱之发狂,乃拥而凌之[74],不服。崟以力制之,方急,则曰:"服矣。请少回旋[75]。"既缓,则捍御[76]如初。如是者数四[77]。崟乃悉力急持之。任氏力竭,汗若濡雨。自度不免[78],乃纵体不

3

复拒抗,而神色惨变。崟问曰:"何色之不悦?"任氏长叹息曰:"郑六之可哀也!"崟曰:"何谓[79]?"对曰:"郑生有六尺之躯,而不能庇一妇人,岂丈夫哉!且公少豪侈,多获佳丽,遇某之比者众矣。而郑生,穷贱耳,所称惬者,唯某而已。忍以有馀之心,而夺人之不足乎?哀其穷馁,不能自立,衣公之衣,食公之食,故为公所系[80]耳。若糠糗可给[81],不当至是。"崟豪俊有义烈,闻其言,遽置之。敛衽而谢[82]曰:"不敢。"俄而郑子至,与崟相视咍乐[83]。自是,凡任氏之薪粒牲饩[84],皆崟给焉。任氏时有经过,出入或车马舆步,不常所止[85]。崟日与之游,甚欢。每相狎昵,无所不至,唯不及乱[86]而已。是以崟爱之重之,无所恡惜[87],一食一饮,未尝忘焉。任氏知其爱己,因言以谢曰:"愧公之见爱甚矣。顾以陋质,不足以答厚意;且不能负郑生,故不得遂公欢[88]。某,秦[89]人也,生长秦城。家本伶伦[90],中表姻族,多为人宠媵[91],以是长安狭斜[92],悉与之通[93]。或有姝丽,悦而不得者,为公致之可矣。愿持此以报德。"崟曰:"幸甚!"鄽中[94]有鬻衣之妇曰张十五娘者,肌体凝洁,崟常悦之。因问任氏识之乎。对曰:"是某表姊妹[95],致之易耳。"旬馀,果致之。数月厌罢。任氏曰:"市人易致,不足以展效[96]。或有幽绝[97]之难谋者,试言之,愿得尽智力焉。"崟曰:"昨者寒食[98],与二三子[99]游于千福寺[100]。见刁将军缅张乐[101]于殿堂。有善吹笙者,年二八,双鬟垂耳,娇姿艳绝。当[102]识之乎?"任氏曰:"此宠奴也。其母,即妾之内姊[103]也。求之可也。"崟拜于席下。任氏许之。乃出入崟家。月馀,崟促问其计。任氏愿得双缣[104]以为贶。崟依给焉。后二日,任氏与崟方食,而缅使苍头控青骊[105]以迓任氏。任氏闻召,笑谓崟曰:"谐矣[106]。"初,任氏加宠奴以病,针饵莫减[107]。其母与缅忧之方甚,将征诸巫[108]。任氏密赂巫者,指其所居,使言从就为吉。及视疾,巫曰:"不利在家,宜出居东南某所,以取生气[109]。"缅与其母详其地[110],则任氏之第在焉。缅遂请居。任氏谬[111]辞以逼狭,勤请而后许。乃辇[112]服玩,并其母偕送于任氏。至,则疾愈。未数日,任氏密引崟以通之,经月乃孕。其母惧,遽归以就缅,由是遂绝。他日[113],任氏谓郑子曰:"公能致钱五六千乎?将为谋利。"郑子曰:"可。"遂假求于人,获钱六千。任氏曰:"有人鬻马于市者[114],马之股有疵,可买入居之[115]。"郑子如市[116],果见一人牵马求售者,眚[117]在左股。郑子买以归。其妻昆弟皆嗤之[118],曰:"是弃物也。买将何为?"无何,任氏曰:"马可鬻矣。当获三万。"郑子乃卖之。有酬[119]二万,郑子不与。一市尽曰:"彼何苦而贵买,此何爱而不鬻?"郑子乘之以归;买者随至其门,累增其估[120],至二万五千也。不与,曰:"非三万不鬻。"其妻昆弟聚而诟[121]之。郑子不获已,遂卖,卒不登三万[122]。既而密伺买者,征其由[123],乃昭应县[124]之御马疵股者,死三岁矣——斯吏不时除籍[125]——官征其估[126],计钱六万。设其以半买之,所获尚多矣;若有马以备数,则三年刍粟之估[127]，皆吏得之，且所偿盖寡，是以买耳。任氏又以衣服故弊，乞衣于崟。崟将买全彩[128]与之。任氏不欲，曰："愿得成制者。"崟召市人张大为买之，使见任氏，问所欲。张大见之，惊谓崟曰："此必天人[129]贵戚，为郎所窃，且非人间所宜有者。愿速归之，无及于祸。"其容色之动人也如此。竟买衣之成者而不自纫缝也，不晓其意。后岁馀，郑子武调[130]，授槐里府果毅尉[131]，在金城县[132]。时郑子方有妻室，虽昼游于外，而夜寝于内，多恨不得专其夕[133]。将之官[134]，邀与任氏俱去。任氏不欲往，曰："旬月同行，不足以为欢。请计给粮饩，端居以迟归[135]。"郑子恳请，任氏愈不可。郑子乃求崟资助。崟与更劝勉，且诘其故。任氏良久曰："有巫者言某是岁不利西行，故不欲耳。"郑子甚惑也，不思其他，与崟大笑曰："明智若此，而为妖惑，何哉！"固请之。任氏曰："傥[136]巫者言可征，徒为公死，何益？"二子曰："岂有斯理乎？"恳请如初。任氏不得已，遂行。崟以马借之，出祖于临皋[137]，挥袂[138]别去。信宿[139]，至马嵬[140]。任氏乘马居其前；郑子乘驴居其后；女奴别乘，又在其后。是时西门圉人[141]教猎狗于洛川[142]，已旬日矣。适值于道，苍犬腾出于草间。郑子见任氏欻然[143]坠于地，复本形而南驰。苍犬逐之。郑子随走叫呼，不能止。里馀，为犬所毙。郑子衔涕[144]出囊中钱，赎以瘗[145]之，削木为记[146]。回睹其马，啮[147]草于路隅，衣服悉委于鞍上，履袜犹悬于镫[148]间，若蝉蜕然[149]。唯首饰坠地，馀无所见。女奴亦逝矣。旬馀,郑子还城。崟见之喜,迎问曰:"任子无恙乎?"郑子泫然[150]对曰:"殁矣!"崟闻之亦恸[151],相持于室,尽哀。徐问疾故。答曰:"为犬所害。"崟曰:"犬虽猛,安能害人?"答曰:"非人。"崟骇曰:"非人,何者?"郑子方述本末。崟惊讶叹息不能已。明日,命[152]驾与郑子俱适马嵬,发瘗视之,长恸而归。追思前事,唯衣不自制,与人颇异焉。其后郑子为总监使[153],家甚富,有枥马十馀匹。年六十五,卒。大历[154]中,既济居钟陵[155],尝与崟游,屡言其事,故最详悉。后崟为殿中侍御史[156],兼陇州[157]刺史,遂殁而不返。嗟乎!异物之情也有人道焉!遇暴不失节,徇人以至死[158],虽今妇人,有不如者矣。惜郑生非精人,徒悦其色而不征其情性;向使渊识之士,必能揉变化之理,察神人之际,著文章之美,传要妙之情,不止于赏玩风态而已[159]。惜哉!建中[160]二年,既济自左拾遗[161]于[162]金吾将军[163]裴冀、京兆少尹[164]孙成、户部郎中[165]崔需、右拾遗陆淳,皆适居东南[166],自秦徂[167]吴,水陆同道。时前拾遗朱放因旅游而随焉。浮颍涉淮[168],方舟[169]沿流,昼燕[170]夜话,各征其异说。众君子闻任氏之事,共深叹骇,因请既济传[171]之,以志异云。沈既济撰。

[1] 作者沈既济,唐苏州吴(今苏州市)人。一说吴兴武康(今浙江武康县)人。德宗时曾任左拾遗、史馆修撰、礼部员外郎等官职。长于经史之学,著有《建中实录》十卷。

晋人已有关于狐仙的记载,但比较完整地描述狐仙的故事,这是较早的一篇。

作者用浪漫主义的手法,藉神怪的故事,表达了当时广大妇女们的愿望。作者笔下的狐仙,实际上是人间的一个勇敢机智、善良的女性。她自愿和贫苦无依的青年郑六结合,帮助他成家立业,却不甘受豪门子弟韦崟的凌辱压迫,坚决和他作斗争,终于战胜了他。这表达了她对爱情的坚贞专一,为了自由和幸福,决不屈服于暴力。这是一种高贵的品质。

另一方面,她有报恩思想,由于韦崟待她很好,她就代为设计诱骗别的女性来供他玩弄蹂躏。己所不欲,施之于人,这种行为与她的性格并不调和。这是作者失败的地方,也正反映了她思想上不健康的一面。

故事很曲折,人物也塑造得相当生动。尤其是借家童口里,用烘云托月的方法,衬托出任氏的美丽,写得颇为成功。

〔2〕使君:古时称刺史为"使君"。韦崟后来做了陇州刺史,所以称为使君。

〔3〕崟:读如 yín。

〔4〕第九:兄弟里排行第九。下文"第二十"、"第六",也指排行。唐人习惯,对人以行第(就是排行)相称,不说名字;这种行第是根据祖、曾祖辈所生的子弟进行排列,所以往往有排行到好几十的。

〔5〕信安王祎:指李祎,封信安郡王,曾任礼部尚书。

〔6〕落拓:放荡不羁的样子。

〔7〕从(zòng)父:伯父、叔父。

〔8〕相得:相处得好。

〔9〕不间(jiàn):不分开。

〔10〕天宝:唐玄宗(李隆基)的年号(公元七四二至七五六年)。

〔11〕陌(mò)中:街市里。"陌",本有田间道路和市中街道两种解释,这里是后一义。

〔12〕新昌里：就是新昌坊。唐时里即坊，下文"宣平"、"升平"，《李娃传》篇"宣阳"、"安邑"，《无双传》篇"兴化"等，都是当时长安坊名。唐代长安有若干条纵横大道，把全城隔成一百多个方块形的区域，这区域叫作"坊"；坊的四面有围墙，有东西两面开门的，有东南西北四面开门的；两面开门的坊内有一条贯穿东西门的街，四面开门的有东西门和南北门两条十字形的街。里面还有许多小街巷。坊内大部分是住宅，也有寺观名胜和茶楼、饭店、旅馆以及其他各种行业。

〔13〕辞有故，请间(jiàn)去，继至饮所：推说有事，请求暂时离开，等一会再到饮酒的地方去。

〔14〕东：往东去。下文"南"，往南去。都作动词用。

〔15〕策：鞭打。

〔16〕忽先(xiān)之，忽后之：忽然走在前面，忽然跟在后面。

〔17〕挑：挑逗引诱。

〔18〕盼睐(lài)：眼睛斜瞟着。

〔19〕意有所受：有接受郑六对她爱慕之情的意思。

〔20〕徒行：步行。

〔21〕有乘(shèng)不解相假："乘"，坐骑。"不解相假"，不懂得借给人用。这是任氏挖苦、开玩笑的话，意思说郑六不识意趣，不主动。

〔22〕何为：怎么办。

〔23〕辄以：即以。

〔24〕乐游园：就是"乐游原"，也称"乐游庙"，在长安风景区曲江的北面，秦宜春苑旧址，是唐代封建统治阶级在农历每月月底或上巳、重九等节令时登临游赏的地方。

〔25〕车门：古时富贵人家车驾出入的专门；这种门比普通门为大，门内即停车地方。

〔26〕室宇甚严：房屋很高大整齐。

〔27〕少踟蹰(chí chú)："踟蹰"，要进不进的样子。"少踟蹰"，引申作稍为等待一下解释。

〔28〕门屏间："屏"，当门的小墙。"门屏间"，门与门墙之间。

〔29〕姓第："姓"，姓名。"第"，兄弟间的排行。

〔30〕郑子絷驴于门：原无"子"字。按文中前后均作"郑子"，此处似不应独异，据虞本增。

〔31〕举酒数(shuò)觞："数"，屡次。"觞"，本是酒器，这里当动词用，劝人饮酒的意思。"举酒数觞"，举起杯来，再三劝酒。

〔32〕名系教坊："教坊"，唐代管理娼优(封建时代轻视艺人，往往把他们和娼妓并列，称为娼优)和乐工的机构。"名系教坊"，就是归教坊管辖的意思。

〔33〕职属南衙：唐代皇帝的禁卫军分为南北两衙。教坊设在禁中，由南衙或北衙管辖，所以说"职属南衙"。

〔34〕淹留：迟留、久留。

〔35〕门扃(jiōng)未发：门关锁着还没有开。"扃"，门上环钮、门闩一类的东西。

〔36〕胡人：古时称北方少数民族为"胡"；唐代更泛称当时北方、西边一带地方的回纥等少数民族和西方各国的人为"胡"。这些国家、民族的人，当时很多到长安、扬州等地杂居，做生意买卖。后文《东城老父传》篇"北胡"，却专指的回纥人。

〔37〕鬻(yù)：卖。

〔38〕张灯炽炉：点着灯火，生起炉子。

〔39〕候鼓：唐代在长安各大街道上都设有街鼓，以击鼓为号，每晚敲八百下后，人民都要回到坊里去，锁闭坊门，不许外出；等到第二天天快亮时，又敲动晨鼓，才开放里坊的栅门，准许通行。这时天还没有亮，所以要"候鼓"。

〔40〕隤墉:坏墙。"隤",同"颓"字。

〔41〕适:这里和下文"主人适悟"的"适",都是方才的意思。"适值于道","适"却作恰好解释。

〔42〕曷以云无:为什么说没有。

〔43〕赧(nǎn)而隐:因为怕难为情而隐瞒着不说出实情。"赧",因害羞而脸红的样子。

〔44〕质明:天大亮的时候。

〔45〕蓁(zhēn)荒:长满了野草的荒地。

〔46〕失期:失约。

〔47〕西市:这里和后文《李娃传》篇的"东市",是唐代长安城内占地最广(各约占两坊地位)、规模最大的两个有名的市场。东市有珠宝行、肉行、铁行等,西市有衣肆、绢行、鞍辔行、药行等一共好几百个行业;此外还有供外国商人堆货的货栈。

〔48〕瞥然:一眼看见的样子。

〔49〕稠(chóu)人中:密集的人群里。

〔50〕何患:有什么关系。

〔51〕难施面目:没有脸相见。后文《李娃传》篇"何施面目",有什么脸面的意思。

〔52〕非他:没有别的原因。

〔53〕愿终己以奉巾栉:愿意自己终身服侍你,做你的妻子。"奉巾栉",照料梳洗的意思。"栉",梳篦的总名。后文《霍小玉传》篇"奉箕帚",指做洒扫工作;《莺莺传》篇"侍巾帻(zé)",指侍候穿衣戴帽。这些都是做妻子的客气话。封建社会里认为妻子是应该服侍丈夫的,就有了这些反映"男尊女卑"的旧礼教名词。

〔54〕谋栖止:找一个住处,就是同居的意思。

〔55〕税:租赁。

〔56〕昆弟:兄弟。后文《李使君》篇"昆仲",义同,但一般系称人之词。《谢小娥传》篇"宗昆弟",指同族兄弟、堂兄弟。

〔57〕什器:常用的器物,指家具。

〔58〕从役:指做事或做官。

〔59〕观子之貌,必获诡陋,何丽之绝也:看你的那副形相,一定只能找到一个丑女人,哪里会有什么绝色的美人。

〔60〕惠黠(xiá):聪明伶俐。"惠",同"慧"字。

〔61〕奔走返命,气吁汗洽:赶着回来报告,跑得气喘吁吁,汗流遍体。

〔62〕姻族广茂:亲戚众多。

〔63〕孰若某美:"孰",谁。"若",和、跟。全句是说,任氏和某女两人相比,哪个美。

〔64〕非其伦:不是同等——比不上任氏的意思。"伦",同流、同等。

〔65〕吴王:名李琨,信安王祎的父亲。上文说韦崟是李祎的外孙,这里李祎的妹妹却又成了韦崟的内妹,辈分是不合的。又如后文《霍小玉传》篇说霍小玉是霍王的小女,其实霍王是唐高祖(李渊)的儿子,距离大历中已有一百几十年,这时候是不会还有一个年轻的女儿的。由于这是小说家言,虚虚实实,是不能也不必要求符合历史的真实的。其他篇里这一类的例子很多,不再一一说明。

〔66〕内妹:妻妹。

〔67〕秾(nóng)艳:花木茂盛为"秾",这里以"秾艳"指女人的美丽。

〔68〕中表:表兄弟(姊妹)。"中表",内外的意思。父亲姊妹的儿子为外兄弟,母亲兄弟姊妹的儿子为内兄弟,故称"中表"。

〔69〕抚手:拍手,本是表示欢乐,这里却指惊异。

〔70〕巾首膏(gào)唇:戴头巾,搽唇膏。"巾"、"膏",都作动词用。

"唇膏",即口脂,是当时一种防止口唇干燥冻裂的药物,并不完全作为化妆品,也不限于妇女使用。唐代皇帝就曾以之赐给臣僚,《酉阳杂俎》:"腊日赐北门学士口脂蜡脂。"杜甫诗里也有"口脂面药随恩泽"之句。

〔71〕拥彗:拿着扫帚。

〔72〕征:询问。下文"傥巫者言可征",可征,是可信的意思。

〔73〕戢(jí)身匿于扇间:把身子躲藏在门扇、门板后面。"戢",收敛。

〔74〕凌:侵犯。原作"淩",似作"凌"是,据虞本改。

〔75〕少回旋:稍为放松一下。

〔76〕捍御:抵抗。

〔77〕数(shuò)四:再三再四,好几次。

〔78〕自度(duó)不免:自己揣量不能避免遭受侮辱。

〔79〕何谓:怎么说。

〔80〕系:掌握、摆布。

〔81〕糗糒(qiǔ)可给:能够自己有一碗饭吃,也就是自己能够维持起码生活的意思。"糗糒",粗粮。

〔82〕敛衽(rèn)而谢:"衽",衣襟。"敛衽",把衣襟拉扯整齐,古人表示恭敬的礼节。"谢",道歉。

〔83〕哈(hāi)乐:喜笑高兴。

〔84〕薪粒牲饩(xì):柴米和肉食。"饩",活的牲口。

〔85〕出入或车马舆步,不常所止:来来往往,有时乘车,有时骑马,有时乘舆,有时步行,没有一定的方式。

〔86〕不及乱:没有达到淫乱的地步。

〔87〕恷:同"咨"字。原作"怪"。似作"恷"是,据沈本改。

〔88〕不得遂公欢:不能够如你的愿,和你欢好。"遂",顺从的

意思。

〔89〕秦：陕西一带的古称。

〔90〕伶伦：优伶一流人物。

〔91〕宠媵（yìng）：宠爱的姬妾。

〔92〕狭斜：原意指小路、曲巷。由于妓院多隐蔽地设在小路、曲巷之内，所以后来就以"狭斜"指妓院，称狎妓为"狭斜游"。《古乐府·长安有狭斜行》中有"相逢狭路间，道隘不容车"和"堂上置尊酒，作使邯郸倡"之句，典本此。

〔93〕通：有来往的意思。下文"密引鋈以通之"，"通"，指私通。

〔94〕廛（chán）中：街市、市场。"廛"，同"廛"字。

〔95〕表娣妹：表弟媳的妹妹。

〔96〕不足以展效：不能够发挥自己的本领来帮忙效劳。

〔97〕幽绝：深藏、隐藏。

〔98〕昨者寒食："昨者"，不一定专指昨天，而是泛指前些日子。农历清明节前两天为"寒食"。古时在这一天不举火，据说是为了纪念春秋时晋人介之推的隐居不出，焚死绵山。唐、宋时，剥削阶级是以这一天为游赏的节日的。

〔99〕二三子：两三个朋友。

〔100〕千福寺：在唐代长安西北隅的安定坊，宣宗时改名兴元寺。

〔101〕张乐：陈列乐队。后文《柳毅传》篇"张广乐"，指陈列盛大的乐队。

〔102〕当：这里是可能、或者的意思。

〔103〕内姊：表姊。

〔104〕双缣："缣"，质重而略带黄色的丝织物。古代用作馈赠礼品，有时也代货币用。"双缣"，两匹或两段缣。

〔105〕使苍头控青骊：叫仆人驾驭着两匹青马拉的车子。两马驾一

车叫做"骊"。又黑马称"骊",也以"骊"泛指马匹。后文《霍小玉传》篇"青骊驹",即指青色马匹。"苍",深青色。汉代规定奴仆要用苍色的头巾包头,后来就称仆人为"苍头"。"控",驾驭。迓:迎接。

〔106〕谐矣:成功了、解决了。

〔107〕针饵莫减:扎针服药都没有使病减轻。

〔108〕巫:古时以祈祷鬼神降福消灾的迷信方术为业的人。后文《霍小玉传》篇"师巫",义同。

〔109〕以取生气:"生气",指万物生长发育之气。古人认为,病人住在某一方向,吸取这一方向的生气,就有利于恢复健康,是一种迷信的说法。

〔110〕详其地:审察研究那个地方。

〔111〕谬:假意。

〔112〕辇(niǎn):用车子装运。

〔113〕他日:有这么一天。

〔114〕有人鬻马于市者:原无"有人"二字,文义不顺,据虞本增。

〔115〕居之:豢(huàn)养着。也可作居奇解释,就是把它当作奇货,留着卖大价钱。

〔116〕如市:"如",往。"如市",到市场里去。

〔117〕眚(shěng):毛病。

〔118〕嗤(chī)之:讥笑他。

〔119〕酬:给价的意思。

〔120〕累增其估:一次一次的加价。

〔121〕诟(gòu):怒骂。

〔122〕卒不登三万:到底没有卖上三万。

〔123〕征其由:打听他的原因。

〔124〕昭应县:在长安县东,今陕西临潼。

15

〔125〕斯吏不时除籍:"斯吏",指养马的吏役。"不时除籍",不等到任满就要解职了。

〔126〕官征其估:官府向他征收赔偿马匹的折价。

〔127〕三年刍粟之估:三年来喂马的粮草的估计数字。

〔128〕全彩:整匹的绸子。

〔129〕天人:天上神仙一样的人,形容极美。

〔130〕武调:调任武官。

〔131〕授槐里府果毅尉:任命到槐里府去做果毅尉。"槐里",隋代以前的县名,在今陕西兴平市东南;"槐里府"却是作者随意捏造的,实际并没有这个府名。"果毅尉","果毅都尉"的简称,唐代在某些地方设军府,府置左右果毅都尉,武官名。

〔132〕金城县:今甘肃兰州市。

〔133〕不得专其夕:不能够每天晚上都在一起欢会。

〔134〕之官:上任。"之",往、赴。

〔135〕端居以迟归:安安稳稳地住着以等待归来。

〔136〕俍:同"倘"字。

〔137〕出祖于临皋:在临皋这个地方为他们饯行。古时迷信说法:道路的神叫做"祖神"。出门的人,临行时都要祭一祭祖神,以求保佑一路平安。后来就称饯行的酒宴为"祖饯",简称做"祖"。这里作动词用。"临皋",当指当时陕西的小镇市,与湖北省的临皋无涉。

〔138〕挥袂(mèi):"袂",袖子。"挥袂",挥动袖子,就是招手示意,有如今日为人送行的挥动手帕。

〔139〕信宿:两夜。古时称一宿为"舍",再宿为"信"。

〔140〕马嵬(wéi):马嵬城,也称马嵬镇,在今陕西兴平西。传说晋人马嵬在此处筑马嵬城,故名。

〔141〕西门圉(yǔ)人:"圉人",养马的官员。唐代设置专管养马的

官署,下面有东南西北四使。"西门圉人",可能指养马的西使。

〔142〕洛川:唐县名,今陕西洛川县。

〔143〕欻(xū)然:忽然。

〔144〕衔涕:含着眼泪。

〔145〕瘗(yì):埋葬。

〔146〕削木为记:意思是砍一根木头,插在坟前,以为标志。

〔147〕啮(niè):咬嚼。

〔148〕镫:马旁的脚踏。

〔149〕若蝉蜕然:就好像蝉的蜕壳一样。

〔150〕泫然:形容流泪的样子。

〔151〕恸(tòng):极度悲哀。

〔152〕命:运用、指挥的意思。"命"字用法很广泛,这里"命驾"指叫车夫驾车,后文《霍小玉传》篇"命酒馔",指摆设酒宴;《莺莺传》篇"命篇",指作为诗篇的题目。

〔153〕总监使:唐代主管盐池、宫苑、养牧的官员。

〔154〕大历:唐代宗(李豫)的年号(公元七六六至七七九年)。

〔155〕钟陵:唐县名,在今江西进贤县西北。既济居钟陵,"既"上原有"沈"字。除文末"沈既济撰",合于通常体例外,文中称己名,似无加姓理,据虞本删。

〔156〕殿中侍御史:唐代主管宫殿仪礼,并巡察京城、取缔不法官吏的官员。

〔157〕陇州:也称汧(qiān)阳郡,约辖今陕西汧水流域和甘肃平凉市南部地区,州治在今陕西千阳县。

〔158〕徇人以至死:为了所爱的人而牺牲自己的性命。"徇",同"殉"字,为了某一种目的而以身相从叫做"徇"。

〔159〕"向使"六句:意思是说,如果是很有见识的人,就一定能研

究它变化的道理,查察它和人有什么不同,写出很好的文章来,把其中精微奥妙的情况传布于世,不仅仅只知道玩赏它的风情媚态而已。"精人",精细明理的人。"渊识之士",有高深见解的人。"揉",研究。"要妙",精微奥妙。"风态",风情媚态。

〔160〕建中:唐德宗(李适〔读如 kuò,不是"適"的简体字〕)的年号(公元七八〇至七八三年)。

〔161〕左拾遗:唐代的谏官,有左拾遗和右拾遗,分属门下、中书两省。皇帝如有过失,可以进行讽劝,使他察觉自己言行上的遗失,所以叫做"拾遗"。官阶很低,但责任颇重。

〔162〕于:这里是"与"、"和"的意思。

〔163〕金吾将军:唐代掌管巡查宫内和京城,并侍从皇帝出行的武官,属左右金吾卫。

〔164〕京兆少尹:京兆尹的副职。

〔165〕郎中:唐代中央政府六部下面设若干司,司的主官为郎中。

〔166〕适居东南:当时沈既济由左拾遗谪贬到处州为司户参军,所以说"适居东南"。"适",当作"谪"字。

〔167〕徂(cú):往。

〔168〕浮颍涉淮:乘船经过颍水和淮水。颍水,发源河南登封市西颍谷,流经安徽境内,至正阳关入淮。淮水,发源河南桐柏山,流经河南、安徽、江苏,至涟水县入海,但金、元以后曾改道。后文《南柯太守传》篇"淮浦",即淮水。

〔169〕方舟:两只船并着航行。

〔170〕燕:同"宴"字。

〔171〕传(zhuàn):记载。

陈玄祐[1]

离魂记

天授[2]三年,清河张镒,因官家于衡州[3]。性简静,寡知友。无子,有女二人。其长早亡;幼女倩娘,端妍绝伦[4]。镒外甥太原[5]王宙,幼聪悟,美容范。镒常器重,每曰:"他时当以倩娘妻之。"后各长成。宙与倩娘常私感想于寤寐[6],家人莫知其状。后有宾寮之选者[7]求之,镒许焉。女闻而郁抑;宙亦深恚恨[8]。托以当调[9],请赴京,止之不可,遂厚遣之[10]。宙阴[11]恨悲恸,决别[12]上船。日暮,至山郭数里。夜方半,宙不寐,忽闻岸上有一人行声甚速,须臾至船。问之,乃倩娘徒行跣足[13]而至。宙惊喜发狂,执手问其从来。泣曰:"君厚意如此,寝梦相感。今将夺[14]我此志,又知君深情不易[15],思将杀身奉报,是以亡命[16]来奔[17]。"宙非意所望,欣跃特甚。遂匿倩娘于船,连夜遁去。倍道兼行[18],数月至蜀[19]。凡五年,生两子,与镒绝信。其妻常思父母,涕泣言曰:"吾曩日[20]不能相负,弃大义而来奔君[21]。向今[22]五年,恩慈间阻[23]。覆载之下[24],胡颜独存也?"宙哀之[25],曰:"将归,无苦。"遂俱归衡州。

既至,宙独身先至镒家,首谢其事。镒曰:"倩娘病在闺中数年,何其诡说也[26]!"宙曰:"见[27]在舟中!"镒大惊,促[28]使人验之。果见倩娘在船中,颜色怡畅,讯使者曰:"大人安否?"家人异之,疾[29]走报镒。室中女闻喜而起,饰妆更衣,笑而不语,出与相迎,翕然[30]而合为一体,其衣裳皆重。其家以事不正,秘之。惟亲戚间有[31]潜知之者。后四十年间,夫妻皆丧。二男并孝廉擢第[32],至丞、尉[33]。玄祐少常闻此说,而多异同,或谓其虚。大历末,遇莱芜县令[34]张仲规[35],因备述其本末。镒则仲规堂叔祖[36],而说极备悉,故记之。

〔1〕作者陈玄祐,唐代宗时人,事迹无可考。

"倩女离魂"是一篇美丽动人的故事,表达了青年女子反对包办婚姻,力争自由恋爱的强烈感情,反映了反封建的进步思想。

尽管这是想象的故事,其细节却以现实生活为基础,这就在虚幻之中,予人以现实的感觉。这篇传奇表现了作者构思和描写两方面的擅长。

元人郑德辉所作《迷青琐倩女离魂》杂剧,就是根据这一故事编写的。

〔2〕天授:唐武后则天皇帝(武曌〔zhào〕)的年号(公元六九〇至六九二年)。

〔3〕因官家于衡州:因为到衡州做官,就在那里住家。"衡州",也称衡阳郡,约辖今湖南衡山、常宁间的湘水流域,和耒阳以北的耒水、洣(mǐ)水流域。州治在今衡阳市。

〔4〕端妍绝伦:端庄而美丽,没有人比得上。

〔5〕太原:唐府名,当时的北都,也称并州,约辖今山西阳曲以南、文水以北的汾水中游地区,州治在今太原市。

〔6〕常私感想于寤寐:私下里彼此常常在睡梦里都互相想念着。

〔7〕宾寮之选者:幕僚里将赴吏部选官的人。"寮",同"僚"字。"选",选部,指吏部。"之",往、赴。

〔8〕恚(huì)恨:恼恨。

〔9〕托以当调:推托说应该调任官职。

〔10〕厚遣之:送很多的财礼打发他走。

〔11〕阴:暗地里、私下。

〔12〕决别:离别。"决",同"诀"字,也是"别"的意思。

〔13〕跣(xiǎn)足:赤脚,指没有穿鞋子。唐代风俗,人们在室内只穿袜子,入室时,就把鞋子脱放门外。这里是形容倩娘偷着逃出来,因为匆忙,连鞋子也没有来得及穿。

〔14〕夺:强迫别人改变意志叫做"夺"。

〔15〕不易:不变更。

〔16〕亡命:逃亡。"命",指名籍(户口簿)。古时对逃亡的人,把他的名字从户口簿中勾销,所以称逃亡为"亡命"。

〔17〕奔:封建时代,把男女间没有经过礼教规定的手续而私相结合叫做"奔",一般指女子往就男子而言。凡是私自结合的,不能取得法律地位,因而不能算是正妻,白居易诗中就有"聘则为妻奔是妾"的话。

〔18〕倍道兼行:比平常加倍地赶路。

〔19〕蜀:四川一带地方的古称。

〔20〕曩日:昔日、从前。

〔21〕弃大义而来奔君:封建时代认为,私奔是背弃礼义、违反伦常的行为,所以这样说。

〔22〕向今:至今。

21

〔23〕恩慈间(jiàn)阻:和父母隔离了。"恩慈",指父母。

〔24〕覆载之下:在生存于天地之间的情况下。"覆载",天覆地载,即天地之间。

〔25〕哀之:可怜她。

〔26〕何其诡说也:为什么这样胡说呢。

〔27〕见:同"现"字。

〔28〕促:急忙。

〔29〕疾:赶快。

〔30〕翕然:很快就合在一起的样子。后文《霍小玉传》篇"翕然推伏",翕然,是形容动容的样子。

〔31〕间(jiàn)有:或有、偶有。

〔32〕孝廉擢第:以孝廉的资格,考取了明经或进士。汉代有郡国荐举孝廉的办法,唐初也有"孝廉"这一科,但不久就废止了。这里"孝廉"是泛指州郡荐举应考的人。

〔33〕至丞、尉:官做到县丞、县尉。县丞,辅佐县令处理政务的官员。"尉",专管维持"治安"、缉拿盗贼的官员。

〔34〕莱芜县令:"莱芜",今山东莱芜。"县令",县的长官,就是后来的知县、县长。

〔35〕张仲规:"规",原作"觊"。字书无"觊"字,据虞本改。

〔36〕锜则仲规堂叔祖:原无"祖"字。按天授至大历末,历时八十馀年,则此处作"堂叔祖"较合理,据虞本增。

许尧佐[1]

柳氏传

天宝中,昌黎韩翊[2],有诗名。性颇落托[3],羁滞[4]贫甚。有李生者,与翊友善,家累[5]千金,负气[6]爱才。其幸姬曰柳氏,艳绝一时,喜谈谑,善讴咏[7]。李生居之别第,与翊为宴歌之地,而馆[8]翊于其侧。翊素知名,其所候问[9],皆当时之彦[10]。柳氏自门窥之,谓其侍者曰:"韩夫子[11]岂长贫贱者乎!"遂属意[12]焉。李生素重翊,无所吝惜。后知其意,乃具膳请翊饮。酒酣,李生曰:"柳夫人容色非常,韩秀才[13]文章特异。欲以柳荐枕[14]于韩君,可乎?"翊惊栗,避席[15]曰:"蒙君之恩,解衣辍食[16]久之,岂宜夺所爱乎?"李坚请之。柳氏知其意诚,乃再拜,引衣接席。李坐翊于客位,引满[17]极欢。李生又以资三十万,佐翊之费。翊仰柳氏之色,柳氏慕翊之才,两情皆获,喜可知也。明年,礼部[18]侍郎杨度擢翊上第[19],屏居间岁[20]。柳氏谓翊曰:"荣名及亲,昔人所尚[21]。岂宜以濯浣之贱,稽采兰之美乎[22]?且用器资物,足以待君之来也。"翊于是省家于清池[23]。岁余,乏食,鬻妆具以自给[24]。天宝末,盗覆二京[25]，士女奔骇。柳氏以艳独异，且惧不免，乃剪发毁形，寄迹[26]法灵寺。是时侯希逸自平卢节度淄青[27]，素藉[28]翊名，请为书记[29]。洎宣皇帝以神武返正[30]，翊乃遣使间行[31]求柳氏，以练囊[32]盛麸金[33]，题之曰："章台柳[34]，章台柳！昔日青青今在否？纵使长条似旧垂，亦应攀折他人手。"柳氏捧金呜咽——左右凄悯——答之曰："杨柳枝，芳菲节[35]，所恨年年赠离别。一叶随风忽报秋，纵使君来岂堪折！"无何，有蕃将[36]沙吒利者，初立功，窃知柳氏之色，劫以归第，宠之专房[37]。及希逸除左仆射[38]，入觐[39]，翊得从行。至京师，已失柳氏所止，叹想不已。偶于龙首冈[40]见苍头以驳牛[41]驾辎軿[42]，从两女奴。翊偶随之。自车中问曰："得非韩员外乎[43]？某乃柳氏也。"使女奴窃言失身沙吒利，阻同车者[44]，请诘旦[45]幸相待于道政里门。及期而往，以轻素结玉合[46]，实以[47]香膏，自车中授之，曰："当遂永诀[48]，愿置诚念[49]。"乃回车，以手挥之，轻袖摇摇，香车辚辚[50]，目断意迷，失于惊尘[51]。翊大不胜情。会淄青诸将合乐酒楼，使人请翊。翊强应之，然意色皆丧，音韵凄咽。有虞候[52]许俊者，以材力自负，抚剑言曰："必有故。愿一效用[53]。"翊不得已，具以告之。俊曰："请足下数字[54]，当立致之。"乃衣缦胡[55]，佩双鞬[56]，从一骑[57]，径造[58]沙吒利之第。候其出行里馀，乃被衽执辔[59]，犯关排闼[60]，急趋而呼曰："将军中恶[61]，使召夫人！"仆侍辟易[62]，无敢仰视。遂升堂，出翊札示柳氏，挟之跨鞍马,逸尘断鞅[63],倏忽[64]乃至。引裾[65]而前曰:"幸不辱命[66]。"四座惊叹。柳氏与翊执手涕泣,相与罢酒[67]。是时沙吒利恩宠殊等,翊、俊惧祸,乃诣希逸[68]。希逸大惊曰:"吾平生所为事,俊乃能尔乎[69]?"遂献状[70]曰:"检校尚书[71]、金部员外郎[72]兼御史韩翊,久列参佐,累彰勋效[73],顷从乡赋[74]。有妾柳氏,阻绝凶寇,依止名尼。今文明抚运,遐迩率化[75]。将军沙吒利凶恣挠法[76],凭恃微功,驱有志之妾,干无为之政[77]。臣部将兼御史中丞许俊,族本幽、蓟[78],雄心勇决,却夺柳氏,归于韩翊。义切中抱[79],虽昭感激之诚[80];事不先闻,固乏训齐之令[81]。"寻[82]有诏:柳氏宜还韩翊,沙吒利赐钱二百万。柳氏归翊;翊后累迁至中书舍人[83]。然即柳氏,志防闲而不克[84]者;许俊,慕感激而不达[85]者也。向使柳氏以色选,则当熊、辞辇[86]之诚可继;许俊以才举,则曹柯、渑池之功[87]可建。夫事由迹彰,功待事立。惜郁堙不偶[88],义勇徒激,皆不入于正。斯岂变之正[89]乎?盖所遇然[90]也。

[1] 作者许尧佐,唐德宗时人,曾任太子校书郎、谏议大夫等官职。

本篇故事,也见于唐人孟启的《本事诗》,可能是根据真人实事而加工的。

作者描写韩翊和柳氏的悲欢离合,情节曲折动人。李生见柳氏爱上了韩翊,就促成他们的结合,使"有情人终成眷属";许俊是一个勇敢而又机智的豪侠之士,他不畏艰险,代韩翊夺回柳氏,具有舍己为人的高尚品质。他们都是作者笔下的正面人物。

另一方面，我们也可以看出，在封建社会里，妇女是没有独立的人格的。尽管李生同情柳氏和韩翃的相恋，只不过把她像货物一样地赠送给韩翃；当韩翃要去求取功名时，也就置柳氏于不顾。柳氏在变乱中欲求保身而不可得，竟被沙吒利强行劫去；后来，又被许俊夺了回来。任人摆弄，毫无自主之权，这一遭到侮辱与损害的女性的形象，真实地反映了当时妇女悲惨的命运。

此外，作者所写的军人，是那样飞扬跋扈。一个立有战功的武将，就可以在京师横行无忌。当柳氏被夺回，事情败露之后，封建最高统治者并不敢予以处分，反而给予大量的金钱以为"抚慰"。这又暴露了当时封建统治阶级的黑暗情况。

明人吴长儒、清人张国寿，曾根据这一故事，先后编写了《练囊记》和《章台柳》两剧。

〔2〕昌黎韩翃："昌黎"，古郡名，约辖今辽宁辽河以西大小凌河中下游地区，郡治在今辽宁义县。"韩翃"，一作"韩竤（hóng）"，唐代名诗人，字君平，南阳（今河南南阳市）人。北朝时，韩姓为昌黎郡望族，所以这里称为"昌黎韩翃"。

〔3〕落托：同"落拓"，见前《任氏传》篇"落拓"注。

〔4〕羁滞：流浪在外而不得意、没有办法。

〔5〕累（lěi）：积累、积蓄。

〔6〕负气：以气节自负的意思。

〔7〕善讴（ōu）咏：会歌唱。

〔8〕馆：招待吃住的意思，作动词用。

〔9〕所候问：来拜访问候的人。

〔10〕彦（yàn）：英俊豪杰之士。

〔11〕夫子：对人的敬称。

〔12〕属意：看中了。

〔13〕秀才:唐代秀才的地位高于明经、进士,但这一科目于高宗时废止,后来却以秀才通称一般文士和应考进士的人。

〔14〕荐枕:犹如说侍寝。

〔15〕避席:古人席地而坐,"避席",就是离开座位,表示恭敬、客气。

〔16〕解衣辍食:"解衣",脱衣,意思是把自己的衣服给人穿;"辍食",停食,意思是把自己的食物给人吃;形容待人有恩惠。

〔17〕引满:把酒斟满在酒杯里,举起酒杯来,都可以叫做"引"。"引满",把杯里斟满的酒喝干了。

〔18〕礼部:唐代中央政府里的六部之一,是主管礼仪和学校贡举的官署。

〔19〕上第:唐代考选制度,明经依成绩分上上第、上中第、上下第、中上第四等,进士依成绩分甲第、乙第两等。这里"上第",指明经的上上第或进士的甲第。

〔20〕屏(bǐng)居间(jiàn)岁:闲住、隐居了一年。

〔21〕荣名及亲,昔人所尚:由于自己闻名,使得父母妻子也分享光荣,这从来就是人们所重视、希冀的事。意指中举做官,父母妻子就可以获得封赠了。

〔22〕岂宜以濯浣之贱,稽采兰之美乎:"濯浣",洗衣一类的事情。"濯浣之贱",做洗衣一类下贱工作(封建时代轻视体力劳动,所以这样说)的女人,柳氏自指的客气话。"稽",迟留,引申作耽误解释。"采兰",比喻皇帝征用贤士。《晋书·皇甫谧传》,皇甫谧辞不做官,在给皇帝的奏疏里有"陛下披榛采兰,并收蒿艾"的话,典本此。这两句的意思是说:不要因为我一个女人,耽误了你的上进做官。

〔23〕清池:唐县名,在今河北沧州东北。

〔24〕自给:自己养活自己。

27

〔25〕天宝末,盗覆二京:"盗",指安禄山,胡人,当时的平卢、范阳、河东节度使,掌握兵权,很得唐玄宗宠信。"覆",颠覆、攻陷。"二京",长安和洛阳,唐代的西京和东京。天宝十四年,安禄山起兵攻下长安和洛阳,自称"雄武皇帝",国号"燕"。唐玄宗逃往四川避难。

〔26〕寄迹:存身。

〔27〕侯希逸自平卢节度淄青:"侯希逸",唐营州(今辽宁锦州市西北)人。"平卢"、"淄青",均唐代方镇名。平卢治所在营州,领平卢、卢龙二军、榆关守捉、安东都护府,约在今河北滦河下游以东,辽宁大凌河以西地区。淄青治所在青州,后移郓州,辖淄、青、齐、棣、登、莱六州,约在今山东黄河下游、泰山、鲁山、沂山及安邱、高密二县北部以北地区。侯希逸原为平卢节度使,肃宗(李亨)末年,因受史朝义的压逼,就南保青州,为淄青节度使,但名义仍包括平卢在内,称淄青平卢节度使。

〔28〕素藉:"藉","狼藉"的省词,形容纵横交错,到处散布的样子。《史记·蒙恬列传》:"籍于诸侯",就是指声名狼籍(同"狼藉")散布到各国。这里"藉"引申作听说、知道解释,"素藉",犹如说久仰。

〔29〕书记:唐代管理函牍章奏之类文件的幕僚,有如后来的秘书、文书。

〔30〕洎(jì)宣皇帝以神武返正:"洎",等到。"宣皇帝",指唐肃宗,他死后的"尊号"里有一个"宣"字。"以神武返正",意思是由于他的"神明英武",因而恢复政权,回到长安为帝。

〔31〕间(jiàn)行:微行、暗地里行动。

〔32〕练囊:丝织的提囊。

〔33〕麸金:碎金、砂金。

〔34〕章台柳:"章台",汉代长安街名。当时柳氏留在长安,这里以"章台柳"喻柳氏,语意是双关的。

〔35〕芳菲节:"芳菲",指花草。"芳菲节",花草芳香盛开的时节,

指春季。

〔36〕蕃将:唐代任用各族投降的将领为将,称为"蕃将"。"蕃",同"番"字。

〔37〕宠之专房:最蒙宠爱,独获宠幸的意思。语出《后汉书·安思阎皇后纪》:"后专房妒忌。"

〔38〕左仆射(yè):唐代设左右仆射,是尚书省的副长官(尚书省的长官为尚书令,因为唐太宗〔李世民〕做秦王时,曾任这一官职,后来就不再设置),和侍中、中书令共同主持中央政务,通常是宰相的位置。

〔39〕入觐:到京城里谒见皇帝的专词。普通人相见也可称"觐",如后文《南柯太守传》篇"又不令生来觐。"

〔40〕龙首冈:即龙首山,也称龙首原,长安北一座不高的土山。汉、唐时,在上面建筑城郭宫殿,山地就更平坦了。有横冈很多。

〔41〕驳(bó)牛:杂色的牛。

〔42〕辎軿(zī píng):后面有门的车子叫做"辎",没有门的车子叫做"軿"。"辎軿",泛指车辆。

〔43〕得非韩员外乎:岂不是韩员外吗。"员外",本是唐代编制以外的官名,后来也作为对人的敬称。

〔44〕阻同车者:被阻于同车的人,意思是因为同车的另有他人,所以不便深谈。

〔45〕诘旦:第二天早晨。

〔46〕合:同"盒"字。

〔47〕实以:填满了。

〔48〕永诀:永别。

〔49〕愿置诚念:希望留着做一个永久的纪念,也可作希望放弃想我的念头解释。"置",有安放、废止二义。

〔50〕辚辚:车行声。

〔51〕失于惊尘:在尘土飞扬里消失了。

〔52〕虞候:本隋代东宫禁卫官名,唐代藩镇以亲信武官为都虞候、虞候,有如后来的侍从副官。

〔53〕愿一效用:愿意为你帮一下忙。

〔54〕请足下数字:请你写几个字,指写一张便条或一封信,意谓这样才可以取信于柳氏。"足下",对人的敬称。

〔55〕衣缦胡:"缦胡",武士系帽的绳子。"衣缦胡",犹如说穿了军装。

〔56〕鞬(jiān):弓囊箭袋。

〔57〕从一骑:跟随着一个骑马的卫士。

〔58〕造:到。

〔59〕被衽执辔:"被",同"披"字。"被衽",披着衣襟。"执辔",拉着马缰绳。

〔60〕犯关排闼:"关",指大门。"闼",指里面的小门。"犯关排闼",冲进大门,又闯进里面的小门。

〔61〕中恶:得了急病。

〔62〕辟易:因惊恐而后退。

〔63〕逸尘断鞅:马在尘土飞扬中奔驰,连马鞅也断了,形容马跑得快。"鞅",夹贴在马颈两旁的皮条。

〔64〕倏(shū)忽:很快的样子。

〔65〕裾(jū):衣的前襟。

〔66〕幸不辱命:幸而没有辱没你的使命,犹如说没有给你丢脸。

〔67〕相与罢酒:大家为了这件事,连酒也喝不下去了。

〔68〕诣希逸:到侯希逸那里去,意思是把事情经过告诉他,请求他帮忙、庇护。

〔69〕吾平生所为事,俊乃能尔乎:意思是说,行侠仗义,是我平生所

做的事,许俊也能够这样做吗。"尔",如此、这样。

〔70〕 状:向上陈报事实的文书叫做"状"。

〔71〕 检校尚书:"检校官"是品级高于本职的加衔。"检校尚书"为检校官中的一种。唐代制度,对任某一实职而有功绩的官员,可以另加给品级高于其实职的官衔,是一种有荣誉而无实权的政治待遇。例如六品官可以给予一种特定的五品职加衔,实际上他还是执行六品官的职务,但却取得五品官的资格,而且可以穿着五品官员的制服。当时对外官,尤其是武将,往往多给予京官的加衔,以示荣宠。这里"检校尚书"和下文"金部员外郎"、"御史",都是韩翃以书记的资格取得的加衔。

〔72〕 金部员外郎:户部里主管库藏金宝和度量等事务的官员。

〔73〕 久列参佐,累彰勋效:做了僚属很久,而且屡次表现功绩。

〔74〕 乡赋:唐代由州郡保送士人进京参加考试叫做"乡赋",就是"乡贡"。

〔75〕 文明抚运,遐迩率化:由于国家的"文教"昌盛,安抚百姓,使得远近的人都被"感化"了。这是恭维封建最高统治者的话。"遐迩",远近。

〔76〕 凶恣挠(náo)法:任意凶横,扰乱法令。

〔77〕 驱有志之妾,干无为之政:"驱",逼迫,引申作强劫解释。"有志之妾",指柳氏,她剪发毁形,图避强暴,故称为"有志"。"干",冒犯、破坏。封建时代,统治者以"德"服人,不用刑罚,政事简化,叫作"无为而治",也就是"无为之政",统治阶级人物就把这种统治政策说成是一种最"理想"的政治,这里是恭维皇帝的话。这两句的意思是说:由于沙吒利劫掠妇女的行为,把当时的"无为之政"破坏了。

〔78〕 族本幽、蓟(jì):本是幽、蓟一带的人。"幽",幽州,也称范阳郡,约辖今北京市、武清和霸州等地区,州治在今北京市。"蓟",蓟州,也称渔阳郡,约辖今河北遵化、丰润以西和蓟州以南等地区,州治在今

31

蓟州。

〔79〕义切中抱:怀着仗义之心。"中抱",中怀、内心。

〔80〕虽昭感激之诚:虽然表现了激于义愤的心意。

〔81〕固乏训齐之令:自然是缺少严明的教令。还是侯希逸责备自己不能事先约束部下的话。

〔82〕寻:不久。

〔83〕中书舍人:唐代中书省里为皇帝起草诏书、诰命等文件的官员。

〔84〕志防闲而不克:心想守着礼教,不为外界所诱惑,而没有能做到。"防闲",防备阻止。

〔85〕慕感激而不达:只知道向往义愤的行为,却不通晓事理,就是下文"不入于正"的意思。

〔86〕当熊、辞辇:皇帝坐的车子叫做"辇"。历史故事:汉元帝(刘奭〔shì〕)看斗兽,有一头熊忽然跑出来了,冯倢伃(女官名)就急忙上前,当着熊站着,免得它伤害元帝。又汉成帝(刘骜)要和班倢伃同车游园。班倢伃推辞说:古来贤君都有名臣在侧,只有桀、纣这些亡国之君,才宠幸女色。如果我和你同车,岂不是同他们差不多吗?均见《汉书·外戚列传》。

〔87〕曹柯、渑(miǎn)池之功:指曹沫、蔺相如立功的故事。"曹",曹沫。"柯"、"渑池",均古地名。柯城在今河南内黄县东北,渑池,在今河南渑池县西。《史记·刺客列传》:春秋时,鲁国和齐国打仗,鲁国打败了,割地求和,与齐国在柯地会盟。当时鲁将曹沫拿着匕首和齐桓公讲理,结果齐国把侵夺鲁国的土地都归还了。又《史记·廉颇蔺相如列传》:战国时,秦王和赵王在渑池相会。当时秦强赵弱,秦王当场叫赵王鼓瑟,以示羞辱。赵臣蔺相如随即也威胁秦王,要他击缶,不然,就要和他拼命。秦王没有办法,只好照做。秦国到底没有占到上风。

〔88〕郁堙不偶：埋没不得意的意思。"偶"，偶数（双数）。古人迷信，认为偶数吉利，奇(jī)数（单数）不吉利，因而把运气不好叫做"不偶"。

〔89〕变之正："变"，权变、从权的意思。"变之正"，由于环境的关系，从权办理，是权变中的正道。

〔90〕所遇然：由于受到环境的影响以致这样。

李朝威[1]

柳毅传

仪凤[2]中,有儒生柳毅者,应举下第[3],将还湘滨[4]。念乡人有客于泾阳者[5],遂往告别。至六七里,鸟起马惊,疾逸道左[6];又六七里,乃止。见有妇人,牧羊于道畔。毅怪视之,乃殊色[7]也。然而蛾脸不舒[8],巾袖无光[9],凝听翔立[10],若有所伺。毅诘之曰:"子何苦而自辱如是[11]?"妇始楚[12]而谢,终泣而对曰:"贱妾不幸,今日见辱问于长者[13]。然而恨贯肌骨,亦何能愧避,幸一闻焉。妾,洞庭龙君小女也。父母配嫁泾川[14]次子,而夫婿乐逸[15],为婢仆所惑,日以厌薄[16]。既而将诉于舅姑[17],舅姑爱其子,不能御[18]。迨诉频切,又得罪舅姑。舅姑毁黜以至此[19]。"言讫,歔欷[20]流涕,悲不自胜[21]。又曰:"洞庭于兹,相远不知其几多也?长天茫茫[22],信耗莫通。心目断尽,无所知哀[23]。闻君将还吴[24],密通洞庭。或以尺书[25],寄托侍者[26],未卜[27]将以为可乎?"毅曰:"吾义夫也。闻子之说,气血俱动,恨无毛羽,不能奋飞。是何可否之谓乎[28]!然而洞庭,深水也。吾行尘间[29],宁可致意邪[30]?唯恐道途显晦[31],不相通达,致负诚托,又乖恳愿[32]。子有何术,可导我邪?"女悲泣且谢,曰:"负载珍重[33],不复言矣。脱获回耗[34],虽死必谢。君不许,何敢言;既许而问,则洞庭之与京邑,不足为异也[35]。"毅请闻之。女曰:"洞庭之阴[36],有大橘树焉,乡人谓之'社橘[37]'。君当解去兹带,束以他物,然后叩树三发,当有应者。因而随之,无有碍矣。幸君子书叙之外,悉以心诚之话倚托,千万无渝[38]!"毅曰:"敬闻命矣。"女遂于襦[39]间解书,再拜以进,东望愁泣,若不自胜。毅深为之戚[40]。乃置书囊中,因复问曰:"吾不知子之牧羊,何所用哉?神祇岂宰杀乎?"女曰:"非羊也,雨工也。""何为雨工?"曰:"雷霆之类也。"毅顾视之,则皆矫顾怒步[41],饮龁[42]甚异;而大小毛角,则无别羊焉。毅又曰:"吾为使者,他日归洞庭,幸勿相避。"女曰:"宁止不避,当如亲戚耳。"语竟,引别东去。不数十步,回望女与羊,俱亡[43]所见矣。其夕,至邑而别其友。月馀,到乡。还家,乃访于洞庭。洞庭之阴,果有社橘。遂易带[44]向树,三击而止。俄有武夫出于波间,再拜请[45]曰:"贵客将自何所至也[46]?"毅不告其实,曰:"走谒大王耳。"武夫揭水[47]指路,引毅以进。谓毅曰:"当闭目,数息[48]可达矣。"毅如其言,遂至其宫。始见台阁相向,门户千万,奇草珍木,无所不有。夫乃止毅,停于大室之隅,曰:"客当居此以伺焉。"毅曰:"此何所也?"夫曰:"此灵虚殿也。"谛视[49]之,则人间珍宝,毕尽于此:柱以白璧[50],砌[51]以青玉,床以珊瑚,帘以水精[52],

雕琉璃于翠楣[53],饰琥珀于虹栋[54]。奇秀深杳,不可殚言[55]。然而王久不至。毅谓夫曰:"洞庭君安在哉?"曰:"吾君方幸[56]玄珠阁,与太阳道士讲《火经》,少选当毕。"毅曰:"何谓《火经》?"夫曰:"吾君,龙也。龙以水为神,举一滴可包陵谷。道士,乃人也。人以火为神圣,发一灯可燎阿房[57]。然而灵用不同,玄化[58]各异。太阳道士精于人理,吾君邀以听焉。"语毕而宫门辟[59]。景从云合[60],而见一人,披紫衣,执青玉。夫跃曰:"此吾君也!"乃至前以告之。君望毅而问曰:"岂非人间之人乎?"毅对曰:"然。"毅遂设拜[61],君亦拜,命坐于灵虚之下。谓毅曰:"水府幽深,寡人暗昧[62],夫子不远千里[63],将有为乎?"毅曰:"毅,大王之乡人也。长于楚[64],游学于秦。昨下第,闲驱泾水之涘[65],见大王爱女牧羊于野,风鬟雨鬓[66],所不忍视。毅因诘之。谓毅曰:'为夫婿所薄,舅姑不念[67],以至于此。'悲泗淋漓[68],诚怛[69]人心。遂托书于毅。毅许之,今以至此。"因取书进之。洞庭君览毕,以袖掩面而泣曰:"老父之罪,不能鉴听[70],坐贻聋瞽[71],使闺窗孺弱,远罹构害。公乃陌上人[72]也,而能急之[73]。幸被齿发[74],何敢负听!"词毕,又哀咤[75]良久。左右皆流涕。时有宦人[76]密侍君者[77],君以书授之,令达宫中。须臾,宫中皆恸哭。君惊,谓左右曰:"疾告宫中,无使有声,恐钱塘所知。"毅曰:"钱塘,何人也?"曰:"寡人之爱弟。昔为钱塘长,今则致政[78]矣。"毅曰:"何故不使知?"曰:"以其勇过人耳。昔尧遭洪水九年[79]者,乃此子一怒也。近与天将失意[80],塞其五山[81]。上帝以寡人有薄德[82]于古今,遂宽其同气之罪[83]。然犹縻系[84]于此,故钱塘之人,日日候焉。"语未毕,而大声忽发,天拆[85]地裂,宫殿摆簸,云烟沸涌。俄有赤龙长千余尺,电目血舌,朱鳞火鬣,项掣金锁,锁牵玉柱,千雷万霆,激绕其身,霰[86]雪雨雹,一时皆下。乃擘[87]青天而飞去。毅恐蹶仆地。君亲起持之曰:"无惧。固无害[88]。"毅良久稍安,乃获自定。因告辞曰:"愿得生归,以避复来。"君曰:"必不如此。其去则然,其来则不然。幸为少尽缱绻[89]。"因命酌互举,以款人事[90]。俄而祥风庆云,融融怡怡[91],幢节玲珑[92],箫韶[93]以随。红妆[94]千万,笑语熙熙[95],中有一人[96],自然蛾眉[97],明珰[98]满身,绡縠参差[99]。迫而视之,乃前寄辞者[100]。然若喜若悲,零泪[101]如丝。须臾,红烟蔽其左,紫气舒其右,香气环旋,入于宫中。君笑谓毅曰:"泾水之囚人至矣。"君乃辞归宫中。须臾,又闻怨苦[102],久而不已。有顷,君复出,与毅饮食。又有一人,披紫裳,执青玉,貌耸神溢[103],立于君左。君谓毅曰:"此钱塘也。"毅起,趋拜之。钱塘亦尽礼相接,谓毅曰:"女侄不幸,为顽童所辱。赖明君子信义昭彰,致达远冤;不然者,是为泾陵之土矣[104]。飨[105]德怀恩,词不悉心[106]。"毅捴退[107]辞谢,俯仰唯唯[108]。然后回告兄曰:"向者辰[109]发灵虚,已至泾阳,午战于彼,未还于此。中间驰至九天[110],以告上帝。帝知其冤,而宥其失,前所谴责,因而获免。然而刚肠[111]激发，不遑[112]辞候，惊扰宫中，复忤[113]宾客。愧惕[114]惭惧，不知所失[115]。"因退而再拜。君曰："所杀几何？"曰："六十万。""伤稼乎？"曰："八百里。""无情郎安在？"曰："食之矣。"君怃然曰："顽童之为是心也，诚不可忍。然汝亦太草草[116]。赖上帝显圣，谅其至冤[117]。不然者，吾何辞焉[118]。从此已去[119]，勿复如是。"钱塘复再拜。是夕，遂宿毅于凝光殿。明日，又宴毅于凝碧宫。会友戚，张广乐，具以醪醴[120]，罗以甘洁[121]。初，笳角鼙鼓[122]，旌旗剑戟，舞万夫于其右。中有一夫前曰："此《钱塘破阵乐》[123]。"旌铖杰气，顾骤悍栗[124]，坐客视之，毛发皆竖。复有金石丝竹[125]，罗绮珠翠，舞千女于其左。中有一女前进曰："此《贵主还宫乐》。"清音宛转，如诉如慕[126]，坐客听之，不觉泪下。二舞既毕，龙君大悦，锡以纨绮[127]，颁于舞人。然后密席贯坐[128]，纵酒极娱[129]。酒酣，洞庭君乃击席而歌曰："大天苍苍[130]兮，大地茫茫。人各有志兮，何可思量。狐神鼠圣兮，薄社依墙[131]。雷霆一发兮，其孰敢当！荷贞人[132]兮信义长，令骨肉兮还故乡。齐言[133]惭愧兮何时忘！"洞庭君歌罢，钱塘君再拜而歌曰："上天配合兮，生死有途。此不当妇兮，彼不当夫。腹心[134]辛苦兮，泾水之隅。风霜满鬓兮，雨雪罗襦。赖明公[135]兮引素书，令骨肉兮家如初。永言珍重兮无时无[136]。"钱塘君歌阕[137]，洞庭君俱起，奉觞于毅。毅踧踖[138]而受爵[139]，饮讫，复以二觞奉二君。乃歌曰："碧云悠悠[140]兮,泾水东流。伤美人兮,雨泣花愁。尺书远达兮,以解君忧。哀冤果雪兮,还处其休[141]。荷和雅兮感甘羞[142]。山家[143]寂寞兮难久留。欲将辞去兮悲绸缪[144]。"歌罢,皆呼万岁。洞庭君因出碧玉箱,贮以开水犀[145];钱塘君复出红珀盘,贮以照夜玑[146]:皆起进毅。毅辞谢而受。然后宫中之人,咸以绡彩珠璧,投于毅侧,重叠焕赫[147],须臾埋没前后。毅笑语四顾,愧揖不暇。洎酒阑[148]欢极,毅辞起,复宿于凝光殿。翌日[149],又宴毅于清光阁。钱塘因酒作色[150],踞[151]谓毅曰:"不闻猛石[152]可裂不可卷,义士可杀不可羞邪?愚有衷曲[153],欲一陈于公。如可,则俱在云霄;如不可,则皆夷粪壤[154]。足下以为何如哉?"毅曰:"请闻之。"钱塘曰:"泾阳之妻,则洞庭君之爱女也。淑性茂质[155],为九姻[156]所重。不幸见辱于匪人。今则绝矣。将欲求托高义[157],世为亲戚。使受恩者知其所归,怀爱者知其所付,岂不为君子始终之道者?"毅肃然而作[158],歘然而笑曰:"诚不知钱塘君孱困[159]如是!毅始闻跨九州[160],怀五岳,泄其愤怒;复见断金锁[161],掣玉柱,赴其急难:毅以为刚决明直,无如君者。盖犯之者不避其死,感之者不爱其生[162],此真丈夫之志。奈何箫管方洽,亲宾正和,不顾其道,以威加人?岂仆之素望哉!若遇公于洪波之中,玄山[163]之间,鼓以鳞须,被以云雨,将迫毅以死,毅则以禽兽视之,亦何恨哉!今体被衣冠,坐谈礼义,尽五常之志性,负百行之微旨[164],虽人世贤杰,有不如者，况江河灵类乎？而欲以蠢然之躯，悍然之性，乘酒假气[165]，将迫于人，岂近直哉[166]！且毅之质，不足以藏王一甲之间[167]，然而敢以不伏之心，胜王不道之气。惟王筹[168]之！"钱塘乃逡巡[169]致谢曰："寡人生长宫房，不闻正论。向者词述疏狂，妄突高明[170]。退自循顾，戾不容责。幸君子不为此乖间[171]可也。"其夕，复欢宴，其乐如旧。毅与钱塘，遂为知心友。明日，毅辞归。洞庭君夫人别宴毅于潜景殿。男女仆妾等，悉出预会[172]。夫人泣谓毅曰："骨肉受君子深恩，恨不得展愧戴[173]，遂至睽别[174]。"使前泾阳女当席拜毅以致谢。夫人又曰："此别岂有复相遇之日乎？"毅其始虽不诺钱塘之请，然当此席，殊有叹恨之色。宴罢，辞别，满宫凄然。赠遗[175]珍宝，怪不可述。毅于是复循途出江岸，见从者十余人，担囊以随，至其家而辞去。毅因适广陵[176]宝肆，鬻其所得；百未发一，财已盈兆[177]。故[178]淮右[179]富族，咸以为莫如。遂娶于张氏，亡。又娶韩氏，数月，韩氏又亡。徙家金陵[180]。常以鳏旷[181]多感，或谋新匹[182]。有媒氏告之曰："有卢氏女，范阳[183]人也。父名曰浩，尝为清流宰[184]。晚岁好道，独游云泉[185]，今则不知所在矣。母曰郑氏。前年适[186]清河张氏，不幸而张夫早亡。母怜其少，惜其慧美，欲择德以配[187]焉。不识何如？"毅乃卜日就礼[188]。既而男女二姓，俱为豪族，法用礼物[189]，尽其丰盛。金陵之士，莫不健仰[190]。居月余，毅因晚入户，视其妻，深觉类[191]于龙女，而逸艳丰

40

厚,则又过之。因与话昔事。妻谓毅曰:"人世岂有如是之理乎?"经岁馀,有一子[192]。毅益重之。既产,逾月,乃秾饰[193]换服,召毅于帘室[194]之间[195],笑谓毅曰:"君不忆余之于昔也?"毅曰:"夙非姻好,何以为忆[196]?"妻曰:"余即洞庭君之女也。泾川之冤,君使得白,衔[197]君之恩,誓心求报。洎钱塘季父[198]论亲不从,遂至睽违,天各一方,不能相问。父母欲配嫁于濯锦小儿[199]某。遂闭户剪发,以明无意。虽为君子弃绝,分[200]无见期;而当初之心,死不自替[201]。他日父母怜其志[202],复欲驰白于君子。值君子累娶,当[203]娶于张,已而又娶于韩。迨张、韩继卒,君卜居于兹,故余之父母乃喜余得遂报君之意。今日获奉君子,咸善终世[204],死无恨矣!"因呜咽,泣涕交下。对毅曰:"始不言者,知君无重色之心;今乃言者,知君有爱子之意。妇人匪薄[205],不足以确厚永心[206],故因君爱子,以托相生[207]。未知君意如何?愁惧兼心[208],不能自解。君附书之日,笑谓妾曰:'他日归洞庭,慎无相避。'诚不知当此之际,君岂有意于今日之事乎?其后季父请于君,君固[209]不许。君乃诚将不可邪,抑忿然邪?君其话之!"毅曰:"似有命者。仆始见君于长泾之隅,枉抑[210]憔悴,诚有不平之志。然自约其心[211]者,达君之冤,馀无及也。以言慎勿相避者,偶然耳,岂有意哉?洎钱塘逼迫之际,唯理有不可直[212],乃激人之怒耳。夫始以义行为之志,宁有杀其婿而纳其妻者邪?一不可也。某素以操贞为志尚[213],宁有屈于己而伏于心者乎?

二不可也。且以率肆胸臆，酬酢纷纶，唯直是图，不遑避害[214]。然而将别之日，见君有依然[215]之容，心甚恨之。终以人事扼束，无由报谢。吁！今日，君，卢氏也，又家于人间，则吾始心未为惑矣[216]。从此以往，永奉欢好，心无纤虑也。"妻因深感娇泣，良久不已。有顷，谓毅曰："勿以他类，遂为无心[217]，固当知报耳。夫龙寿万岁，今与君同之[218]。水陆无往不适。君不以为妄也？"毅嘉[219]之曰："吾不知国容乃复为神仙之饵[220]。"乃相与觐洞庭。既至，而宾主盛礼，不可具纪。后居南海[221]，仅四十年，其邸第、舆马、珍鲜、服玩，虽侯伯之室，无以加也。毅之族咸遂濡泽[222]。以其春秋积序[223]，容状不衰，南海之人，靡不惊异。洎开元中，上[224]方属意于神仙之事，精索道术。毅不得安，遂相与归洞庭。凡十馀岁，莫知其迹。至开元末，毅之表弟薛嘏为京畿令[225]，谪官东南。经洞庭，晴昼长望，俄见碧山出于远波。舟人皆侧立[226]，曰："此本无山，恐水怪耳。"指顾之际[227]，山与舟相逼，乃有彩船自山驰来，迎问于嘏。其中有一人呼之曰："柳公来候耳。"嘏省然[228]记之，乃促至山下，摄衣[229]疾上。山有宫阙如人世，见毅立于宫室之中，前列丝竹，后罗珠翠[230]，物玩之盛，殊倍人间。毅词理益玄，容颜益少。初迎嘏于砌，持嘏手曰："别来瞬息[231]，而发毛已黄。"嘏笑曰："兄为神仙，弟为枯骨，命也。"毅因出药五十丸遗嘏，曰："此药一丸，可增一岁耳。岁满复来，无久居人世以自苦也。"欢宴毕，嘏乃辞行。自是已后,遂绝影响[232]。嘏常以是事告于人世。殆四纪,嘏亦不知所在。陇西[233]李朝威叙而叹曰:五虫之长,必以灵著,别斯见矣[234]。人,裸[235]也,移信鳞虫[236]。洞庭含纳[237]大直,钱塘迅疾磊落[238],宜有承焉[239]。嘏咏而不载,独可邻其境[240]。愚义之,为斯文。

〔1〕作者李朝威,事迹无可考;根据篇中自述,知道他是唐陇西郡人。

这是一篇布局谨严,情节曲折,写得优美生动,富于浪漫主义色彩的作品。

龙女对受到夫家种种虐待所提出的控诉,正是封建社会里妇女们普遍的遭遇。她性情虽然善良,但也不甘于任人摆布,力图挣脱这残酷的枷锁。一旦遇到自己所爱的人,就热情地向往着,追求自己终身的幸福。这又表达了受压迫的妇女们的内心感情。

钱塘君性情开朗,刚直而勇猛,嫉恶如仇。尽管有时态度显得有些蛮横,然而一经说服,就不再固执己见。是一个可敬爱的人物。

柳毅是封建社会里一个身世潦倒而行为正直的知识分子的典型。他之代龙女传书,完全出于同情,激于义愤,胸怀坦白,毫无自私之心。尽管内心对龙女是爱慕的,但却能够克制私情,在暴力威胁之下毅然拒绝了婚事。这种光明磊落的行为是可贵的。

作者把几个主要人物的个性,刻画得鲜明而突出:龙女的形态,表面是屈抑可怜,实际却热情坚定;柳毅不屈不挠,遇事能冷静思考,作出适当处理;钱塘君则恰恰相反,在感情冲动下,就不顾一切地做了再说;洞庭君却显出一副忠厚长者像。这些写来都恰如其分。又如钱塘君"擘青天而飞去"那一段,不过寥寥六七十字,却写得那样有声有色,令人惊心动魄,其表现手法经济而又巧妙。

由于故事具有意义而又富于戏剧性,一向脍炙人口。后来元人尚仲贤的《洞庭湖柳毅传书》、李好古的《沙门岛张生煮海》、明人黄说中的《龙箫记》、清人李渔的《蜃中楼》等等杂剧、传奇,以及现代《龙女牧羊》、《张羽煮海》等剧,都自本篇脱胎演变而来,可见其影响之久远。

〔2〕仪凤:唐高宗(李治)的年号(公元六七六至六七八年)。

〔3〕应举下第:"应举",应州郡保举到京城里参加考试。"下第",犹如说落榜,就是没有考取。

〔4〕湘滨:湘水边,唐时指江南西道一带地方,即今湖南省境。湘水也称湘江,是湖南境内最大的一条河流。源出广西兴安县海洋山西麓,流至湖南,经衡阳、湘潭、长沙,至湘阴县濠河口入洞庭湖。

〔5〕有客于泾阳者:有在泾阳作客的人。"客",作动词用。"泾阳",唐县名,长安城北。

〔6〕疾逸道左:"疾",快。"逸",奔。"道左",泛指路旁。

〔7〕殊色:绝色、非常美丽。

〔8〕蛾脸(jiǎn)不舒:"蛾",蛾眉,形容女子的眉毛细而且长,像蚕蛾的触须一样。"脸",同"睑",古时指目下颊上的地方。"蛾脸",眉目之间。"蛾脸不舒",眉目间不开朗,犹如说面带愁容。

〔9〕巾袖无光:指穿戴的衣服颜色很黯淡,也就是敝旧而不华丽。

〔10〕凝听翔立:站在那里出神地听着。

〔11〕子何苦而自辱如是:你有什么苦恼,使得自己委屈到这种地步呢。

〔12〕楚:悲哀的样子。

〔13〕见辱问于长(zhǎng)者:"见",被的意思。"辱问",委屈了自己的身份来下问;"长者",指柳毅,都是客气话。

〔14〕泾川:就是泾河,源出宁夏六盘山东麓,流经甘肃,经陕西泾阳南面,至三原入渭河。此指泾川龙君。下文"长泾",也指泾水。

〔15〕乐逸:欢喜游荡。

〔16〕日以厌薄:一天比一天地厌恶薄待我。

〔17〕舅姑:公婆。

〔18〕不能御:不能阻止、无法控制。

〔19〕毁黜(chù)以至此:糟蹋到这个地步。

〔20〕歔欷:形容伤心气咽的样子。

〔21〕悲不自胜(shēng):悲伤得使自己受不了。

〔22〕茫茫:无边无际的样子。

〔23〕无所知哀:没有人知道我内心的悲哀痛苦。

〔24〕吴:通常是指现在江苏一带地方,这里却指湖南。三国时吴国的疆界包括湖南在内,所以湖南也可以称做"吴"。

〔25〕尺书:信件。古时没有纸,起先把信写在尺把长的木简上,有了绢帛的时候,又写在绢帛上,所以后来就把书信叫做"尺牍"、"尺书"、"尺素书"。下文"素书",就是"尺素书"。

〔26〕寄托侍者:意思是不敢劳动柳毅本人,只好请托侍奉他的人代为递信,客气话。"侍者",左右侍奉的人。

〔27〕未卜:不知道,问词。古人迷信,以卜卦的吉凶为行动的趋向,所以"未卜"就是不知道的意思。"卜",引申作选择解释,下文"卜日",指选择吉日良辰。"卜居",指选择住所。

〔28〕是何可否之谓乎:这哪里谈到什么可以不可以呢。意思是说,这是应该做到,不用考虑的事。

〔29〕尘间:尘世间、人间。

〔30〕宁可致意邪(yé):怎么能够传达你的意思呢。"宁可",岂可、怎么能够。"邪",疑问的语助词,也作"耶"。

〔31〕道途显晦:"显晦",明暗。"道途显晦",犹如说幽明路隔,指人世间和神仙境界两个不同的环境。

〔32〕又乖恳愿:又违背了自己的诚心诚意。

〔33〕负载珍重:"负载",指接受委托。"珍重",善加保重。"负载珍重",意思是承你接受了我的委托,请你一路上自己好好保重吧。后文《飞烟传》篇"珍重佳人赠好音",珍重,却是非常宝贵的意思。

〔34〕脱获回耗:倘若得到回信。

〔35〕"则洞庭"二句:洞庭和京城并没有什么不同,意思是说,洞庭里同样是可以去的。

〔36〕阴:南岸。

〔37〕社橘:唐代风俗,乡间选择大树下举行"社祭"(祭地神);"社橘",指那样的大橘树。

〔38〕无渝:不要改变。

〔39〕襦(rú):短袄。

〔40〕戚:悲哀。

〔41〕矫顾怒步:昂着头,走得很神气。

〔42〕龁(hé):咬嚼。

〔43〕亡:同"无"字。

〔44〕易带:解带、脱带。

〔45〕请:请问。

〔46〕将自何所至也:刚才是从什么地方来的。

〔47〕揭水:分开水。

〔48〕数息:呼吸几次,形容时间的迅速。

〔49〕谛视:仔细地看。

〔50〕柱以白璧:柱子是用白玉做成的。下三句句法相同。

〔51〕砌:台阶。

〔52〕水精:即水晶。

〔53〕雕琉璃于翠楣:翠绿色的门上横木,上面镶嵌着琉璃。

〔54〕饰琥珀于虹栋:彩色如虹的屋梁,以琥珀为饰。

〔55〕不可殚(dān)言:说不尽、说不完。"殚",尽的意思。

〔56〕幸:封建时代,皇帝到什么地方去叫做"幸"。龙君是帝王的身份,所以也用"幸"来指它的行动。

〔57〕阿房(ē páng):宫名,秦始皇造,规模甚大,周围三百馀里,秦末项羽入关时,放火烧毁。前殿遗址在今西安市西南阿房村。

〔58〕玄化:神奇变化。

〔59〕辟:开。

〔60〕景从云合:"景",同"影"字。"景从",如影之随形。《易经·乾卦》:"云从龙。"这里形容龙君出来,所以说"云合"。后世多以"云从龙"指君臣的遇合,这里也把龙君人格化了,"景从云合",意指臣僚多人簇拥而来的样子。

〔61〕设拜:行礼。

〔62〕寡人暗昧:我很糊涂。"寡人",龙君的自称。

〔63〕不远千里:不以千里为远,长途辛苦而来。

〔64〕楚:湖南、湖北一带的古称。

〔65〕闲驱泾水之涘(sì):随便走到泾水边上。"涘",水边。

〔66〕风鬟雨鬓:形容龙女抛头露面,遭受风吹雨打的样子。

〔67〕不念:不体恤的意思。

〔68〕悲泗淋淋:哭得满脸眼泪鼻涕的样子。"泗",鼻涕。

〔69〕怛(dá):伤痛。

〔70〕不能鉴听:原作"不诊坚听",费解,据沈本改。意思是没有了解这种情况。

〔71〕坐贻聋瞽:使自己犹如聋子瞎子一样。"坐贻",因而造成的意思。

〔72〕陌上人:路上人,非亲非故的意思。

47

〔73〕急之：救人的急难。

〔74〕幸被齿发："被"，具有的意思。人有齿有发。"幸被齿发"，意谓幸而属于人类，不比禽兽无知。文中把龙君人格化了，所以这样说。

〔75〕哀咤（zhà）：悲叹。

〔76〕宦人：宦官、太监。

〔77〕时有宦人密侍君者："侍"，原作"视"，费解。疑音近误刻，据虞本改。

〔78〕致政：退休、解除管理政务的职责。

〔79〕尧遭洪水九年："尧"，古帝名。他和舜、禹，实际都是我国原始时代部落联盟的领袖。《史记·五帝本纪》：尧时洪水泛滥成灾，叫鲧（gǔn）去治水，历时九年，都没有成功。

〔80〕失意：闹意见、不和睦。

〔81〕塞其五山："塞"，窒碍的意思，这里指发大水来淹没。"五山"，指五岳：泰山、华山、霍山、恒山、嵩山。下文"怀五岳"，"怀"，包藏的意思，也引申作水淹解释。

〔82〕薄德：很少的功劳、微薄的贡献。

〔83〕宽其同气之罪：饶恕了同胞兄弟的罪过。"同气"，指同胞兄弟。

〔84〕縻系：拘禁。

〔85〕拆：开裂，同"坼"字。

〔86〕霰（xiàn）：雪珠。

〔87〕擘（bò）：打破、分开。

〔88〕无害：没有关系。

〔89〕少尽缱绻（qiǎn quǎn）：稍为尽一点情意。后文各篇，也以缱绻指男女间的要好。

〔90〕"命酌"二句：叫仆人安排酒宴，彼此举杯劝酒，以尽招待客人

48

的情谊。

〔91〕融融怡怡:形容一片和乐的气氛。

〔92〕幢(chuáng)节玲珑:"幢节",旗帜和旌节,指仪仗。"玲珑",细致精巧的样子。

〔93〕箫韶:本是古帝虞舜时的乐曲名,这里指音乐、乐队。

〔94〕红妆:妇女妆饰多红色,称"红妆",就作为青年妇女的代称。

〔95〕笑语熙熙:说说笑笑,十分和悦的样子。

〔96〕中有一人:"中",原作"后"。"中"字似较胜,据虞本改。

〔97〕自然蛾眉:"蛾眉",泛指美丽的容貌。"自然蛾眉",天生的美貌。

〔98〕明珰:明珠做的耳饰,这里泛指饰物。

〔99〕绡縠(xiāo hú)参差(cēn cī):"绡",生丝织成的绸子。"縠",绉纱。"绡縠",指绸衣。"参差",不整齐。"绡縠参差",指绸衣因行动而飘拂的样子。

〔100〕乃前寄辞者:就是以前委托带信的人。

〔101〕零泪:落泪、垂泪。

〔102〕怨苦:指龙女向家人诉说遭受虐待的怨苦声。

〔103〕貌耸神溢:容貌出众,精神奕奕的意思。"耸",高出的样子。

〔104〕是为泾陵之土矣:人死埋葬,化为尘土,所以"是为泾陵之土矣",就是要死在泾陵的意思。

〔105〕飨:受。

〔106〕词不悉心:言语无法表达出内心的感激。

〔107〕㧑(huī)退:谦退。

〔108〕俯仰唯唯:作揖打躬地连声答应。"唯唯",恭敬地答应,犹如说"是是是"。

〔109〕辰:"辰"和下文"巳、午、未",都是十二支之一,指时间。午

前七时、八时为"辰",九时、十时为"巳",十一时、十二时为"午",午后一时、二时为"未"。

〔110〕九天:九重天上,神话中天帝居住的地方。

〔111〕刚肠:指激烈的性情。

〔112〕不遑:来不及。

〔113〕忤(wǔ):冒犯。

〔114〕惕(tì):也是惧的意思。

〔115〕不知所失:不知道自己犯了多大的过失。

〔116〕草草:这里是粗暴的意思。

〔117〕至冤:极度的冤屈。

〔118〕吾何辞焉:我有什么话可说呢,意思是上帝责问起来,自己将无话可答。也可作我怎么能推卸责任解释。

〔119〕从此已去:从今以后。"已",同"以"字。

〔120〕具以醪醴(láo lǐ):具备着美酒。"醪",醇酒。"醴",不太厉害的甜酒。

〔121〕罗以甘洁:"罗",排列、布满。"甘洁",味美而洁净的食物。

〔122〕箛角鼙(pí)鼓:"箛",胡箛,古时胡人所吹的一种木管(旧说是卷芦叶而成)乐器。"角",画角,古军中一种形如竹筒的吹器,早晚吹此以振奋士气。"箛角",犹如后来的军号、喇叭。"鼙鼓",战鼓。后文《长恨传》篇也作"鞞鼓","鞞",同"鼙"字。

〔123〕《钱塘破阵乐》:《破阵乐》,本唐初乐曲名,唐太宗为秦王时破刘周武军时所作,后改为表现战阵的武舞,由一百二十人披甲执戟而舞。这里因钱塘君战胜泾川龙君回来,故借称为《钱塘破阵乐》。

〔124〕旌铓杰气,顾骤悍栗:"铓",字书无此字,疑指上文所说剑戟一类的武器。"栗",同"慄"字。这两句的意思是说:旌旗剑戟之舞,其势激昂豪迈;武士们顾盼驰骤的行动,使人看了心惊胆战。

50

〔125〕金石丝竹："金石",指钟磬等;"丝",指琴瑟等;"竹",指箫笛等:统指乐器、乐队。

〔126〕"清音"二句:幽雅的乐声,抑扬顿挫,听上去有时好像在低声诉说,有时又好像在怨慕号泣。怨慕号泣是古帝虞舜的故事。据说他曾在田间向天号泣,怨自己不能获得父母的欢心,因而更增加思慕父母的情绪。见《孟子·万章》。

〔127〕锡以纨绮:"锡",赐与。"纨绮",绫绸。

〔128〕密席贯坐:紧紧地一个挨一个地坐着。

〔129〕纵酒极娱:尽量喝酒,非常快乐。

〔130〕苍苍:深青色。

〔131〕"狐神鼠圣"二句:"圣",在这里作神怪解释。"社",古时祭土神的地方。"薄",依附。狐狸依着城墙,老鼠依着祭社做巢穴,比喻坏人有所倚恃而猖獗,不便加以制裁,略有"投鼠忌器"一类的含义,指泾川龙君次子倚仗着父母的宠爱而胡作非为。典出《晋书·谢鲲传》:王敦告诉谢鲲说:刘隗为人奸邪,将要危害国家。我打算把这个皇帝面前的小人除掉。谢鲲回说:刘隗固然是一个祸首,但他却是"城狐社鼠"。意指刘隗追随着皇帝,如果清除他,就会惊动皇帝,如同掘狐怕坏了城墙,熏鼠怕烧了祭社一样。

〔132〕贞人:正人君子。

〔133〕言:语助词。下文"永言"的"言",作"乃"字解释。

〔134〕腹心:犹如说骨肉,指龙女;也可作龙女的内心解释。

〔135〕明公:对尊贵者的敬称。

〔136〕无时无:没有哪一时候不是这样,也就是时时刻刻的意思。

〔137〕歌阕(què):唱完了。

〔138〕踧踖(cù jí):恭敬而又不安的样子。

〔139〕爵:古时一种三脚的酒器。

51

〔140〕悠悠:形容遥远的样子。

〔141〕还处其休:回家过着团聚快乐的生活。"休",美好、喜庆的意思。

〔142〕荷和雅兮感甘羞:"荷和雅",承蒙殷勤的招待。"甘羞",美味的食物。

〔143〕山家:称自己家里的客气话。

〔144〕悲绸缪(móu):在情意缠绵的情况下而要离别,感到伤感。

〔145〕开水犀:可以把水分开的犀牛角,古代传说中的宝物。《埤雅》:犀角可以破水。

〔146〕照夜玑:夜明珠。"玑",本指不圆的珠子,这里作为珠子的通称。

〔147〕焕赫:光彩耀目的样子。

〔148〕酒阑:酒喝得差不多了,有些人还留在席上,有些人已经离开了,叫做"酒阑"。

〔149〕翌(yì)日:第二天。

〔150〕因酒作色:借着酒意,板起了脸,作出一本正经的样子。

〔151〕踞:蹲着,形容很随便的样子。

〔152〕猛石:坚硬的石头。

〔153〕衷曲:心事,内情。

〔154〕"如可"四句:如果你答应,大家如在天上——都很幸福。如果不答应,彼此如陷到粪土里——都要倒霉。"夷",平灭的意思。

〔155〕淑性茂质:和善的性情,美好的品质。

〔156〕九姻:就是九族,外祖父、外祖母、姨母的儿子、妻父、妻母、姑母的儿子、姊妹的儿子、外孙、自己的同族。

〔157〕求托高义:"求托",请把龙女相付托,就是给柳毅做妻子的意思。"高义",行为高尚有义气的人,指柳毅。

〔158〕肃然而作：态度严肃地站起来。

〔159〕孱（càn）困：卑鄙恶劣。

〔160〕九州：古代分天下（指中国）为"九州"，有《禹贡》九州、《尔雅》九州、《周礼》九州的分别。一般指《周礼》九州：扬、荆、豫、青、兖、雍、幽、冀、并。

〔161〕鏁：同"锁"字。

〔162〕"犯之者"二句：对触犯自己的人，不避死亡的危险去报复、抵抗他；对使自己感动（有恩或激于义愤）的人，不惜拼着性命去报答或打抱不平。

〔163〕玄山：黄黑色的山，指上文所说的"五岳"。

〔164〕"尽五常"二句：古代以仁、义、礼、智、信为"五常"。"常"，指平常应遵行的道理。这些本来都是好的行为，但封建统治者利用为本阶级服务，用以麻醉人民，因而往往变了质，反而成为束缚人民的枷锁。"百行"，指各种德行、好的行为。语出《诗经·卫风·氓》："士有百行。""微旨"，精微奥妙的道理。"负百行之微旨"，秉赋、实践各种德行的精妙道理。这两句的意思是说：钱塘君尽管是龙，但富有人性，它懂得并且坚持"五常"、"百行"这一些好的品德。

〔165〕乘酒假气：仗着酒意，借着气势。

〔166〕岂近直哉：这哪里合乎正道呢。

〔167〕"且毅之质"二句：而且我的身体，放在你的一片鳞甲之间，也不会填满，意思是就外形而言，自己十分渺小而钱塘君非常魁梧。"质"，指身体。

〔168〕筹：考虑。

〔169〕逡（qūn）巡：向后退，局促不安的样子。后文其他篇里，也作不久解释。

〔170〕妄突高明："妄"，胡乱的意思。"突"，唐突，犹如说冒犯、得

53

罪。"高明",对人的敬称。

〔171〕乖间(jiàn):疏远。

〔172〕预会:参加宴会。

〔173〕展愧戴:表达惭愧、爱戴的感激心情。

〔174〕睽(kuí)别:离别。

〔175〕赠遗(wèi):赠给。"遗",也是赠的意思。

〔176〕广陵:唐郡名,也称扬州,约辖今江苏扬州、泰州、高邮、宝应等地区,州治在今扬州市。唐代广陵是一所商业繁盛的大城市,很多外国或外族人在那里经营珠宝买卖。

〔177〕兆:百万。

〔178〕故:原来、旧有的。

〔179〕淮右:就是淮西,即淮水以西,今安徽合肥、凤阳一带地方。

〔180〕金陵:唐代的上元县,一度改名"金陵",今江苏南京市。

〔181〕鳏(guān)旷:有了相当年纪还没有妻子叫做"鳏旷"。

〔182〕匹:配偶。

〔183〕范阳:唐郡名。参看前《柳氏传》篇"幽、蓟"注。

〔184〕清流宰:"清流",唐县名,今安徽滁州。"宰",县令。

〔185〕独游云泉:独自一人到山中去修道的意思。

〔186〕适:嫁给。

〔187〕择德以配:挑选一个品德好的人嫁给他。

〔188〕就礼:举行婚礼。

〔189〕法用礼物:指结婚仪式中应有的礼物。

〔190〕健仰:非常羡慕。

〔191〕类:相似。

〔192〕经岁馀,有一子:原作"然君与余有一子",与上文词意不接,据虞本改。

〔193〕秾饰:打扮得如花似玉。

〔194〕帘室:门上有帘的屋子,指内室。

〔195〕召毅于帘室之间:原作"召亲戚相会之间"。按夫妇私语,似不应在召亲戚相会时,据虞本改。

〔196〕夙非姻好,何以为忆:原作"夙为洞庭君女传书,至今为忆",似答非所问,据虞本改。

〔197〕衔:心里感激的意思。

〔198〕季父:叔父。

〔199〕濯锦小儿:"濯锦",江名,就是四川成都市的浣花溪。"濯锦小儿",指濯锦江龙君的儿子。

〔200〕分(fèn):料想、自以为。

〔201〕死不自替:至死不忘,至死不变。"替",消灭、衰减的意思。

〔202〕遂闭户剪发,以明无意。虽为君子弃绝,分无见期;而当初之心,死不自替。他日父母怜其志:原作"惟以心誓难移,亲命难背。既为君子弃绝,分无见期;而当初之冤,虽得以告诸父母,而誓报不得其志"。按"心誓难移,亲命难背",语意似涉模棱两可;"闭户剪发,以明无意","当初之心,死不自替",则表达龙女坚决不移之意志,似较合理,据虞本改。

〔203〕当:当初、前些时。

〔204〕咸善终世:彼此在一起好好地过一生,犹如说"白头偕老"。

〔205〕"知君"二句:"知君有爱子之意":"爱子",原作"感余"。据下文,似作"爱子"是,据虞本改。"妇人匪薄":"匪"字费解,疑"菲"字形似误刻。匪薄,身份微贱的意思。

〔206〕不足以确厚永心:不能够切实巩固、加强你永远爱我的心意。

〔207〕以托相生:借以达到在一起生活的愿望。

〔208〕愁惧兼心:又忧愁又恐惧的心情。"兼",也可作积累解释,

"愁惧兼心",心里积存着愁惧的念头。

〔209〕固:坚决。

〔210〕枉抑:冤屈。

〔211〕自约其心:自己约束、控制着自己爱慕龙女的心情。

〔212〕理有不可直:道理上说不过去。

〔213〕某素以操贞为志尚:我平时以坚持正道为自己的抱负。"某",原作"善",费解。"贞",原作"真",似"贞"字较胜。据虞本改。

〔214〕"且以"四句:"胸臆",指内心。"纷纶",繁乱的样子。这四句的意思是说:当着酒宴应酬纷乱的时候,自己直率地发表意见,只知道照着正理去做,却不管会不会给自己带来祸害。指上文对钱塘君拒婚而言。

〔215〕依然:恋恋不舍的样子。

〔216〕"今日"数句:意思是说:龙女既已姓卢,又住在人间,就不是原来的身份,因而和她结婚,并不违反自己的初意,自己原来的主张并不错误。"惑",本是迷乱的意思,这里引申作错误解释。

〔217〕勿以他类,遂为无心:不要以为我是龙不是人类,就认为没有人心。

〔218〕同之:共同享受。

〔219〕嘉:赞许。

〔220〕吾不知国容乃复为神仙之饵:"国容",犹如说国色,指非常美丽的容貌。以利诱人叫做"饵",这里是导致物的意思。这句话的意思是说:我没有想到,由于娶了龙女这样美丽的妻子,却获得成仙得道的机会。"国容乃复为神仙之饵":"容",原作"客"。按此句接上文龙女"龙寿万岁,与君同之"一语而来,指娶龙女可以导致成仙,则作"容"字似较胜,疑形似误刻,据沈本改。

〔221〕南海:唐郡名,也称广州,约辖今广东全省除西南部以外的地

区,州治在今广州市。

〔222〕咸遂濡(rú)泽:都沾了光。"濡泽",润湿,引申作恩惠解释。

〔223〕春秋积序:"春秋",指时间,错举四时而言,引申作年龄解释。"春秋积序",年龄一年又一年地增加。

〔224〕上:对皇帝的尊称。

〔225〕京畿(jī)令:唐代以长安、万年、河南、洛阳、太原、晋阳六县县令为"京县令",京兆、河南、太原三府所辖各县县令为"畿县令",合称"京畿令"。京畿令的品级较一般县令为高。京城附近的地方为"畿"。

〔226〕侧立:斜着身子站着,恐惧的表示。

〔227〕指顾之际:手指目视之间,形容迅速。

〔228〕省(xǐng)然:忽然想起的样子。

〔229〕摄衣:撩起衣裳。

〔230〕珠翠:指插戴着珠翠首饰的侍女们。

〔231〕瞬息:"瞬",霎眼;"息",呼吸,形容极短的时间。

〔232〕遂绝影响:就再没有消息了。

〔233〕陇西:唐郡名,也称渭州,约辖今甘肃陇西、定西、武山等地区,州治在今陇西县。

〔234〕"五虫之长(zhǎng)"三句:"虫",动物的通称。"五虫",指倮虫(人类)、羽虫(鸟类)、毛虫(兽类)、鳞虫(鱼类)、介虫(龟类)。古人认为:毛虫之精者曰麟,羽虫之精者曰凤,介虫之精者曰龟,鳞虫之精者曰龙,倮虫之精者曰圣人。"五虫之长",即指麟、凤、龟、龙、圣人。"长",就是所谓"精者"。"别",区别、分别。这几句的意思是说:五虫之长一定有它特殊的灵性,和一般虫类不同,从这里就可以看得出它们的分别。指龙君能显示灵异,不同于普通的鳞虫。

〔235〕裸:同"倮"字。赤身露体叫做"裸"。人身上没有羽毛鳞甲,所以古时把人类列为倮虫。

〔236〕移信鳞虫:把人类讲信义的道理用来对于鳞虫——指柳毅负责代龙女传书事。

〔237〕含纳:有涵养、有度量。

〔238〕迅疾磊落:行动敏捷,胸怀坦白。

〔239〕宜有承焉:"承",禀承、禀赋,指它们(龙君)好的品德是有所禀承的。也可作"继承"解释。"宜有承焉",是说应该有人继承它们这种好的品德。

〔240〕嘏(gǔ)咏而不载,独可邻其境:"咏",指含有赞美意味的议论。"载",知识。这两句的意思是说:薛嘏时常向人谈起柳毅做神仙的事情,加以夸赞,可是他自己并不知道怎样才可以成仙。不过因为他和柳毅是亲戚,柳毅送给他仙药,所以他却能够达到神仙的境界。另一解释:薛嘏虽然和柳毅接近了,知道了成仙的方法,但是他只肯随便谈谈这件事,而不愿把它详细记录下来,因而别人无法了解,只有他自己一人能够达到神仙的境界。

李景亮[1]

李章武传

　　李章武,字飞,其先[2]中山[3]人。生而敏博,遇事便了[4]。工文学,皆得极至。虽弘道自高,恶为洁饰[5],而容貌闲美[6],即之温然[7]。与清河崔信友善。信亦雅士,多聚古物。以章武精敏,每访辨论,皆洞达玄微[8],研究原本,时人比晋之张华[9]。贞元[10]三年,崔信任华州别驾[11],章武自长安诣之[12]。数日,出行,于市北街见一妇人,甚美。因绐[13]信云:"须州外与亲故知闻[14]。"遂赁舍[15]于美人之家。主人姓王,此则其子妇也。乃悦而私[16]焉。居月馀日所[17],计用直[18]三万馀,子妇所供费倍之。既而两心克谐,情好弥切。无何,章武系事[19],告归长安,殷勤叙别。章武留交颈鸳鸯绮一端[20],仍[21]赠诗曰:"鸳鸯绮,知结几千丝。别后寻交颈,应伤未别时[22]。"子妇答[23]白玉指环一,又赠诗曰:"捻[24]指环相思,见环重相忆。愿君永持玩,循环无终极。"章武有仆杨果者,子妇赍[25]钱一千,以奖其敬事[26]之勤。既别,积[27]八九年。章武家长安,亦无从与之相闻。至贞元十一年,因友人张元宗寓居下邽县[28]，章武又自京师与元会。忽思曩好，乃回车涉渭[29]而访之。日暝[30]，达华州，将舍于王氏之室。至其门，则阒[31]无行迹[32]，但外有宾榻而已。章武以为下里[33]；或废业即农[34]，暂居郊野；或亲宾邀聚，未始归复[35]。但休止其门，将别适他舍。见东邻之妇，就而访之。乃云："王氏之长老[36]，皆舍业而出游；其子妇殁已再周[37]矣。"又详与之谈，即云："某姓杨，第六，为东邻妻。"复访："郎何姓？"章武具语之。又云："曩曾有傔[38]姓杨名果乎？"曰："有之。"因泣告曰："某为里中妇五年，与王氏相善。尝云：'我夫室犹如传舍[39]，阅人多矣。其于往来见调[40]者，皆殚财穷产，甘辞厚誓[41]，未尝动心。顷岁[42]有李十八郎，曾舍于我家。我初见之，不觉自失[43]。后遂私侍枕席，实蒙欢爱。今与之别累年[44]矣。思慕之心，或竟日不食，终夜无寝。我家人故[45]不可托。复被彼夫东西，不时会遇[46]。脱有至者，愿以物色[47]名氏求之。如不参差[48]，相托祗奉[49]，并语深意。但有仆夫杨果，即是。'不二三年，子妇寝疾。临终，复见托曰：'我本寒微，曾辱君子厚顾，心常感念。久以成疾，自料不治。曩所奉托，万一至此，愿申九泉[50]衔恨，千古睽离之叹。仍乞留止此，冀神会于仿佛[51]之中。'"章武乃求邻妇为开门，命从者市薪刍[52]食物。方将具绷席[53]，忽有一妇人，持帚，出房扫地。邻妇亦不之识。章武因访所从者，云是舍中人。又逼而诘之，即徐曰："王家亡妇感郎恩情深，将见会。恐生怪怖，故使相闻。"章武许诺，云：

"章武所由来者，正为此也。虽显晦殊途，人皆忌惮，而思念情至，实所不疑。"言毕，执帚人欣然而去，逡巡映门，即不复见。乃具饮馔，呼祭。自食饮毕，安寝。至二更许，灯在床之东南，忽尔稍暗，如此再三。章武心知有变，因命移烛背墙，置室东南隅[54]。旋闻室北角悉窣[55]有声；如有人形，冉冉[56]而至。五六步，即可辨其状。视衣服，乃主人子妇也。与昔见不异，但举止浮急，音调轻清耳。章武下床，迎拥携手，款[57]若平生之欢。自云："在冥录[58]以来，都忘亲戚；但思君子之心，如平昔耳。"章武倍与狎昵，亦无他异。但数请令人视明星，若出，当须还，不可久住。每交欢之暇，即恳托在邻妇杨氏，云："非此人，谁达幽恨？"至五更，有人告可还。子妇泣下床，与章武连臂出门，仰望天汉[59]，遂呜咽悲怨，却[60]入室，自于裙带上解锦囊，囊中取一物以赠之。其色绀碧[61]，质又坚密，似玉而冷，状如小叶。章武不之识也。子妇曰："此所谓'韩韨宝'[62]，出昆仑玄圃[63]中。彼亦不可得。妾近于西岳[64]与玉京夫人[65]戏，见此物在众宝珰[66]上，爱而访之。夫人遂假[67]以相授，云：'洞天[68]群仙，每得此一宝，皆为光荣。'以郎奉玄道，有精识，故以投献。常愿宝之，此非人间之有。"遂赠诗曰："河汉已倾斜，神魂欲超越。愿郎更回抱，终天从此诀[69]！"章武取白玉宝簪一以酬之，并答诗曰："分从幽显隔，岂谓有佳期。宁辞重重别，所叹去何之[70]。"因相持泣，良久。子妇又赠诗曰："昔辞怀后会，今别便终天。新悲与旧恨，千古闭穷泉[71]。"章武答曰："后期杳无约，前恨已相寻。别路无行信，何因得寄心[72]。"款曲叙别讫，遂却赴西北隅。行数步，犹回顾拭泪云："李郎无舍念此泉下人。"复哽咽伫立，视天欲明，急趋至角，即不复见。但空室窅然[73]，寒灯半灭而已。章武乃促装[74]，却自下邽归长安武定堡。下邽郡官[75]与张元宗携酒宴饮，既酣，章武怀念，因即事赋诗[76]曰："水不西归月暂圆，令人惆怅[77]古城边。萧条明早分歧路，知更相逢何岁年。"吟毕，与郡官别。独行数里，又自讽诵。忽闻空中有叹赏，音调凄恻。更审听之，乃王氏子妇也。自云："冥中各有地分[78]。今于此别，无日交会。知郎思眷，故冒阴司之责，远来奉送。千万自爱！"章武愈感之。及至长安，与道友陇西李助话，亦感其诚而赋曰："石沉辽海阔，剑别楚天长[79]。会合知无日，离心满夕阳。"章武既事东平丞相府[80]，因闲，召玉工视所得靺鞨宝，工亦不知，不敢雕刻。后奉使大梁[81]，又召玉工，粗[82]能辨，乃因其形[83]，雕作槲[84]叶象。奉使上京[85]，每以此物贮怀中。至市东街，偶见一胡僧，忽近马叩头云："君有宝玉在怀，乞一见尔。"乃引于静处开视。僧捧玩移时[86]，云："此天上至物[87]，非人间有也。"章武后往来华州，访遗杨六娘，至今不绝。

[1] 作者李景亮，唐德宗时曾应"详明政术可以理人科"及第。其他无可考。

这是一篇描写人鬼恋爱的故事。王氏虽然阅人已多，但不管别人花多少金钱，说多少好话，她都没有动心；惟有和李章武结识后，才恩爱异常。这表明了王氏对真正爱自己的人，情愿以身相付托；而对想以自己为玩物的人，却深加唾弃。文中"子妇所供费倍之"这一句，就说明了他们两人的爱情是真挚的，而非金钱所可买得。别后王氏思慕不忘，感念成疾而死，情节动人。

作者通过这一虚构故事，表达了封建社会里妇女向往自由，坚决反抗旧礼教的行为。

〔2〕先：祖先。

〔3〕中山：汉郡名，在今河北定州市。

〔4〕遇事便了：对任何事情，都能明白；对任何事情，都能随时解决。

〔5〕弘道自高，恶为洁饰：重视品德的修养，爱惜自己的身份，不愿意在外表修饰打扮。

〔6〕闲美：一种文雅、沉静的美。"闲"，同"娴"字。

〔7〕即之温然：和他接近的人，都觉得他性情很温和。

〔8〕洞达玄微：深切了解精妙的道理。

〔9〕张华：字茂先，晋代学术家，以博闻著称，曾任中书令、司空等官职。著有《博物志》，是一部记载异境奇物和古代琐闻杂事的书（今传本一般认为是后人假托他的名义纂辑的）。

〔10〕贞元：唐德宗（李适）的年号（公元七八五至八〇四年）。

〔11〕华州别驾："华州"，也称华阴郡，约辖今河南郑州、陕西渭南等地区，州治在今郑州市。"别驾"，刺史的高级佐吏。

〔12〕诣之：到他那里去。

〔13〕绐：哄骗。

〔14〕与亲故知闻：告诉亲友们知道，就是拜访亲友的意思。

〔15〕赁舍："赁"，租。"舍"，住。

〔16〕私：私通。

〔17〕居月馀日所：住了一个多月的光景。"所"，约计数量之词。

〔18〕直:同"值"字,指钱。

〔19〕系事:系于事,为事所牵缠。

〔20〕交颈鸳鸯绮一端:"交颈鸳鸯绮",上面织有鸳鸯形状的一种名贵的绸子。古诗《客从远方来》:"客从远方来,遗我一端绮。……文彩双鸳鸯,裁为合欢被。"唐陈子昂诗,也有"闻有鸳鸯绮,特为美人赠"之句。"端",古度名,有一丈六尺、二丈、六丈三种说法。"一端",犹如说一匹。

〔21〕仍:再、又。

〔22〕"鸳鸯绮"四句:"知结几千丝"之"丝",和"思"字谐音,语意双关,表示相思无穷无尽。后两句的意思是说:别后想到当初欢聚之乐而不可得,对别离以前那一种要好的情况,一定会感到很悲伤。"寻",寻思的意思。按本篇各诗都是五言,此诗首句只三字,明野竹斋沈氏抄本"鸳"上空二字,所以很可能是遗漏了二字。

〔23〕答:回赠。

〔24〕捻(niē):拿着。

〔25〕赍(jī):拿着东西给人。

〔26〕敬事:谨慎认真地做事。

〔27〕积:经过的意思。

〔28〕下邽(guī)县:今陕西渭南市,唐时是华州的属县。

〔29〕渭:水名,就是渭河,发源甘肃渭源县西北鸟鼠山,流经陕西省境,至潼关入黄河。

〔30〕日暝:天黑。

〔31〕阒(qù):寂静无声。

〔32〕则阒无行迹:"阒",原作"鬩"(谈本、许本作"闒"),应误,据字书改。

〔33〕下里:"里",指蒿里。古人以死人归宿的地方为"蒿里"。"下

里",到地下蒿里去,就是死亡。

〔34〕废业即农:把原来的事情抛弃了,到田地里去耕作。"即",往、就的意思。

〔35〕未始归复:还没有回来。"始",助词。

〔36〕长老:指尊长。

〔37〕再周:两周年。

〔38〕傔(qiàn):侍从、仆人。

〔39〕我夫室犹如传(zhuàn)舍:我丈夫家里——也就是自己家里,人来人往,十分杂乱,就好像传舍一样。"传舍",古时驿站里供应过客吃住的房子。

〔40〕见调:"见",助词,略有"加以"一类的含义。"调",调戏、挑逗。

〔41〕"殚财"二句:把所有的钱财都拿了出来,而且说些好听的话,发出深切的誓言。

〔42〕顷岁:往年。

〔43〕自失:自己若有所失,形容心神不安的样子。

〔44〕累(lěi)年:好多年。后文其他篇里"累月"、"累旬"、"累日",就是好几月,好几旬,好多天。

〔45〕故:原来、本来。

〔46〕复被彼夫东西,不时会遇:又被那个家伙(指自己的丈夫)带着忽而到东,忽而到西,到处奔走,以致没有一定的时间可以同他(指李章武)会见。

〔47〕物色:指容貌。

〔48〕不参差(cēn cī):没有错误、没有讹差的意思。

〔49〕祗(zhī)奉:恭敬的服侍。

〔50〕九泉:地下,指阴间。下文"穷泉",《霍小玉传》篇"黄泉",义

同。又"泉下人"指死人、鬼物。

〔51〕仿佛:指似有似无的境界。

〔52〕薪刍:柴草,指燃料和牲畜的饲料。后文《霍小玉传》篇"薪荛","荛",同"刍"字。

〔53〕具缃席:"具",铺设。"缃席",行李被褥。后文其他篇里也作"茵席","茵",同"缃"字。

〔54〕置室东南隅:"南",原作"西"。按东西不能称隅,据沈本改。

〔55〕悉窣:细碎声音的形容词。"悉",一般作"窸"。

〔56〕冉冉:形容缓缓而来的样子。

〔57〕款:款曲,犹如说缠绵、缱绻,指男女间的要好。

〔58〕在冥录:"冥",迷信说法的阴间。"录",簿册。"在冥录",名字列在阴间的簿籍上,意思是死亡了。

〔59〕天汉:天河、银河。下文"河汉",义同。

〔60〕却:还。

〔61〕绀碧:天青色。

〔62〕靺鞨(mò hé)宝:"靺鞨",古时我国东北少数民族名,分七部,其中黑水靺鞨就是后来的女真。那里出产一种宝石,名为"靺鞨宝"。

〔63〕昆仑玄圃:"昆仑",亚洲最大的山脉,分东、西、中三部;我国古代所说的昆仑,专指中昆仑的南部,在甘肃、新疆境内。神话传说:昆仑山的顶峰为"玄圃",上有五城十二楼,是神仙居住的地方。

〔64〕西岳:华山。

〔65〕玉京夫人:神话传说中的女仙。

〔66〕宝珰:"珰",椽头——房屋的出檐。"宝珰",用宝玉饰成的椽头,古称"璧珰"、"璇题"、"玉题"。

〔67〕假:取。

〔68〕洞天:道家说法:神仙住在名山洞府里,这些地方叫做"洞

天",有"十大洞天"、"三十六小洞天"等名目。

〔69〕"河汉"四句:意思是说:银河已经由天空中间转到一旁,说明夜已很深,就要天明了。离别在即,所以我精神非常不安。希望我们再多偎傍一刻,因为从此一别,就永无相见之期了。"终天",终身、无穷无尽。

〔70〕"分从"四句:意思是说:自以为和你阴阳路隔,谁知还有欢会之时。我们不妨再度离别,只是可叹的是,你又到哪里去呢?"何之",往哪里去。

〔71〕"昔辞"四句:意思是说:从前辞去的时候,还想着可以再会;如今一别,却永无相见之期了。心头交织着新的悲哀和旧的怅恨,只有怀着这种心情长期留在阴间而已。

〔72〕"后期"四句:意思是说:以后的会见是毫无希望的,现在已给我们带来怨恨的情绪。离别之后没有办法可以通消息,从哪里能向你表达我的心意呢?

〔73〕窅(yǎo)然:形容深远而黑暗的样子。

〔74〕促装:匆忙整理行李。

〔75〕郡官:本指太守、刺史,这里指县令。

〔76〕即事赋诗:古人对眼前的事物有感触,因而作诗,就用"即事"二字为题,叫做"即事诗"。"赋诗"就是作诗。

〔77〕惆(chóu)怅:形容因失望而伤感的样子。

〔78〕冥中各有地分(fēn):意指阴间划分地区,彼此不能逾越。

〔79〕"石沉"二句:"辽海",泛指大海。"石沉辽海阔",引用精卫填海的故事。《山海经·北山经》:古炎帝的女儿在东海里淹死了,化为精卫(一种海鸟);常衔来西山的木石,想把东海填平。后来引用这一神话,比喻怀恨无穷。"剑",故剑,本是旧妻的代词,这里指情妇。"楚",在这里不是专指楚地,而是泛称。古人习惯用楚天长、阔等字样来形容

67

空间的无边无际,时间的悠远长久。这两句的意思是说:李章武和王氏妇一别之后,永无见期,所以含恨无穷。

〔80〕既事东平丞相府:既已到东平丞相府做事,就是做东平丞相的幕僚、属官的意思。文中说是贞元十馀年间事,所以"东平丞相"应指李师古。按李师古曾任淄青节度使,贞元十六年加同中书门下平章事,就是宰相。淄青节度使当时治所在东平(今山东郓城),故称为"东平丞相"。

〔81〕奉使大梁:奉命到大梁为使者。"大梁",古邑名,在今河南开封市西北,后来通称开封为大梁。

〔82〕粗:大略、略为的意思。

〔83〕因其形:就着它原来的形状。

〔84〕檞(jiě):松樠(mán),一种心像松树的树木,也叫松心木。

〔85〕上京:京都、都城。

〔86〕移时:一段不太长的时间。

〔87〕至物:最好、最可宝贵的东西。

蒋　防[1]

霍小玉传

　　大历中,陇西李生名益[2],年二十,以进士擢第。其明年,拔萃[3],俟试于天官。夏六月,至长安,舍于新昌里。生门族清华[4],少有才思,丽词嘉句,时谓无双;先达丈人[5],翕然推伏。每自矜风调[6],思得佳偶,博求名妓,久而未谐。长安有媒鲍十一娘者,故薛驸马[7]家青衣[8]也;折券从良[9],十馀年矣。性便辟,巧言语[10],豪家戚里,无不经过,追风挟策,推为渠帅[11]。当[12]受生诚托厚赂,意颇德之[13]。经数月,李方闲居舍之南亭。申未间[14],忽闻扣门甚急,云是鲍十一娘至。摄衣从之,迎问曰:"鲍卿今日何故忽然而来?"鲍笑曰:"苏姑子作好梦也未[15]?有一仙人,谪在下界,不邀财货[16],但慕风流。如此色目[17],共十郎相当矣。"生闻之惊跃,神飞体轻,引鲍手且拜且谢曰:"一生作奴,死亦不惮[18]。"因问其名居。鲍具说曰:"故霍王[19]小女,字小玉,王甚爱之。母曰净持。——净持,即王之宠婢也。王之初薨,诸弟兄以其出自贱庶,不甚收录[20]。因分与资财,遣居于外,易姓为郑氏,人亦不知其王女。姿质秾

69

艳,一生未见;高情逸态,事事过人;音乐诗书,无不通解。昨遣某求一好儿郎格调相称者。某具说十郎。他亦知有李十郎名字,非常欢惬。住在胜业坊古寺曲[21],甫上车门宅是也。已与他作期约。明日午时,但至曲头觅桂子,即得矣。"鲍既去,生便备行计。遂令家僮秋鸿,于从兄[22]京兆参军[23]尚公处假青骊驹,黄金勒[24]。其夕,生浣衣沐浴,修饰容仪,喜跃交并,通夕不寐。迟明[25],巾帻[26],引镜自照,惟惧不谐也。徘徊之间,至于亭午[27]。遂命驾疾驱,直抵胜业。至约之所,果见青衣立候,迎问曰:"莫是李十郎否?"即下马,令牵入屋底,急急锁门。见鲍果从内出来,遥笑曰:"何等儿郎[28],造次[29]入此?"生调诮[30]未毕,引入中门。庭间有四樱桃树;西北悬一鹦鹉笼,见生入来,即语曰:"有人入来,急下帘者!"生本性雅淡,心犹疑惧,忽见鸟语,愕然[31]不敢进。逡巡,鲍引净持下阶相迎,延入对坐。年可四十馀,绰约[32]多姿,谈笑甚媚。因谓生曰:"素闻十郎才调风流,今又见仪容雅秀,名下固无虚士[33]。某有一女子,虽拙教训[34],颜色不至丑陋,得配君子,颇为相宜。频见鲍十一娘说意旨,今亦便令永奉箕帚。"生谢曰:"鄙拙庸愚,不意顾盼[35],倘垂采录,生死为荣。"遂命酒馔,即令小玉自堂东阁子[36]中而出。生即拜迎。但觉一室之中,若琼林玉树,互相照曜,转盼精彩射人。既而遂坐母侧。母谓曰:"汝尝爱念'开帘风动竹,疑是故人来',即此十郎诗也。尔终日吟想,何如一见?"玉乃低鬟[37]微笑,细语曰:"见面不如闻名[38]。才子岂能无貌?"生遂连起拜曰:"小娘子爱才,鄙夫重色。两好相映,才貌相兼。"母女相顾而笑,遂举酒数巡[39]。生起,请玉唱歌。初不肯,母固强之。发声清亮,曲度精奇。酒阑,及暝,鲍引生就西院憩息。闲庭邃宇,帘幕甚华。鲍令侍儿桂子、浣沙与生脱靴解带。须臾,玉至,言叙温和,辞气宛媚。解罗衣之际,态有馀妍[40],低帏昵枕,极其欢爱。生自以为巫山、洛浦[41]不过也。中宵[42]之夜,玉忽流涕观生曰:"妾本倡家,自知非匹。今以色爱,托其仁贤。但虑一旦色衰,恩移情替[43],使女萝[44]无托,秋扇见捐[45]。极欢之际,不觉悲至。"生闻之,不胜感叹。乃引臂替枕,徐谓玉曰:"平生志愿,今日护从,粉骨碎身,誓不相舍。夫人何发此言!请以素缣,著之盟约。"玉因收泪,命侍儿樱桃褰幄[46]执烛,授生笔研[47]。玉管弦之暇,雅[48]好诗书,筐箱笔研,皆王家之旧物。遂取绣囊,出越姬乌丝栏[49]素缣三尺以授生。生素多才思,援笔成章,引谕山河,指诚日月[50],句句恳切,闻之动人。染毕[51],命藏于宝箧之内。自尔婉娈相得[52],若翡翠之在云路也。如此二岁,日夜相从。其后年春,生以书判拔萃登科,授郑县主簿[53]。至四月,将之官,便拜庆于东洛[54]。长安亲戚,多就筵饯。时春物尚馀,夏景初丽,酒阑宾散,离思萦怀。玉谓生曰:"以君才地名声,人多景慕[55],愿结婚媾,固亦众矣。况堂有严亲,室无冢妇[56],君之此去,必就佳姻。盟约之言,徒虚语耳。然妾有短愿,欲辄指陈。永委君心[57],复能听否?"生惊怪曰："有何罪过[58]，忽发此辞？试说所言，必当敬奉。"玉曰："妾年始十八，君才二十有二，迨君壮室之秋[59]，犹有八岁。一生欢爱，愿毕此期。然后妙选高门[60]，以谐秦晋[61]，亦未为晚。妾便舍弃人事，剪发披缁[62]。夙昔之愿，于此足矣。"生且愧且感，不觉涕流。因谓玉曰："皎日之誓[63]，死生以之[64]。与卿偕老，犹恐未惬素志，岂敢辄有二三[65]。固请不疑，但端居相待。至八月，必当却到[66]华州，寻使奉迎，相见非远。"更数日，生遂诀别东去。到任旬日，求假往东都觐亲。未至家日，太夫人已与商量[67]表妹卢氏，言约已定。太夫人素严毅，生逡巡不敢辞让，遂就礼谢，便有近期[68]。卢亦甲族[69]也，嫁女于他门，聘财必以百万为约，不满此数，义在不行。生家素贫，事须求贷，便托假故，远投亲知，涉历江、淮，自秋及夏。生自以孤负[70]盟约，大愆回期，寂不知闻，欲断其望，遥托亲故，不遣漏言。玉自生逾期，数访音信。虚词诡说，日日不同。博求师巫，遍询卜筮[71]，怀忧抱恨，周岁有馀。羸[72]卧空闺，遂成沉疾。虽生之书题[73]竟绝，而玉之想望不移，赂遗亲知，便通消息。寻求既切，资用屡空，往往私令侍婢潜卖箧中服玩之物，多托于西市寄附铺[74]侯景先家货[75]卖。曾令侍婢浣沙将[76]紫玉钗一只，诣景先家货之。路逢内作[77]老玉工，见浣沙所执，前来认之曰："此钗，吾所作也。昔岁霍王小女，将欲上鬟[78]，令我作此，酬我万钱。我尝不忘。汝是何人，从何而得？"浣沙曰："我小娘子，即霍王女也。家事破散，失身于人。夫婿昨向东都,更无消息。悒怏成疾,今欲二年。令我卖此,赂遗于人,使求音信。"玉工凄然下泣曰:"贵人男女,失机落节[79],一至于此!我残年向尽,见此盛衰,不胜伤感。"遂引至延光公主宅[80],具言前事。公主亦为之悲叹良久,给钱十二万焉。时生所定卢氏女在长安,生既毕于聘财,还归郑县。其年腊月,又请假入城就亲。潜卜静居,不令人知。有明经[81]崔允明者,生之中表弟也。性甚长厚,昔岁常与生同欢于郑氏之室,杯盘笑语,曾不相同。每得生信,必诚告于玉。玉常以薪蒭衣服,资给于崔。崔颇感之。生既至,崔具以诚[82]告玉。玉恨叹曰:"天下岂有是事乎!"遍请亲朋,多方召致。生自以愆期负约,又知玉疾候沉绵[83],惭耻忍割[84],终不肯往。晨出暮归,欲以回避。玉日夜涕泣,都忘寝食,期一相见,竟无因由[85]。冤愤益深,委顿[86]床枕。自是长安中稍有知者。风流之士,共感玉之多情;豪侠之伦,皆怒生之薄行。时已三月,人多春游。生与同辈五六人诣崇敬寺[87]玩牡丹花,步于西廊,递吟诗句。有京兆韦夏卿者,生之密友,时亦同行。谓生曰:"风光甚丽,草木荣华。伤哉郑卿,衔冤空室!足下终能弃置,实是忍人。丈夫之心,不宜如此。足下宜为思之!"叹让[88]之际,忽有一豪士,衣轻黄纻衫,挟弓弹,丰神隽美,衣服轻华,唯有一剪头胡雏[89]从后,潜行而听之。俄而前揖生曰:"公非李十郎者乎?某族本山东,姻连外戚[90]。虽乏文藻,心尝乐贤[91]。仰公声华,常思觏止[92]。今日幸会,得睹清扬[93]。某之敝居,去此不远,亦有声乐,足以娱情。妖姬[94]八九人,骏马十数匹,唯公所欲。但愿一过。"生之侪辈,共聆斯语,更相叹美。因与豪士策马同行,疾转数坊,遂至胜业。生以近郑之所止,意不欲过,便托事故,欲回马首。豪士曰:"敝居咫尺[95],忍相弃乎?"乃鞚[96]挟其马,牵引而行。迁延之间,已及郑曲。生神情恍惚,鞭马欲回。豪士遽命奴仆数人,抱持而进。疾走推入车门,便令锁却,报云:"李十郎至也!"一家惊喜,声闻于外。先此一夕,玉梦黄衫丈夫抱生来,至席,使玉脱鞋。惊寤而告母。因自解曰:"'鞋'者,'谐'也。夫妇再合。'脱'者,'解'也。既合而解,亦当永诀。由此征之,必遂相见,相见之后,当死矣。"凌晨[97],请母妆梳。母以其久病,心意惑乱,不甚信之。俛勉[98]之间,强为妆梳。妆梳才毕,而生果至。玉沉绵日久,转侧须人[99];忽闻生来,欻然自起,更衣而出,恍若有神。遂与生相见,含怒凝视[100],不复有言。羸质娇姿,如不胜致[101],时复掩袂,返顾李生。感物伤人,坐皆欷歔。顷之,有酒肴数十盘,自外而来。一坐惊视,遽问其故,悉是豪士之所致也。因遂陈设,相就而坐。玉乃侧身转面,斜视生良久,遂举杯酒酬地[102]曰:"我为女子,薄命如斯!君是丈夫,负心若此!韶颜稚齿,饮恨而终。慈母在堂,不能供养。绮罗弦管,从此永休。征痛黄泉[103],皆君所致。李君李君,今当永诀!我死之后,必为厉鬼,使君妻妾,终日不安!"乃引左手握生臂,掷杯于地,长恸号哭数声而绝。母乃举尸,置[104]于生怀,令唤之,遂不复苏矣。生为之缟素[105]，且夕哭泣甚哀。将葬之夕，生忽见玉缞帷[106]之中，容貌妍丽，宛若平生。著石榴裙[107]，紫裖裆[108]，红绿帔子[109]。斜身倚帷，手引绣带，顾谓生曰："愧君相送，尚有馀情。幽冥之中，能不感叹。"言毕，遂不复见。明日，葬于长安御宿原[110]。生至墓所，尽哀而返。后月馀，就礼于卢氏。伤情感物，郁郁不乐。夏五月，与卢氏偕行，归于郑县。至县旬日，生方与卢氏寝，忽帐外叱叱作声。生惊视之，则见一男子，年可二十馀，姿状温美，藏身暎[111]幔，连招卢氏。生惶遽走起，绕幔数匝，倏然不见。生自此心怀疑恶，猜忌万端，夫妻之间，无聊生[112]矣。或有亲情，曲相劝喻。生意稍解。后旬日，生复自外归，卢氏方鼓琴于床，忽见自门抛一斑犀钿花合子[113]，方圆一寸馀，中有轻绢，作同心结[114]，坠于卢氏怀中。生开而视之，见相思子[115]二、叩头虫一、发杀鬾[116]一、驴驹媚[117]少许。生当时愤怒叫吼，声如豺虎，引琴撞击其妻，诘令实告。卢氏亦终不自明。尔后[118]往往暴加捶楚[119]，备诸毒虐，竟讼于公庭而遣之[120]。卢氏既出[121]，生或侍婢媵妾之属，暨[122]同枕席，便加妒忌。或有因而杀之者。生尝游广陵，得名姬曰营十一娘者，容态润媚，生甚悦之。每相对坐，尝谓营曰："我尝于某处得某姬，犯某事，我以某法杀之。"日日陈说，欲令惧己，以肃清闺门。出则以浴斛[123]覆营于床，周回封署，归必详视，然后乃开。又畜一短剑，甚利，顾谓侍婢曰："此信州葛溪铁[124]，唯断作罪过头！"大凡生所见妇人，辄加猜忌，至于三娶，率[125]皆如初焉。

〔1〕作者蒋防,字子徵(一作子微),唐义兴(今江苏宜兴市)人。宪宗时,曾任翰林学士、中书舍人等官职。著有诗集一卷。本篇是他的成名之作。

这是一篇因阶级矛盾而酿成的悲剧性故事。在唐代重视门阀制度的情况下,霍小玉出身贱庶——婢女的女儿——而又沦为娼妓,这就注定了她要成为牺牲者。李益对她始乱终弃,也正由于他是贵族——虽然已经没落了——出身的士大夫阶层的缘故。这篇故事反映了下层妇女的被压迫、被侮辱,也指出了封建统治阶级只知玩弄女性而没有真正的爱情。"痴心女子负心汉",是这篇故事的真实写照。作者是同情霍小玉而谴责李益的。

本文前半对两人相恋经过,曲曲写来,情致委婉;后半叙小玉遭到遗弃,又辛酸凄恻,扣人心弦。在唐人传奇中,这是一篇出色的作品。

明人汤显祖曾据此篇作《紫箫记》、《紫钗记》传奇。

〔2〕李生名益:唐时有两李益。其一姑臧(今甘肃武威市,即古陇西地)人,长于诗歌。宪宗时曾任集贤殿学士,后来又做过礼部尚书。为人性痴而妒,对妻妾防范甚严,当时传说他有"妒病"。本篇据说就是根据他的故事渲染写成的。

〔3〕拔萃:唐代科举及第,算有了"出身",取得做官的资格,但还要经过一定的期限才可以选任为官,而且不一定都选得上。如果想马上做官,可以参加另一种考试:试文三篇,叫做"宏词";试判(撰拟判词,就是下文所指的"书判")三条,叫做"拔萃"。合格后就可以分发任用。科举考试由礼部主持,这种任官考试却由吏部主持,所以下文说"俟试于天官(天官,吏部的别称)"。

〔4〕门族清华:出身高贵的意思。

〔5〕先达丈人:"先达",前辈。"丈人",老先生。

〔6〕自矜风调:自以为有才貌、风流自赏。

〔7〕驸马:官名,就是驸马都尉。皇帝的女婿,照例授此官职,是一种虚衔。

〔8〕青衣:婢女。古时以青衣为"贱者"(实际指劳动人民)的服装,因而称婢女为"青衣"。

〔9〕折券从良:赎身获得自由,嫁人为妻,不再做人家的奴隶了。"券",指卖身契一类的文件。"折券",毁弃了卖身契。

〔10〕"性便(pián)辟"二句:会卑躬屈节、花言巧语地巴结人。

〔11〕"追风"二句:"追风",指追求女人的行为。"挟策",有主意、有办法。盗贼的首领叫做"渠帅"。这句的意思是说:凡是想追求女人的,她都可以代为设法,因而大家推她做一个头儿。

〔12〕当:方、正当。

〔13〕德之:感激他。

〔14〕申未间:午后一时至四时。

〔15〕苏姑子作好梦也未:这应是当时的一句俗谚,出处未详。"作好梦也未",作了好梦没有。意思是来为他介绍佳偶,他应该在梦里就先有了好兆头的,所以问他作了好梦没有。

〔16〕不邀财货:不贪图金钱礼物。

〔17〕如此色目:犹如说像这一类的人。"色目",名目。

〔18〕"一生"二句:终身服侍她,就是死也心甘情愿。

〔19〕霍王:名李元轨,唐高祖的儿子。

〔20〕不甚收录:不大理睬、不愿容纳。

〔21〕曲:唐时坊里的小街巷称"曲"。

〔22〕从(zòng)兄:堂兄。

〔23〕参军:"参军事"的简称,是唐代军事机构、王府和府、州的属

官,有录事参军和诸曹参军之别。诸曹参军里,在军事机构有仓曹、兵曹、骑曹、胄曹,府、州有司功、司仓、司兵、司法、司士、司户等种种名目,职掌各有不同。

〔24〕勒:马笼头。

〔25〕迟(zhì)明:黎明。

〔26〕巾帻:戴上头巾。"巾",做动词用。

〔27〕亭午:正午。

〔28〕何等儿郎:犹如说什么样的人。

〔29〕造次:随随便便、冒冒失失。后文《长恨传》篇"方士造次未及言",造次是匆匆忙忙、慌慌张张的意思。

〔30〕调诮:嘲笑、说俏皮话。

〔31〕愕然:吃惊的样子。

〔32〕绰约:姿态舒缓柔弱而优美的样子。

〔33〕名下固无虚士:指有学问的人,名副其实,并不虚假。典出《陈书·姚察传》:姚察聘周,刘臻问他关于《汉书》的疑问十多条,他详为分析讲解,而且都有根据。刘臻佩服地说:"名下固无虚士。"又隋朝薛道衡作《人日》诗的故事里,也有这句话。

〔34〕拙教训:没有受到好教育。

〔35〕不意顾盼:没有想到承蒙看得起、看中了。

〔36〕阁(gé)子:旁边的小门。后文《李娃传》篇"娃自阁中闻之","阁"同"阁"字,指楼。

〔37〕低鬟:低头,形容少女羞涩的样子。"鬟",妇女的发髻。

〔38〕见面不如闻名:下文"才子"指闻名,"貌"指见面,此处似应作"闻名不如见面"。

〔39〕数(shuò)巡:斟过几遍酒。

〔40〕态有馀妍:犹如说长得够漂亮的。

〔41〕巫山、洛浦:指古代两个恋爱的神话。战国时,宋玉作《高唐赋》,在序里说:楚襄王和他游云梦。他告诉楚襄王:先生(应指楚怀王)游高唐,曾梦见神女来和他欢会。临去时,说自己住在巫山的南面,朝为行云,暮为行雨,朝朝暮暮,阳台之下。后来一般却指为楚襄王的故事。三国时,曹操击败袁绍,把他的儿媳甄氏掠来给曹丕为妻。甄氏很美丽,曹植也十分恋慕她,但求之不得。曹丕为帝时,立甄氏为后,后来又因故杀死。有一次,曹植经过洛水,梦见甄氏前来叙情,于是作了一篇《感甄赋》,借洛神——宓妃来影射甄氏。魏明帝(曹叡)时,改《感甄赋》为《洛神赋》。"洛浦",洛水边。

〔42〕中宵:半夜。

〔43〕恩移情替:恩爱之情转移、衰退了。下文"替枕",替,代的意思。

〔44〕女萝:就是松萝,一种丝状的植物,多攀附在别的树上生长。封建时代,认为妇女要倚靠着男子生活,因而就以"女萝"比喻女子的身份,是夫权意识的反映。

〔45〕秋扇见捐:"捐",弃置。秋凉时,扇子就要弃置不用了,因而以"秋扇见捐"比喻妇女因年老色衰为男子所抛弃。典出汉代班婕妤《怨歌行》:"新裂齐纨素,皎洁如霜雪。裁成合欢扇,团圆似明月。出入君怀袖,动摇微风发。常恐秋节至,凉飙夺炎热。弃捐箧笥中,恩情中道绝。"

〔46〕褰(qiān)帷:"褰",揭起、拉起。"帷",帐幕。

〔47〕研:同"砚"字。

〔48〕雅:很、颇为。

〔49〕乌丝栏:一种织成或画成黑线竖格的绢质卷轴或纸笺。

〔50〕"引谕"二句:引山河来比喻恩情的深厚,指着日月发誓,表明相爱的诚挚。

〔51〕染毕:写完。

〔52〕婉娈(luán)相得:亲热地相处得很好。

〔53〕郑县主簿:"郑县",今河南郑州市。"主簿",管理文书簿册的官员。

〔54〕便拜庆于东洛:就回到洛阳去探望母亲。"拜庆","拜家庆"的简称。唐代风俗,离家日久而回去探望父母,叫做"拜家庆"。当时以洛阳为东都,所以称为"东洛"。

〔55〕景慕:羡慕。"景",也是慕的意思。

〔56〕冢妇:正妻。

〔57〕永委君心:永远放在你的心里。

〔58〕有何罪过:有什么得罪你的地方。

〔59〕壮室之秋:"室",娶妻。"秋",时。"壮室之秋",三十岁的时候,古代认为是娶妻的适当年龄,有"三十而娶"的说法。

〔60〕妙选高门:"妙选",很好地选择。"高门",显贵人家。

〔61〕以谐秦晋:结婚的意思。"谐",和合。春秋时,秦晋两国交好,彼此世世约为婚姻,后来就称缔订婚约为"秦晋之好"。

〔62〕剪发披缁:当尼姑的意思。"缁",缁衣,僧尼穿的黑色袈裟。

〔63〕皎(jiǎo)日之誓:"皎日",白日。"皎日之誓",指着太阳发誓。语出《诗经·王风·大车》:"谓予不信,有如皎日。""皎",本作"暾"字。

〔64〕死生以之:死活都这样,死活都不变心。

〔65〕二三:三心二意。语出《诗经·卫风·氓》:"二三其德。"

〔66〕却到:还到。

〔67〕商量:指议婚。

〔68〕"遂就礼谢"二句:于是到卢家去谢婚,并且商定了在短期间内举行婚礼。

〔69〕甲族：世家大族，就是官僚地主大家庭。后文《李娃传》篇"弟兄婚媾皆甲门"，"甲门"，义同。

〔70〕孤负：违背、背弃。

〔71〕卜筮（shì）：古人卜卦以问吉凶的两种方法：用龟壳来卜卦叫做"卜"，用蓍草来卜卦叫做"筮"。

〔72〕羸（léi）：瘦弱。

〔73〕书题：指书信。

〔74〕寄附铺：也称"柜房"，唐时多设在西市，是一种代人保管或出售珍贵物品的商行。

〔75〕货：卖的意思，作动词用。

〔76〕将：拿着。

〔77〕内作：皇家的工匠。

〔78〕上鬟：古时女子十五岁为"及笄（jī）"（笄，簪子），这时要举行一种仪式，把披垂的头发梳上去，可以插簪子，表示已经成人待嫁了，称为"上鬟"。

〔79〕失机落节：犹如说倒霉、落魄。

〔80〕延光公主：就是郜（gào）国公主，唐肃宗的女儿。"遂引至延光公主宅"："光"，原作"先"。按《唐书》仅有郜国公主初封延光，元刻本《唐书》亦作"延光"，疑形似误刻，据《唐书》改。

〔81〕明经：唐代考选制度，曾分为明经、进士等科。由于诗赋取中的为"进士"，由于经义取中的为"明经"。

〔82〕诚：真实情况。

〔83〕疾候沉绵：病得很沉重。

〔84〕忍割：忍痛舍弃。"割"，割爱。

〔85〕竟无因由：竟然找不到一个机会。

〔86〕委顿：无力支持的样子。

〔87〕崇敬寺:唐代长安中区靖安坊的一座庙宇,原为僧寺,后改尼寺,和胜业坊只隔五六坊。

〔88〕让:责备。

〔89〕胡雏:指卖身为奴的幼年胡人。参看前《任氏传》篇"胡人"注。

〔90〕姻连外戚:和外地的人结为亲戚。

〔91〕"虽乏"二句:虽然没有什么文才,却喜欢和贤士交往。

〔92〕觏止:遇见、相会。"止",语助词。

〔93〕清扬:本指人眉目清秀的样子,引申作为对人的敬词,犹如说"尊容"。

〔94〕妖姬:美姬。

〔95〕咫(zhǐ)尺:周代以八寸为"咫",只合现在两公寸多一点。"咫尺",形容距离很近。

〔96〕挽:同"挽"字。

〔97〕凌晨:清晨。

〔98〕僶(mǐn)勉:勉强。"僶",同"黾"字。

〔99〕转侧须人:一举一动,都要旁人扶持的意思。

〔100〕凝视:目不转睛地看着。后文《李娃传》篇"凝睇",义同。这里是怒视,后者却是指爱慕地看着。

〔101〕如不胜致:"致",意态。"如不胜致",形容弱不禁风、怯生生的样子。

〔102〕酹地:浇洒地上。

〔103〕征痛黄泉:造成死亡的痛苦。

〔104〕置(zhì):安置、放在。

〔105〕为之缟(gǎo)素:为她服丧带孝。"缟素",白衣服,指丧服。

〔106〕繐(suì)帷:灵帐。

〔107〕石榴裙:红裙。

〔108〕裓(kè)裆:唐时妇女穿的一种外袍。

〔109〕红绿帔(pèi)子:唐时妇女披于肩背的一种纱巾,多为薄质纱罗所制,长的称"披帛",短的称"帔子"。"红绿帔子",是上有红绿颜色花饰的纱巾。

〔110〕御宿原:在长安城南,是古时埋葬死者的地方。

〔111〕暎:同"映"字。

〔112〕无聊生:毫无生趣的样子。

〔113〕斑犀钿花合子:杂色犀牛角雕成、嵌饰金花的盒子。

〔114〕同心结:古时用锦带结成连环回文的花样,用以表示爱情,叫做"同心结"。

〔115〕相思子:就是红豆,一种草本木质的蔓生植物,种子大如豌豆,鲜红而有黑色斑点,也有全红的,可做装饰品或供药用。古时用这种东西来寄托相思的情意,所以叫做"相思子"。

〔116〕发杀觜(zī):是何物待考。据《书影》第五卷说:"似媚药无疑。"

〔117〕驴驹媚:《物类相感志》:"凡驴驹初生,未堕地,口中有一物,如肉,名'媚'。妇人带之能媚。"是荒淫腐朽的封建统治阶级的一种邪说。

〔118〕尔后:此后。

〔119〕捶楚:"捶",用杖打击。"楚",一种四五尺高的小树,古人用这种树木做为责罚子弟的扑具,后来就把打人的棍子叫做"楚"。这里作动词用。"捶楚"就是鞭打。后文《飞烟传》篇"鞭楚",义同。

〔120〕遣之:把她"休"掉;就是由男方主动、片面的离婚。

〔121〕出:封建社会里,男子片面离婚休妻叫做"出",意思是把配偶从家庭里赶出去。按照旧礼教,妇女如果无子、淫佚、不事舅姑(不能

好好地服侍公婆)、口舌、盗窃、妒忌、恶疾,尽管不是妇女本身的责任,男方却可以作为一种借口,说成是妇女的重大过失,构成被"出"的条件,这就是所谓"七出之条"。丈夫认为妻子犯了"七出之条"的任何一条,都有权把她送回娘家,永远断绝关系。在"夫权中心"的时代,这种"习惯法",是加在妇女身上最残酷的枷锁之一。

〔122〕蹔:同"暂"字。

〔123〕浴斛:澡盆之类。

〔124〕信州葛溪铁:"信州",约辖今江西贵溪以东,怀玉山以南地区,州治在今上饶市。上饶市即唐时上饶县。上饶葛溪铁精而工细,见《清异录》。

〔125〕率:大概。

李公佐

古《岳渎经》[1]

贞元丁丑岁[2],陇西李公佐泛潇湘[3]、苍梧。偶遇征南从事[4]弘农[5]杨衡,泊舟古岸,淹留佛寺,江空月浮,征异话奇。杨告公佐云:"永泰[6]中,李汤任楚州[7]刺史时,有渔人,夜钓于龟山[8]之下。其钓[9]因物所制,不复出。渔者健水[10],疾沉于下五十丈。见大铁镽,盘绕山足,寻不知极[11]。遂告汤。汤命渔人及能水者数十,获其镽,力莫能制。加以牛五十馀头,镽乃振动,稍稍就岸。时无风涛,惊浪翻涌。观者大骇。镽之末见一兽,状有如猿,白首长髻[12],雪牙金爪,闯然[13]上岸,高五丈许。蹲踞之状若猿猴。但两目不能开,兀若昏昧[14]。目鼻水流如泉,涎沫腥秽,人不可近。久,乃引颈伸欠,双目忽开,光彩若电。顾视人焉,欲发狂怒。观者奔走。兽亦徐徐引镽拽牛,入水去,竟不复出。时楚多知名士,与汤相顾愕栗,不知其由尔。乃渔者时知镽所,其兽竟不复见。"公佐至元和[15]八年冬,自常州[16]饯送给事中[17]孟简至朱方[18],廉使[19]薛公苹馆待礼备。时扶风[20]马植、范阳卢简能、河东[21]裴蘧,皆同馆

85

之,环炉会语终夕焉。公佐复说前事,如杨所言。至九年春,公佐访古东吴[22],从太守[23]元公锡泛洞庭,登包山[24],宿道者周焦君庐。入灵洞,探仙书。石穴间得古《岳渎经》第八卷,文字古奇,编次蠹毁,不能解。公佐与焦君共详读之:"禹理水,三至桐柏山[25],惊风走雷,石号木鸣,五伯拥川,天老肃兵,不能兴[26]。禹怒,召集百灵,搜命夔龙。桐柏千君长稽首请命[27]。禹因囚鸿蒙氏、章商氏、兜卢氏、犁娄氏。乃获淮、涡[28]水神,名无支祁,善应对言语,辨江、淮之浅深,原隰[29]之远近。形若猿猴,缩鼻高额,青躯白首,金目雪牙。颈伸百尺,力逾九象,搏击腾踔[30]疾奔,轻利倏忽,闻视不可久。禹授之童律,不能制;授之乌木由,不能制;授之庚辰,能制。鸱脾桓木魅水灵山妖石怪,奔号聚绕以千数[31]。庚辰以战逐去。颈锁大索,鼻穿金铃,徙淮阴之龟山之足下,俾淮水永安流注海也。庚辰之后,皆图此形者,免淮涛风雨之难。"即李汤之见,与杨衡之说,与《岳渎经》符矣。

〔1〕古《岳渎经》:古代纪载山川形势的一部书,今已失传。一说这是本篇作者李公佐虚拟的书名。李公佐,字颛蒙,唐陇西人。曾举进士,宪宗时任钟陵从事等官职。所作的传奇现存四篇。

本篇写水神无支祁以及大禹召集诸神制服它的故事。情节虽然荒诞,却反映了大禹治水时艰苦斗争的经过。大禹治水,是氏族社会里人们应付天然灾害的一件大事,工程艰巨,功绩卓著,民间怀着钦敬的心情,辗转传说这一故事,不免加以夸大渲染,所以就有了这一类的神话。

〔2〕贞元丁丑岁:我国以干支纪年,"贞元丁丑岁",就是贞元十三年(公元七九七年)。

〔3〕泛潇湘:"泛",走水路。"潇湘",潇水和湘水。"湘水",见前《柳毅传》篇"湘滨"注。潇水源出湖南宁远县九嶷山(即下文所指的"苍梧"),流经零陵会合湘水,称为"潇湘"。

〔4〕征南从事:征南将军幕下的从事。唐时军事长官和州下面都设有从事官,职掌不一。

〔5〕弘农:唐郡名,也称虢(guó)州,约辖今河南黄河以南、宜阳以北,和陕西洛水上游一些地区,州治在今河南灵宝市西南。

〔6〕永泰:唐代宗(李豫)的年号(公元七六五年)。

〔7〕楚州:也称淮阴郡,约辖今江苏淮河以南,盱眙(xū yí)以东,宝应、盐城以北地区,州治在今淮安市。下文龟山所在地的盱眙,唐时一度归楚州管辖。

〔8〕龟山:在今江苏盱眙县,神话传说禹锁无支祁于此。

〔9〕钓:指钓钩。

〔10〕健水:会水性。

〔11〕寻不知极:找不到尽头。

〔12〕鬐(qí):颈上的鬃毛。

〔13〕闯然:形容突然出现的样子。

〔14〕兀若昏昧:在那里一动也不动,好像没有知觉的样子。

〔15〕元和:唐宪宗(李纯)的年号(公元八〇六至八二〇年)。

〔16〕常州:也称晋陵郡,约辖今江苏常州、镇江、丹阳、江阴等地区,州治在今常州市。

〔17〕给事中:唐代谏官,认为皇帝诏令有不妥的,有权提出意见,请求重加考虑。

〔18〕朱方:古吴地,在今江苏镇江市东南。

〔19〕廉使:"廉访使"的简称,就是观察使。唐代每道设一观察使,是地方的行政长官,节度使则偏重军事,但后来观察使多由节度使兼任。薛苹就是当时的湖南观察使。

〔20〕扶风:唐郡名,也称凤翔府,约辖今陕西宝鸡、周至等地区,府治在今凤翔。

〔21〕河东:唐郡名,就是蒲州,也称河中府,辖今山西西南部龙门山以南稷山、盐池及永乐镇以西地区,州治在今运城蒲州镇。

〔22〕东吴:古地名,今江苏苏州市。

〔23〕太守:郡的长官。唐代有时改州为郡,有时改郡为州;改州时长官称刺史,改郡时长官称太守。

〔24〕包山:就是太湖里的洞庭西山。

〔25〕桐柏山:在今河南桐柏县西南。

〔26〕"五伯拥川"三句:这里"五伯"、"天老"和下文的"夔龙"、"桐柏千君长"、"鸿蒙氏"、"章商氏"、"兜卢氏"、"犁娄氏"、"童律"、"乌木由"、"庚辰"、"鸥脾桓",都是神怪的名字。神话传说:这些神怪,有的助禹治水,有的反对、破坏。当时有仙人云华夫人,为了助禹治水,曾传授他召致鬼神的法术,而且叫手下的庚辰、童律等神祇,代禹疏浚水道,最后才大功告成。见《集仙录》。"拥川",兴波作浪的意思。"肃兵",起兵作乱。"不能兴",没有办法进行疏浚的工程。

〔27〕请命:请求饶命,也可作请示解释。

〔28〕涡(guō):水名,就是涡河,源出河南通许县东南,至太康县名涡河,流经安徽亳州、涡阳、蒙城,至怀远县入淮水。

〔29〕原隰(xí):高平和低湿的地方。

〔30〕腾踔(chuō):跳跃。

〔31〕奔号聚绕以千数:原作"奔号聚绕数千载",似不合理,据沈本改。

南柯太守传[1]

东平淳于棼，吴、楚游侠之士[2]。嗜酒使气[3]，不守细行[4]。累巨产，养豪客。曾以武艺补淮南军裨将[5]，因使酒[6]忤帅，斥逐落魄[7]，纵诞[8]饮酒为事。家住广陵郡东十里。所居宅南有大古槐一株，枝干修密，清阴[9]数亩。淳于生日与群豪，大饮其下。贞元七年九月，因沉醉致疾。时二友人于坐，扶生归家，卧于堂东庑[10]之下。二友谓生曰："子其寝矣！余将秣马[11]濯足，俟子小愈而去。"生解巾就枕，昏然忽忽[12]，仿佛若梦。见二紫衣使者，跪拜生曰："槐安国王遣小臣致命奉邀。"生不觉下榻整衣，随二使至门。见青油小车，驾以四牡[13]，左右从者七八，扶生上车，出大户，指古槐穴而去。使者即驱入穴中。生意颇甚异之，不敢致问。忽见山川、风候[14]、草木、道路，与人世甚殊[15]。前行数十里，有郛郭城堞[16]。车与人物，不绝于路。生左右传车者[17]传呼[18]甚严，行者亦争辟于左右[19]。又入大城，朱门重楼，楼上有金书，题曰"大槐安国"。执门者[20]趋拜奔走。旋有一骑传呼曰："王以驸马远降，令且息东华馆。"因前导而去。俄见一门洞开，生降车而入。彩槛雕楹；华木珍果，列植于庭下；几案茵褥，帘帏肴膳，陈设于庭上。生心甚自悦。复有呼曰："右相[21]且至。"生降阶祗奉。有一人紫衣象简[22]前趋，宾主之仪敬尽焉。右相曰："寡君[23]不以弊[24]国远僻,奉迎君子,托以姻亲。"生曰:"某以贱劣之躯,岂敢是望。"右相因请生同诣其所。行可百步,入朱门。矛戟斧钺,布列左右,军吏数百,辟易道侧。生有平生酒徒周弁者,亦趋其中。生私心悦之,不敢前问。右相引生升广殿,御卫严肃,若至尊[25]之所。见一人长大端严,居正位,衣素练服,簪[26]朱华冠。生战栗,不敢仰视。左右侍者令生拜。王曰:"前奉贤尊[27]命,不弃小国,许令次女瑶芳,奉事[28]君子。"生但俯伏而已,不敢致词。王曰:"且就宾宇[29],续造仪式[30]。"有旨,右相亦与生偕还馆舍。生思念之,意以为父在边将,因殁[31]虏中,不知存亡。将谓父北蕃交通[32],而致兹事。心甚迷惑,不知其由。是夕,羔雁币帛[33],威容仪度,妓乐丝竹,毅膳灯烛,车骑礼物之用,无不咸备。有群女,或称华阳姑,或称青溪姑,或称上仙子,或称下仙子,若是者数辈。皆侍从数十,冠[34]翠凤冠,衣金霞帔,彩碧金钿,目不可视。遨游戏乐,往来其门,争以淳于郎为戏弄。风态妖丽,言词巧艳,生莫能对。复有一女谓生曰:"昨上巳日[35],吾从灵芝夫人过禅智寺,于天竺院观石延舞《婆罗门》[36]。吾与诸女坐北牖[37]石榻上,时君少年,亦解骑来看。君独强来亲洽,言调笑谑。吾与穷英妹结绛巾,挂于竹枝上,君独不忆念之乎?又七月十六日,吾于孝感寺侍上真子,听契玄法师[38]讲《观音经》[39]。吾于讲[40]下舍[41]金凤钗两只,上真子舍水犀合子一枚。时君亦讲筵中于师处请钗合视之。赏叹再三,嗟异良久。顾余辈曰:'人之与物，皆非世间所有。'或问吾氏，或访吾里。吾亦不答。情意恋恋，瞩盼不舍。君岂不思念之乎？"生曰："中心藏之，何日忘之[42]。"群女曰："不意今日与君为眷属。"复有三人，冠带甚伟，前拜生曰："奉命为驸马相者[43]。"中一人与生且故[44]。生指曰："子非冯翊[45]田子华乎？"田曰："然。"生前[46]，执手叙旧久之。生谓曰："子何以居此？"子华曰："吾放游[47]，获受知于右相武成侯段公，因以栖托[48]。"生复问曰："周弁在此，知之乎？"子华曰："周生，贵人也。职为司隶[49]，权势甚盛。吾数蒙庇护。"言笑甚欢。俄传声曰："驸马可进矣。"三子取剑佩冕服，更衣之。子华曰："不意今日获睹盛礼，无以相忘也。"有仙姬数十，奏诸异乐，婉转清亮，曲调凄悲，非人间之所闻听。有执烛引导者，亦数十。左右见金翠步障[50]，彩碧玲珑，不断数里。生端坐车中，心意恍惚，甚不自安。田子华数言笑以解之。向者群女姑姊[51]，各乘凤翼辇[52]，亦往来其间。至一门，号"修仪宫"。群仙姑姊亦纷然在侧，令生降车辇拜，揖让升降，一如人间。彻障去扇[53]，见一女子，云号"金枝公主"。年可十四五，俨若神仙[54]。交欢之礼，颇亦明显。生自尔情义日洽，荣曜日盛。出入车服，游宴宾御，次于王者[55]。王命生与群寮备武卫，大猎于国西灵龟山。山阜峻秀，川泽广远，林树丰茂，飞禽走兽，无不蓄之。师徒大获，竟夕而还。生因他日，启王曰："臣顷[56]结好之日，大王云奉臣父之命。臣父顷佐边将，用兵失利，陷没胡中。尔来绝书信十七八岁矣。王既知所在，臣请一往拜观。"王遽谓曰:"亲家翁职守北土,信问不绝。卿但具书状知闻[57],未用便去。"遂命妻致馈贺之礼,一[58]以遣之。数夕还答。生验书本意,皆父平生之迹。书中忆念教诲,情意委曲,皆如昔年。复问生亲戚存亡,闾里兴废。复言路道乖远[59],风烟阻绝。词意悲苦,言语哀伤。又不令生来观,云:"岁在丁丑,当与女[60]相见。"生捧书悲咽,情不自堪。他日,妻谓生曰:"子岂不思为政[61]乎?"生曰:"我放荡不习政事。"妻曰:"卿但为之,余当奉赞[62]。"妻遂白于王。累日,谓生曰:"吾南柯政事不理,太守黜废。欲藉卿才,可曲屈[63]之,便与小女同行。"生敦授教命[64]。王遂敕有司[65]备太守行李。因出金玉、锦绣、箱奁、仆妾、车马,列于广衢[66],以饯公主之行。生少游侠,曾不敢有望,至是甚悦。因上表曰:"臣将门馀子,素无艺术[67],猥当大任[68],必败朝章[69]。自悲负乘,坐致覆𫗧[70]。今欲广求贤哲,以赞不逮[71]。伏见司隶颍川[72]周弁,忠亮刚直,守法不回,有毗佐之器[73]。处士[74]冯翊田子华,清慎通变,达政化之源。二人与臣有十年之旧,备知才用,可托政事。周请署[75]南柯司宪[76],田请署司农[77]。庶使臣政绩有闻,宪章不紊也。"王并依表以遣之。其夕,王与夫人饯于国南。王谓生曰:"南柯国之大郡,土地丰壤[78],人物豪盛,非惠政不能以治之。况有周、田二赞[79]。卿其勉之,以副国念[80]。"夫人戒公主曰:"淳于郎性刚好酒,加之少年。为妇之道,贵乎柔顺。尔善事之,吾无忧矣。南柯虽封境[81]不遥,晨昏有间[82]。今日睽别,宁不沾巾。"生与妻拜首[83]南去,登车拥骑,言笑甚欢。累夕达郡。郡有官吏、僧道、耆老[84]、音乐、车舆、武卫、銮铃[85],争来迎奉。人物阗咽[86],钟鼓喧哗,不绝十数里。见雉堞台观,佳气郁郁[87]。入大城门——门亦有大榜,题以金字,曰"南柯郡城"——见朱轩棨户[88],森然[89]深邃。生下车,省风俗,疗病苦,政事委以周、田,郡中大理。自守郡二十载,风化广被[90],百姓歌谣,建功德碑[91],立生祠宇。王甚重之。赐食邑[92],锡爵位,居台辅。周、田皆以政治著闻,递迁大位。生有五男二女。男以门荫[93]授官,女亦娉[94]于王族。荣耀显赫,一时之盛,代莫比之[95]。是岁,有檀萝国者,来伐是郡。王命生练将训师以征之。乃表周弁将兵三万,以拒贼之众于瑶台城。弁刚勇轻敌,师徒败绩[96]。弁单骑裸身潜遁,夜归城。贼亦收辎重铠甲[97]而还。生因囚弁以请罪。王并舍之。是月,司宪周弁疽[98]发背,卒。生妻公主遘疾[99],旬日又薨。生因请罢郡[100],护丧赴国[101]。王许之。便以司农田子华行[102]南柯太守事。生哀恸发引[103],威仪在途,男女叫号,人吏奠馈,攀辕遮道[104]者不可胜数。遂达于国。王与夫人素衣哭于郊,候灵舆之至。谥[105]公主曰:"顺仪公主。"备仪仗羽葆鼓吹[106],葬于国东十里盘龙冈。是月,故司宪子荣信,亦护丧赴国。生久镇外藩[107],结好中国,贵门豪族,靡不是洽[108]。自罢郡还国,出入无恒,交游宾从,威福日盛。王意疑惮之。时有国人上表云:"玄象谪见[109],

国有大恐[110]。都邑迁徙,宗庙崩坏。衅起他族,事在萧墙[111]。"时议以生僭儗[112]之应也。遂夺生侍卫,禁生游从,处之私第。生自恃守郡多年,曾无败政[113],流言怨悖[114],郁郁不乐。王亦知之。因命生曰:"姻亲二十馀年,不幸小女夭枉[115],不得与君子偕老,良用痛伤。"夫人因留孙自鞠育[116]之。又谓生曰:"卿离家多时,可暂归本里,一见亲族。诸孙留此,无以为念。后三年,当令迎卿。"生曰:"此乃家矣,何更归焉?"王笑曰:"卿本人间,家非在此。"生忽若惛[117]睡,瞢然[118]久之,方乃发悟前事,遂流涕请还。王顾[119]左右以送生。生再拜而去,复见前二紫衣使者从焉。至大户外,见所乘车甚劣,左右亲使御仆,遂无一人,心甚叹异。生上车,行可数里,复出大城。宛是昔年东来之途,山川原野,依然如旧。所送二使者,甚无威势。生逾怏怏[120]。生问使者曰:"广陵郡何时可到?"二使讴歌自若[121],久乃答曰:"少顷即至。"俄出一穴,见本里闾巷,不改往日,潸然[122]自悲,不觉流涕。二使者引生下车,入其门,升其阶,己身卧于堂东庑之下。生甚惊畏,不敢前近。二使因大呼生之姓名数声,生遂发寤如初。见家之僮仆拥篲于庭,二客濯足于榻,斜日未隐于西垣,馀樽尚湛于东牖[123]。梦中倏忽,若度一世矣。生感念嗟叹,遂呼二客而语之。惊骇,因与生出外,寻槐下穴。生指曰:"此即梦中所经入处。"二客将谓狐狸木媚[124]之所为祟。遂命仆夫荷斤斧[125],断拥肿[126],折查枿[127],寻穴究源。旁可袤丈[128],有大

94

穴,洞然[129]明朗,可容一榻。根上有积土壤,以为城郭台殿之状[130]。有蚁数斛,隐聚其中。中有小台,其色若丹。二大蚁处之,素翼朱首,长可三寸;左右大蚁数十辅之,诸蚁不敢近:此其王矣。即槐安国都也。又穷[131]一穴,直上南枝,可四丈,宛转方中[132],亦有土城小楼,群蚁亦处其中,即生所领南柯郡也。又一穴:西去二丈,磅礴空圬[133],嵌窘[134]异状。中有一腐龟壳,大如斗。积雨浸润,小草丛生,繁茂翳荟[135],掩映振壳[136],即生所猎灵龟山也。又穷一穴:东去丈馀,古根盘屈,若龙虺[137]之状。中有小土壤,高尺馀,即生所葬妻盘龙冈之墓也。追想前事,感叹于怀,披阅穷迹,皆符所梦。不欲二客坏之,遽令掩塞如旧。是夕,风雨暴发。旦视其穴,遂失群蚁,莫知所去。故先言"国有大恐,都邑迁徙",此其验矣。复念檀萝征伐之事,又请二客访迹于外。宅东一里有古涸涧,侧有大檀树一株,藤萝拥织[138],上不见日。旁有小穴,亦有群蚁隐聚其间。檀萝之国,岂非此耶。嗟乎!蚁之灵异,犹不可穷,况山藏木伏之大者所变化乎?时生酒徒周弁、田子华并居六合县[139],不与生过从[140]旬日矣。生遽遣家僮疾往候之。周生暴疾已逝,田子华亦寝疾于床。生感南柯之浮虚,悟人世之倏忽,遂栖心道门[141],绝弃酒色。后三年,岁在丁丑,亦终于家。时年四十七,将符宿契之限[142]矣。公佐贞元十八年秋八月,自吴之洛,暂泊淮浦,偶觌淳于生儿楚[143],询访遗迹,翻覆再三,事皆摭实[144],辄编录成传,以资好事[145]。虽稽神语怪,事涉非经[146]，而窃位著生[147]，冀将为戒。后之君子，幸以南柯为偶然，无以名位骄于天壤间云。

前华州参军李肇赞[148]曰：

贵极禄位[149]，权倾国都[150]，达人[151]视此，蚁聚何殊。

〔1〕作者是唐代中叶人。当时政治腐败，藩镇割据，局势混乱，官僚们争权夺利，互相倾轧，往往有朝为贵官，夕遭贬戮的。作者以其简练朴质的文笔，概括地描写了一个想往上爬的读书人的一生经历，暴露了封建统治阶级内部的黑暗，给予热衷利禄的人以讽刺。作者在篇后说，"窃位著生，冀将为戒"，而且比"贵极禄位，权倾国都"的统治集团为"蚁聚"，这就说明了作者十分鄙视追求利禄的名利之徒。

从写作的技巧方面说来，它不是平铺直叙地来描述梦里的一生，而是把梦境和现实结合起来，醒后从蚁穴中穷究根源，一切都符合梦境，使人有真实的感觉。所以鲁迅先生说它："假实证幻，馀韵悠然。"

但是这篇故事也反映了"浮生若梦"的人生观，这是在当时士大夫相率崇奉道教、佛教的风气影响下而产生的虚无主义的出世思想，对读者起了麻醉作用，是有害的。

在李公佐所作的四篇传奇中，这一篇最有名，而且对后世影响较深。"南柯一梦"的成语，就是由此而来。根据此篇演为戏曲的，有明人汤显祖的《南柯记》、车任远的《南柯梦》（《四梦记》之一）等。

〔2〕游侠之士：指一种爱交朋友、讲求信义，为了救困扶危，可以不顾自己身家性命的人。

〔3〕使气：指感情冲动时，不顾后果地任性而为。

〔4〕不守细行：不拘细节。

〔5〕补淮南军裨将："补"，补充官员缺额的专称。"淮南"，唐道名，

约辖今湖北长江以北,汉水以东,江苏、安徽长江以北,淮河以南的地区。"淮南军",指淮南节度使所属的军队。"裨将",副将。

〔6〕使酒:倚仗着酒意乱说乱动,发酒疯。

〔7〕落魄:飘泊无依。

〔8〕纵诞:放浪不拘,随随便便的样子。

〔9〕阴(yìn):覆荫、遮蔽。

〔10〕庑(wǔ):走廊。

〔11〕饫(mò)马:喂马。后文《裴航》篇"秣马","饫",同"秣"字。

〔12〕昏然忽忽:形容昏昏沉沉,糊里糊涂的样子。后文《长恨传》篇"忽忽不乐","忽忽",指心情不愉快、不得意。

〔13〕四牡:四匹马。"牡",公兽,这里泛指马匹。

〔14〕风候:风俗和气候。

〔15〕甚殊:大为不同。下文"蚁聚何殊",何殊,有什么不同。

〔16〕郛郭城堞:"郛郭",城外筑为保卫之用的外城。"堞"(即下文的"雉堞"),女墙,就是城上有射孔的小墙。

〔17〕传车者:古代官员出行,由公家供给驿马;每三十里设一驿站,供休息和换马之用,叫做"乘传"。最早时不用马而用车,称为"传车"。"传车者",指这一类供应车马、随从照料的人。

〔18〕传呼:喝道。封建时代,大官僚出行时,由侍卫高呼行人避让的一种"威仪",是警戒性质的举动。

〔19〕争辟于左右:抢着向道路两边躲让。

〔20〕执门者:看门的人。

〔21〕右相:唐代以中书令为右相。

〔22〕紫衣象简:"紫衣",唐代三品以上大官的服装(前文"紫衣吏"所穿的紫衣,只是吏从的普通衣服)。"简",朝笏,就是手板,臣僚朝见皇帝时,拿在手里,作指划或记事之用的东西。"象简",象牙制成的简,

97

是大臣所用的。

〔23〕寡君：寡德的君王，对别国的人自称本国皇帝的客气话。

〔24〕弊：同"敝"字。

〔25〕至尊：对皇帝的尊称。

〔26〕簪：戴，作动词用。

〔27〕贤尊：对人父亲的敬称。

〔28〕奉事：服侍、伺候的意思，引申作嫁给解释。参看前《任氏传》篇"奉巾栉"注。

〔29〕且就宾宇：暂时到宾馆里去。

〔30〕续造仪式："续"，下一步。"造"，举行、办理。"仪式"，指婚礼。

〔31〕殁：同"没"字，指陷没。

〔32〕北蕃交通："北蕃"，唐时指契丹、奚、黑水靺鞨等少数民族。"交通"，勾结、暗中来往的意思。"通"，原作"逊"，费解，据沈本改。

〔33〕羔雁币帛："羔"，小羊。"币帛"，指玉、马、皮革、丝织品一类的东西。"羔雁币帛"，都是古人见面或结婚时赠送的礼物。

〔34〕冠（guàn）：戴，作动词用。

〔35〕上巳日：古代风俗，以三月初三日为"上巳"，这一天要到郊外游玩洗濯。最初本有提倡清洁卫生的含义，后来传说这样可以把坏运气洗掉，就成为一种迷信的行为了。

〔36〕石延舞《婆罗门》："石"，原作"右"。唐代西域石国人住在长安的很多，他们多以"石"为姓，擅长舞蹈。"石延"，大约是当时石国有名的舞蹈家。疑形似误刻，据虞本改。《婆罗门》，指当时婆罗门国的舞蹈，据说可以倒行用脚来舞蹈，也可以一人伏着伸出手来，由另外两人踏在上面，旋转不已。一说《婆罗门舞》就是《霓裳羽衣舞》。

〔37〕牖（yǒu）：窗户。

〔38〕法师：本指精通经典、善于说法的佛教徒，后来成为对一般和尚的尊称。

〔39〕《观音经》：就是《观世音经》，指《法华经》里《观世音菩萨普门品》（佛经称篇章为"品"）。唐代因避唐太宗李世民的讳，故简称《观世音经》为《观音经》。

〔40〕讲：讲座、讲席，就是下文的"讲筵"，也称"俗讲"，指和尚讲佛经故事。唐代佛教盛行，长安城里的寺庙很多，通常于每月三、八日由高僧讲佛经中的故事，社会各阶层的人都可以自由前去听讲。所讲的大都通俗易懂，往往采取连说带唱、散文和韵文结合的方式，也叫"变文"。后来除取材佛经外，也讲历史故事和民间传说。

〔41〕舍：布施。

〔42〕"中心藏之"二句：这两句是引自《诗经·小雅·隰桑》。

〔43〕相者：导引宾客、赞助行礼的人。

〔44〕故：老朋友。

〔45〕冯翊：唐郡名，也称同州，约辖今陕西渭水以北、洛水以东、黄梁河以南地区，州治在今陕西大荔县。

〔46〕前：向前，作动词用。

〔47〕放游：浪游、任意出游。

〔48〕因以栖托：因此获得存身的地方。

〔49〕司隶：古代负巡察京畿治安、缉捕盗贼的官员，在唐代相当于京畿采访使一类的官职。

〔50〕步障：官僚贵族出行时，作挡风寒、遮尘土之用的屏风。

〔51〕向者群女姑姊：姊，原作"娣"。"姊"字似较胜，下文亦作"群女姑姊"，疑形似误刻，据沈本改。

〔52〕辇：皇帝乘的车子叫做"辇"，这里泛指贵族的车子。

〔53〕扇：纱扇，结婚时新妇用来披在头上的纱巾。

〔54〕俨若神仙:态度庄严得像神仙一样。

〔55〕次于王者:仅仅比皇帝低一等。

〔56〕顷:前不久。下文"顷"字,义同。

〔57〕具书状知闻:可以写信去告知的意思。

〔58〕一:专。

〔59〕乖远:距离很远。

〔60〕女:同"汝"字。

〔61〕为政:做官。

〔62〕奉赞:犹如说给你帮忙。

〔63〕曲屈:委屈,客气话。

〔64〕敦(duī)授教命:接受国王以政事相托付的命令。"敦",投掷、迫促,引申作掷付、委托解释。

〔65〕有司:主管官吏。

〔66〕广衢:大街。

〔67〕艺术:指学术和行政经验。

〔68〕猥(wěi)当大任:"猥",有胡乱地、马马虎虎地一类的含义。"猥当大任",指没有才具而勉强负担重要的职务。

〔69〕必败朝章:一定会搞坏了国家的政事。

〔70〕覆𩛩(sù):"𩛩",鼎里煮的食物。"覆𩛩",把鼎里的食物打翻了,比喻由于力不胜任而搞糟了事情。

〔71〕以赞不逮:以帮助我照料顾不到的地方。

〔72〕颍川:唐郡名,也称许州,约辖今河南许昌、长葛、鄢陵、扶沟等地区,州治在今许昌市。

〔73〕有毗佐之器:具有佐理政务的才具。"毗佐",辅佐的意思。

〔74〕处(chǔ)士:品学俱优而隐居不做官的人称"处士"。

〔75〕署:任官含有试用性质的称"署"。

〔76〕司宪:掌管司法的官员,这里指郡的司法参军一类官职。

〔77〕司农:掌管钱谷的官员,这里指郡的司仓参军一类官职。

〔78〕土地丰壤:土地肥沃的意思。"壤",疑"穰"字之误,谷物有好收成叫做"丰穰"。"壤"与"土地"意重复,且此四字与下文"人物豪盛"系对句,疑"壤"字系"穰"字形似误刻。

〔79〕赞:辅佐官。

〔80〕以副国念:以体念、满足国家的期望。

〔81〕封境:疆界。

〔82〕晨昏有间(jiàn):和父母隔离了的意思。"晨昏","昏定晨省"的省词。古礼:儿女每天晚上要为父母铺陈卧具,早上要向父母问安,叫做"昏定晨省"。

〔83〕拜首:磕头。

〔84〕耆老:六十岁的老人为"耆";"耆老",泛指年高有德的人。

〔85〕鸾铃:皇帝乘的车子,前面饰有鸾鸟的形状,口中衔铃,叫做"鸾铃",也称"青鸾"。一说是在驾车的马勒头旁系铃,响声有如鸾鸣,所以叫做"鸾铃"。"鸾",通"鸾"字。古人称似凤、五彩而多青色的鸟为鸾。这里指太守乘的车马。

〔86〕人物阗咽:人多气盛,声音杂乱。

〔87〕佳气郁郁:"佳气",吉祥的气象。"郁郁",形容旺盛。下文"郁郁不乐",郁郁,是心里烦闷的样子。

〔88〕棨(qǐ)户:"棨",棨戟,也叫"门戟",一种木制无刃的戟,把它架在宫殿、官署和大官僚私人住宅门前,用以表示威严的仪物(唐代规定,三品以上的官员,门前才许立戟)。"棨户",指这一类的门第。

〔89〕森然:形容威严整肃的样子。

〔90〕风化广被:移风易俗的教令普遍推行。

〔91〕功德碑:颂扬功绩、德行的石碑。下文"生祠宇",是为活人塑

像的祠堂。

〔92〕食邑:也叫"采地"。封建时代,最高统治者把某一地方若干户封给功臣或贵族,准许他们向封地人民征收租税,靠着剥削收入来挥霍吃喝,所以叫做"食邑"。

〔93〕门荫:唐代制度,贵族和大官的亲戚或子孙,可以按等授给官位;把这种资格叫做"门荫"或"门资"。这是封建统治阶级想长期维持它们集团利益的一种手段。

〔94〕娉:同"聘"字。

〔95〕代莫比之:当时没有人能比得上。

〔96〕败绩:打了大败仗。

〔97〕辎重铠甲:军队里的器械、粮草以及各种材料,统称"辎重"。"铠甲",古时战士披在身上以抗击敌人武器的一种戎衣。铁制的称"铠",皮制的称"甲"。

〔98〕疽(jū):一种有很多疮口的毒疮,多生背上,叫做"搭手",也称"搭背"。

〔99〕遘疾:害病。

〔100〕罢郡:解除太守的职务。

〔101〕护丧赴国:"护丧",主持丧事。"赴国",到京城里去。"国",指京城。

〔102〕行:兼理。

〔103〕发引:棺材前面牵引的绳索(后来改用白布)叫做"引"。"发引",就是出殡。

〔104〕攀辕遮道:"辕",车底连着轴、外出向前,左右各一的驾车之木。古时人民不愿较为贤明的官员乘车离任,就拉住他的车辕,遮住车道,表示挽留。后来因以"攀辕遮道"(也作卧辙)为挽留官员去职的代词。

〔105〕谥(shì):大官贵族或较有社会地位的人死后,由政府或亲友根据他一生的事迹,为他立一个称号,以示表扬或批评,叫做"谥"。

〔106〕羽葆鼓吹(chuì):"羽葆",绸制、用鸟毛饰成,像伞一样的华盖,是官员出行时的仪仗之一。"鼓吹",各种吹打乐器的合奏队。

〔107〕久镇外藩:长久为镇守一方的大员。古时有封地的侯王称为"外藩"。淳于棼做太守而有食邑,其地位和有封地的侯王差不多,所以这样说。

〔108〕靡不是洽:没有不和他要好的。

〔109〕玄象谪见:"玄象",天象。"谪见",指日月星辰等天象的变动。"谪",谴责的意思。古人迷信,认为人世间发生某种不好的事情,例如皇帝失政或有危难,天象就有了感应,现出一些变异,是上天借以表示谴责或警告的。

〔110〕大恐:犹如说大灾难。

〔111〕事在萧墙:"萧墙",作为内部屏障的当门小墙。臣僚朝见皇帝时,到了萧墙下就要特别严肃恭敬,因为这里是距离皇帝很近的地方。"萧"是肃敬的意思,所以称为"萧墙"。孔子说过,"季孙之忧"在"萧墙之内"(见《论语·季氏》),意指忧患在内不在外。后来就称祸患从内部发生的为"祸起萧墙"。"事在萧墙",义同。

〔112〕侈僭(jiàn):"侈",奢侈的行为。"僭",指超过本身所应有的享受和作为。

〔113〕败政:不良的政绩。

〔114〕流言怨悖:"流言",没有根据的话。"流言怨悖",惑于流言而加以歧视。

〔115〕夭柱:少年死亡。

〔116〕鞠育:抚养。

〔117〕憪:同"惛"字,昏昏沉沉的样子。

103

〔118〕瞢(méng)然:眼睛看不清楚的样子,引申作神志不清解释。"瞢",同"懵"字。

〔119〕顾:回视,引申作招呼、命令解释。

〔120〕生愈怏怏:淳于生心里更加不痛快、不高兴。

〔121〕讴歌自若:"讴歌",歌唱。"自若",态度像平时一样地自然。

〔122〕潸(shān)然:形容流泪的样子。

〔123〕馀樽尚湛(zhàn)于东牖:"湛",本是澄清的意思。"馀樽尚湛于东牖",东窗下的酒杯里,还有喝剩下来的酒在那里发清光。

〔124〕木媚:树妖。

〔125〕斤斧:砍木用的斧子。

〔126〕拥肿:指长得卷曲而不平直的树木。

〔127〕查枿(niè):经砍伐后又生长出来的树枝。

〔128〕袤(mào)丈:"袤",指长度。"袤丈",丈把长。

〔129〕洞然:空空洞洞的样子。

〔130〕有大穴,洞然明朗,可容一榻。根上有积土壤,以为城郭台殿之状:"根"字原在"洞"字上,义不顺,据虞本改。

〔131〕穷:穷究、追寻到底。

〔132〕宛转方中:曲曲折折地从四面到正中间。

〔133〕磅礴(páng bó)空圬(wū):"磅礴",广大无边的样子。"空圬",空空洞洞的,四面涂抹了泥土。

〔134〕嵌窞(qiàn dàn):"嵌",像山一样地开展;"窞",深凹进去的洞。"嵌窞",形容有些地方凸出来,有些地方凹进去。

〔135〕繁茂翳荟:为茂盛的草木所遮掩。

〔136〕掩映振壳:指小草遮掩飘拂而触到龟壳。

〔137〕虺(huǐ):一种两尺多长、土色无文的毒蛇。

〔138〕拥织:纠缠在一起。

〔139〕六合县：今江苏六合。

〔140〕过从：朋友间的来往。

〔141〕栖心道门：把心放在道门上，就是一心学道。"栖"，止息的意思。

〔142〕符宿契之限：符合从前约定的期限，指上文槐安国王所说"后三年当令迎卿"那句话。

〔143〕觌（dí）：见。"偶觌淳于生儿楚"："儿楚"，原作"梦"。按贞元十八年淳于梦已死，下文亦明言"访询遗迹"，何能再觌见本人？鲁本古籍刊行社编者校记，疑"梦"应据沈本作"貌"，是遗貌、遗容意。虽亦可通，究嫌牵强。作"儿楚"，指其子淳于楚，则完全可解矣。据虞本改。

〔144〕翻覆再三，事皆摭（zhí）实："摭"，拾取。这两句的意思是说：经过再三调查研究，对淳于梦梦中的故事，都取得了确证。

〔145〕以资好（hào）事：供爱管闲事的人作为阅读、谈论材料的意思。

〔146〕事涉非经：事情不合于常理。

〔147〕窃位著生："位"，官位。"窃位"，没有才能而做了大官，犹如偷窃得来的一般。"著"，贪嗜，迷恋。"著生"，贪恋人世的生活。

〔148〕赞：题赞、论赞，旧文体的一种。在字画或文章上面题几句有关的话，或在某人的传记后面附加一段评论，表示欣赏、赞扬或发抒感慨，叫做"赞"。通常都是韵文。

〔149〕贵极禄位：做了最大的官的意思。后文《虬髯客传》篇"极人臣"，义同。

〔150〕权倾国都：权力压倒都城里所有的人。

〔151〕达人：达观、对一切事情都能看得开的人。

谢小娥传[1]

小娥,姓谢氏,豫章[2]人,估客[3]女也。生八岁,丧母;嫁历阳[4]侠士段居贞。居贞负气重义,交游豪俊。小娥父畜[5]巨产,隐名商贾间,常与段婿同舟货[6],往来江湖。时小娥年十四,始及笄[7]。父与夫俱为盗所杀,尽掠金帛。段之弟兄,谢之生侄[8],与童仆辈数十,悉沉于江。小娥亦伤胸折足,漂流水中,为他船所获,经夕而活。因流转乞食至上元县[9],依妙果寺尼净悟之室。初,父之死也,小娥梦父谓曰:"杀我者,车中猴,门东草。"又数日,复梦其夫谓曰:"杀我者,禾中走,一日夫。"小娥不自解悟,常书此语,广求智者辨之[10],历年不能得。至元和八年春,余罢江西[11]从事,扁舟东下,淹泊建业[12],登瓦官寺[13]阁。有僧齐物者,重贤好学,与余善。因告余曰:"有孀妇[14]名小娥者,每来寺中,示我十二字谜语,某不能辨。"余遂请齐公书于纸,乃凭槛书空[15],凝思默虑。坐客未倦,了悟[16]其文。令寺童疾召小娥前至,询访其由。小娥呜咽良久,乃曰:"我父及夫,皆为贼所杀。迩后尝梦父告曰[17]:'杀我者,车中猴,门东草。'又梦夫告曰:'杀我者,禾中走,一日夫。'岁久无人悟之。"余曰:"若然[18]者,吾审详矣[19]。杀汝父是申蘭,杀汝夫是申春。且车中猴,車字去上下各一画,是申字;又申属猴,故曰车中猴。草下有門,門中有東,乃蘭字也。又,禾中走是穿田过,亦是申字也。一日夫者,夫上更一画,下有日,是春字也。杀汝父是申兰,杀汝夫是申春,足可明矣。"小娥恸哭再拜,书申兰、申春四字于衣中,誓将访杀二贼,以复其冤。娥因问余姓氏、官族,垂涕而去。尔后小娥便为男子服,佣保[20]于江湖间。岁馀,至浔阳郡[21],见竹户上有纸牓子[22],云"召佣者"。小娥乃应召诣门,问其主,乃申兰也。兰引归。娥心愤貌顺,在兰左右,甚见亲爱。金帛出入之数,无不委娥。已二岁馀,竟不知娥之女人也。先是[23],谢氏之金宝、锦绣、衣物、器具,悉掠在兰家,小娥每执旧物,未尝不暗泣移时。兰与春,宗昆弟也。时春一家住大江[24]北独树浦,与兰往来密洽。兰与春同去经月,多获财帛而归。每留娥与兰妻兰氏同守家室,酒肉衣服,给娥甚丰。或一日,春携文鲤[25]兼酒诣兰。娥私叹曰:"李君精悟玄鉴[26],皆符梦言。此乃天启其心,志将就矣[27]。"是夕,兰与春会群贼,毕至酣饮。暨诸凶既去,春沉醉,卧于内室,兰亦露寝于庭。小娥潜锁春于内,抽佩刀先断兰首,呼号邻人并至,春擒于内,兰死于外,获赃收货,数至千万。初,兰、春有党数十,暗记其名,悉擒就戮。时浔阳太守张公,善其志行[28],为具其事上旌表[29],乃得免死。时元和十二年夏岁也。复父夫之仇[30]毕,归本里,见亲属。里中豪族争求聘,娥誓心不嫁。遂剪发披褐,访道于牛头山,师事大士尼[31]将律师[32]。娥志坚行苦,霜春雨薪[33],不倦筋力。十三年四月,始受具戒[34]于泗州[35]开元寺,竟以小娥为法号[36],不忘本也。其年夏月,余始归长安，途经泗滨，过善义寺谒大德尼令。操戒新见者数十，净发鲜帔，威仪雍容[37]，列侍师之左右。中有一尼问师曰："此官岂非洪州李判官[38]二十三郎者乎？"师曰："然。"曰："使我获报家仇，得雪冤耻，是判官恩德也。"顾余悲泣。余不之识，询访其由。娥对曰："某名小娥，顷乞食孀妇也。判官时为辨申兰、申春二贼名字，岂不忆念乎？"余曰："初不相记，今即悟也。"娥因泣，具写记申兰、申春，复父夫之仇，志愿粗毕，经营终始艰苦之状。小娥又谓余曰："报判官恩，当有日矣。"岂徒然哉[39]！嗟乎！余能辨二盗之姓名，小娥又能竟复父夫之雠冤，神道不昧，昭然可知。小娥厚貌深辞[40]，聪敏端特[41]，炼指跛足[42]，誓求真如[43]。爰自入道，衣无絮帛，斋无盐酪，非律仪禅理[44]，口无所言。后数日，告我归牛头山，扁舟泛淮，云游南国[45]，不复再遇。君子曰："誓志不舍，复父夫之仇，节也；佣保杂处，不知女人，贞也；女子之行，唯贞与节能终始全之而已。如小娥，足以儆天下逆道乱常[46]之心，足以观天下贞夫孝妇之节。"余备详前事，发明隐文[47]，暗与冥会[48]，符于人心。知善不录，非《春秋》[49]之义也。故作传以旌美之。

[1] 这是一篇描写勇于和杀父杀夫的仇人作斗争的奇女子的传奇。她既机警，又顽强，有肝胆，有血性，凭其坚忍不拔的毅力，终于报了血海深仇。

不过，作者把谢小娥的复仇说成是"神道不昧"，而且颂扬了封建道德的"节"和"贞"，这却是由于时代的局限性而反映在作者头脑中的落后思想。

唐人李复言的《续玄怪录》中有《尼妙寂》一则,也记此事;明人凌濛初《拍案惊奇》,则演绎成《李公佐巧解梦中言,谢小娥智擒船上盗》这一篇故事。

〔2〕豫章:唐郡名,也称洪州,约辖今江西修水、锦水流域和南昌、丰城、进贤等地区,州治在今南昌市。

〔3〕估客:贩运商人。

〔4〕历阳:唐郡名,也称和州,约辖今安徽和县、含山等地区,州治在今和县。

〔5〕畜:积蓄。

〔6〕货:做生意买卖。

〔7〕及笄:到了戴簪子的时候。参看前《霍小玉传》篇"上鬟"注。

〔8〕生侄:徒弟和侄子。

〔9〕上元县:见前《柳毅传》篇"金陵"注。

〔10〕广求智者辨之:"之",原作"也"。似"之"字义较顺,据虞本改。

〔11〕江西:唐时"江南西道"的简称,今江西省境。

〔12〕建业:古地名,今江苏南京市。

〔13〕瓦官寺:六朝时梁代所建的名寺,也名升元阁,高二十四丈。

〔14〕孀妇:寡妇。

〔15〕书空:用手指在空中比划着写字。

〔16〕了悟:了解、明白。

〔17〕迩后尝梦父告曰:"迩",疑应作"尔"。下文亦作"尔后"。

〔18〕若然:如果是这样。

〔19〕吾审详矣:我知道得很明白了。

〔20〕佣保:雇工,这里作动词用,做雇工的意思。

〔21〕浔阳郡：也称江州，约辖今江西都昌、德安两县以北地区，州治在今九江市。

〔22〕纸牓子：纸招帖。"牓"，同"榜"字。

〔23〕先是：早一些时候。

〔24〕大江：长江的别名。

〔25〕文鲤：就是鲤鱼。鲤鱼的鳞有黑文，故称"文鲤"。

〔26〕精悟玄鉴：深切的体会和神妙的判断。

〔27〕"此乃"二句：这是天让他这样做（指申兰等后来喝醉了酒），我报仇的志愿就可以达到了。

〔28〕善其志行：赞许她的志气和行为。

〔29〕旌表：旧社会官府为所谓"忠孝节义"的人们建牌坊、挂匾额，以示表扬，叫做"旌表"。

〔30〕仇（chóu）：仇怨。

〔31〕大士尼："大士"，佛教对菩萨的称号。下文"大德尼"的"大德"，是佛教对佛的称号。后来就以"大士僧、尼"，"大德僧、尼"为对年高有道、能严守戒律的和尚、尼姑的尊称。

〔32〕律师：古时称精通戒律的和尚为"律师"，唐代也以律师作为对道士的尊号。这里指前者。

〔33〕霜舂（chōng）雨薪：冒着风霜舂米，冒着雨雪打柴，形容劳苦操作。

〔34〕受具戒："具戒"，就是"具足戒"，佛家名词，意思是具足圆满的戒律。"戒"，禁制的意思。佛教为了防止教徒为非作歹，订有若干条清规戒律，如不杀生、不偷盗、不邪淫、不妄语、不饮酒等等，要他们遵守。戒律很多，有五戒、十戒、二百五十戒等分别。上述五项为五戒，是在家男女教徒也应遵守的；初出家的沙弥，应遵守的戒律就有十条；至于比丘却有二百五十戒、比丘尼有三百四十八戒，戒律最为完

备,故称"具足戒"。

〔35〕泗州:也称临淮郡,约辖今江苏盱眙、泗洪、泗水、涟水等地区,州治在今盱眙西北。

〔36〕法号:和尚出家受戒时,由师父给起的名号。

〔37〕威仪雍容:佛教称举止严肃而有规则为"威仪",以行、住、坐、卧为"四威仪"。"雍容",形容有威仪的样子。

〔38〕判官:唐代节度、采访等使的属官。上文说作者曾做过"江西从事",就是指江南西道节度使或采访使手下的判官。

〔39〕岂徒然哉:哪里是白白地这样做的吗。指谢小娥立志报仇,历尽艰苦,到底达到了目的,并不是徒劳无功的。

〔40〕厚貌深辞:容貌忠厚,说出话来却很深刻。

〔41〕端特:性情正直而具有杰出的才能。

〔42〕炼指跛足:用火烧毁自己的手指来供佛叫做"炼指";"跛足",指有意识地把脚弄残废了,是古时僧尼的苦行之一,意义和舍身差不多。参看后文《李师师外传》篇"舍身"注。

〔43〕真如:佛教名词,意谓真体实性而永世不变的真理。"真",真实不虚。"如",如常不变。

〔44〕律仪禅理:"律仪",指佛教戒律。"禅理",佛教思惟静虑的修行之道。

〔45〕云游南国:和尚到处游历,没有一定的行踪,叫做"云游"。"南国",泛指南方。

〔46〕逆道乱常:背叛道德,违反伦常。"常",五常。这里五常指五典,为父义、母慈、兄友、弟恭、子孝。古人认为这五者是人之常行,所以叫做"五常",和前《柳毅传》篇的"五常"解释不同。

〔47〕隐文:犹如说哑谜。后文《昆仑奴》篇"隐语",义同。

〔48〕暗与冥会:暗中和鬼神托梦时所说的话符合。

〔49〕《春秋》：古时五经之一，是孔子根据鲁史写作的一部史书，记载鲁隐公元年起，到鲁哀公十四年止，共二百四十二年间的事情。古人认为，《春秋》每一字句，都含有褒善贬恶的用意，所以这里说："知善不录，非《春秋》之义。"

白行简[1]

李娃传

汧国[2]夫人李娃,长安之倡女也。节行瑰奇[3],有足称者,故监察御史白行简为传述。天宝中,有常州刺史荥阳[4]公者,略其名氏,不书。时望甚崇,家徒甚殷[5]。知命之年[6],有一子,始弱冠[7]矣;隽朗有词藻[8],迥然不群[9],深为时辈推伏。其父爱而器之[10],曰:"此吾家千里驹[11]也。"应乡赋秀才举[12],将行,乃盛[13]其服玩车马之饰,计其京师薪储之费[14],谓之曰:"吾观尔之才,当一战而霸[15]。今备二载之用,且丰尔之给,将为其志[16]也。"生亦自负,视上第如指掌[17]。自毗陵[18]发,月余抵长安,居于布政里。尝游东市还,自平康[19]东门入,将访友于西南。至鸣珂曲,见一宅,门庭不甚广,而室宇严邃。阖一扉,有娃方凭一双鬟青衣立,妖姿要妙[20],绝代未有。生忽见之,不觉停骖[21]久之,徘徊不能去。乃诈坠鞭于地,候其从者,敕取之。累眄[22]于娃,娃回眸凝睇,情甚相慕。竟不敢措辞而去。生自尔意若有失,乃密征其友游长安之熟者,以讯之。友曰:"此狭邪女[23]李氏宅也。"曰:"娃可求乎?"对曰:"李氏颇赡[24]。前与之通者多贵戚豪族[25],所得甚广。非累百万,不能动其志也。"生曰:"苟患其不谐,虽百万何惜?"他日,乃洁其衣服,盛宾从而往。扣其门,俄有侍儿启扃。生曰:"此谁之第耶?"侍儿不答,驰走大呼曰:"前时遗策郎[26]也!"娃大悦曰:"尔姑止之[27]。吾当整妆易服而出。"生闻之私喜。乃引至萧墙间,见一姥垂白上偻[28],即娃母也。生跪拜前致词曰:"闻兹地有隙院,愿税以居,信乎[29]?"姥曰:"惧其浅陋湫隘[30],不足以辱长者所处,安敢言直耶?"延生于迟宾之馆[31],馆宇甚丽。与生偶坐[32],因曰:"某有女娇小,技艺薄劣,欣见宾客,愿将见之。"乃命娃出。明眸皓腕,举步艳冶。生遽惊起,莫敢仰视。与之拜毕,叙寒燠[33],触类[34]妍媚,目所未睹。复坐,烹茶斟酒,器用甚洁。久之,日暮,鼓声四动。姥访其居远近。生绐之曰:"在延平门外[35]数里。"——冀其远而见留也。姥曰:"鼓已发矣。当速归,无犯禁。"生曰:"幸接欢笑,不知日之云夕。道里辽阔,城内又无亲戚。将若之何?"娃曰:"不见责僻陋,方将居之,宿何害焉?"生数目[36]姥。姥曰:"唯唯。"生乃召其家僮,持双缣,请以备一宵之馔。娃笑而止之曰:"宾主之仪,且不然也[37]。今夕之费,愿以贫窭之家,随其粗粝以进之。其馀以俟他辰[38]。"固辞,终不许。俄徙坐西堂,帏幙帘榻,焕然夺目;妆奁衾枕,亦皆侈丽。乃张烛进馔,品味甚盛。彻馔[39],姥起。生娃谈话方切,诙谐调笑,无所不至。生曰:"前偶过卿门,遇卿适在屏间。厥后心常勤念,虽寝与食,未尝或舍。"娃答曰:"我心亦如之。"生曰:"今之来,非直求居而已,愿偿平生之志。但未知命也若何?"言未终,姥至,询其故,具以告。姥笑曰:"男女之际,大欲存焉[40]。情苟相得,虽父母之命,不能制也。女子固陋,曷足以荐君子之枕席?"生遂下阶,拜而谢之曰:"愿以己为厮养[41]。"姥遂目之为郎,饮酣而散。及旦,尽徙其囊橐[42],因家于李之第。自是生屏迹戢身,不复与亲知相闻。日会倡优侪类,狎戏游宴。囊中尽空,乃鬻骏乘,及其家童。岁馀,资财仆马荡然。迩来姥意渐怠,娃情弥笃。他日,娃谓生曰:"与郎相知一年,尚无孕嗣。常闻竹林神者,报应如响[43],将致荐酹[44]求之,可乎?"生不知其计,大喜。乃质衣于肆,以备牢醴[45],与娃同谒祠宇而祷祝焉,信宿而返。策驴而后,至里北门,娃谓生曰:"此东转小曲中,某之姨宅也。将憩而觐之,可乎?"生如其言。前行不逾百步,果见一车门。窥其际[46],甚弘敞。其青衣自车后止之曰:"至矣。"生下,适有一人出访曰:"谁?"曰:"李娃也。"乃入告。俄有一妪至,年可四十馀,与生相迎,曰:"吾甥来否?"娃下车,妪逆访之[47]曰:"何久疏绝?"相视而笑。娃引生拜之。既见,遂偕入西戟门[48]偏院。中有山亭,竹树葱蒨[49],池榭幽绝。生谓娃曰:"此姨之私第耶?"笑而不答,以他语对。俄献茶果,甚珍奇。食顷[50],有一人控大宛[51],汗流驰至,曰:"姥遇暴疾颇甚,殆不识人。宜速归。"娃谓姨曰:"方寸[52]乱矣!某骑而前去,当今返乘,便与郎偕来。"生拟随之。其姨与侍儿偶语[53],

以手挥之,令生止于户外,曰:"姥且殁矣。当与某议丧事以济其急,奈何遽相随而去?"乃止,共计其凶仪斋祭[54]之用。日晚,乘不至。姨言曰:"无复命,何也?郎骤往觇之,某当继至。"生遂往,至旧宅,门扃钥甚密,以泥缄之[55]。生大骇,诘其邻人。邻人曰:"李本税此而居,约已周[56]矣。第主自收。姥徙居,而且再宿矣。"征:"徙何处?"曰:"不详其所。"生将驰赴宣阳,以诘其姨,日已晚矣,计程[57]不能达。乃驰[58]其装服,质馔而食[59],赁榻而寝。生恚怒方甚,自昏达旦,目不交睫[60]。质明,乃策蹇[61]而去。既至,连扣其扉,食顷无人应。生大呼数四,有宦者徐出。生遽访之:"姨氏在乎?"曰:"无之。"生曰:"昨暮在此,何故匿之?"访其谁氏之第。曰:"此崔尚书宅。昨者有一人税此院,云迟中表之远至者。未暮去矣。"生惶惑发狂,罔知所措[62],因返访布政旧邸。邸主哀而进膳。生怨懑[63],绝食三日,遘疾甚笃,旬馀愈甚。邸主惧其不起,徙之于凶肆[64]之中。绵缀[65]移时,合肆之人共伤叹而互饲之。后稍愈,杖[66]而能起。由是凶肆日假之[67],令执绋帷,获其直以自给。累月,渐复壮。每听其哀歌,自叹不及逝者,辄呜咽流涕,不能自止。归则效之。生,聪敏者也。无何,曲尽其妙,虽长安无有伦比[68]。初,二肆之佣凶器者,互争胜负。其东肆车舆皆奇丽,殆不敌,唯哀挽[69]劣焉。其东肆长知生妙绝,乃醵[70]钱二万索顾[71]焉。其党耆旧[72],共较其所能者,阴教生新声,而相赞和。累旬,人莫知之。其二肆长相谓曰:"我欲各阅[73]所佣之器于天门街,以较优劣。不胜者罚直五万,以备酒馔之用,可乎?"二肆许诺。乃邀立符契[74],署以保证,然后阅之。士女大和会[75],聚至数万。于是里胥[76]告于贼曹[77],贼曹闻于京尹[78]。四方之士,尽赴趋焉,巷无居人。自旦阅之,及亭午,历举辇舆威仪之具,西肆皆不胜,师有惭色。乃置层榻[79]于南隅,有长髯者,拥铎[80]而进,翊卫[81]数人。于是奋髯扬眉,扼腕[82]顿颡[83]而登,乃歌《白马》之词[84];恃其夙胜[85],顾眄左右,旁若无人。齐声赞扬之;自以为独步一时,不可得而屈也。有顷,东肆长于北隅上设连榻,有乌巾少年,左右五六人,秉翣[86]而至,即生也。整衣服,俯仰甚徐,申喉发调,容若不胜[87]。乃歌《薤露》之章[88],举声清越,响振林木,曲度未终,闻者歔欷掩泣。西肆长为众所诮,益惭耻。密置所输之直于前,乃潜遁焉。四坐愕眙[89],莫之测也。先是,天子方下诏,俾外方之牧,岁一至阙下[90],谓之"入计"。时也,适遇生之父在京师,与同列者易服章[91]窃往观焉。有老竖[92]——即生乳母婿也——见生之举措辞气,将认之而未敢,乃泫然流涕。生父惊而诘之。因告曰:"歌者之貌,酷似[93]郎之亡子。"父曰:"吾子以多财为盗所害,奚至是耶?"言讫,亦泣。及归,竖间[94]驰往,访于同党曰:"向歌者谁?若斯之妙欤?"皆曰:"某氏之子。"征其名,且易之矣。竖凛然[95]大惊;徐往,迫而察之。生见竖色动,回翔[96]将匿于众中。竖遂持其袂曰:"岂非某乎?"相持而泣。遂载以归。至其室,父责曰:

117

"志行若此,污辱吾门! 何施面目,复相见也?"乃徒行出,至曲江[97]西杏园东,去其衣服,以马鞭鞭之数百。生不胜其苦而毙。父弃之而去。其师命相狎昵者阴随之,归告同党,共加伤叹。令二人赍苇席瘗焉。至,则心下微温。举之,良久,气稍通。因共荷而归,以苇筒灌勺饮,经宿乃活。月馀,手足不能自举。其楚挞之处皆溃烂,秽甚。同辈患之,一夕,弃于道周[98]。行路[99]咸伤之,往往投其馀食,得以充肠。十旬,方杖策而起。被[100]布裘,裘有百结,褴褛如悬鹑[101]。持一破瓯,巡于闾里,以乞食为事。自秋徂冬,夜入于粪壤窟室,昼则周游廛肆。一旦大雪,生为冻馁所驱,冒雪而出,乞食之声甚苦。闻见者莫不凄恻。时雪方甚,人家外户多不发。至安邑东门,循里垣北转第七八,有一门独启左扉,即娃之第也。生不知之,遂连声疾呼:"饥冻之甚!"音响凄切,所不忍听。娃自阁中闻之,谓侍儿曰:"此必生也。我辨其音矣。"连步[102]而出。见生枯瘠疥厉[103],殆非人状。娃意感焉,乃谓曰:"岂非某郎也?"生愤懑绝倒[104],口不能言,颔颐[105]而已。娃前抱其颈,以绣襦拥而归于西厢。失声长恸曰:"令子一朝及此,我之罪也!"绝而复苏。姥大骇,奔至,曰:"何也?"娃曰:"某郎。"姥遽曰:"当逐之。奈何令至此?"娃敛容却睇[106]曰:"不然。此良家子[107]也。当昔驱高车,持金装,至某之室,不逾期[108]而荡尽。且互设诡计,舍而逐之,殆非人。令其失志,不得齿于人伦[109]。父子之道,天性也。使其情绝,杀而弃之。又困踬[110]若此。天下之人尽知为某也。生亲戚满朝,一旦当权者熟察其本末,祸将及矣。况欺天负人,鬼神不祐,无自贻其殃也。某为姥子,迨今有二十岁矣。计其赀,不啻[111]直千金。今姥年六十馀,愿计二十年衣食之用以赎身,当与此子别卜所诣[112]。所诣非遥,晨昏得以温清[113],某愿足矣。"姥度[114]其志不可夺,因许之。给姥之馀,有百金。北隅四五家税一隙院。乃与生沐浴,易其衣服。为汤粥,通其肠;次以酥乳润其脏;旬馀,方荐水陆之馔[115]。头巾履袜,皆取珍异者衣之。未数月,肌肤稍腴;卒岁[116],平愈如初。异时[117],娃谓生曰:"体已康矣,志已壮矣。渊思寂虑[118],默想曩昔之艺业,可温习乎?"生思之,曰:"十得二三耳。"娃命车出游,生骑而从。至旗亭[119]南偏门鬻坟典之肆[120],令生拣而市[121]之,计费百金,尽载以归。因令生斥弃百虑以志学[122],俾夜作昼,孜孜矻矻[123]。娃常偶坐,宵分[124]乃寐。伺其疲倦,即谕之缀诗赋。二岁而业大就,海内文籍,莫不该览[125]。生谓娃曰:"可策名试艺[126]矣。"娃曰:"未也。且令精熟,以俟百战。"更一年,曰:"可行矣。"于是遂一上登甲科[127],声振礼闱[128]。虽前辈见其文,罔不敛衽敬羡,愿友之而不可得[129]。娃曰:"未也。今秀士,苟获擢一科第,则自谓可以取中朝之显职,擅天下之美名。子行秽迹鄙,不侔[130]于他士。当砺淬利器[131],以求再捷,方可以连衡[132]多士,争霸群英。"生由是益自勤苦,声价弥甚。其年,遇大比[133],诏征四方之隽,生应直言极谏科[134],策名

119

第一[135]，授成都府[136]参军。三事以降[137]，皆其友也。将之官，娃谓生曰："今之复子本躯[138]，某不相负也。愿以残年，归养老姥。君当结媛鼎族[139]，以奉蒸尝[140]。中外婚媾，无自黩也[141]。勉思自爱。某从此去矣。"生泣曰："子若弃我，当自刭[142]以就死！"娃固辞不从，生勤请弥恳。娃曰："送子涉江，至于剑门[143]，当令我回。"生许诺。月馀，至剑门。未及发而除书[144]至，生父由常州诏入，拜[145]成都尹，兼剑南[146]采访使。浃辰[147]，父到。生因投刺[148]，谒于邮亭[149]。父不敢认，见其祖父官讳[150]，方大惊，命登阶，抚背恸哭移时，曰："吾与尔父子如初。"因诘其由，具陈其本末。大奇之，诘娃安在。曰："送某至此，当令复还。"父曰："不可。"翌日，命驾与生先之成都，留娃于剑门，筑别馆以处之。明日，命媒氏通二姓之好，备六礼[151]以迎之，遂如秦晋之偶。娃既备礼，岁时伏腊[152]，妇道甚修[153]，治家严整，极为亲所眷[154]。向后数岁，生父母偕殁，持孝甚至。有灵芝[155]产于倚庐[156]，一穗三秀[157]。本道上闻[158]。又有白燕数十，巢其层甍[159]。天子异之，宠锡加等。终制[160]，累迁清显之任。十年间，至数郡[161]。娃封汧国夫人。有四子，皆为大官；其卑者犹为太原尹。弟兄姻媾皆甲门，内外隆盛，莫之与京[162]。嗟乎！倡荡之姬，节行如是，虽古先烈女，不能逾也。焉得不为之叹息哉！予伯祖尝牧晋州[163]，转户部，为水陆运使[164]，三任皆与生为代[165]，故谙详其事。贞元中，予与陇西李公佐

120

话妇人操烈之品格[166]，因遂述汧国之事。公佐拊掌竦听[167]，命予为传。乃握管濡翰[168]，疏[169]而存之。时乙亥岁[170]秋八月，太原白行简云。

〔1〕作者白行简，字知退，唐太原人，诗人白居易之弟。德宗末年进士，曾任司门员外郎、主客郎中等官职。有集十二卷，现已失传。

这一篇出色的传奇，是作者采取当时民间传说《一枝花》，予以艺术加工而成的。整个故事结构完整，情节缠绵；主要人物的形象，写得非常生动；尤其是一些细节的描摹，极为传神。元人石君宝的《李亚仙花酒曲江池》杂剧，明人薛近兖的《绣襦记》传奇，均取材于此。

李娃在鸨母的压力下，和她串同欺骗遗弃了荥阳生，但一旦悔悟之后，就真诚地爱上了他，不惜牺牲一切和封建恶势力作斗争，以获取恋爱自由，并尽可能来调护、督促荥阳生，使他恢复健康、恢复名誉和地位，这是值得称许的。虽然李娃之报答荥阳生，仍是让他走中举做官这一条老路，然而这是历史的环境使然。

另一方面，李娃以一个妓女的身份，不但做了贵官的正妻，而且被封夫人，这在当时社会里是不可想象的，不能容许的。作者有意这样写，这是对门阀制度一个大胆的、有力的冲击，有其积极意义。

〔2〕汧国：指唐时的汧阳郡，参看前《任氏传》篇"陇州"注。

〔3〕节行瑰奇：节操行为珍异可贵。

〔4〕荥阳：唐县名，今河南荥阳市。这里所指的常州刺史是荥阳人，所以称为"荥阳公"。

〔5〕家徒甚殷：家里侍从的仆役很多。

〔6〕知命之年：《论语·为政》："五十而知天命。"后来就以"知命之年"为五十岁的代词。

〔7〕弱冠（guàn）：指男子到了二十岁左右的年龄。古时男子二十

岁举行"冠礼",戴上成人的帽子,表示不再是儿童了。但这时身体还没有一般成年人那样强壮,所以称为"弱冠"。

〔8〕隽朗有词藻:"隽",同"俊"字。"隽朗",清秀的样子。"有词藻",有文才,文章作得好。

〔9〕迥(jiǒng)然不群:出人头地,不比寻常。"迥然",大不相同,分别很大的样子。

〔10〕器之:器重他。

〔11〕千里驹:日行千里的壮马。比喻少年英俊。

〔12〕应乡赋秀才举:应州郡的保送,进京参加秀才考试。本篇说明是天宝年间事,这时秀才这一科早已废止,这里当泛指明经或进士的考试。参看前《柳氏传》篇"秀才"、"乡赋"注。

〔13〕盛:多多供给。下文"盛宾从",指多约朋友,多带仆役。

〔14〕薪储之费:指柴米等生活费用。

〔15〕一战而霸:一考就高中。用战争来比喻考试。"霸",武力称雄的意思。后文《莺莺传》篇"文战不胜",指没有考取。

〔16〕为(wèi)其志:帮助你达到志愿。

〔17〕指掌:指着手心的动作,形容极其容易。

〔18〕毗陵:古郡名,唐时为常州晋陵郡。

〔19〕平康:唐代长安里名,是当时妓女聚居的地方。

〔20〕妖姿要妙:"妖姿",妩媚的姿态。"要妙",美好。

〔21〕停骖(cān):停住了马。一车驾三匹马叫做"骖",一车驾四匹马,在两旁的马也叫做"骖";这里只是泛指马匹。

〔22〕眄(miǎn):斜着眼睛看。

〔23〕狭邪女:指妓女。"邪",音义同"斜"字。参看前《任氏传》篇"狭斜"注。

〔24〕赡:富有。

〔25〕前与之通者多贵戚豪族:"之通",原作"通之"。似"之通"义较顺,据虞本改。

〔26〕遗策郎:丢了马鞭的少年。

〔27〕止之:留住他。下文"娃笑而止之曰",止之,拦阻的意思。

〔28〕垂白上偻(lǚ):"垂白",头发快要发白了。"上偻",驼背。

〔29〕信乎:确实吗。

〔30〕湫隘(jiǎo ài):窄狭。

〔31〕迓(zhì)宾之馆:招待客人的地方,指客厅。

〔32〕偶坐:同坐。

〔33〕叙寒燠(yù):寒暄、说应酬话。"燠",暖热。

〔34〕触类:犹如说一举一动、浑身上下。

〔35〕在延平门外:唐时平康里在东城,延平门却是西城的城门,相去很远,所以荥阳生故意这样说。

〔36〕目:眼睛看着。下文"目之为郎","目之",把他当做的意思。都作动词用。

〔37〕"宾主之仪"二句:这两句的意思是说:荥阳生是客人,自己是主人,断没有第一次相见,就叫客人自己出钱备办酒宴的道理。"不然",不应该这样的意思。

〔38〕其馀以俟他辰:意思是荥阳生如果要花钱备办酒宴,可以等到以后再说。"他辰",别的日子。

〔39〕彻馔:把宴席彻下,指吃过了饭。"彻",同"撤"字。

〔40〕"男女之际"二句:语出《礼记·礼运》:"饮食男女,人之大欲存焉。"

〔41〕厮养:奴仆。指做烧火、养马一类劳役的人。

〔42〕尽徙其囊橐(tuó):"囊橐",口袋。无底的为囊,有底的为橐;一说大的为囊,小的为橐。这里引申作财产解释。"尽徙其囊橐",把自

己所有的财产全搬运来了。

〔43〕报应如响:神给予的报应,有如声音所起的回响。形容迅速而灵验。

〔44〕荐酹(lèi):用酒食来祭鬼神。"荐",进献。"酹",把酒浇在地下。

〔45〕牢醴:三牲(猪牛羊)和酒。

〔46〕窥其际:看它的里面。

〔47〕逆访之:迎上来问她。

〔48〕戟门:见前《南柯太守传》篇"棨户"注。

〔49〕葱蒨:草木苍翠茂盛的样子。

〔50〕食顷:一顿饭的工夫。

〔51〕大宛(yuān):汉时西域国名,以出产良马著名;这里就以"大宛"为马的代词。

〔52〕方寸:方寸之地,指心。

〔53〕偶语:两人对语。

〔54〕凶仪斋祭:"凶仪",丧事的仪节。"斋祭",斋戒之后去祭祀。斋戒,指不喝酒,不吃荤,沐浴更衣一类的行为。古人迷信,以为这样诚心诚意、恭恭敬敬地去祭祀,精神就可以和鬼神相通了。

〔55〕以泥缄之:用泥土封起来。

〔56〕约已周:租约已经满期。

〔57〕计程:计算路上走的时间。"程",路程。

〔58〕弛:本是松缓的意思,引申作解下、脱卸解释。

〔59〕质馔而食:抵押一顿饭吃。

〔60〕目不交睫:眼皮不合拢,就是不睡觉的意思。"睫",眼皮上下的细毛。

〔61〕策蹇(jiǎn):骑着驴子。"蹇",跛的意思,这里做跛脚驴子、瘦

弱驴子的代称。

〔62〕罔知所措:不知道应该怎么办才好。

〔63〕怨懑(mèn):怨恨而又烦闷。

〔64〕凶肆:专门代人办理丧事的店家,类如过去北方的杠房和现在的殡仪馆。下文"凶器",指棺木和殡殓所用的一切东西。不吉为"凶",故以指丧事。

〔65〕绵缀:缠绵委顿的样子,指病得很重。

〔66〕杖:拿着拐杖,作动词用。

〔67〕日假之:每天要求他、利用他。

〔68〕无有伦比:没有人比得上。

〔69〕哀挽:挽歌、出丧时唱的哀歌。古时有以专唱挽歌为业的人,叫做"挽歌郎"。

〔70〕醵(jù):大家凑钱。有时专指凑钱喝酒。

〔71〕顾:同"雇"字。

〔72〕耆旧:老手、老前辈。

〔73〕阅:陈列、展览。

〔74〕符契:文约、契约。

〔75〕大和会:大聚会。

〔76〕里胥:古时的乡职,犹如后来的保甲长、地保。

〔77〕贼曹:本是汉代掌管京城内水火、盗贼、词讼一类事务的官员,地位颇高。唐代在长安、万年两县设有"捕贼官",当借指此。

〔78〕京尹:"京兆尹"的简称,京兆,唐府名,即雍州,辖都城长安及附近十二县,府治在今陕西长安,京兆尹即其地方长官。

〔79〕层榻:高榻。

〔80〕铎:大铃。

〔81〕翊(yì)卫:保卫的人。

125

〔82〕扼腕:左手抓住右手的腕部(手掌和臂下端连接的地方),是得意或失意时一种振奋的表示。这里指前者。

〔83〕顿颡(sǎng):点点头,是登台时向观众打招呼的一种表示。

〔84〕《白马》之词:《白马歌》。古时用白马为牺牲(祭祀时宰杀的牲畜),因以《白马歌》为祭奠时的乐曲。

〔85〕恃其夙胜:倚仗着是向来擅长的。

〔86〕秉翣(shà):"秉",拿着。"翣",用孔雀、野鸡之类的羽毛做成的大扇子,有如掌扇,是古代出殡时叫人拿着随在棺材两旁的一种仪物。

〔87〕容若不胜:看上去不像会唱歌的样子。

〔88〕《薤(xiè)露》之章:古时送丧的歌曲。"薤",一种开紫花的百合科植物,气如葱,叶如韭,根如小蒜。"薤露",比喻人生像薤上的露水一样,很容易消灭,是古人消极世界观的反映。

〔89〕愕眙(chì):因惊讶而呆呆地看着。

〔90〕岁一至阙下:每年到京城里来一次。"阙",皇宫前面建筑的城楼。为二台于门外,上作楼观,上圆下方,因为中央阙然为道,故名"阙"。"阙下",指皇帝住的地方,也就是京城。

〔91〕易服章:换穿衣服,指脱去了官服换上便装。

〔92〕老竖:老仆人。

〔93〕酷似:非常像。

〔94〕间(jiàn):乘间,找个机会。

〔95〕凛然:本是形容寒冷的样子,引申作吃惊解释。

〔96〕回翔:本指鸟飞打转转,这里是形容躲躲藏藏的样子。

〔97〕曲江:就是曲江池,在长安东南,汉武帝时建,唐代加以扩充,在江边盖了很多楼台庙宇。附近盛开芙蓉花,叫做"芙蓉园"。这里和下文的"杏园",都是著名的风景区,同为当时人游乐的地方。

〔98〕道周:路旁。

〔99〕行路：路人。

〔100〕被：同"披"字。

〔101〕褴褛如悬鹑："褴褛"，衣服破破烂烂的样子。鹑鸟的尾巴是秃的，把鹑悬挂起来，看去好像破烂的衣服，因而"悬鹑"就成为破烂衣服的代词。

〔102〕连步：一步接一步，形容走得匆忙急促的样子。

〔103〕枯瘠疥厉(lài)：身体干瘦而又生了疥疮。"厉"，同"癞"。

〔104〕绝倒：昏倒。

〔105〕颔颐：动动腮巴，就是点头的意思，表示默认、承诺。也简作"颔"。"颔"，本应作"锓"(qīn)，动的意思。"颐"，腮巴。

〔106〕敛容却睇：正着脸色回看着。

〔107〕良家子：古时轻视商人和劳动人民，把医、商、贾、百工，排除在良家之外；"良家"，指清白人家。"良家子"，清白人家的儿女。

〔108〕不逾期：没有过多久。

〔109〕不得齿于人伦：不能算是人类，被人瞧不起的意思。

〔110〕困踬(zhì)：困苦、不顺遂。

〔111〕不啻：不止、超过。

〔112〕别卜所诣：另外找一个住处。

〔113〕晨昏得以温凊(jìng)：早晚可以问安服侍的意思。古礼，做子女的冬天要问父母是否温暖，夏天要问是否凉爽，就如说嘘寒问暖，"凊"，寒凉的意思。

〔114〕度(duó)：揣度、料想。

〔115〕水陆之馔：犹如说山珍海味。

〔116〕卒岁：过完了一年。

〔117〕异时：过了一些时候、有这么一天。

〔118〕渊思寂虑：深入而冷静的思考。

127

〔119〕旗亭：唐代市场交易有一定的时间，每天正午敲鼓三百下，商店才许开门；傍晚敲钲（一种铜锣）三百下，商店必须关门。"旗亭"，就是击鼓钲为号的楼。一般也作为市上酒楼的通称。这里指前者，后文《王之涣》篇"共诣旗亭"的旗亭，是后一意义。

〔120〕鬻坟典之肆：书店。"坟典"，指"三坟、五典"：伏羲、神农、黄帝的书叫做三坟，少昊（hào）、颛顼（zhuān xū）、高辛、唐、虞的书叫做五典。因而以"坟典"作为古书的代词。

〔121〕市：买。

〔122〕斥弃百虑以志学：把一切念头都抛掉，一心向学。

〔123〕孜（zī）孜矻（kū）矻：勤劳不息的样子。

〔124〕宵分：夜半。

〔125〕该览：博览、读遍了。

〔126〕策名试艺：报名应考。

〔127〕登甲科：唐代考选制度，进士分甲乙两科，明经分甲乙丙丁四科，依试题的难易而为科别。"登甲科"，就是在试题最难的一科里考取了。当时规定，考取甲科的，任官品级可以叙得较高。

〔128〕礼闱：礼部的别称。

〔129〕愿女（nǜ）之：愿意把女儿许给他。以女与人为妻叫做"女"，是动词。"愿女之而不可得"：原作"愿友之而不可得"。荥阳生虽登甲科，究属新进，何至前辈愿友之而不可得？如作"女"，指前辈愿以女许之为妻，即招之为婿意，似较合理，据谈本改。

〔130〕不侔：不同、不能相比。

〔131〕砻（lóng）淬利器：用石器磨东西叫做"砻"；铸刀剑烧红了放在水里蘸一下叫做"淬"："砻淬"，磨炼的意思。"砻淬利器"，引申作钻研学问解释。

〔132〕连衡：战国时，齐、楚、燕、韩、赵、魏六国联合起来服从秦国，

叫做"连衡"。这里是连合、联络的意思。

〔133〕大比:周代乡大夫三年考试一次,选用贤能,称为"大比",后来就把三年举行一次的科举考试也叫做"大比"。

〔134〕直言极谏科:唐代制举(为选拔人才而特开的科目)的项目之一。

〔135〕策名第一:考试对策(设题命逐条作答叫做"对策"),名列第一。

〔136〕成都府:也称蜀郡,就是益州,约辖今四川成都、华阳等地区,州治在今成都市。

〔137〕三事以降:三公以下的官员。三公指太师、太傅、太保,或大司马、大司徒、大司空。

〔138〕复子本躯:让你恢复了本来面貌,就是说,依然以贵族子弟的身份读书做官。

〔139〕结媛鼎族:和富贵人家的女儿结婚。"鼎族",大家、贵族。

〔140〕奉蒸尝:主持祭祀的意思。主持祭祀为古时家庭主妇的重要职务。"蒸",冬天祭礼名。"尝",秋天祭礼名。

〔141〕无自黩(dú)也:不要毁坏、糟蹋了自己。

〔142〕自刭(jǐng):自刎,自己以刀割颈而死。

〔143〕剑门:唐县名,在今四川剑阁县东北。

〔144〕除书:授予新官职的诏书。

〔145〕拜:授官。

〔146〕剑南:唐道名,包括今四川中部和云南金沙江以南、洱海以东、楚雄以北、武定以西,和甘肃文县一带地区。治所在今成都市。

〔147〕浃辰:"浃",一周。从子到亥十二辰是一周,叫做"浃辰",就是十二天。

〔148〕刺:古人把姓名写在竹简或木片上,为访谒时通姓名之用,后

来写在柬帖上,就是名片。

〔149〕邮亭:迎送过路官员的驿站。

〔150〕见其祖父官讳:古时属员初次谒见长官,要备具帖子,上面写明自己履历和祖宗三代的姓名;这里荥阳生是以属员——成都府参军的资格去谒见他父亲成都尹的,应用这种名帖,所以说"见其祖父官讳"。"官讳",官职和名字。称死者之名为"讳",对尊长不敢直接称名,也作"讳某某"。

〔151〕六礼:古时婚礼的六项手续:纳采、问名、纳吉、纳征、请期、亲迎。

〔152〕岁时伏腊:"伏"和"腊"是古时夏冬二祭的名称。"岁时伏腊",犹如说逢年过节。

〔153〕妇道甚修:"妇道",指封建社会里儿媳、妻子侍奉公婆和丈夫的规矩礼节。"甚修",做得很好、很尽心。

〔154〕眷:爱重、宠爱。

〔155〕灵芝:"芝",生在枯木上的菌类植物,据说有青、赤、黄、白、黑、紫等六色。其中赤色的一种,古人认为是仙草,服了可以成仙,故称为"灵芝",也叫"不死药"。

〔156〕倚庐:守孝的草庐。这种草庐,规定盖在东墙下面,向北开门,以草为屏障,不加泥涂,而且没有门上的横梁和柱子。因为居丧悲痛,所以居处要简陋而不能求舒适。

〔157〕一穗(suì)三秀:植物在茎端结成的花实为"穗",开花叫做"秀"。一般的一穗一花,一穗三秀是较少见的,所以古时认为是祥瑞。

〔158〕本道上闻:"本道",指剑南道采访使。"上闻",奏知皇帝。

〔159〕层甍(méng):房屋的大梁。

〔160〕终制:古人遭遇父母丧事,要三年不问外事,叫做"守制"。"终制",守制期满了。

〔161〕至数郡：做到管辖好几郡的大官。

〔162〕莫之与京：没有谁比得了。"京"，大的意思。

〔163〕牧晋州：做晋州刺史。"晋州"，也称平阳郡，约辖今山西临汾、安泽、浮山、洪洞、霍县等地区，州治在今临汾市。

〔164〕水陆运使：唐时户部下面管理水陆运输的官员，有江淮水陆运使、河南水陆运使等名目。

〔165〕为代：做前后任。

〔166〕予与陇西李公佐话妇人操烈之品格：原无"李"字。按文中称他人，籍贯姓名似应并列，据虞本增。

〔167〕拊掌竦（sǒng）听："拊掌"，同"抚掌"。"竦听"，敬听。

〔168〕握管濡翰：提笔蘸墨。"管"，指笔。"翰"，笔毛。

〔169〕疏：详细描写。

〔170〕乙亥岁：唐德宗贞元十一年（公元七九五年）。

陈　鸿[1]

东城老父传

　　老父[2]，姓贾名昌，长安宣阳里人。开元元年癸丑[3]生。元和庚寅岁[4]，九十八年矣。视听不衰，言甚安徐，心力不耗，语太平事历历[5]可听。父忠，长九尺，力能倒曳牛，以材官[6]为中宫[7]幕士[8]。景龙[9]四年，持幕竿随玄宗入大明宫，诛韦氏，奉睿宗朝群后[10]，遂为景云[11]功臣，以长刀备亲卫[12]。诏徙家东云龙门[13]。昌生七岁，趫捷[14]过人，能抟柱乘梁[15]，善应对，解鸟语音。玄宗在藩邸时[16]，乐民间清明节斗鸡戏。及即位[17]，治鸡坊于两宫间[18]。索长安雄鸡，金毫、铁距[19]、高冠、昂尾千数，养于鸡坊。选六军小儿[20]五百人，使驯扰[21]教饲。上之好之，民风尤甚。诸王子家、外戚家、贵主[22]家、侯家，倾帑[23]破产市鸡，以偿鸡直。都中男女，以弄鸡为事；贫者弄假鸡。帝出游，见昌弄木鸡于云龙门道旁，召入，为鸡坊小儿，衣食右龙武军[24]。三尺童子，入鸡群，如狎群小[25]，壮者，弱者，勇者，怯者，水谷之时[26]，疾病之候，悉能知之。举二鸡，鸡畏而驯，使令如人[27]。护鸡坊中谒者[28]王承恩言于玄宗。

132

召试殿庭,皆中玄宗意。即日为五百小儿长。加之以忠厚谨密,天子甚爱幸之。金帛之赐,日至其家。开元十三年,笼鸡三百,从封东岳[29]。父忠死太山下,得子礼[30]奉尸归葬雍州[31]。县官为葬器丧车,乘传[32]洛阳道。十四年三月,衣斗鸡服,会玄宗于温泉[33]。当时天下号为"神鸡童"。时人为之语曰:"生儿不用识文字:斗鸡走马胜读书。贾家小儿年十三,富贵荣华代不如[34]。能令金距期胜负;白罗绣衫随软舆[35]。父死长安千里外,差夫持道[36]挽丧车。"昭成皇后[37]之在相王[38]府,诞圣[39]于八月五日。中兴[40]之后,制为千秋节。赐天下民牛酒乐三日,命之曰"酺[41]",以为常也。大合乐于宫中,岁或酺于洛。元会[42]与清明节,率[43]皆在骊山。每至是日,万乐具举,六宫[44]毕从。昌冠雕翠金华冠,锦袖绣襦裤,执铎拂,导群鸡叙立于广场[45],顾眄如神,指挥风生。树毛振翼,砺吻磨距,抑怒待胜;进退有期,随鞭指低昂,不失昌度[46]。胜负既决,强者前,弱者后,随昌雁行[47],归于鸡坊。角觝[48]万夫,跳剑[49]寻橦[50],蹴球踏绳[51],舞于竿颠者,索气沮色[52],逡巡不敢入。岂教猱扰龙[53]之徒欤?二十三年,玄宗为娶梨园弟子[54]潘大同女,男服珮玉,女服绣襦,皆出御府[55]。昌男至信、至德。天宝中,妻潘氏以歌舞重幸于杨贵妃。夫妇席宠[56]四十年,恩泽不渝,岂不敏于伎,谨于心[57]乎?上生于乙酉鸡辰[58],使人朝服斗鸡,兆乱于太平[59]矣。上心不悟。十四载,胡羯陷洛[60],潼关不守。大驾[61]幸成都,奔卫乘舆。夜出便门[62]，马蹭道阱[63]。伤足，不能进，杖入南山[64]。每进鸡之日，则向西南大哭。禄山往年朝于京师，识昌于横门外。及乱二京，以千金购昌长安、洛阳市。昌变姓名，依于佛舍，除地[65]击钟，施力于佛[66]。洎太上皇归兴庆宫[67]，肃宗受命于别殿[68]。昌还旧里，居室为兵掠，家无遗物。布衣憔悴[69]，不复得入禁门[70]矣。明日，复出长安南门，道见[71]妻儿于招国里，菜色黯焉[72]。儿荷薪，妻负故絮[73]。昌聚哭，诀于道。遂长逝息[74]长安佛寺，学大师[75]佛旨。大历元年，依资圣寺大德僧运平住东市海池[76]，立陁罗尼石幢[77]。书能纪姓名[78]；读释氏经[79]，亦能了其深义至道，以善心化市井人[80]。建僧房佛舍，植美草甘木。昼把土拥根，汲水灌竹；夜正观[81]于禅室。建中三年，僧运平人寿尽。服礼毕，奉舍利[82]塔于长安东门外镇国寺东偏，手植松柏百株。搆小舍，居于塔下，朝夕焚香洒扫，事师如生。顺宗在东宫[83]，舍钱三十万，为昌立大师影堂[84]及斋舍。又立外屋，居游民，取佣给[85]。昌因日食粥一杯、浆水一升，卧草席，絮衣；过是，悉归于佛[86]。妻潘氏后亦不知所往。贞元中，长子至信衣并州甲[87]，随大司徒燧[88]入觐，省昌于长寿里。昌如己不生[89]，绝之使去。次子至德归，贩缯洛阳市，来往长安间，岁以金帛奉昌，皆绝之。遂俱去，不复来。元和中，颍川陈鸿祖携友人出春明门[90]，见竹柏森然[91]，香烟闻于道，下马觐昌于塔下。听其言，忘日之暮。宿鸿祖于斋舍，话身之出处，皆有条贯[92]。遂及王制[93]。鸿祖问开元之理乱。昌曰："老人少时，以斗鸡求媚于上。上倡优畜之[94]，家于外宫，安足以知朝廷之事。然有以为吾子言者。老人见黄门侍郎杜暹[95]出为碛西[96]节度，摄[97]御史大夫[98]，始假风宪以威远[99]。见哥舒翰之镇凉州[100]也，下石堡，戍青海城，出白龙，逾葱岭，界铁关[101]，总管河左道[102]，七命始摄御史大夫。见张说[103]之领幽州也，每岁入关，辄长辕挽辐车[104]，辇河间、蓟州庸调缯布[105]，驾辖连轭[106]，坌[107]入关门。输于王府，江、淮绮縠，巴、蜀锦绣，后宫玩好而已。河州炖煌道[108]岁屯田，实边食[109]，余粟转输灵州[110]，漕[111]下黄河，入太原仓，备关中[112]凶年[113]。关中粟米，藏于百姓。天子幸五岳，从官千乘万骑，不食于民。老人岁时伏腊得归休，行都市间，见有卖白衫白叠布[114]。行邻比[115]廊间，有人禳病[116]，法用皂布[117]一匹，持重价不克致，竟以幞头罗[118]代之。近者，老人扶杖出门，阅街衢中，东西南北视之，见白衫者不满百。岂天下之人皆执兵乎[119]？开元十二年，诏三省[120]侍郎有缺，先求曾任刺史者；郎官[121]缺，先求曾任县令者[122]。及老人四十[123]，三省郎吏，有理刑才名，大者出刺郡[124]，小者镇县[125]。自老人居大道旁，往往有郡太守休马于此，皆惨然不乐朝廷沙汰使治郡[126]。开元取士，孝弟理人而已，不闻进士宏词、拔萃之为其得人也[127]。大略如此。"因泣下。复言曰："上皇北臣[128]穹卢[129]，东臣鸡林[130]，南臣滇池[131]，西臣昆夷[132]，三岁一来会。朝觐之礼容，临照[133]之恩泽，衣之锦絮，饲之酒食，使展事[134]而去，都中无留外国宾。今北胡与京师杂处，娶妻生子。长安中少年，有胡心矣。吾子视首饰靴服之制，不与向同，得非物妖[135]乎？"鸿祖默不敢应而去。

〔1〕作者陈鸿，字大亮，唐史学家，曾修《大统志》三十卷。此外还著有《长恨传》、《开元升平源》传奇。德宗时，曾任主客郎中等官职。文中有"颍川陈鸿祖"字样，因而一说此篇是陈鸿祖作。陈鸿祖事迹无可考。

作者借东城老父之口，表示了对当时政治的不满，认为不如"开元盛世"。然而作者又指出，所谓"开元盛世"，也已"兆乱于太平"。当然实际并不是因为"朝服斗鸡"的兆头不好，而是封建统治者只知自己享乐，骄奢淫佚，不问民间疾苦的缘故。这正是造成祸乱的症结所在。文中极力描写斗鸡的"盛况"："上之好之，民风尤甚"；贵族"倾帑破产市鸡"；"神鸡童"享尽了荣华富贵，以致民间有"生儿不用识文字"之叹。从这些微词里，可以看出作者的真意。他反映了封建统治者腐化堕落的本质，这个皇帝和那个皇帝都是一丘之貉，这就具有深刻的意义。

〔2〕老父：老头、老人。
〔3〕癸丑：指月份，何月已无可考。
〔4〕元和庚寅岁：唐宪宗元和五年（公元八一〇年）。
〔5〕历历：清清楚楚、明明白白。
〔6〕材官：有材力的官，指武士。
〔7〕中宫：皇后住处的专称。
〔8〕幕士：侍卫。
〔9〕景龙：唐中宗（李显）的年号（公元七〇七至七一〇年）。

〔10〕"持幕竿"三句:"幕竿",指幕士所持的一种武器。"大明宫",唐代长安的三个宫殿之一(另两个为太极宫、兴庆宫),规模最大,经常是皇帝听政的地方。古时诸侯称"后","群后",指众大臣;"朝群后",让众大臣朝见的意思。《唐书·睿宗玄宗本纪》:唐中宗的皇后韦氏,杀害了中宗,自立为皇太后,临朝摄政,叫韦家的子侄掌握军权。唐玄宗当时是临淄郡王,和薛崇简、刘幽求等密谋,夜间起兵攻入宫内,杀死韦后,拥戴自己的父亲李旦(中宗的弟弟睿宗)重做皇帝。这里是说贾忠为当时参加事变的侍卫之一。

〔11〕景云:唐睿宗(李旦)的年号(公元七一〇至七一二年)。

〔12〕以长刀备亲卫:佩带着长刀,做了皇帝的贴身侍卫。

〔13〕东云龙门:当时大明宫有东西两门,名为东云龙门、西云龙门。这里叫他"徙家东云龙门",就是让他住在宫城里面。

〔14〕趫(qiáo)捷:武勇善走的样子。

〔15〕抟(tuán)柱乘梁:抓着柱子,爬上屋梁——所谓"飞檐走壁"之类的功夫。

〔16〕在藩邸时:"藩邸",王府。"在藩邸时",指唐玄宗被封平王,还没有做皇帝的时候。

〔17〕即位:皇帝登位的专称。

〔18〕治鸡坊于两宫间:"治",修建。"鸡坊",当时皇家养鸡场所的专称。太后和皇帝或是两辈皇帝为"两宫",当时唐睿宗做了太上皇,所以和玄宗并称"两宫"。这里指睿宗和玄宗所住的大明宫和兴庆宫。

〔19〕金毫、铁距:金黄色的毛、黑色而坚硬的脚爪。"距",雄鸡脚爪后方突起像脚指一样的东西,中有硬骨,外包角质,是斗争时的武器。

〔20〕选六军小儿:古时以一万二千五百人为一军,皇帝拥有六军,因而以"六军"称皇帝的军队。唐代的皇家侍卫军队有左右龙武军、左右神武军、左右神策军,当时号为"六军"。唐代称服役的人为"小儿"。

"选六军小儿",从皇家六军里选出可以供服役的人。

〔21〕驯扰:驯养训练。

〔22〕贵主:公主。

〔23〕倾帑(tǎng):把府库里的钱财全拿出来。"帑",藏金库。

〔24〕衣食右龙武军:"龙武军",唐玄宗的侍卫队,有"左龙武军"和"右龙武军"之别。古时以"右"为上。"右",也可以做动词用。这句话可以有两种解释:贾昌的生活由右龙武军供给;或,贾昌的待遇比龙武军还要好。

〔25〕如狎群小:像和一群小人在一起玩闹一样,指贾昌和群鸡有了感情,彼此熟悉了。

〔26〕水谷之时:应该喝水吃食的时候。

〔27〕使令如人:像人一样地听从使唤。

〔28〕护鸡坊中谒者:"中谒者",皇宫官名,就是内谒者。唐代有内谒者监和内谒者,管理宫内宣奏敕令和诸亲命妇朝会等事,多由宦官充任。"护鸡坊中谒者",以中谒者身份专负管理鸡坊的宦官。

〔29〕封东岳:"东岳",泰山。"封东岳",在泰山举行祭天地的封禅礼,是封建时代皇帝借以夸耀自己身份的一种行为。

〔30〕得子礼:由于儿子得宠,犹如说沾了儿子的光。

〔31〕雍州:见前《李娃传》篇"京尹"注。

〔32〕乘传(zhuàn):指贾昌获得官员的待遇,由驿站派夫役护送他父亲的灵柩。参看前《南柯太守传》篇"传车者"注。

〔33〕温泉:唐代在骊山(今陕西临潼南)山麓建华清宫,中有温泉,是皇帝常去游玩沐浴的地方。

〔34〕代不如:当世的人谁都比不了他。

〔35〕软舆:指皇帝坐的车子。

〔36〕持道:在路上照料一切。

〔37〕昭成皇后:唐玄宗的母亲,姓窦。

〔38〕相王:指唐睿宗,他未做皇帝前被封为相王。

〔39〕诞圣:封建时代恭维皇帝为"圣"。"诞圣",指唐玄宗的出生。

〔40〕中兴:封建王朝由衰弱而复兴叫做"中兴"。

〔41〕酺(pú):汉代禁止三人以上无故群聚饮酒;惟有认为王德广布天下,应表示庆祝时,才开放酒禁数日,准许人民大吃大喝,叫做"酺"。"酺",就是"布"的意思。唐时并不禁止饮酒,但于国家有欢乐庆典时,赐臣民酒面欢乐,也称为"酺"。

〔42〕元会:农历元宵节。

〔43〕率:均、都。

〔44〕六宫:后妃住的地方,这里指皇后和妃嫔等人。

〔45〕"执铎拂"二句:原作"执铎拂道,群鸡叙立于广场"。"道"原通"导",但连上文读,则作道路解,似连下文作"导"较胜,"拂"当指鞭。据虞本改。叙立,依着次序排列。

〔46〕"树毛"六句:这里前三句是描写斗鸡前鸡的准备动作:"树毛振翼",竖起了羽毛,张拍着翅膀。"砺吻磨距",摩嘴擦脚。"抑怒待胜",抑制住奋发的气势,等待决斗时再发泄出来,以争取胜利。后三句描写斗鸡时的情况:"进退有期",进退有一定的时间,也就是该进时进,该退时退。"随鞭指低昂",随着贾昌指挥的鞭子,或高或低。"不失昌度",不敢违背贾昌的指挥命令。

〔47〕雁行:雁飞时行列整齐,因而以"雁行"形容依次序行走的样子。

〔48〕角觝(dǐ):摔跤。"角",竞赛。"觝",触。

〔49〕跳剑:将几把小剑,顺序抛掷空中,然后一一用手接住,周而复始,不使落地,就是"跳丸"一类的杂技。

〔50〕寻橦(chuáng):爬高竿。"橦",旗竿。

〔51〕踏绳:走软索,就是现在的走钢丝。以上四种,都是唐代的杂技。

〔52〕索气沮色:丧气失色。

〔53〕教狖扰龙:"狖",猴子一类的动物。"扰",驯养。"教狖扰龙",教养猴子驯服龙。语出《诗经·小雅·角弓》:"毋教狖升木。"《左传》昭公二十九年:"乃扰畜龙。"

〔54〕梨园弟子:唐玄宗选拔乐工的子弟三百人,于梨园(在宫城内)学习演唱乐曲,叫做"梨园弟子"。

〔55〕出御府:自皇家府库发出。

〔56〕席宠:蒙受宠爱。

〔57〕"敏于伎"二句:"敏于伎",指擅长斗鸡和歌舞的技巧。"伎",同"技"字。"谨于心",小心谨慎地工作。

〔58〕乙酉鸡辰:唐玄宗生于乙酉年(唐睿宗垂拱元年,即公元六八五年),酉属鸡,所以说是"乙酉鸡辰"。

〔59〕兆乱于太平:在太平时候,已经有了祸乱的预兆。

〔60〕胡羯(jié)陷洛:指安禄山的攻破洛阳。安禄山是胡人,所以称为"胡羯"。"胡羯",匈奴的别支,古时的少数民族之一。

〔61〕大驾:皇帝的车驾。下文"乘舆",指皇帝的乘车。都作为皇帝的代称。

〔62〕便门:唐代大明宫西南面的一座门名。下文"横门",是大明宫西北角的一座门名。

〔63〕马踣道阱(jǐng):所乘的马,因为踏到路上陷坑里而跌倒了。"踣",同"仆"字。"阱",陷坑。

〔64〕南山:就是终南山,在长安南面。

〔65〕除地:扫地。

〔66〕施力于佛:给佛效力——皈(guī)依佛教的意思。

140

〔67〕兴庆宫:唐玄宗时,把大明宫东南的兴庆坊改建为兴庆宫,并迭加扩充,沉香亭、勤政务本楼、花萼相辉楼等有名建筑,都在此宫内。

〔68〕肃宗受命于别殿:指唐玄宗传皇帝位于肃宗。《唐书·肃宗本纪》:安禄山之乱,玄宗出奔四川,肃宗在灵武称帝。玄宗回长安后,又在宣政殿正式授给他"传国受命宝符"。

〔69〕憔悴:形容人瘦弱。

〔70〕禁门:宫门。

〔71〕道见:在路旁看见。下文"诀于道",在路上分别。

〔72〕菜色黯焉:由于只有蔬菜可吃,营养不良,脸上现出青黄色,叫做"菜色"。"菜色黯焉",指脸上因有菜色而显出没有精神的样子。

〔73〕负故絮:披着旧棉袄。

〔74〕长逝息:长期住在那里。

〔75〕大师:对和尚的尊称,指下文的运平僧。

〔76〕海池:唐代长安的东市和西市,都有放生池;东市的放生池在市东北隅,俗称"海池"。这里指放生池旁。

〔77〕陁罗尼石幢:刻有陁罗经教义的经幢。"陁",同"陀"字。"陁罗尼",梵语"总持"的意思,指对佛法和佛菩萨的秘密真言,坚持不失。佛教教义,有法、义、咒、忍四种陁罗尼。"石幢",凿石为柱,上面刻佛名或经咒,也叫"经幢"。

〔78〕书能纪姓名:读书识字,能够写出自己的姓名。

〔79〕释氏经:佛经。"释氏",释迦牟尼,佛教的创始者,释迦族人,公元前五百多年间,迦毗罗卫国净饭王的儿子,出家悟道,游行教化数十年,死后弟子把他一生的说法整理成为佛教的经典。

〔80〕以善心化市井人:用自己的慈悲之心来感化世俗的人。

〔81〕正观:"正",正见;"观",观心:都是佛教学道的话。这里指打坐参禅。

〔82〕舍利:本梵语的音译,意译为"身骨",专指死者火葬后的残馀骨烬。佛教传说:释迦牟尼死后火化,身上的骨头结成光彩坚固像珠子一样的东西,称为"舍利子";当时有好几个国家的国王,把舍利子分去建塔供养。后来认为修行得道的和尚死后火化,身上也曾结成舍利。

〔83〕顺宗在东宫:"顺宗",名李诵,德宗的儿子。东宫是太子住的地方。"在东宫",指做太子的时候。

〔84〕影堂:和尚供奉佛祖影像的屋子。这里指供奉运平僧的影像。

〔85〕取佣给:收租金。

〔86〕"过是"二句:除此以外,收入一概供佛事之用。

〔87〕衣并州甲:"并州",即太原府。"衣并州甲",穿并州军衣,就是在并州军队里工作的意思。

〔88〕大司徒燧:"大司徒",汉以前官名,三公之一,就是后来的司徒。"燧",马燧,唐代宗、德宗时立有战功,曾做过同中书门下平章事、司徒兼侍中等官职。

〔89〕如己不生:可以有两种解释:如同自己没有生过这个儿子;或,如同自己已经死了。

〔90〕春明门:唐代长安东面三门的中间一门。

〔91〕森然:形容树木茂盛的样子。

〔92〕条贯:条理。

〔93〕王制:政府的典章制度。

〔94〕倡优畜之:当做歌妓伶人一般看待。

〔95〕黄门侍郎杜暹(xiān):"黄门侍郎",就是门下侍郎,唐代门下省的副长官。唐玄宗时曾一度改门下省为黄门。"杜暹",唐濮阳人,曾以监察御史的资格屯碛(qì)西,后任黄门侍郎兼安西副大都护,守边四年。

〔96〕碛西:即安西,在今新疆吐鲁番县西。安西节度使也一度称为

碛西节度使。

〔97〕摄:兼理。

〔98〕御史大夫:唐设御史台,以御史大夫为长官,负责纠察。

〔99〕始假风宪以威远:这时才命边将兼负纠察弹劾的重任,使得远邦的人畏服,"风宪",指御史大夫的职衔。

〔100〕哥舒翰之镇凉州:"哥舒翰",唐时突厥族的后裔,屡立战功,曾做到左仆射同平章事,封西平郡王。后降安禄山,被杀。"凉州",也称武威郡,约辖今甘肃武威以东、天祝以西地区,州治在今武威市。当时哥舒翰任陇右节度支度营田副大使知节度事,镇守凉州。

〔101〕"下右堡"五句:当时哥舒翰在青海(今青海西宁市西)置神威军驻守,被吐蕃攻破。后来又在青海的龙驹岛上筑城戍守,据说曾发现白龙,因而就名为应龙城,吐蕃不敢再来侵犯。吐蕃据守石堡城(今青海西宁市西南),路遥而险,但到底被哥舒翰派兵打下了。"葱岭",山名,在今新疆西南。"铁关",即铁门关,在葱岭西,今新疆吐鲁番火山附近。"逾葱岭,界铁关",指哥舒翰军队战胜后,一直逾越葱岭,以铁关为界。

〔102〕河左道:即河东道,约辖今山西及河北西北部内外长城之间的地区,治所在今山西运城西南蒲州镇。

〔103〕张说(yuè):字道济,又字悦之,唐洛阳人。曾任中书令等官职,封燕国公。一度为朔方节度使,领幽州,河间郡、蓟州均归管辖(各地在今北京及其附近)。

〔104〕长辕挽辐车:指高大的车子。"辕",见前《南柯太守传》篇"攀辕遮道"注。"辐",车轮里的直木。

〔105〕庸调缯布:征收绸布的意思。唐代赋役制度,农民每年要向政府交纳一定数量的绢布绵麻,叫做"调"。凡应服劳役的人,如果不服役,也要折交绢帛,叫做"庸"。

143

〔106〕驾辖(wèi)连軏(yuè):指行车。"辖",车轴头。"軏",操纵车前横木的关键。

〔107〕坌(bèn):聚集。

〔108〕河州炖煌道:"河州",也称安昌郡;"炖煌道",指炖煌郡,也称沙州;唐时均属陇右道,在今新疆、甘肃境内。

〔109〕"岁屯田"二句:每年由驻军开垦荒地,充实边疆军民的粮食。

〔110〕灵州:也称灵武郡,约辖今宁夏西北部,州治在今灵武市西南。

〔111〕漕:漕运,水路运输粮食。

〔112〕关中:古时称今陕西省境为"关中"。

〔113〕凶年:荒年。

〔114〕白叠布:棉布。"白叠"就是棉花,所以称棉布为"白叠布"。棉花在唐代还未普遍种植,当时是一种珍贵稀罕的东西。

〔115〕邻比:邻居。

〔116〕禳(ráng)病:古人迷信,认为生病是由于有鬼怪缠身,就用符咒、祈祷等办法来治病,叫做"禳病"。

〔117〕皂布:黑布。

〔118〕幞头罗:古人用一块黑纱或罗帛之类裹住头,不使头发外露,称为"巾"、"幅巾"或"帕头",其情形有如现在某些地方的农民用白毛巾裹头一样,是一种生活习惯。南北朝时,周武帝(宇文邕)为了便利打仗,把这种巾改用皂纱全幅,向后束发,把纱的四角裁直,称为"幞头"。唐代的幞头四角有脚,两脚向前,两脚向后;并用一块木头做成山子(架子)衬在前面。历代迭有改进,成为官员必需的服饰,后来就演变为纱帽。幞头的罗多是黑色的,所以取代皂布。

〔119〕"老人扶杖出门"五句:意思是说:从前天下太平,当兵的人

少;如今战祸时起,所以军队也多了。当时规定,兵士穿黑色衣服,普通人穿白色衣服。

〔120〕三省:指尚书、中书、门下三省。三省的长官即是宰相之职。

〔121〕郎官:指尚书省下各部所属郎中、员外郎一类的官员。

〔122〕"诏三省"四句:意思是说:皇帝诏令,中央政府里的侍郎有缺,由曾任外官刺史的人优先补用;中央政府里的郎中、员外郎有缺,由曾任外官县令的人优先补用。

〔123〕四十:四十岁。"及老人四十",原"人"下有"见"字,连下文"三省郎吏"读,费解。按"四十"当指年龄,"见"字似衍文。据虞本删。

〔124〕刺郡:做州郡的刺吏、太守。

〔125〕镇县:做县令。

〔126〕沙汰使治郡:从中央官署里淘汰出去,叫他们治理外地的州郡。

〔127〕"开元取士"三句:意思是说:开元时代考试,重视人的品德,如今却完全以文才为取士标准,因而有今不如昔之感。

〔128〕臣:使之称臣,做动词用。

〔129〕穹卢:"卢",同"庐"字。"穹卢",指唐代回纥族所住的地方。

〔130〕鸡林:古国名,即新罗。

〔131〕滇池:指唐代的南诏国,在今云南大理市一带地方。

〔132〕昆夷:古西戎国,这里指唐代西域如吐谷浑(tǔ yù hún)、龟兹(qiū cí)等国家。

〔133〕临照:抚慰照顾的意思。

〔134〕展事:完成任务。

〔135〕物妖:指一般事物的反常现象。

长恨传[1]

开元中,泰阶平[2],四海无事。玄宗在位岁久,倦于旰食宵衣[3],政无大小,始委于右丞相[4],稍深居游宴,以声色自娱。先是,元献皇后[5]、武惠妃[6]皆有宠,相次即世[7]。宫中虽良家子千数,无可悦目者。上心忽忽不乐。时每岁十月,驾幸华清宫[8],内外命妇[9],熠耀[10]景从,浴日馀波,赐以汤沐[11],春风灵液[12],澹荡[13]其间,上必油然若有所遇[14],顾左右前后,粉色如土。诏高力士潜搜外宫,得弘农杨玄琰女于寿邸[15],既笄[16]矣。鬓发腻理[17],织秾中度[18],举止闲冶[19],如汉武帝李夫人[20]。别疏[21]汤泉,诏赐藻莹[22]。既出水,体弱力微,若不任罗绮[23]。光彩焕发,转动照人。上甚悦。进见之日,奏《霓裳羽衣曲》[24]以导之;定情[25]之夕,授金钗钿合以固之[26]。又命戴步摇[27],垂金珰。明年,册[28]为贵妃,半后服用[29]。繇[30]是冶其容,敏其词,婉娈万态,以中上意[31]。上益嬖[32]焉。时省风九州[33],泥金五岳[34],骊山雪夜,上阳[35]春朝,与上行同辇,止同室,宴专席,寝专房。虽有三夫人、九嫔、二十七世妇、八十一御妻[36],暨后宫才人[37],乐府妓女,使天子无顾盼意。自是六宫无复进幸[38]者。非徒殊艳尤态[39]致是,盖才智明慧,善巧便佞[40],先意希旨[41],有不可形容者。叔父昆弟皆列位清贵,爵为通

146

侯[42]。姊妹封国夫人[43]，富埒王宫[44]，车服邸第，与大长公主[45]侔矣。而恩泽势力，则又过之，出入禁门不问，京师长吏[46]为之侧目[47]。故当时谣咏有云："生女勿悲酸，生男勿喜欢。"又曰："男不封侯女作妃，看女却为门上楣[48]。"其为人心羡慕如此。天宝末，兄国忠盗丞相位[49]，愚弄国柄[50]。及安禄山引兵向阙[51]，以讨杨氏为词。潼关不守，翠华南幸[52]。出咸阳[53]，道次马嵬亭[54]，六军徘徊[55]，持戟不进。从官郎吏伏上马前，请诛晁错以谢天下[56]。国忠奉氂缨盘水[57]，死于道周。左右之意未快。上问之。当时敢言者，请以贵妃塞天下怨[58]。上知不免，而不忍见其死，反袂掩面，使牵之而去。仓皇展转，竟就死于尺组之下[59]。既而玄宗狩[60]成都，肃宗受禅[61]灵武。明年，大凶归元[62]，大驾还都。尊玄宗为太上皇，就养南宫[63]。自南宫迁于西内。时移事去，乐尽悲来。每至春之日，冬之夜，池莲夏开，宫槐秋落，梨园弟子，玉琯[64]发音，闻《霓裳羽衣》一声，则天颜不怡，左右歔欷。三载一意，其念不衰。求之梦魂，杳不能得。适有道士自蜀来，知上皇心念杨妃如是，自言有李少君之术[65]。玄宗大喜，命致其神。方士[66]乃竭其术以索之，不至。又能游神驭气，出天界，没地府以求之，不见。又旁求四虚[67]上下，东极天海，跨蓬壶[68]。见最高仙山，上多楼阙，西厢下有洞户，东向，阖其门，署曰："玉妃太真院。"方士抽簪扣扉，有双鬟童女，出应其门。方士造次未及言，而双鬟复入。俄有碧衣侍女又至，诘其所从。方士因称唐天子使者，且致其命[69]。碧衣云："玉妃方寝，请少待之。"于时云海沉沉[70]，洞天日晓，琼户重阖，悄然无声。方士屏息敛足[71]，拱手门下。久之，而碧衣延入，且曰："玉妃出。"见一人冠金莲，披紫绡，佩红玉，曳凤舄[72]，左右侍者七八人。揖方士，问："皇帝安否？"次问天宝十四载已还[73]事。言讫，悯然。指碧衣取金钗钿合，各析其半，授使者曰："为我谢太上皇，谨献是物，寻旧好也。"方士受辞与信[74]，将行，色有不足[75]。玉妃固征其意[76]。复前跪致词："请当时一事，不为他人闻者，验于太上皇；不然，恐钿合金钗，负新垣平之诈[77]也。"玉妃茫然退立，若有所思，徐而言曰："昔天宝十载，侍辇[78]避暑于骊山宫。秋七月，牵牛织女相见之夕，秦人风俗，是夜张锦绣，陈饮食，树瓜华[79]，焚香于庭，号为'乞巧'。宫掖[80]间尤尚[81]之。时夜殆半，休侍卫于东西厢，独侍上。上凭肩而立，因仰天感牛女事，密相誓心，愿世世为夫妇。言毕，执手各呜咽。此独君王知之耳。"因自悲曰："由此一念，又不得居此。复堕下界，且结后缘。或为天，或为人[82]，决再相见，好合如旧。"因言："太上皇亦不久人间，幸惟自安，无自苦耳。"使者还奏太上皇，皇心震悼，日日不豫[83]。其年夏四月，南宫晏驾[84]。元和元年冬十二月，太原白乐天[85]自校书郎尉于盩厔[86]。鸿与琅琊[87]王质夫家于是邑，暇日相携游仙游寺，话及此事，相与感叹。质夫举酒于乐天前曰："夫希代之事，非遇出世之才[88]润色[89]之，则与时消没，不闻于世。乐天深于诗[90],多于情者也。试为歌之,如何?"乐天因为《长恨歌》。意者[91]不但感其事,亦欲惩尤物,窒乱阶,垂于将来[92]者也。歌既成,使鸿传焉。世所不闻者,予非开元遗民[93],不得知;世所知者,有《玄宗本纪[94]》在。今但传《长恨歌》云尔。

汉皇[95]重色思倾国[96],御宇[97]多年求不得。杨家有女初长成,养在深闺人未识。天生丽质难自弃,一朝选在君王侧。回眸一笑百媚生,六宫粉黛无颜色[98]。春寒赐浴华清池,温泉水滑洗凝脂[99];侍儿扶起娇无力,始是新承恩泽时。云鬓花颜金步摇,芙蓉帐[100]暖度春宵;春宵苦短日高起,从此君王不早朝。承欢侍宴无闲暇,春从春游夜专夜。后宫佳丽三千人,三千宠爱在一身。金屋[101]妆成娇侍夜,玉楼宴罢醉和春。姊妹弟兄皆列土[102],可怜光彩生门户;遂令天下父母心,不重生男重生女。骊宫高处入青云,仙乐风飘处处闻。缓歌慢舞凝丝竹,尽日君王看不足。渔阳鼙鼓[103]动地来,惊破《霓裳羽衣曲》。九重城阙[104]烟尘生,千乘万骑西南行。翠华摇摇行复止,西出都门百余里;六军不发无奈何,宛转[105]娥眉[106]马前死。花钿委地[107]无人收,翠翘金雀玉搔头[108];君王掩面救不得,回看血泪相和流。黄埃散漫风萧索[109],云栈萦纡登剑阁[110];峨眉山[111]下少人行,旌旗无光日色薄。蜀江水碧蜀山青,圣主朝朝暮暮情,行宫[112]见月伤心色,夜雨闻铃[113]肠断声。天旋日转回龙驭[114],到此踌躇不能去,马嵬坡下泥土中,不见玉颜空死处[115]。君臣相顾尽沾衣,东望都门信马归[116]。归来池苑皆依旧,太液[117]芙蓉未央[118]柳;芙蓉如面柳如眉,对此如何不泪垂?春风桃李花开夜,秋雨梧桐叶落时。西宫南苑[119]多秋草,宫叶满阶红不扫。梨园弟子白发新,椒房阿监青娥老[120]。夕殿萤飞思悄然[121],孤灯挑尽[122]未成眠。迟迟钟漏初长夜,耿耿星河欲曙天[123]。鸳鸯瓦[124]冷霜华[125]重,翡翠衾[126]寒谁与共?悠悠[127]生死别经年,魂魄不曾来入梦。临邛[128]道士鸿都客[129],能以精诚致魂魄。为感君王展转思,遂教方士殷勤觅。排空驭气奔如电,升天入地求之遍,上穷碧落[130]下黄泉,两处茫茫皆不见。忽闻海上有仙山,山在虚无缥缈[131]间。楼殿玲珑五云[132]起,其中绰约多仙子。中有一人字太真[133],雪肤花貌参差是。金阙西厢叩玉扃,转教小玉报双成[134]。闻道汉家天子使,九华帐[135]里梦魂惊。揽衣[136]推枕起徘徊,珠箔银屏迤逦开[137]。云鬓半偏新睡觉,花冠不整下堂来。风吹仙袂飘飘举,犹似《霓裳羽衣舞》。玉容寂寞泪阑干[138],梨花一枝春带雨[139]。含情凝睇谢君王,一别音容两渺茫。昭阳殿[140]里恩爱绝,蓬莱宫中日月长。回头下望人寰处,不见长安见尘雾。唯将旧物表深情,钿合金钗寄将去。钗留一股合一扇[141],钗擘黄金合分钿。但令心似金钿坚,天上人间会[142]相见。临别殷勤重寄词,词中有誓两心知,七月七日长生殿,夜半无人私语时:"在天愿作比翼鸟[143],在地愿为连理枝[144]。"天长地久有时尽,此恨绵绵[145]无绝期!

〔1〕这是一篇描写封建统治阶级上层人物恋爱悲剧的作品。

这确是一幕悲剧,但并不能算作真正的恋爱。因为,唐玄宗看上了杨贵妃的美貌,只不过把她当做玩物;杨贵妃之"婉娈万态,以中上意",则是仰慕皇家的荣华富贵,企图享受而已。他们之间的关系,并没有以真挚的爱情为基础。作者塑造的艺术形象,却美化了他们,而且对这一传闻的故事,流露了同情之感。

不过,作者一方面毕竟也批判了他们的荒淫无耻,以致引起战乱;也反映了群众的愤慨,使得唐玄宗不得不在群众压力下,牺牲了杨贵妃以保全自己的地位。全篇字里行间,颇有讽刺意味。

"惩尤物,窒乱阶,垂于将来",这是本文的主题思想。把国家祸乱的责任全推在女人身上,本是片面的,不公平的;尤其是作者希望封建最高统治者接受教训,引以为戒,目的是在巩固他们的统治地位,这就说明作者是站在什么立场看问题的了。事实上,这所谓"乱阶",在阶级社会里,是无法避免的,封建统治者的不幸结局,是他们自己所造成的结果。

本文流传甚广,后世据以改写的文学作品颇多,著名的有元人白朴的《唐明皇秋夜梧桐雨》、清人洪昇的《长生殿》两剧。

〔2〕泰阶平:"泰阶",星名,就是三台——上台、中台、下台,各有两星,相比斜上,像台阶一样,称为天的三阶。迷信说法:上阶代表皇帝,中阶代表诸侯公卿大夫,下阶代表士子庶人。"泰阶平",指这三阶谐和,就会风调雨顺,天下太平。这是封建统治阶级一种含有毒素的"阶级调和论"。

〔3〕旰(gàn)食宵衣:"旰",天晚。"宵",深夜。"旰食宵衣",意思是天很晚才吃饭,天不亮就穿衣起来,形容勤劳处理政务。

〔4〕"政无大小"二句:玄宗初即位时,还能励精图治;后期——尤

其是在纳杨贵妃之后,生活就十分骄奢腐化了。开元二十四年,曾以奸臣李林甫为中书令,就是右丞相。

〔5〕元献皇后:姓杨,唐玄宗的贵嫔,肃宗生母。死后由肃宗追尊为元献皇后。

〔6〕武惠妃:"惠",原作"淑"。按史书均作"武惠妃","淑"字应误,改。武惠妃:恒安王武攸止的女儿。死后尊称贞顺皇后。

〔7〕相次即世:相继去世。

〔8〕华清宫:见前《东城老父传》篇"温泉"注,即下文的"骊宫",也称"骊山宫"。又下文"华清池",温泉名。"长生殿",在华清宫内。

〔9〕内外命妇:封建时代,受有封号的妇女称"命妇",有"内命妇"和"外命妇"之分:内命妇指受宫内封号的,如妃嫔之类;外命妇指公主、王妃,和因丈夫的官爵而封赠的,如郡君、县君、夫人、孺人之类。

〔10〕熠(yì)燿:光彩夺目的样子。

〔11〕"浴日馀波"二句:封建时代,以太阳为皇帝的象征,这里"日"就指的皇帝。这两句的意思是说:皇帝洗过澡之后,也让命妇们就浴。

〔12〕春风灵液:妇女人浴的象征词。"灵液",指温泉。

〔13〕澹荡:形容恬静而畅适的样子。

〔14〕上必油然若有所遇:"必",原作"心"。按上文云"每岁十月",此处作"必"似较胜。疑形似误刻,据虞本改。油然:形容动心的样子。

〔15〕得弘农杨玄琰(yǎn)女于寿邸:"杨玄琰",虢(guó)州阌(wén)乡人。虢州曾一度改为弘农郡。王府称"邸"。杨贵妃,杨玄琰的女儿,小名玉环,原是玄宗的儿子李瑁(mào)的妃子。李瑁被封寿王,所以说"得于寿邸"。当时玄宗看中了她,先叫她出家为女道士,后来就纳入宫中。

〔16〕既笄:已经及笄。参看前《霍小玉传》篇"上鬟"注。

〔17〕腻理:润泽细密的样子。

〔18〕纤秾中度:肥瘦合于标准。

〔19〕举止闲冶:一举一动,都雅静而又娇媚。

〔20〕汉武帝李夫人:"汉武帝",名刘彻。李夫人是他的爱妾(秦、汉时,帝王的妾称"夫人"),美丽善歌舞。

〔21〕别疏:另辟。

〔22〕藻莹:"藻",华美、文采。"莹",磨治。"藻莹",引申作洗得洁净漂亮解释。

〔23〕若不任罗绮:好像禁不起所穿绸衣的沉重压力,形容娇弱。后文《飞烟传》篇"若不胜绮罗",义同。

〔24〕《霓裳羽衣曲》:神话传说:唐玄宗梦游月宫,看见仙女歌舞,醒后就按照那个歌调谱成《霓裳羽衣曲》。见《乐府诗集》。实际这是西凉的《婆罗门曲》,经玄宗润色改为《霓裳羽衣曲》。全曲共十二遍:前六遍是散板,无拍,不舞;后六遍有拍而舞。音节闲雅柔婉。

〔25〕定情:男女结合成夫妇之礼叫做"定情"。后文《莺莺传》篇"不能定情",定情却指的订定婚约。

〔26〕授金钗钿合以固之:赐给她金钗钿合,作为巩固彼此爱情的信物。"钿合",用金花珠宝镶嵌起来的盒子。一说:钿合是饰物而非盒子。

〔27〕步摇:金凤形的首饰,上缀成串的珠玉,行动时动摇,所以叫做"步摇"。

〔28〕册:册封。皇帝封立妃子叫做"册封"。

〔29〕半后服用:服饰享用,照皇后的标准减半。

〔30〕繇:同"由"字。

〔31〕以中(zhòng)上意:以迎合皇帝的意思。

〔32〕嬖(bì):宠幸。

〔33〕省(xǐng)风九州：巡视国中的意思。"省风"，视察民情。

〔34〕泥金五岳：皇帝祭祀天地山川的意思。"泥金"，即金泥。以水银和金为泥，叫做"金泥"。皇帝在五岳祭天地，要把祭文写在简版上，以玉为饰，称为玉牒，盖上玉检(玉做的盖子)，然后再用泥金把它封起来。这里就以"泥金"为祭天地山川的代词。

〔35〕上阳：唐代东都洛阳的宫名。

〔36〕三夫人、九嫔、二十七世妇、八十一御妻：这些都是周时王宫里的妾御和女官的名称，唐代并没有这一类名目，这里只是泛指所有妃嫔等人。

〔37〕才人：唐代管理宫中宴寝等事的女官。

〔38〕进幸：为皇帝侍寝。

〔39〕殊艳尤态：非常美丽的容貌和十分妩媚的风度。

〔40〕善巧便(pián)佞：聪明伶俐，巴结谄媚。

〔41〕先意希旨：指能揣度唐玄宗心理，不等他开口就先迎合他的意思。

〔42〕"叔父昆弟"二句："通侯"，古时一种可以佩金印紫绶的最尊贵的爵位。这里指杨贵妃的叔父杨玄珪、兄弟杨钊(即杨国忠)、杨铦(xiān)、杨锜，当时都任贵官。

〔43〕姊妹封国夫人：当时杨贵妃的三个姊姊，被封为韩国夫人、虢国夫人、秦国夫人。

〔44〕富埒(lè)王宫：富有和皇家相等。"埒"，相等、相同。

〔45〕大长公主：皇帝的女儿称"公主"，姊妹称"长公主"，姑母称"大长公主"。

〔46〕长吏：汉代以爵禄在六百石以上的官员为"长吏"，这里指高官。

〔47〕侧目：斜着眼睛看，一种恭敬而又畏惧的表情。

〔48〕看女却为门上楣：意思是由于女儿的得宠，使全家的人都获得荣华富贵的地位。"楣"，门上的横梁，是支撑门户的东西，习惯用门楣为家庭地位的象征词。

〔49〕兄国忠盗丞相位：杨贵妃的堂兄国忠，当时任右丞相。他并无做宰相的才具，只是由于杨贵妃的关系才窃居高位，所以称之为"盗"。

〔50〕愚弄国柄：欺蔽皇帝，把持政权。

〔51〕向阙：进犯都城。

〔52〕翠华南幸：皇帝的旗帜，上用鸟雀的翠羽为饰，称为"翠华"。这里泛指皇帝车驾。唐玄宗逃蜀，蜀在长安之南，所以说"南幸"。

〔53〕咸阳：唐县名，在今陕西咸阳市东。

〔54〕道次马嵬亭："道次"，路过停驻在那里，后文《虬髯客传》篇"行次"，义同。有时只单用一"次"字。"马嵬亭"，就是下文的"马嵬坡"，也称马嵬城、马嵬驿，参看前《任氏传》篇"马嵬"注。

〔55〕徘徊：走来走去，停留不进的样子。

〔56〕请诛晁（cháo）错以谢天下："晁错"，即鼌错。"谢天下"，向天下人认过。汉景帝（刘启）时，晁错为御史大夫，因为看到统治阶级的内部矛盾，就建议削减诸王的封地。于是吴、楚等七国起兵反抗，要求杀晁错以谢天下。后来晁错被景帝杀死。见《史记·晁错列传》。这里以晁错指杨国忠。

〔57〕奉氂（lí）缨盘水：古时官员有过，戴白冠氂缨（氂牛尾毛做的帽缨），手捧盘水，上加宝剑，向皇帝请罪。"白冠氂缨"，表示待罪之身；"盘水"，因为水性平，请皇帝公平处理；"加剑"，预备证实有罪时用以自刎。

〔58〕请以贵妃塞天下怨：这句的意思是说：要求把杨贵妃也处死，这样，才可以消除、搪塞人民的怨愤情绪。

〔59〕死于尺组之下：指被缢死。"尺组"，自缢用的丝带，犹如说

"三尺白绫"。

〔60〕狩:巡狩。"狩",同"守"字。古时帝王巡视诸侯守地为"巡狩",后来就以巡狩泛指皇帝的出行。

〔61〕受禅(shàn):"禅",禅位,皇帝传位的专词。"受禅",指肃宗受玄宗传位。

〔62〕明年,大凶归元:原作"明年大赦改元"。按唐肃宗即位灵武,改元至德。安禄山至德二年被杀,是年玄宗还都,第三年方改为乾元元年。是改元非明年事,似作"明年,大凶归元"是,据虞本改。"大凶",指安禄山。"元",头。"归元",犹如说"授首",就是被杀了头。当时安禄山为他的儿子安庆绪所杀。

〔63〕南宫:指兴庆宫。下文"西内"就是西宫(皇宫称做内),指太极宫。

〔64〕玉琯:指玉制的吹奏乐器。"琯",同"管"字。

〔65〕李少君之术:"李少君",汉武帝时方士,假说自己曾游海上遇仙,有长生不死之方,因之很得武帝信任,后病死。见《史记·孝武本纪》。"李少君之术",指求仙之术。这里如说的是武帝会见李夫人灵魂的故事,似乎更切合文中的事实。《汉书·外戚列传》:李夫人死了,武帝非常想念她。有方士齐人少翁,自称有办法把她的灵魂找来相会。于是设灯火帐幕,幕上现出影子,武帝远远望去,果然好像李夫人模样。这当然只是一种骗人的把戏。据《汉书·郊祀志》载,李少君和少翁原是两人,可能因为同是方士,所以作者就误为一人了。

〔66〕方士:自称会求仙炼丹、禁咒祈祷一类法术的人。

〔67〕四虚:四方。

〔68〕蓬壶:《史记·封禅书》:勃海(即渤海)里有三座神山,名蓬莱、方丈、瀛洲,上有仙人和不死之药,禽兽尽白,以黄金白银为宫阙。《拾遗记》说,"蓬莱"就是"蓬壶"。

〔69〕致其命：说明自己的使命。

〔70〕云海沉沉："云海"，到处弥漫、广阔无边，像汪洋大海一样的云气。"沉沉"，深远的样子。

〔71〕屏（bǐng）息敛足：不敢大声出气，并起了脚：形容恭敬。

〔72〕凤舄（xì）：凤头鞋子。

〔73〕已还：以来。

〔74〕信：信物。指钿合金钗。

〔75〕色有不足：脸上显出还未满足的样子。

〔76〕固征其意：一定要追问他为什么这样。

〔77〕"恐钿合金钗"二句："新垣平"，汉时赵人。他自己说会"望气"，曾告诉汉文帝（刘恒），长安东北有神气，应该建祠来应这个兆头；又说阙下有宝玉气，果然就有人来献玉杯。因之大得宠信。后来经人告发，说这些都是假的，被杀。故事见《汉书·郊祀志》。"恐负新垣平之诈"，恐怕像新垣平那样有诈欺的嫌疑，因为钿合金钗是人世间常有之物，是不足以取信于唐玄宗的。

〔78〕辇：这里用作皇帝的代称。

〔79〕树瓜华："树"，种的意思。"瓜华"，瓜和果蓏（luǒ）。树上结的为果，地下结的如瓜瓠之类为蓏。语出《礼记·郊特牲》："天之树瓜华"，意思是皇帝种瓜华，仅供一时之用；要是能久藏之物就不去种它，以避免与民争利。这里引用这一句成语，只是陈列瓜果的意思。

〔80〕宫掖：皇宫。"掖"，掖庭，后妃宫嫔居住的地方。

〔81〕尚：盛行、崇尚。

〔82〕"或为天"二句：或在天界，或在人间。

〔83〕不豫：皇帝生病的婉词，也可作不高兴解释。

〔84〕南宫晏驾：死在南宫。皇帝死了叫作"晏驾"，皇帝车驾迟出的意思，也是一种婉词。

〔85〕白乐天:唐代名诗人白居易自号乐天。

〔86〕自校书郎尉于盩厔(zhōu zhì):从校书郎这个官职,外调做盩厔县尉。"尉",做动词用。"盩厔",唐县名,今陕西周至县。

〔87〕琅琊:唐郡名,也称沂州,约辖今山东新泰以南的沂、祊、武等河流域的一带地区,州治在今临沂市。

〔88〕"夫希代之事"二句:"希代之事",历史上少见的事情。"出世之才",高出于一般世人的才情。

〔89〕润色:文学上的描写加工。

〔90〕深于诗:擅长作诗。

〔91〕意者:"意",揣想。"者",指下面所说的用意。

〔92〕"惩尤物"三句:"尤物",特异的事物,一般指美色。"惩尤物",以好美色为戒。"窒乱阶",堵塞住造成祸乱的道路。"垂于将来",传至后世,以为鉴戒。

〔93〕开元遗民:现在还存在的开元年间的人。

〔94〕本纪:纪传体正史记载皇帝事迹的部分,叫做"本纪"。

〔95〕汉皇:下文本指的唐玄宗事迹,作者是唐代人,为了避讳,就托词说是"汉皇"。

〔96〕倾国:语出《汉书·外戚列传》:"北方有佳人,绝世而独立;一顾倾人城,再顾倾人国。"是李延年为汉武帝唱的歌。意指女色魅力之大,可以使帝王因之亡国。后来却以"倾城倾国"形容女色之美,完全成为一种称誉之词。这里作为美女的代称。

〔97〕御宇:统治天下。

〔98〕六宫粉黛无颜色:妇女以粉涂面,以黛(一种青黑色颜料)画眉,因而"粉黛"就成为妇女的代称。"六宫粉黛",指宫中妃嫔。"无颜色",意思是都不及杨贵妃的美丽,相形之下,黯然失色。

〔99〕凝脂:指细腻白净的皮肤。

〔100〕芙蓉帐：南北朝宋人鲍照诗中有"七彩芙蓉之羽帐"句，"芙蓉帐"当是一种华丽多彩的帐子；又后来五代时蜀后主孟昶曾以芙蓉花染缯为帐，也名为"芙蓉帐"。

〔101〕金屋：指给美女居住的华美房子。典出《汉武故事》：汉武帝幼时，他的姑母馆陶长公主和他开玩笑，问他要不要妻子；并指着自己的女儿阿娇说：把她给你做妻子好不好？武帝答说：要得到阿娇，就用金屋给她住。

〔102〕列土：皇帝把土地分封给臣僚，就是给予食邑的意思。"列"，同"裂"字。

〔103〕渔阳鼙鼓：指安禄山之乱。当时安禄山自范阳起兵，声势浩大，卢龙、密云、渔阳等郡都归附了他。"渔阳"，唐郡名，参看前《柳氏传》篇"幽、蓟"注。"鼙"，同"鼙"。

〔104〕九重（chóng）城阙：指京城。皇帝住的地方为"九重"，是最深邃处。语出《楚辞·九辩》："君之门兮九重。"九门为路门、应门、雉门、库门、皋门、城门、近郊门、远郊门、关门。见《礼记·月令》。

〔105〕宛转：形容随顺着，听从摆布的样子。

〔106〕娥眉："娥"，美好的意思。"娥眉"，指眉毛长得很好看，因而作为美女的代词。

〔107〕花钿委地："花钿"，嵌有金花的首饰。"委地"，弃置地上。

〔108〕翠翘金雀玉搔头：翡翠鸟尾上的长毛叫做"翘"。妇女的首饰，用翠羽镶制成像翡翠鸟的尾毛一样，叫做"翠翘"。"金雀"，钗名。"玉搔头"，就是玉簪。

〔109〕萧索：萧条衰败的样子。

〔110〕云栈萦纡登剑阁："栈"，栈道。在山里险要地方，搭木架以通行人，叫做"栈道"。"云栈"，高入云霄的栈道。"萦纡"，弯弯曲曲。"剑阁"，在今四川剑阁县北，也称剑门关，就是大小剑山里的栈道。

〔111〕峨眉山:从长安到成都,并不经过峨眉山;这里因为峨眉山是蜀中最有名的大山,有代表性,故举以泛指蜀山。

〔112〕行宫:皇帝出外临时住的地方称"行宫"。

〔113〕夜雨闻铃:当时唐玄宗行至斜谷口,连日阴雨,听得栈道中铃声和雨声相应,非常凄清,更加触动想念杨贵妃的心情,于是采其声谱入乐调,作《雨霖铃曲》。见《明皇杂录》。

〔114〕天旋日转回龙驭:"天旋日转",指政局的转变。那时郭子仪收复长安,大局已经好转了。"龙驭",皇帝的车驾。"回龙驭",指唐玄宗由蜀回京。

〔115〕空死处:徒然留下死亡的遗迹。

〔116〕信马归:由着马自己走回去,形容情绪抑郁,连车马也无心驾驭了。

〔117〕太液:太液池,在当时的大明宫内,也叫"蓬莱池"。

〔118〕未央:汉宫名,遗址在今陕西长安县北。这里是借用。"太液、未央",泛指池苑。

〔119〕南苑:当时太极宫内有"西苑",大明宫内有"东苑",兴庆宫内有"南苑"。"苑",是皇家畜养鸟兽的林园。

〔120〕椒房阿监青娥老:"椒房",皇后住的房子,用椒和泥涂壁建成,取其温暖,并象征多子。"阿监",指宫内女官。"青娥",少女,指宫女。这句是感慨时代更易,从前的女官宫女都已老了。

〔121〕思悄然:因愁思而闷闷不语的样子。

〔122〕孤灯挑尽:古人点油灯,久了光发暗,要时时挑剔灯芯,以保持亮度。"挑尽",意思是灯芯烧完了,灯油烧干了。这里以"孤灯挑尽",形容唐玄宗晚年生活的寂寞凄凉,实际古时宫廷里是燃烛而不点灯的。

〔123〕耿耿星河欲曙天:天上的银河微发亮光,正是天将明的时候

了。"耿耿",微明的样子。"星河",银河。

〔124〕鸳鸯瓦:两片瓦嵌合在一起,叫做"鸳鸯瓦"。

〔125〕华:同"花"字。

〔126〕翡翠衾:像翡翠鸟颜色一样的被。

〔127〕悠悠:形容久远的样子。

〔128〕临邛(qióng):唐县名,今四川邛崃市。

〔129〕鸿都客:"鸿都",本是汉代藏书的地方,这里是借用。"鸿都客",意指博学多识的人。又鸿都在长安,"鸿都客",也可指在长安作客的人。

〔130〕碧落:道家称天上为"碧落"。

〔131〕"山在虚无缥缈间":"缥",原作"渺",应误,据《白氏长庆集》改。"虚无缥缈",远远地望去,似有似无的样子。

〔132〕五云:五色云,神话传说中仙人所驾的祥云。

〔133〕太真:杨贵妃为女道士时,道号"太真",这里因借作仙号。

〔134〕转教小玉报双成:"小玉",春秋时吴王夫差的女儿。"双成",董双成,神话传说中西王母的侍女。这里都是借用,指太真的两名侍女。这句意思是,太真深居仙府,所以要由她们一层层地通报上去。

〔135〕九华帐:古人以"九"代表多数。"九华帐",指华丽多彩的帐子。

〔136〕揽衣:披着衣服。

〔137〕珠箔银屏迤逦(yǐ lǐ)开:"珠箔",珠帘。"银屏",以银丝为饰的屏风。"迤逦",曲曲折折,接连不断的样子。这句是形容仙宫深邃,太真出来时,层层的珠帘卷起,屏风打开。

〔138〕泪阑干:泪痕纵横的样子。

〔139〕梨花一枝春带雨:形容杨太真的泪容,有如春天沾着雨的一枝梨花。

〔140〕昭阳殿:汉宫殿名,是汉成帝和赵昭仪同居的地方,这里借指杨贵妃生前的寝宫。

〔141〕一扇:"扇",本指门扇。"一扇",就是门的一半。这里指钿合的一片。

〔142〕会:会当,略有应该的意思,对未来可能发生的事情的想象之词。

〔143〕比翼鸟:"比",并在一起。古代传说:南方有比翼鸟,不比不飞,名为鹣鹣。见《尔雅·释地》。

〔144〕连理枝:两棵树枝干相接,长在一起,叫做"连理枝"。古人不明白其中道理,因而认为是一种祥瑞。如《南齐书·祥瑞志》曾载有"槿树连理,异根双挺,共杪为一";《拾遗记》也说到有"连理桂";唐贞观时,中山南献木连理;宋人易延庆的母墓上有二栗树连理;等等。这一类记载是很多的。其实,连理枝并不神秘。因为两树相近,枝干斜生,受到风力摇动,相互磨擦:在早春时,把树皮磨掉了,露出黏滑的"形成层"部分,这部分细胞有旺盛的分裂和生长能力,风停后就使得两树的枝干密接部分连生在一起。树木的人工嫁接方法,正是受这种现象的启发而发明的。

〔145〕绵绵:不断的样子。

元　稹[1]

莺莺传

　　贞元中，有张生者，性温茂[2]，美风容，内秉坚孤，非礼不可入[3]。或朋从游宴，扰杂其间，他人皆汹汹拳拳，若将不及[4]，张生容顺[5]而已，终不能乱。以是年二十三，未尝近女色。知者诘之。谢而言曰："登徒子[6]非好色者，是有凶行；余真好色者，而适不我值。何以言之？大凡物之尤者，未尝不留连于心，是知其非忘情者也。"诘者识之。无几何，张生游于蒲[7]。蒲之东十余里，有僧舍曰普救寺，张生寓焉。适有崔氏孀妇，将归长安，路出于蒲，亦止兹寺。崔氏妇，郑女也。张出于郑[8]，绪其亲[9]，乃异派之从母[10]。是岁，浑瑊[11]薨于蒲。有中人[12]丁文雅，不善于军[13]，军人因丧而扰，大掠蒲人。崔氏之家，财产甚厚，多奴仆。旅寓惶骇，不知所托。先是，张与蒲将之党有善，请吏护之，遂不及于难。十余日，廉使杜确[14]将[15]天子命以总戎节[16]，令于军，军由是戢[17]。郑厚张之德甚[18]，因饰馔以命张[19]，中堂宴之。复谓张曰："姨之孤嫠未亡[20]，提携幼稚。不幸属师徒大溃，实不保其身。弱子幼女，犹君之

163

生[21],岂可比常恩哉！今俾以仁兄礼奉见,冀所以报恩也。"命其子,曰欢郎,可十馀岁,容甚温美。次命女："出拜尔兄,尔兄活尔。"久之,辞疾[22]。郑怒曰："张兄保尔之命,不然,尔且掳矣。能复远嫌[23]乎？"久之,乃至。常服睟容[24],不加新饰,垂鬟接黛[25],双脸销红[26]而已。颜色艳异,光辉动人。张惊,为之礼。因坐郑旁。以郑之抑而见[27]也,凝睇怨绝,若不胜其体者[28]。问其年纪,郑曰："今天子甲子岁之七月,终于贞元庚辰,生年十七矣[29]。"张生稍以词导之,不对。终席而罢。张自是惑之,愿致其情,无由得也。崔之婢曰红娘。生私为之礼者数四,乘间遂道其衷[30]。婢果惊沮[31],腆然[32]而奔。张生悔之。翼日[33],婢复至。张生乃羞而谢之,不复云所求矣。婢因谓张曰："郎之言,所不敢言,亦不敢泄。然而崔之姻族,君所详也。何不因其德而求娶焉？"张曰："余始自孩提[34],性不苟合。或时纨绮闲居[35],曾莫流盼。不为当年,终有所蔽[36]。昨日一席间,几不自持[37]。数日来,行忘止,食忘饱,恐不能逾旦暮[38],若因媒氏而娶,纳采问名[39],则三数月间,索我于枯鱼之肆[40]矣。尔其谓我何[41]？"婢曰："崔之贞慎自保,虽所尊不可以非语[42]犯之。下人之谋,固难入矣。然而善属文[43],往往沉吟章句[44],怨慕者久之。君试为喻情诗以乱之[45],不然,则无由也。"张大喜,立缀[46]《春词》二首以授之。是夕,红娘复至,持彩笺以授张,曰："崔所命也。"题其篇曰《明月三五夜》。其词曰："待月西厢下,迎风户半开。拂墙花影动,疑是玉人来。"张亦微喻其旨。是夕,岁二月旬有四日[47]矣。崔之东有杏花一株,攀援可逾。既望[48]之夕,张因梯[49]其树而逾焉。达于西厢,则户半开矣。红娘寝于床上,因惊之[50]。红娘骇曰:"郎何以至?"张因绐之曰:"崔氏之笺召我也。尔为我告之。"无几,红娘复来,连曰:"至矣!至矣!"张生且喜且骇,必谓获济[51]。及崔至,则端服严容,大数[52]张曰:"兄之恩,活我之家,厚矣。是以慈母以弱子幼女见托。奈何因不令[53]之婢,致淫逸之词?始以护人之乱为义,而终掠乱[54]以求之,是以乱易乱,其去几何?诚欲寝其词[55],则保人之奸,不义;明之于母,则背人之惠,不祥;将寄于婢仆[56],又惧不得发其真诚:是用托短章,愿自陈启。犹惧兄之见难[57],是用鄙靡之词,以求其必至。非礼之动,能不愧心?特愿以礼自持,毋及于乱!"言毕,翻然而逝。张自失者久之。复逾而出,于是绝望。数夕,张生临轩独寝,忽有人觉之[58]。惊骇而起,则红娘敛衾携枕而至,抚张曰:"至矣!至矣!睡何为哉!"并枕重衾而去。张生拭目危坐[59]久之,犹疑梦寐;然而修谨以俟[60]。俄而红娘捧崔氏而至。至,则娇羞融冶,力不能运支[61]体,曩时端庄,不复同矣。是夕,旬有八日也。斜月晶莹,幽辉半床。张生飘飘然,且疑神仙之徒,不谓从人间至矣。有顷,寺钟鸣,天将晓。红娘促去。崔氏娇啼宛转,红娘又捧之而去,终夕无一言。张生辨色而兴,自疑曰:"岂其梦邪?"及明,睹妆在臂,香在衣,泪光荧荧然[62],

犹莹于茵席而已。是后又十余日，杳不复知。张生赋《会真》[63]诗三十韵[64]，未毕，而红娘适至，因授之，以贻崔氏。自是复容之。朝隐而出，暮隐而入，同安于曩所谓西厢者，几一月矣。张生常诘郑氏之情。则曰："我不可奈何矣。"因欲就成之。无何，张生将之长安，先以情谕之。崔氏宛无难词，然而愁怨之容动人矣。将行之再夕，不复可见，而张生遂西下。数月，复游于蒲，会于崔氏者又累月。崔氏甚工刀札[65]，善属文。求索再三，终不可见。往往张生自以文挑，亦不甚睹览。大略崔之出人者，艺必穷极，而貌若不知；言则敏辩，而寡于酬对。待张之意甚厚，然未尝以词继之。时愁艳幽邃，恒若不识，喜愠之容，亦罕形见。异时[66]独夜操琴，愁弄凄恻。张窃听之。求之，则终不复鼓矣。以是愈惑之。张生俄以文调及期[67]，又当西去。当去之夕，不复自言其情，愁叹于崔氏之侧。崔已阴知将诀矣，恭貌怡声，徐谓张曰："始乱之，终弃之，固其宜矣。愚不敢恨。必也君乱之，君终之，君之惠也。则没身之誓，其有终矣，又何必深感于此行[68]？然而君既不怿，无以奉宁[69]。君常谓我善鼓琴，向时羞颜，所不能及。今且往矣，既君此诚[70]。"因命拂琴，鼓《霓裳羽衣》序[71]，不数声，哀音怨乱，不复知其是曲也。左右皆歔欷[72]。崔亦遽止之，投琴，泣下流连，趋归郑所，遂不复至。明旦而张行。明年，文战不胜，张遂止于京。因赠书于崔，以广其意[73]。崔氏缄报之词，粗载于此，曰："捧览来问，抚爱过深。儿女之情，悲喜交集。兼惠花胜[74]一合、口脂五寸，致耀首膏唇之饰。虽荷殊恩，谁复为容[75]？睹物增怀，但积悲叹耳。伏承使于京中就业，进修之道，固在便安[76]。但恨僻陋之人，永以遐弃。命也如此，知复何言！自去秋已来，常忽忽如有所失。于喧哗之下，或勉为语笑，闲宵自处，无不泪零。乃至梦寐之间，亦多感咽离忧之思。绸缪缱绻，暂若寻常，幽会未终，惊魂已断。虽半衾如暖，而思之甚遥。一昨拜辞，倏逾旧岁。长安行乐之地，触绪牵情。何幸不忘幽微，眷念无斁[77]。鄙薄之志，无以奉酬。至于终始之盟，则固不忒[78]。鄙昔中表相因，或同宴处。婢仆见诱，遂致私诚。儿女之心，不能自固[79]。君子有援琴之挑[80]，鄙人无投梭之拒[81]。及荐寝席，义盛意深。愚陋之情，永谓终托。岂期[82]既见君子，而不能定情，致有自献之羞，不复明侍巾帻。没身永恨，含叹何言！倘仁人用心，俯遂幽眇[83]，虽死之日，犹生之年。如或达士略情[84]，舍小从大，以先配为丑行，以要盟[85]为可欺，则当骨化形销，丹诚不泯[86]，因风委露，犹托清尘[87]。存没之诚，言尽于此。临纸呜咽，情不能申。千万珍重，珍重千万！玉环一枚，是儿[88]婴年所弄，寄充君子下体所佩。玉取其坚润不渝，环取其终始不绝。兼乱丝一绚[89]、文竹茶碾子[90]一枚。此数物不足见珍，意者欲君子如玉之真，弊志如环不解。泪痕在竹，愁绪萦丝，因物达情，永以为好耳。心迩身遐，拜会无期。幽愤所钟，千里神合。千万珍重！春风多厉，强饭为嘉[91]。慎言自保，无以鄙为深念。"张生发其书于所知，由是时人多闻之。所善[92]杨巨源[93]好属词,因为赋《崔娘》诗一绝[94]云:"清润潘郎[95]玉不如,中庭蕙草雪销初。风流才子多春思,肠断萧娘[96]一纸书。"河南[97]元稹亦续生《会真》诗三十韵,诗曰:"微月透帘栊,莹光度碧空[98]。遥天初缥缈,低树渐葱茏[99]。龙吹过庭竹,鸾歌拂井桐[100]。罗绡垂薄雾,环珮响轻风[101]。绛节随金母,云心捧玉童[102]。更深人悄悄[103],晨会雨蒙蒙。珠莹光文履,花明隐绣龙[104]。瑶钗行彩凤,罗帔掩丹虹[105]。言自瑶华浦,将朝碧玉宫[106]。因游洛城北,偶向宋家东[107]。戏调初微拒,柔情已暗通。低鬟蝉影动[108],回步玉尘蒙。转面流花雪[109],登床抱绮丛[110]。鸳鸯交颈舞,翡翠合欢笼[111]。眉黛羞偏聚,唇朱暖更融。气清兰蕊馥[112],肤润玉肌丰。无力慵[113]移腕,多娇爱敛躬[114]。汗流珠点点,发乱绿葱葱。方喜千年会,俄闻五夜穷[115]。留连时有恨,缱绻意难终。慢脸[116]含愁态,芳词誓素衷[117]。赠环明运合[118],留结[119]表心同。啼粉流宵镜,残灯远暗虫[120]。华光犹苒苒,旭日渐曈曈[121]。乘鹜还归洛[122],吹箫亦上嵩[123]。衣香犹染麝,枕腻尚残红[124]。幂幂[125]临塘草,飘飘思渚蓬[126]。素琴鸣怨鹤[127],清汉望归鸿[128]。海阔诚难渡,天高不易冲。行云[129]无处所,萧史在楼中[130]。"张之友闻之者,莫不耸异之,然而张志亦绝矣。稹特与张厚,因征其词[131]。张曰:"大凡天之所命尤物也,不妖[132]其身,必妖于人。使崔氏子遇合富贵,乘宠娇,不为云为雨,则为蛟为螭[133],吾不知其变化矣。昔殷之辛,周之幽[134],据百万之国[135],其势甚厚。然而一女子败之,溃其众,屠其身,至今为天下僇笑[136]。予之德不足以胜妖孽,是用忍情。"于时坐者皆为深叹。后岁余,崔已委身[137]于人,张亦有所娶。适经所居,乃因其夫言于崔,求以外兄[138]见。夫语之,而崔终不为出。张怨念之诚,动于颜色。崔知之,潜赋一章,词曰:"自从消瘦减容光,万转千回懒下床。不为旁人羞不起,为郎憔悴却羞郎。"竟不之见。后数日,张生将行,又赋一章以谢绝云:"弃置今何道,当时且自亲[139]。还将旧时意,怜取眼前人。"自是,绝不复知矣。时人多许张为善补过者。予尝于朋会之中,往往及此意者,夫使知者不为,为之者不惑。贞元岁九月,执事李公垂[140]宿于予靖安里第,语及于是。公垂卓然[141]称异,遂为《莺莺歌》以传之。崔氏小名莺莺,公垂以命篇。

〔1〕作者元稹,字微之,唐河南人。宪宗时举制科对策第一,历任中书舍人、承旨学士、工部侍郎同中书门下平章事、节度使等官职。诗与白居易齐名,世称"元白体",对当时诗坛影响很大。著有《元氏长庆集》六十卷、补遗六卷。

文中的张生,一般认为,实际就是元稹自己的化身。

莺莺是一个叛逆的女性。她为了追求爱情,敢于和封建礼教作斗争。尤其她以贵族少女的身份,竟夜半主动地向张生表示爱情,这是一个大胆的行动。然而在某些地方,她却表现得软弱无力。最初和张生相恋,她动摇不定,顾虑重重;后来张生遗弃了她,她也自以为私相结合"不合法","有自献之羞"。她不是振振有词地向张生提出责难,而只是一味哀恳,希望他能够始终成全。只有怨,没有恨,这是阶级出身、封建教养带给她的局限性。

张生最初极力追求她,后来又随便加以遗弃,而且把"尤物"、"妖孽"一类字眼加在她身上,想借以推卸自己的责任,减轻自己的罪过。这种行为,不仅薄幸残酷,而且卑鄙无耻。这正表现了封建士大夫阶层的本质。作者称张生为"善补过者",实际却反映了作者的封建意识。正如鲁迅先生在《中国小说史略》中所指出的,"文过饰非,遂堕恶趣"。

在唐人传奇中,这是一篇流传较广、影响较大的作品。鲁迅先生曾说它:"其事之振撼文林,为力甚大"(见《唐宋传奇集·稗边小缀》)。后世演为杂剧传奇的甚多,而以金人董解元《弦索西厢》、元人王实甫《西厢记》为最著。

〔2〕性温茂:性格温和而富于感情。

〔3〕"内秉坚孤"二句:骨子里意志坚强,脾气孤僻,凡是不合于礼的事情,他都不予采纳,不能打动他。

〔4〕"汹汹拳拳"二句:"汹汹拳拳",形容吵闹起哄,无了无休的样子。"若将不及",好像来不及表现自己,处处争先恐后。

〔5〕容顺:表面随和敷衍着。

〔6〕登徒子:战国时,楚人宋玉曾作过一篇《登徒子好色赋》,说登徒子的妻子貌丑,登徒子却很喜欢她,和她生了五个孩子。后来就以"登徒子"为好色者的代称。

〔7〕蒲:蒲州。参看前《古岳渎经》篇"河东"注。

〔8〕张出于郑:张生的母亲也是郑家的女儿。

〔9〕绪其亲:论起亲戚来。

〔10〕异派之从母:另一支派的姨母。

〔11〕浑瑊(zhēn):唐将,西域铁勒九姓的浑部人。肃宗时屡立战

功,做到兵马副元帅。后来死在绛州节度使任内。

〔12〕中人:这里指监军的大宦官。唐代开元以后,以宦官监督军队,有很大权力。

〔13〕不善于军:不会带兵,和军队感情不好。

〔14〕杜确:当时继浑瑊之后,任河中尹兼绛州观察使的官员。

〔15〕将(jiāng):秉奉。

〔16〕总戎节:主持军务。

〔17〕军由是戢(jí):军队从此就安定下来。

〔18〕厚张之德甚:非常感激张生的恩德。

〔19〕饰馔以命张:整顿酒菜来款待张生。

〔20〕孤嫠(lí)未亡:"孤",孤独。"嫠",守寡。"未亡",未亡人,古时寡妇的自称,意思是丈夫已死,自己也不应该再活下去,不过仅仅还没有死罢了。这种称呼,是封建社会里夫权意识的反映。"孤嫠未亡",统指寡妇。

〔21〕犹君之生:如同你给他们活的命。

〔22〕辞疾:推说有病。

〔23〕远嫌:远离以避免嫌疑的意思。封建时代,男女不能随便在一起,有"不杂坐、不同椸(yí)枷(衣架)、不同巾栉、不亲授"等种种烦琐而可笑的礼教规定,见《礼记·曲礼》。据说是为了防范私自结合,所以要隔离以避免嫌疑。

〔24〕晬(suì)容:丰润的面孔。

〔25〕垂鬟接黛:两鬟垂在眉旁,是少女的发式。"黛",妇女用来画眉毛的青黑颜色,后来就作为妇女眉毛的代词。

〔26〕双脸销红:两颊飞红的样子。"销",散布的意思。

〔27〕抑而见:强迫出见。

〔28〕若不胜其体者:身体好像支持不住似的。

〔29〕"今天子甲子岁之七月"三句:"今天子甲子岁",指唐德宗兴元元年(公元七八四年)。"贞元庚辰",指贞元十六年(公元八〇〇年)。这三句是说:莺莺生于兴元元年七月,到现在贞元十六年,已经十七岁了。

〔30〕道其衷:说出自己的心事。

〔31〕惊沮(jǔ):吓坏了。

〔32〕腆(tiǎn)然:害羞的样子。

〔33〕翼日:第二天。

〔34〕孩提:儿童时代。

〔35〕纨绮闲居:和妇女们在一起。"纨绮",用为妇女的代词。

〔36〕"不为当年"二句:从前所不做的事情(指追求女人),如今到底被迷惑住了。

〔37〕不自持:自己不能克制。

〔38〕恐不能逾旦暮:恐怕不能过早晚之间,意思是快要因相思而死了。

〔39〕纳采问名:古时订婚的手续:"纳采",用雁为礼物送给女方。"问名",问女方的姓名,去卜一卜吉凶,以决定婚事能否进行。

〔40〕索我于枯鱼之肆:《庄子·外物》里的寓言:庄子在路上看见车道里有一条鲫鱼,它叫住庄子,请弄一点水来救活它。庄子答应到吴越去引西江的水来救它。它说:"我只要一点点水就可以活命;等你远道去引西江水来,那只好到卖干鱼的店铺里去找我罢了。"这个故事,比喻远水不能救近火。

〔41〕尔其谓我何:你说我该怎么办。

〔42〕非语:不合理、不正经的话。

〔43〕善属(zhǔ)文:会作文章。把东西连缀起来叫做"属";缀字成文,所以称作文章为"属文"。

172

〔44〕沉吟章句:"沉吟",本是迟疑不决的意思,这里作思考、推敲解释。"沉吟章句",指研究诗文作法。

〔45〕乱之:打动她、勾引她。

〔46〕缀:作。

〔47〕旬有四日:十四日。"有",同"又"字。

〔48〕望:农历每月的第十五日,就是月圆的日子。

〔49〕梯:爬。

〔50〕"红娘寝于床上"二句:原作"红娘寝于床,生因惊之"。按前后文均作"张",或"张生",未尝单用一"生"字。此处"生"似应作"上",连上文读。疑形似误刻,据虞本改。

〔51〕必谓获济:以为一定会成功。

〔52〕数(shǔ):列举事实来责备。

〔53〕不令:不好、不懂事。

〔54〕掠乱:乘危要挟。

〔55〕寝其词:不说破、不理会。

〔56〕寄于婢仆:叫婢仆转告的意思。

〔57〕见难:有顾虑。

〔58〕觉(jiào)之:唤醒他。

〔59〕危坐:端坐、挺身而坐。

〔60〕修谨以俟:打扮得整整齐齐,恭恭敬敬地等待着。"修",修饰。"谨",恭谨。

〔61〕支:同"肢"字。

〔62〕荧荧然:微弱光亮的形容词。

〔63〕会真:遇见神仙的意思。

〔64〕三十韵:作旧诗律体两句一押韵;"三十韵",就是作诗六十句。

〔65〕工刀札：字写得好。"札"，书简。古时没有纸，把字写在竹简上；写错了，就用刀削除，叫做"刀札"。

〔66〕异时：有这么一天。

〔67〕文调及期：考试的日子到了。

〔68〕"则没身之誓"三句："没身"，终身。"终"，结局。这三句的意思是说：那么，我们所发的终身在一起的盟誓，就会有一个结局，你这一次的离去只是短期的，也就不必恋恋不舍了。

〔69〕"君既不怿"二句：你既然不高兴，我也没有什么可以安慰你的。

〔70〕既君此诚：满足你的愿望。

〔71〕序：指乐曲的开始部分。

〔72〕左右皆歔欷："歔欷"，原作"欷歔"，似作"歔欷"是，据虞本改。

〔73〕以广其意：让她把事情看开一些。

〔74〕花胜：古时妇女戴在发髻上、"剪彩为之"的一种装饰品，大约如今日绒花一类的东西。

〔75〕谁复为容：打扮了又给哪个看。

〔76〕便（pián）安：安静。"便"，也是安的意思。

〔77〕眷念无斁（yì）：时刻记挂着的意思。"无斁"，不厌。

〔78〕不忒：不变。

〔79〕不能自固：自己无法坚持、掌握不住的意思。

〔80〕援琴之挑：汉代司马相如弹琴作歌来挑引富人卓王孙之女卓文君，后来卓文君就随他逃走了。故事见《史记·司马相如列传》。

〔81〕投梭之拒：晋代谢鲲调戏邻家的女儿，邻女用织布的梭投掷他，打掉他两个牙齿。故事见《晋书·谢鲲传》。

〔82〕岂期：哪里想到。

〔83〕俯遂幽眇："遂"，成全、使之如愿的意思。"幽眇"，指隐微的心事。"俯遂幽眇"，意思是体贴自己内心的苦衷，因而委屈地成全婚事。

〔84〕达士略情：达观的人，把一切事情都看得很随便。

〔85〕要(yāo)盟：用胁迫手段订的盟约。

〔86〕丹诚不泯(mǐn)："丹诚"，赤心，忠诚的心。"不泯"，不灭。

〔87〕犹托清尘："清尘"，对人的敬词。"尘"，指人脚下的尘土。"犹托清尘"，本意是还要在你的身边，但客气的说和你脚下的尘土在一起。以上四句的意思是说：我即便是死了，灵魂也要随着风露而去，跟在你的身旁。

〔88〕儿：唐、宋时妇女的自称。

〔89〕一绚(qú)：一缕、一绞。"兼乱丝一绚"："绚"，原作"绚"。按"绚"为丝字之意，据虞本改。

〔90〕文竹茶碾(niǎn)子：竹制的茶磨。"文竹"，刻有花纹的竹子。又湖南新化县出产一种竹子，也叫文竹。"茶碾子"，古时一种内圆外方、有槽有轮的碾茶叶的器具，也称茶磨，通常为银、铁或木制。

〔91〕强(qiǎng)饭为嘉：努力加餐，多吃一点的好。

〔92〕所善：指交好的朋友。

〔93〕杨巨源：唐蒲州人，曾任国子司业。

〔94〕绝：指绝句。旧诗体的一种，以四句为一首，有五言、六言、七言之别。

〔95〕潘郎：晋代潘安长得很好看，后来就以"潘郎"为美男子的代称。这里指张生。

〔96〕萧娘：唐代以"萧娘"为女子的泛称。这里指崔莺莺。

〔97〕河南：唐府名，也称河南郡，府治在今河南洛阳市。

〔98〕"微月"二句："栊"，窗户。"碧空"，青天。这两句的意思是

说:微弱的月光,穿过窗帘照入室内,天空也因有月光而发白色。

〔99〕"遥天"二句:"葱茏",草木青翠茂盛的样子。这两句的意思是说:在月光之下,远看天色模糊,地下的树木,也略显出青翠的颜色。

〔100〕"龙吹"二句:《埤雅》:"鸾入夜而歌。"这两句的意思是说:风吹庭前之竹,声如龙吟,鸾鸟在井旁桐树上歌唱。想像之词。以上六句,是写夜间景色。

〔101〕"罗绡"二句:形容莺莺罗衣垂曳,其状有如薄雾;所佩环珮等玉饰,被微风吹动作响。

〔102〕"绛节"二句:"绛节",赤节,汉代使节为赤色,这里借指仙人的仪仗。古人以西方属金,"金母"就是西王母。这里以金母指莺莺,玉童指张生,把他们比作天上的神仙。

〔103〕悄悄:形容寂静。

〔104〕"珠莹"二句:这两句的意思是说:绣鞋上嵌有珠玉一类的饰物,光彩耀目,鞋上并绣有暗藏龙形的花纹。

〔105〕"瑶钗"二句:"瑶钗",玉钗。这两句的意思是说:行走时头上形如彩凤的玉钗颤动着;所着的罗帔,五彩缤纷,有如虹霓一样。

〔106〕"言自"二句:"瑶华浦"和"碧玉宫",都是仙人居处,用以指莺莺和张生的住所,说莺莺将由自己那里到张生处去。

〔107〕"因游"二句:这两句的意思是说:张生游蒲,无意间获得和莺莺相恋的机遇。"洛城",借指。宋玉在《登徒子好色赋》里说:他家东邻有女最美,常登墙头望他,想和他往来,已经有三年了,他始终不肯理睬。这里却借指莺莺和张生的两情相许。以上十四句,是写莺莺的装饰和到张生处的情形。

〔108〕低鬟蝉影动:古时少女把发髻梳得细致精巧,像蝉的翅膀一样,称为"蝉鬟",据说始于三国魏时。《古今注》:"魏文帝(曹丕)宫人莫琼树,始制为蝉鬟,望之缥缈如蝉翼然。""低鬟蝉影动",指低头时如

蝉翼般的发髻在颤动着。

〔109〕花雪:指如花之艳,如雪之白。

〔110〕绮丛:指丝绸一类的被子。

〔111〕笼:笼罩,引申作聚在一起解释。

〔112〕气清兰蕊馥:犹如说吹气如兰。"馥",香气。

〔113〕慵:懒。

〔114〕敛躬:弯着身子,缩在一起。

〔115〕五夜穷:"五夜",五更。"五夜穷",五更已尽。

〔116〕慢脸:懒洋洋的脸色。

〔117〕芳词誓素衷:盟誓时说出内心的话。

〔118〕赠环明运合:"环",就是上文所说的玉环。赠环所以表明、象征把两人的命运结合在一起,也就是"环取其始终不绝"、"如环不解"的意思。

〔119〕结:同心结,见前《霍小玉传》篇"同心结"注。

〔120〕"啼粉"二句:夜间对镜重行整妆,由于即将离别的伤感,以致脸上的脂粉,随着泪痕流下。在昏暗的灯下,听得远处虫声唧唧,更外增加凄清之感。以上十句,是写莺莺和张生将离别时的情况。

〔121〕"华光"二句:"华",铅华,脂粉。"华光",涂脂抹粉后显出的光彩。"苒苒",本指草盛,这里是借用。"旭日",早晨刚出来的太阳。"瞳瞳",渐渐发亮的样子。这两句的意思是说:莺莺经重新整妆之后,依然容光焕发,这时已经天明日出了。

〔122〕乘鹜还归洛:"洛",指洛水。这里是把莺莺离开张生比作洛妃的归去。洛妃,见前《霍小玉传》篇"巫山、洛浦"注。洛妃是回到洛水去,鹜为游禽,所以说"乘鹜"。又鹜也可以作小舟解释,古人称小舟为"鹜舲"。

〔123〕吹箫亦上嵩:借用王子乔的故事来比喻张生之去。王子乔,

177

名晋,周灵王太子。据说他好吹笙,曾入嵩山修炼,后在缑氏山乘白鹤仙去。见《列仙传》。

〔124〕"衣香"二句:写莺莺去后张生的感受,即上文"睹妆在臂,香在衣,泪光荧荧然犹莹于茵席"的意思。

〔125〕幂(mì)幂:形容草遮满了的样子。

〔126〕渚蓬:小洲上的蓬草,是茎高尺余的菊科草本植物,遇风就被拔起飞舞。以上两句是比喻两人虽然互恋,终要分离,正如塘畔蓬草纵然长得很茂盛,结果还是要被风吹四散一样。

〔127〕素琴鸣怨鹤:"怨鹤",指《别鹤操》,琴曲名。古时商陵牧子娶妻五年无子,父兄将为他别娶,他的妻子听到这个消息,夜里起来倚户悲泣,牧子伤感而作此曲。见《古今注》。这里借用这一典故,指离别后琴中弹出哀怨的调子。

〔128〕清汉望归鸿:"清汉",指银河。"清汉望归鸿",仰望天上,盼鸿雁之归来。"鸿",雁之大者。这句是盼望接到信息的意思,也可引申作盼望人的归来解释。古时以鸿雁为传送书信者的代称。典出《汉书·苏武传》:汉武帝时,苏武出使匈奴,被囚在北海,却假告汉朝,说他已经死了。昭帝时,派使者到匈奴去,由于有人通了消息,知道真实情况,就故意对单(chán)于(匈奴君长之称)说:昭帝在上林中射得一雁,足上系有帛书,说苏武在某泽中。单于惊谢,后来就放苏武回国。

〔129〕行云:巫山神女的故事,见前《霍小玉传》篇"巫山、洛浦"注。

〔130〕萧史在楼中:神话传说:萧史,春秋时人,善吹箫。秦穆公把女儿弄玉嫁给他。他每天教弄玉吹箫学凤鸣,后来果然有凤凰飞来,秦穆公就为他们盖了一座凤台。最后弄玉乘凤、萧史乘龙仙去。见《列仙传》。以上两句的意思是说:两人相别,欢会无期,张生惟有一人孤处而已。

〔131〕征其词:问他有什么可说的。

〔132〕妖:祸害的意思。

〔133〕螭(chī):旧说一种像龙而无角的动物。

〔134〕殷之辛,周之幽:指殷纣王(名受辛)和周幽王。纣王宠爱妲己,幽王宠爱褒姒,后来都亡了国。古代帝王荒淫无道,历史家往往把责任推在女人身上,认为是"祸水",这是不公平的。

〔135〕据百万之国:拥有百万户口的国家。

〔136〕僇(lù)笑:耻笑。

〔137〕委身:出嫁。

〔138〕外兄:表兄。

〔139〕"弃置今何道"二句:你已经遗弃我了,现在还有什么可说的;可是从前是你自己要来亲近、追求我的。

〔140〕执事李公垂:"执事",本是供使令的人,这里指友人。"李公垂",即唐诗人李绅,公垂是他的字,曾任尚书右仆射、门下侍郎等官职。他和元稹、白居易等友谊很深,时相唱和。

〔141〕卓然:形容高超特殊的样子。

薛　调[1]

无双传

　　王仙客者,建中中朝臣刘震之甥也。初,仙客父亡,与母同归外氏[2]。震有女曰无双,小仙客数岁,皆幼稚,戏弄相狎。震之妻常戏呼仙客为王郎子[3]。如是者凡数岁,而震奉孀姊及抚仙客尤至[4]。一旦,王氏姊疾,且重,召震约曰:"我一子,念之[5]可知也。恨不见其婚宦[6]。无双端丽聪慧,我深念之。异日无令归他族。我以仙客为托。尔诚许我,瞑目无所恨[7]也。"震曰:"姊宜安静自颐养[8],无以他事自挠[9]。"其姊竟不痊。仙客护丧,归葬襄、邓[10]。服阕[11],思念:"身世孤子[12]如此,宜求婚娶,以广后嗣。无双长成矣。我舅氏岂以位尊官显,而废旧约耶?"于是饰装[13]抵京师。时震为尚书租庸使[14],门馆赫奕[15],冠盖[16]填塞。仙客既觐,置于学舍[17],弟子为伍。舅甥之分,依然如故,但寂然不闻选取之议。又于窗隙间窥见无双,姿质明艳,若神仙中人。仙客发狂,唯恐姻亲之事不谐也。遂鬻囊橐,得钱数百万。舅氏舅母左右给使[18],达于厮养,皆厚遗之。又因复设酒馔,中门之内,皆得入之矣。诸表[19]同处,悉敬事之。遇舅母生日,市新奇以献,雕镂犀玉,以为首饰。舅母大喜。又旬日,仙客遣老妪,以求亲之事闻于舅母。舅母曰:"是我所愿也。即当议其事。"又数夕,有青衣告仙客曰:"娘子适以亲情事言于阿郎[20],阿郎云:'向前亦未许也。'模样云云[21],恐是参差[22]也。"仙客闻之,心气俱丧,达旦不寐,恐舅氏之见弃也。然奉事不敢懈怠。一日,震趋朝,至日初出,忽然走马入宅,汗流气促,唯言:"镰却大门,镰却大门!"一家惶骇,不测其由。良久,乃言:"泾、原[23]兵士反,姚令言[24]领兵入含元殿[25],天子出苑北门,百官奔赴行在[26]。我以妻女为念,略归部署[27]。疾召仙客与我勾当[28]家事。我嫁与尔无双。"仙客闻命,惊喜拜谢。乃装金银罗锦二十驮,谓仙客曰:"汝易衣服,押领此物出开远门[29],觅一深隙店[30]安下。我与汝舅母及无双出启夏门,绕城续至。"仙客依所教。至日落,城外店中待久不至。城门自午后扃锁,南望目断。遂乘骢[31],秉烛绕城至启夏门。门亦锁。守门者不一,持白梃[32],或立,或坐。仙客下马,徐问曰:"城中有何事如此?"又问:"今日有何人出此?"门者[33]曰:"朱太尉已作天子[34]。午后有一人重戴[35],领妇人四五辈,欲出此门。街中人皆识,云是租庸使刘尚书。门司不敢放出。近夜,追骑至,一时驱向北去矣。"仙客失声恸哭,却归店。三更向尽[36],城门忽开,见火炬如昼。兵士皆持兵挺刃,传呼斩斫使[37]出城,搜城外朝官。仙客舍辎骑[38]惊走,归襄阳,村居三年。后知克复[39]，京师重整，海内无事，乃入京，访舅氏消息。至新昌南街，立马彷徨[40]之际，忽有一人马前拜，熟视之[41]，乃旧使苍头塞鸿也。——鸿本王家生，其舅常使得力，遂留之。——握手垂涕。仙客谓鸿曰："阿舅舅母安否？"鸿云："并在兴化宅。"仙客喜极云："我便过街去。"鸿曰："某已得从良，客户有一小宅子，贩缯为业。今日已夜，郎君且就客户一宿。来早同去未晚。"遂引至所居，饮馔甚备。至昏黑，乃闻报曰："尚书受伪命官[42]，与夫人皆处极刑[43]。无双已入掖庭[44]矣。"仙客哀冤号绝，感动邻里。谓鸿曰："四海至广，举目无亲戚，未知托身之所。"又问曰："旧家人谁在？"鸿曰："唯无双所使婢采𬞟者，今在金吾将军王遂中宅。"仙客曰："无双固无见期；得见采𬞟，死亦足矣。"由是乃刺谒[45]，以从侄[46]礼见遂中，具道本末，愿纳厚价以赎采𬞟。遂中深见相知，感其事而许之。仙客税屋，与鸿、𬞟居。塞鸿每言："郎君年渐长，合[47]求官职。悒悒[48]不乐，何以遣时[49]？"仙客感其言，以情恳告遂中。遂中荐见仙客于京兆尹李齐运。齐运以仙客前衔[50]，为富平县[51]尹，知长乐驿[52]。累月，忽报有中使[53]押领内家[54]三十人往园陵，以备洒扫，宿长乐驿，毡车子十乘下讫。仙客谓塞鸿曰："我闻宫嫔选在掖庭，多是衣冠子女[55]。我恐无双在焉。汝为我一窥，可乎？"鸿曰："宫嫔数千，岂便及无双。"仙客曰："汝但去，人事亦未可定。"因令塞鸿假为驿吏，烹茗于帘外。仍给钱三千，约曰："坚守茗具，无暂舍去。忽有所睹，即疾报来。"塞鸿唯唯而去。宫人悉在帘下,不可得见之,但夜语喧哗而已。至夜深,群动皆息。塞鸿涤器构火[56],不敢辄寐。忽闻帘下语曰:"塞鸿,塞鸿,汝争[57]得知我在此耶?郎健否?"言讫,呜咽。塞鸿曰:"郎君见[58]知此驿。今日疑娘子在此,令塞鸿问候。"又曰:"我不久语。明日我去后,汝于东北舍阁子中紫褥下,取书送郎君。"言讫,便去。忽闻帘下极闹,云:"内家中恶。"中使索汤药甚急,乃无双也。塞鸿疾告仙客。仙客惊曰:"我何得一见?"塞鸿曰:"今方修渭桥[59]。郎君可假作理桥官,车子过桥时,近车子立。无双若认得,必开帘子,当得瞥见耳。"仙客如其言。至第三车子,果开帘子,窥见,真无双也。仙客悲感怨慕,不胜其情。塞鸿于阁子中褥下得书送仙客。花笺五幅,皆无双真迹,词理哀切,叙述周尽。仙客览之,茹恨[60]涕下。自此永诀矣。其书后云:"常见敕使[61]说富平县古押衙[62]人间有心人。今能求之否?"仙客遂申府[63],请解驿务,归本官。遂寻访古押衙,则居于村墅。仙客造谒[64],见古生。生所愿,必力致之,缯彩宝玉之赠,不可胜纪。一年未开口。秩满[65],闲居于县。古生忽来,谓仙客曰:"洪一武夫,年且老,何所用?郎君于某竭分[66]。察郎君之意,将有求于老夫。老夫乃一片有心人也。感郎君之深恩,愿粉身以答效。"仙客泣拜,以实告古生。古生仰天,以手拍脑数四,曰:"此事大不易。然与郎君试求,不可朝夕便望。"仙客拜曰:"但生前得见,岂敢以迟晚为限耶。"半岁无消息。一日,扣门,乃古生送书。书云:"茅山[67]使者回。且来此。"仙客奔马去。见古生,生乃无一言。又启[68]使者。复云:"杀却也。且吃茶。"夜深,谓仙客曰:"宅中有女家人识无双否?"仙客以采蘋对。仙客立取而至。古生端相[69],且笑且喜云:"借留三五日。郎君且归。"后累日,忽传说曰:"有高品[70]过,处置[71]园陵宫人。"仙客心甚异之。令塞鸿探所杀者,乃无双也。仙客号哭,乃叹曰:"本望古生。今死矣!为之奈何!"流涕欷歔,不能自已。是夕更深,闻叩门甚急。及开门,乃古生也。领一篼子[72]入,谓仙客曰:"此无双也。今死矣。心头微暖,后日当活,微灌汤药,切须静密。"言讫,仙客抱入阁子中,独守之。至明,遍体有暖气。见仙客,哭一声遂绝。救疗至夜,方愈。古生又曰:"暂借塞鸿于舍后掘一坑。"坑稍深,抽刀断塞鸿头于坑中。仙客惊怕。古生曰:"郎君莫怕。今日报郎君恩足矣。比闻茅山道士有药术。其药服之者立死,三日却活[73]。某使人专求,得一丸。昨令采蘋假作中使,以无双逆党,赐此药令自尽。至陵下,托以亲故,百缣赎其尸。凡道路邮传[74],皆厚赂矣,必免漏泄。茅山使者及舁篼人,在野外处置讫。老夫为郎君,亦自刎。君不得更居此。门外有檐子[75]一十人,马五匹、绢二百匹。五更,挈无双便发,变姓名浪迹[76]以避祸。"言讫,举刀。仙客救之,头已落矣。遂并尸盖覆讫。未明发,历四蜀下峡[77],寓居于渚宫[78]。悄不闻京兆之耗,乃挈家归襄、邓别业[79],与无双偕老矣。男女成群。噫!人生之契阔[80]会合多矣,罕有若斯之比。常谓古今所无。无双遭乱世籍没[81],而仙客之志,死而不夺。卒遇古生之奇法取之,冤死者十馀人。艰难走窜后,得归故乡,为夫妇五十年,何其异哉!

〔1〕作者薛调,唐河中宝鼎人。宪宗时曾任户部员外郎加驾部郎中、翰林学士承旨等官职。

这是一篇反映男女要求婚姻自由的作品,歌颂了王仙客和无双对爱情的坚贞不二,到底达到了白头偕老的目的。

明人陆采曾据此篇作《明珠记》传奇。

〔2〕外氏:舅舅家。

〔3〕郎子:就是郎君。古时称人子弟为"郎子"。这里的意思犹如说小女婿、姑爷。

〔4〕尤至:更好、更周到。

〔5〕念之:喜欢他的意思。

〔6〕婚宦:结婚和做官,犹如说成家立业。

〔7〕瞑目无所恨:死了也甘心的意思。"瞑目",闭眼,指死亡。

〔8〕颐养:养息、调养。

〔9〕自挠:犹如说自寻烦恼。"挠",搅扰的意思。

〔10〕襄、邓:"襄",襄阳市,今湖北襄阳市。"邓",邓县,今河南邓州市。

〔11〕服阕(què):"服",指丧服。"阕",终了的意思。古礼:父母死了,子女要服丧三年。"服阕",服丧三年的期限已满,就是后来所说的"除孝"。

〔12〕孑(jié):孤独。

〔13〕饰装:整理行装。

〔14〕租庸使:唐代主管督收租税的官员。这里是由尚书兼任,所以

说"尚书租庸使"。

〔15〕门馆赫奕:门庭如市,十分热闹。

〔16〕冠盖:"冠",冠服,官员的帽子和衣服;"盖",车盖,古时放在车上,用以御雨蔽日,像伞一类的东西:"冠盖",官员的代称。

〔17〕学舍:书房。

〔18〕给使:仆人。一般指身旁供使唤的人。

〔19〕表:中表、表亲,指表兄弟。

〔20〕阿郎:古时称父为"阿郎",这里是婢女对男主人的称呼。

〔21〕模样云云:犹如说看那个样儿。

〔22〕参差(cēn cī):本是不整齐的形容词,这里引申作有问题、不对头解释。

〔23〕泾、原:泾州保定郡和原州平凉郡,今甘肃平凉一带地区。

〔24〕姚令言:当时的泾原节度使。

〔25〕含元殿:唐代大明宫的正殿。

〔26〕行在:古时称皇帝外出的住所为"行在"。

〔27〕部署:处置。

〔28〕勾当:料理。

〔29〕开远门:唐代长安的西门,偏在北方;下文"启夏门"是南门,偏在东方;所以说"绕城"。

〔30〕深隙店:指开设在偏僻隐蔽地方的旅店。

〔31〕骢(cōng):同"骢"字,指骢马,一种长有青白色杂毛的马。

〔32〕棓:同"棒"字。

〔33〕门者:把守城门的人。下文"门司",义同。

〔34〕朱太尉已作天子:"朱太尉",指朱泚(cǐ),当时官任太尉。姚令言在长安起兵,拥戴朱泚为帝,德宗出奔奉天(唐县名,今陕西乾县)。后来兵败,朱泚为部下所杀。

〔35〕重戴：唐代通行的一种帽子，一般是黑色罗帛所制，方而垂檐，紫里，用两根紫色丝带为帽缨，垂在下巴下面打成结。因为是在巾（参看前《东城老父传》篇"幞头"注）上加帽，所以叫做"重戴"。

〔36〕向尽：快要完了。

〔37〕斩斫使：指特派搜杀唐朝官员的人。

〔38〕舍辎骑：丢掉了行李和车马。"辎"，辎重，指行李。"骑"，坐骑，指车马。

〔39〕克复：指夺回敌占地区。

〔40〕彷徨：要进不进，形容没有主意，不知如何是好的样子。

〔41〕熟视之：仔细地看他。

〔42〕伪命官：伪皇帝任命的官员。

〔43〕极刑：最厉害的刑法，指死刑。

〔44〕入掖庭：指没收到宫里充当宫女。"掖庭"，见前《长恨传》篇"宫掖"注。唐代专有一掖庭宫，是教宫女学艺的地方。

〔45〕刺谒：递进名帖，请求谒见。

〔46〕从（zòng）侄：本家侄子、堂侄。

〔47〕合：应该。

〔48〕悒悒：形容烦闷的样子。

〔49〕遣时：消磨时光。

〔50〕前衔：从前已获得的官衔，指一种虚衔，是做实际官职的一种资格。王仙客曾获得什么官衔，文中没有说明。

〔51〕富平县：在今陕西三原县西北，唐代京兆府的属县之一。

〔52〕知长乐驿："知"，主持的意思。"长乐驿"，在万年县东十五里。"知长乐驿"，指以县尹的资格去做长乐驿的驿官；下文"解驿务，归本官"，就是解除驿官的职务，仍然去做县尹。唐代从长安到其他大城市的陆路交通线上，每隔三十里设一驿站，备有车马，供应过往官吏食宿和

187

交通工具。驿官就是管理驿站的官员,后来称为驿丞。

〔53〕中使:皇帝的使者。

〔54〕内家:宫女。

〔55〕衣冠子女:"衣冠",是官僚所服用的,因而以"衣冠子女"指出身官僚家庭的子女。

〔56〕构火:生火、烧火。

〔57〕争:怎么、如何。唐人用"争"字等于后来的"怎"字。

〔58〕见:同"现"字。

〔59〕渭桥:一名中渭桥,在长安西北,秦始皇所造,横跨渭水,故名。

〔60〕茹恨:饮恨、含恨。

〔61〕敕使:奉有皇帝诏命的使者。皇帝的诏命称"敕"。

〔62〕押衙:管理皇帝仪仗和侍卫的官员。后文《聂隐娘》篇"问押衙乞取此女教",押衙却只是对武官的敬称,犹如说将军。

〔63〕申府:向京兆府呈请。

〔64〕造谒:往谒。

〔65〕秩满:官员任职有一定期限,到期叫做"秩满",就是做满了一任;秩满之后,或迁调,或解职。

〔66〕竭分(fèn):竭尽了情分。

〔67〕茅山:在江苏句容市东南,也叫三茅山。

〔68〕启:询问的意思。

〔69〕端相:仔细地瞧。

〔70〕高品:大官。

〔71〕处置:杀死的意思。下文"在郊外处置讫"的处置,义同。

〔72〕篼(dōu)子:竹轿、山轿。

〔73〕却活:复活。

〔74〕道路邮传(zhuàn):"邮传",传递文书的驿站。"道路邮传",

指一路上经过如驿站等耳目众多,容易泄露秘密的地方。

〔75〕檐子:轿子。一乘轿子要两个人抬,"檐子一十人",指五乘轿子。

〔76〕浪迹:没有一定目的地到处游历。

〔77〕历四蜀下峡:经过蜀地出三峡。"四蜀"即蜀地。

〔78〕渚宫:春秋时楚国别宫名,在今湖北荆州境内。江陵县,唐代为江陵郡,渚宫就是广义的指那一带地方。

〔79〕别业:别墅,在正式住宅之外设置的林园。

〔80〕契阔:久别。

〔81〕籍没:"籍",簿册。"簿没",把罪犯的产业登记在簿册上而予以没收,是封建最高统治者镇压属下和剥削人民所运用的一种特权。照例被籍没的罪犯的妻女也要入官充当奴婢,所以这里称无双的"入掖庭"为"籍没"。封建社会里不承认妇女有独立的人格,因而把她们也当做私有财产看待。

189

杜光庭[1]

虬髯客传

隋炀帝[2]之幸江都[3]也，命司空杨素[4]守西京[5]。素骄贵，又以时乱，天下之权重望崇者，莫我若也[6]，奢贵自奉，礼异人臣[7]。每公卿入言，宾客上谒，未尝不踞床而见，令美人捧出[8]，侍婢罗列，颇僭于上[9]。末年愈甚，无复知所负荷[10]，有扶危持颠[11]之心。一日，卫公李靖[12]以布衣上谒[13]，献奇策。素亦踞见。公前揖曰："天下方乱，英雄竞起。公为帝室重臣[14]，须以收罗豪杰为心，不宜踞见宾客。"素敛容而起，谢公；与语，大悦，收其策而退。当公之骋辩[15]也，一妓有殊色，执红拂，立于前，独目公。公既去，而执拂者临轩指吏曰："问去者处士第几？住何处？"公具以对。妓诵而去。公归逆旅[16]。其夜五更初，忽闻叩门而声低者，公起问焉。乃紫衣戴帽人，杖揭[17]一囊。公问谁。曰："妾，杨家之红拂妓也。"公遽延入。脱衣去帽，乃十八九佳丽人也。素面画衣而拜。公惊答拜。曰："妾侍杨司空久，阅天下之人多矣，无如公者。丝萝[18]非独生，愿托乔木，故来奔耳。"公曰："杨司空权重京师，如何[19]？"曰："彼尸居馀气[20]，不足畏也。诸妓知其无成，去者众矣。彼亦不甚逐也。计之详矣，幸无疑焉。"问其姓。曰："张。"问其伯仲之次[21]。曰："最长。"观其肌肤、仪状、言词、气性，真天人也。公不自意[22]获之，愈喜愈惧，瞬息万虑不安。而窥户者无停履[23]。数日，亦闻追访之声，意亦非峻[24]。乃雄服乘马，排闼而去。将归太原。行次灵石[25]旅舍，既设床，炉中烹肉且熟。张氏以发长委地[26]，立梳床前。公方刷马，忽有一人，中形[27]，赤髯如虬，乘蹇驴而来。投革囊于炉前，取枕欹卧[28]，看张梳头。公怒甚，未决[29]，犹亲刷马。张熟视其面，一手握发，一手映身[30]摇示公，令勿怒。急急梳头毕，敛衽前问其姓。卧客答曰："姓张。"对曰："妾亦姓张，合是妹。"遽拜之。问第几。曰："第三。"问妹第几。曰："最长。"遂喜曰："今夕多幸逢一妹。"张氏遥呼："李郎且来见三兄！"公骤拜之。遂环坐。曰："煮者何肉？"曰："羊肉，计已熟矣。"客曰："饥。"公出市胡饼[31]。客抽腰间匕首，切肉共食。食竟，馀肉乱切送驴前食之，甚速。客曰："观李郎之行[32]，贫士也。何以致斯异人[33]？"曰："靖虽贫，亦有心者焉。他人见问，故不言[34]；兄之问，则不隐耳。"具言其由。曰："然则将何之？"曰："将避地太原。"曰："然吾故非君所致也[35]。"曰："有酒乎？"曰："主人[36]西，则酒肆也。"公取酒一斗[37]。既巡，客曰："吾有少[38]下酒物，李郎能同之[39]乎？"曰："不敢。"于是开革囊，取一人头并心肝。却头囊中[40]，以匕首切心肝，共食之。曰："此人天下负心者，衔

191

之[41]十年,今始获之。吾憾释矣。"又曰:"观李郎仪形器宇,真丈夫也。亦闻太原有异人乎?"曰:"尝识一人,愚谓之真人[42]也;其余,将帅而已。"曰:"何姓?"曰:"靖之同姓。"曰:"年几?"曰:"仅二十。"曰:"今何为?"曰:"州将之子[43]。"曰:"似矣。亦须见之。李郎能致吾一见乎?"曰:"靖之友刘文静[44]者,与之狎。因文静见之可也。然兄何为?"曰:"望气者[45]言太原有奇气,使访之。李郎明发,何日到太原?"靖计之曰[46]。曰:"达之明日,日方曙,候我于汾阳桥。"言讫,乘驴而去,其行若飞,回顾已失。公与张氏且惊且喜,久之,曰:"烈士[47]不欺人,固无畏。"促鞭[48]而行。及期,入太原。果复相见。大喜,偕诣刘氏。诈谓文静曰:"有善相者思见郎君,请迎之。"文静素奇其人,一旦闻有客善相,遽致使迎之。使回而至[49],不衫不履,裼裘[50]而来,神气扬扬,貌与常异。虬髯默然居末坐,见之心死。饮数杯,招靖曰:"真天子也!"公以告刘,刘益喜,自负。既出,而虬髯曰:"吾得十八九[51]矣。然须道兄见之。李郎宜与一妹复入京。某日午时,访我于马行东酒楼,下有此驴及瘦驴,即我与道兄俱在其上矣。到即登焉。"又别而去。公与张氏复应之。及期访焉,宛见[52]二乘。揽衣登楼,虬髯与一道士方对饮,见公惊喜,召坐。围饮十数巡,曰:"楼下柜中有钱十万。择一深隐处驻一妹。某日复会我于汾阳桥。"如期至,即[53]道士与虬髯已到矣。俱谒文静。时方弈棋,揖而话心[54]焉。文静飞书迎文皇[55]看棋。道士对弈,虬髯与公傍侍焉。俄而文皇到来,精采惊人,长揖而坐。神气清朗,满坐风生,顾盼炜如[56]也。道士一见惨然,下棋子曰:"此局全输矣!于此失却局哉!救无路矣!复奚言[57]!"罢弈而请去。既出,谓虬髯曰:"此世界非公世界,他方可也。勉之,勿以为念。"因共入京。虬髯曰:"计李郎之程,某日方到。到之明日,可与一妹同诣某坊曲小宅相访。李郎相从一妹,悬然如磬[58]。欲令新妇祗谒,兼议从容[59],无前却也。"言毕,吁嗟而去。公策马而归。即到京,遂与张氏同往。乃一小版门子,叩之,有应者,拜曰:"三郎令候李郎、一娘子久矣。"延入重门,门愈壮。婢四十人,罗列庭前[60]。奴二十人,引公入东厅。厅之陈设,穷极珍异,巾箱妆奁冠镜首饰之盛,非人间之物。巾栉妆饰毕,请更衣,衣又珍异。既毕,传云:"三郎来!"乃虬髯纱帽裼裘而来,亦有龙虎之状[61],欢然相见。催其妻出拜,盖亦天人耳。遂延中堂,陈设盘筵之盛,虽王公家不侔也。四人对馔讫,陈女乐二十人,列奏于前,若从天降,非人间之曲。食毕,行酒[62]。家人自堂东舁出二十床,各以锦绣帕覆之。既陈,尽去其帕,乃文簿钥匙耳。虬髯曰:"此尽宝货泉贝[63]之数。吾之所有,悉以充赠。何者?欲于此世界求事,当或龙战[64]三二十载,建少功业。今既有主,住亦何为?太原李氏,真英主也。三五年内,即当太平。李郎以奇特之才,辅清平之主,竭心尽善,必极人臣。一妹以天人之姿,蕴不世之艺[65],从夫之贵,以盛轩裳[66]。非一妹不能识李郎,非李郎不能荣一妹。起陆之贵,际会如期,虎啸风生,龙吟云萃[67],固非偶然也。持余之赠,以佐真主,赞功业也,勉之哉!此后十年,当东南数千里外有异事,是吾得事之秋也。一妹与李郎可沥酒[68]东南相贺。"因命家童列拜,曰:"李郎、一妹,是汝主也!"言讫,与其妻从一奴,乘马而去。数步,遂不复见。公据其宅,乃为豪家,得以助文皇缔构之资[69],遂匡天下[70]。贞观[71]十年,公以左仆射平章事[72]。适南蛮[73]入奏曰:"有海船千艘,甲兵十万,入扶馀国[74],杀其主自立。国已定矣。"公心知虬髯得事也。归告张氏,具衣拜贺,沥酒东南祝拜之。乃知真人之兴也,非英雄所冀[75]。况非英雄者乎?人臣之谬思乱者,乃螳臂之拒走轮耳。我皇家垂福万叶[76],岂虚然哉[77]。或曰:"卫公之兵法,半乃虬髯所传耳。"

〔1〕作者杜光庭,字宾至,唐处州缙云(今浙江缙云)人。曾学道天台山。僖宗时为内庭供奉,后任前蜀的户部侍郎等官职。晚年隐居青城山,自号东瀛子。著有《奇异记》、《谏书》等书。

红拂是一个豪侠而又美丽多情的少女。她看出杨素尸居馀气,必无所成,断然舍去;她也看出李靖是一位胸怀大志的英雄人物,毅然奔就;途中遇见虬髯客,又能知道他不是常人而设法结识:她不但慧眼识人,而且果断机智。虬髯客爽直慷慨,李靖则甚为沉着。作者成功地塑造了这三人的形象,后世称他们为"风尘三侠"。

作者生当唐末,天下大乱,但却还有维护正统思想,认为"人臣之谬思乱者,乃螳臂之拒走轮耳"。他描写唐太宗是"真命天子",所以容貌举止,不同于常人,而且他所在的地方出现"奇气"。虬髯客走起路来也有"龙虎之状",所以到底也在海外做了皇帝。这种唯心的宿命论观点,是不可取的。

明人张凤翼著《红拂记》传奇,凌初成著《虬髯翁》杂剧,都是根据此篇改写的。

虬(qiú)髯客:两腮长着蜷曲胡子的人。"虬",生有两个角的小龙,这里是形容盘绕蜷曲的样子。"髯",胡须。

〔2〕隋炀帝:名杨广,隋朝末代的皇帝,因荒淫无道而亡国。

〔3〕江都:隋郡名,也称扬州,州治在今江苏扬州市东北。参看前《柳毅传》篇"广陵"注。

〔4〕杨素:隋华阴人,字处道。他曾帮助隋文帝(杨坚)获取政权,后来又替隋炀帝策划,排挤了他哥哥杨勇而夺得帝位。执掌朝政多年,曾任司空,封越国公、楚国公。

〔5〕西京:指长安,隋代的都城。

〔6〕莫我若也:没有人比得了我。

〔7〕礼异人臣:所享受的仪制,不是臣子所应有的。

〔8〕捧出:簇拥而出的意思。

〔9〕颇僭于上:很有点皇帝气派的意思。"僭",僭越,指超过本分所应有。

〔10〕无复知所负荷(hè):不再关心自己所应该负担的责任了。

〔11〕扶危持颠:挽救危亡颠覆的局势。

〔12〕卫公李靖:"卫公",卫国公的简称。"李靖",号药师,三原人。他是唐代的开国功臣之一,屡立战功,帮助唐高祖夺取了政权。封卫国公。

〔13〕以布衣上谒:以一个普通老百姓的资格去谒见。"布衣",指平民的身份,古时平民只能穿布衣。

〔14〕重臣:负国家重要责任的大臣。

〔15〕骋(chěng)辩:滔滔不绝地辩论。"骋",奔放、恣纵的意思。

〔16〕逆旅:旅馆。

〔17〕揭:挑举着。

〔18〕丝萝:"菟(tù)丝"和"女萝",都是蔓生的植物,参看前《霍小玉传》篇"女萝"注。

〔19〕如何:怎么办。

〔20〕尸居馀气:比死人只多一口气,犹如说"苟延残喘",意思是快要死去的人。

〔21〕伯仲之次:兄弟之间,老大叫做"伯",老二叫做"仲"。"伯仲之次",就是兄弟姊妹间排行的次序。

〔22〕不自意:没有想到、出于意外。

〔23〕窥户者无停履:"窥户者",在窗外偷看的人。"无停履",此去彼来,川流不息的样子。

〔24〕非峻:不算厉害、并不严紧。

〔25〕灵石:唐县名,今山西灵石县。

〔26〕委地:拖到地下。

〔27〕中形:中等身材。

〔28〕欹卧:斜躺着。

〔29〕未决:没有决定要不要向虬髯客提出抗议,也可解作虽怒而没有决裂、发作。

〔30〕一手映身:把一只手放在身后。红拂女向李靖摆手示意,叫他不要发怒,却又不愿意被虬髯客看见,所以把手放在身后。

〔31〕胡饼:烧饼。烧饼上面有胡麻(芝麻),故名。

〔32〕行:行为、模样。

〔33〕异人:指红拂女。

〔34〕故不言:本来是不说的。

〔35〕吾故非君所致也:我自然不是你所要投奔、寻觅的人。虬髯客

自以为有做皇帝的希望,应该有人来投奔他;但李靖却要到太原去,所以这样说。

〔36〕主人:客店主人,这里作客店的代词。

〔37〕斗:古酒器。

〔38〕少:一点点。

〔39〕同之:指同吃。

〔40〕却头囊中:把头还放回囊里。

〔41〕衔之:恨他。

〔42〕真人:"真命天子"的意思。封建统治阶级故意说做皇帝是命中注定的,因而称皇帝为真命天子,借以迷惑人民。

〔43〕州将之子:指唐太宗。当时他父亲李渊做隋朝的太原留守,所以说是"州将之子"。

〔44〕刘文静:字肇仁,武功人。隋末任晋阳令。曾协助唐高祖、太宗起兵反隋。高祖称帝后,历任民部尚书、左仆射,封鲁国公。后因故被杀。

〔45〕望气者:会望云气的人。封建统治阶级的骗人说法:要做皇帝的人,当他还没有露头角时,潜伏在某一地区,那里便有"王气"出现,会望云气的人,一看就看得出来。

〔46〕计之日:计算到达的日期。

〔47〕烈士:豪侠、侠义的人。

〔48〕促鞭:急鞭、加鞭。

〔49〕使回而至:派去邀请的人才回来,他随即就到了。

〔50〕裼(xī)裘:"裼",卷起袖子。古人穿皮袍,袍外还要加上一件正服;习惯把皮袍的两袖微微卷起,让里面的皮毛露出来,是当时的一种装扮,叫做"裼裘"。

〔51〕十八九:十分之八九。

〔52〕宛见:显然看见。

〔53〕即:则。

〔54〕话心:谈心。

〔55〕文皇:就是唐太宗,因为他死后谥号为"文"。这篇故事虽是讲唐太宗未做皇帝以前的情形,但却是在太宗死后多年才追述的,所以称为"文皇"。

〔56〕顾盼炜如:眼睛看人,炯炯有光的样子。

〔57〕复奚言:还有什么说头。以上四句话,是借下棋来暗喻虬髯客和唐太宗竞争帝位注定要失败。

〔58〕悬然如磬:喻贫穷。"磬",古时一种玉或石制的乐器,悬在横木上,可击以发声。古语"室如悬磬",意思是家里一无所有,四壁空空,只有屋梁像悬磬一样。典出《国语·鲁语》。

〔59〕兼议从容:顺带着随便谈谈。"从容",本是形容悠闲自在的样子,引申作叙谈、聚会解释。后文《崔玄微》篇"只此从容不恶",《李使君》篇"愿召诸子从容",从容,都是这个意思。

〔60〕罗列庭前:"庭",原作"廷"(谈本作"于")。似作"庭"是,据虞本改。

〔61〕龙虎之状:"龙行虎步"的样子。封建社会里认为,做皇帝的人是"天生"的,走起路来也像龙虎一样。这是统治者为了抬高自己身份而捏造出来的说法。

〔62〕行酒:敬酒、劝人喝酒。

〔63〕泉贝:古时称钱为"泉",因为钱是像泉水一样到处流通的。"贝"也指钱,古时以贝壳为货币。

〔64〕龙战:指封建割据势力争夺帝位的战争。

〔65〕蕴不世之艺:具有非常的、世间少有的才能。

〔66〕以盛轩裳:意思是坐着高贵车子,穿着华美衣裳,享受荣华

富贵。

〔67〕"起陆之贵"四句:"起陆",龙蛇起陆,比喻帝王的兴起。这四句的意思是说:当皇帝开创基业的时候,就有一些辅佐他的人,像"云从龙、风从虎"一样地,从四面八方集合到一起来了。这是一种"英雄造时势"的歪曲说法。

〔68〕沥酒:洒酒。

〔69〕缔构之资:经营事业的费用。

〔70〕匡天下:安定了天下,统一了政权。

〔71〕贞观:唐太宗(李世民)的年号(公元六二七至六四九年)。

〔72〕左仆射(yè)平章事:唐代的左右仆射,有时是宰相,有时又不是;唯有仆射再加上"平章事"的头衔,才确定是宰相的身份。参看前《柳氏传》篇"左仆射"注。

〔73〕南蛮:古时对南方少数民族的称呼。

〔74〕扶馀国:古国名,在今辽宁、吉林、内蒙古一带地方。

〔75〕非英雄所冀:不是英雄所料想得到的。

〔76〕万叶:万世。

〔77〕岂虚然哉:这哪里是没有根据的呢。

牛僧孺[1]

郭元振

代国公郭元振,开元中下第,于晋之汾[2]。夜行阴晦失道[3];久而绝远有灯火光,以为人居也,径往寻之。八九里,有宅,门宇甚峻。既入门,廊下及堂上,灯烛荧煌,牢馔[4]罗列,若嫁女之家,而悄无人。公系马西廊前,历阶而升,徘徊堂上,不知其何处也。俄闻堂上东阁,有女子哭声,呜咽不已。公问曰:"堂上泣者,人耶,鬼耶?何陈设如此,无人而独泣?"曰:"妾此乡之一祠[5],有乌将军者,能祸福人[6]。每岁求偶于乡人,乡人必择处女之美者而嫁焉。妾虽陋拙,父利乡人之五百缗[7],潜[8]以应选。今夕乡人之女并为游宴者到是,醉妾此室,共镖而去,以适[9]于将军者也。今父母弃之就死,而今惴惴[10]哀惧。君诚人耶?能相救免,毕身为扫除之妇,以奉指使。"公大愤曰:"其来当何时?"曰:"二更。"曰:"吾忝大丈夫[11]也,必力救之。若不得,当杀身以徇[12]汝,终不使汝枉死于淫鬼之手也。"女泣少止。于是坐于西阶上,移其马于堂北,令仆侍立于前,若为傧[13]而待之。未几,火光照耀,车马骈阗[14]。二紫衣吏入而复走出,曰："相公[15]在此。"逡巡，二黄衫吏入而出，亦曰："相公在此。"公私心独喜曰[16]："吾当为宰相，必胜此鬼矣。"既而将军渐下，导吏复告之。将军曰："入。"有戈剑弓矢，引翼[17]以入，即[18]东阶下。公使仆前白："郭秀才见。"遂行揖。将军曰："秀才安得到此？"曰："闻将军今夕嘉礼[19]，愿为小相[20]耳。"将军者喜而延坐。与对食，言笑极欢。公于囊中有利刀，思欲刺之。乃问曰："将军曾食鹿脯乎？"曰："此地难遇。"公曰："某有少许珍者，得自御厨，愿削以献。"将军者大悦。公乃起取鹿脯，并小刀，因削之，置一小器，令自取之。将军喜，引手取之，不疑其他。公伺其无机[21]，乃投其脯，捉其腕而断之。将军失声而走。道[22]从之吏，一时惊散。公执其手，脱衣缠之。令仆夫出望之，寂无所见。乃启门谓泣者曰："将军之腕，已在此矣。寻其血迹，死亦不久。汝既获免，可出就食。"泣者乃出。年可十七八，而甚佳丽。拜于公前曰："誓为仆妾。"公勉谕焉。天方曙，开视其手，则猪蹄也。俄闻哭泣之声渐近，乃女之父母兄弟及乡中耆老，相与舁榇[23]而来，将取其尸，以备殡殓。见公及女，乃生人也。咸惊以问之。公具告焉。乡老共怒公残其神，曰："乌将军此乡镇神[24]，乡人奉之久矣。岁配以女，才无他虞。此礼少迟，即风雨雷雹为虐。奈何失路之客，而伤我明神？致暴于人，此乡何负[25]？当杀卿以祭乌将军；不尔[26]，亦缚送本县。"挥少年将令执公。公谕之曰："尔徒老于年，未老于事[27]。我天下之达理者，尔众其听吾言。夫神，承天而为镇也,不若诸侯受命于天子而疆理天下乎[28]?"曰:"然。"公曰:"使诸侯渔色[29]于国中,天子不怒乎?残虐于人,天子不伐乎?诚使汝呼将军者,真明神也,神固无猪蹄。天岂使淫妖之兽乎?且淫妖之兽,天地之罪畜也。吾执正[30]以诛之,岂不可乎?尔曹无正人,使尔少女年年横死[31]于妖畜,积罪动天。安知天不使吾雪焉?从吾言,当为尔除之,永无聘礼之患,如何?"乡人悟而喜曰:"愿从命。"公乃命数百人,执弓矢刀枪锹镬之属,环而自随。寻血而行,才二十里,血入大冢穴中。因围而刷[32]之,应手渐大如瓮[33]口。公令采薪燃火,投入照之。其中若大室。见一大猪,无前左蹄,血卧其地,突[34]烟走出,毙于围中。乡人翻[35]共相庆,会钱[36]以酬公。公不受,曰:"吾为人除害,非鸷猎者[37]。"得免之女,辞其父母亲族曰:"多幸为人,托质血属[38],闺闱未出,固无可杀之罪。今日贪钱五十万[39],以嫁妖兽,忍锁而去,岂人所宜?若非郭公之仁勇,宁有今日。是妾死于父母,而生于郭公也。请从郭公,不复以旧乡为念矣。"泣拜以从公。公多歧援喻[40],止之不获,遂纳为侧室[41]。生子数人。公之贵也,皆任大官之位。事已前定,虽主[42]远地而弄于鬼神[43],终不能害,明矣。

〔1〕作者牛僧孺,字思黯,唐陇西狄道(今甘肃临洮县南)人。宪宗时,以"贤良方正"的对策进用,后来历任御史中丞、户部侍郎同中书门下平章事等官职。封奇章郡公,死后谥"文简"。早有才名,好作志怪文字,著有《玄怪录》十卷,现仅存辑本一卷。

文中的乌将军——猪怪,能为人祸福,声势煊赫,看来是凛然不可犯的。郭元振斩断了它的手腕之后,乡老却认为不应该残害了他们的"镇神",要杀他致祭。经过郭元振的反复解说,大家才恍然大悟,于是群起消灭了这一乡之害。

郭元振,名震,字元振。唐魏州贵乡人。立有战功,睿宗时历任吏部、兵部尚书,同中书门下三品(宰相),封代国公。玄宗时因罪放逐新州,后起用为饶州司马,死途中。

〔2〕于晋之汾:从晋州到汾州去。"晋州",见前《李娃传》篇"牧晋州"注。"汾州",也称西河郡,约辖今山西介休、汾阳、平遥等地区,州治在今汾阳市。

〔3〕失道:迷路。

〔4〕牢馔:猪羊牛等牲畜叫做"牢";"牢馔",指这一类的肉食品。

〔5〕妻此乡之一祠:原无"一"字。似有"一"字义较胜,据郢本增(按郢本原亦无"一"字,藏书人在"之"下用朱笔增一"一"字,并在篇末注明据吴瓠庵抄本校改)。

〔6〕能祸福人:能降祸或降福于人。

〔7〕五百缗(mín):"缗",古时穿钱用的绳子。一般一串千钱,因而就以"缗"指千钱。"五百缗",五十万钱。

〔8〕潜:偷偷地、暗地里。

〔9〕适:嫁。

〔10〕惴(zhuì)惴:害怕不安的样子。

〔11〕忝大丈夫:忝为大丈夫,犹如说总算是男子汉。忝有辱没、辜负的含义,是谦词。

〔12〕徇:同"殉"字。"当杀身以徇汝",犹如说陪着你一起死。参看前《任氏传》篇"徇人以至死"注。

〔13〕若为傧:假装着做傧相、赞礼的人。

〔14〕骈阗:排列得很多的样子。

〔15〕相公:对宰相的称呼。

〔16〕公私心独喜曰:原无"曰"字。似有"曰"字义较胜,据郭本增。

〔17〕引翼:引导并加以掩护、防卫。

〔18〕即:到临。

〔19〕嘉礼:婚礼。

〔20〕小相:"相",傧相,就是前《南柯太守传》篇所指的"相者"。"小相",客气话。

〔21〕无机:没有注意、不加防备。"公伺其无机":原无"无"字。似有"无"字义较胜,疑系漏刻,据郭本增。

〔22〕道:同"导"字。

〔23〕舁榇(chèn):抬着棺材。

〔24〕镇神:指镇守一方、保障地方平安的神灵。

〔25〕何负:有两解:倚靠着什么,或有什么对不住。前一解的意思是:把镇神杀伤了,一乡的人就无所倚恃了。后一解的意思是:我们有什么对不住你的地方,而要杀死本乡的镇神?

〔26〕不尔:如果不这样。

〔27〕未老于事:"老",有阅历、有经验的意思。"未老于事",指对处理社会上的事情还没有丰富的阅历、经验。

〔28〕"夫神"三句:意思是说:神秉承天帝的意旨而镇守地方,岂不和诸侯受皇帝的命令治理天下是一样的?"疆理",负责治理的意思。

〔29〕渔色:贪好女色。

〔30〕执正:根据正理。

〔31〕横(hèng)死:凶死、死于非命。

〔32〕斸(zhǔ):砍、斫。

〔33〕瓮(wèng):大腹小口的坛子。

〔34〕突:穿过。

〔35〕翻:反而、转过来,指变怒为喜。

〔36〕会钱:聚钱、凑钱。

〔37〕鹰猎者:靠着打猎为生的人。

〔38〕托质血属:做为有血统关系的人,指做了女儿。

〔39〕今日贪钱五十万:"十",原作"百"。按前云"五百缗",一缗千钱,五百缗应是五十万,此处"百"应"十"字之误,据郢本改。

〔40〕多歧援喻:引用各种各样的道理做比喻来说服她。岔出的道路叫做"歧";"多歧",引申作"多方面"解释。

〔41〕侧室:妾。

〔42〕主:在人家做客叫做"主"。

〔43〕弆(jǔ)于鬼神:躲藏在鬼神所在的地方,指郭元振到乌将军祠里去。"弆",躲藏的意思。

牛　肃[1]

马待封

　　开元初修法驾[2],东海[3]马待封能穷伎巧[4],于是指南车[5]、记里鼓[6]、相风鸟[7]等,待封皆改修,其巧逾于古。待封又为皇后造妆具,中立镜台,台下两层,皆有门户。后将栉沐,启镜奁后,台下开门,有木妇人手执巾栉至;后取已,木人即还。至于面脂妆粉,眉黛髻花,应所用物,皆木人执;继至,取毕即还,门户后闭。如是供给皆木人。后既妆罢,诸门皆阖,乃持去。其妆台金银彩画,木妇人衣服装饰,穷极精妙焉。待封既造卤簿[8],又为后帝造妆台,如是数年,敕但给其用,竟不拜官[9]。待封耻之。又奏请造欹器[10]、酒山扑满[11]等物,许之。皆以白银造作。其酒山扑满中,机关运动,或四面开定,以纳风气;风气转动,有阴阳向背,则使其外泉流吐纳,以挹杯斝[12];酒使[13]出入,皆若自然,巧逾造化[14]矣。既成奏之,即属[15]宫中有事,竟不召见。待封恨其数奇[16],于是变姓名,隐于西河[17]山中。至开元末,待封从晋州来,自称道者吴赐也。常绝粒[18]。与崔邑[19]令李劲造酒山扑满、欹器等[20]。酒山立于盘中,其盘径[21]四尺五寸,下有大龟承盘,机运皆在龟腹内。盘中立山,山高三尺,峰峦殊妙。——盘以木为之,布漆其外;龟及山皆漆布脱空[22],彩画其外。山中虚,受酒三斗。——绕山皆列酒池,池外复有山围之。池中尽生荷,花及叶皆锻铁为之。花开叶舒,以代盘叶;设脯醢[23]珍果佐酒之物于花叶中。山南半腹有龙,藏半身于山,开口吐酒。龙下大荷叶中,有杯承之;杯受四合,龙吐酒八分而止。当饮者即取之。饮酒若迟,山顶有重阁,阁门即开,有催酒人具衣冠执板而出;于是归盏于叶,龙复注之,酒使乃还,阁门即闭;如复迟者,使出如初,直至终宴,终无差失。山四面东西皆有龙吐酒,虽覆酒于池,池内有穴,潜引池中酒纳于山中,比席阑终饮,池中酒亦无遗矣。欹器二,在酒山左右。龙注酒其中,虚则欹,中则平,满则覆,则鲁庙所谓"侑坐之器"也。君子以诚盈满,孔子观之以诚焉[24]。杜预造欹器不成,前史所载[25];若吴赐也,造之如常器耳。

〔1〕作者牛肃,大约是唐德宗、宪宗时人,事迹无可考。

这是一篇记载古代劳动人民创造发明的故事。从这篇文字里看起来,马待封在那时已经懂得利用机械原理了。

马待封想往上爬——做官,这是时代的局限性使然。不过,封建统治阶级是不会重视人民劳动的成果的,所以他结果只有沦落为道者以终。可以想象得到,即使他获得重用了,也不过成为封建统治阶级的帮闲人物,只有制造一些供他们享乐的东西而已,决不可能发挥其聪明才智来为人民大众的福利服务的。这正是封建社会的悲剧。

〔2〕法驾:皇帝的车驾。

〔3〕东海:唐郡名,也称海州,约辖今江苏东海、沭阳、涟水等地区,州治在今东海县。

〔4〕穷伎巧:竭尽技巧的能事。"伎",同"技"字。

〔5〕指南车:古时指示方向的车子。据说是黄帝所发明,后来东汉张衡、南齐祖冲之等都曾制造过,但法已失传。宋代的指南车,上面雕刻仙人模样,车虽转动而仙人的手常南指。这种车子的指南,不是利用磁石性的指南针,而是通过一套齿轮传动系统,使车在转弯时,不论转向何方,车上的木偶人的手总是向南指着。

〔6〕记里鼓:古时记道里远近的车子。车两层,上面都有木人。行一里,下层的木人击鼓;行二里,上层的木人击镯(古时类似铃、钟一类的乐器)。这是利用齿轮系和凸(tū)轮的传动而制造的。

〔7〕相风鸟:古时测候风向的仪器。用木或铜制成鸟形,放在屋顶或船只的桅杆上,有风时就会转动。"鸟",疑"乌"字之误。

〔8〕卤簿:皇帝的车驾、侍卫和仪仗。

〔9〕"敕但给其用"二句:皇帝有诏命,只供给他在制造这些东西时所需要的用费,却始终不给他一个官职。

〔10〕欹器:"欹",本作"攲",不正的意思。"欹器",一种可以往里面注水的器具。没有水的时候,欹器是歪的;水恰好,欹器就正了;水太满,欹器就翻过来。这是古人利用物体重心位置移动的原理制成的,一般为陶器,也有铜质的。最早是作为汲水和盛水之用。据说古时国君设置这样东西,是用来警戒自己:处理事情不要过火,也不要不及。

〔11〕酒山扑满:"扑满",储钱的扁圆形瓦器。上有眼,可以把钱投进去;等钱存满了,把它打破,才可以取出来。这里大约指酒山里储满了酒,就会由龙口里吐出,有如扑满里钱存满了就打破它取出来一样,所以叫做"酒山扑满"。

〔12〕 以挹杯斝（jiǎ）：把杯子灌满了。把液体倒在器皿里叫做"挹"。"斝"，两旁有耳的玉杯。

〔13〕 酒使：指酒山里设置劝酒的假人。

〔14〕 巧逾造化：比天生的还要巧妙。"造化"，指天地自然。

〔15〕 即属：然而正值。

〔16〕 数奇（jī）：命运不好、不顺利。参看前《柳氏传》篇"郁堙不偶"注。

〔17〕 西河：唐县名，属汾州西河郡，今山西汾阳市。

〔18〕 绝粒：不吃粮食，就是"辟谷"。道家迷信说法：修炼到一定程度，可以不再吃粮食，只须服药，并做导引等功夫，从此就可以轻身入道成仙。

〔19〕 崔邑：疑是"霍邑"之误。霍邑，唐县名，属晋州平阳郡，今山西霍州市。

〔20〕 令李劲造酒山扑满、欹器等："扑"，原作"朴"，应是误刻，前文亦作"扑满"，改。

〔21〕 径：直径。

〔22〕 漆布脱空：唐、宋丧葬时所用的神像，外面加上绫绢金银的叫做"大脱空"，在纸外设色的叫做"小脱空"。见《清异录·丧葬门》。这里"漆布脱空"，指龟和山外面加上漆布后，又用绫绢和金银色再裱糊一层。

〔23〕 醢（hǎi）：肉酱。

〔24〕 "龙注酒其中"七句：这一段故事见于《荀子·宥坐》：孔子到鲁桓公的庙里参观，看见欹器，问看庙的人是什么东西。回答是"宥坐之器"。孔子说：我听说宥坐之器里没有水的时候是歪的，水恰好就正了，水太满就会翻过来。于是叫学生们把水灌在器里试试看，果然和所传的一样。孔子因而叹息说：唉！哪里有满盈而不颠覆的道理！"宥坐之

器"就是欹器,向来有两种解释:一,"宥"同"右"字,国君把欹器放在座右,以警惕自己;二,"宥"同"侑"字,劝戒的意思。

〔25〕"杜预造欹器不成"二句:"杜预",晋人,武帝时曾任都督荆州诸军事、镇南大将军。《南史·文学传·祖冲之列传》:杜预有巧思,可是造欹器三改不成;后来祖冲之才造成了。

薛用弱[1]

王维

王维右丞[2],年未弱冠,文章得名。性娴[3]音律,妙能琵琶,游历诸贵之间,尤为岐王[4]之所眷重。时进士张九皋,声称籍甚[5]。客有出入于公主[6]之门者,为其致公主邑司牒京兆试官[7],令以九皋为解头[8]。维方将应举,具其事言于岐王,仍求庇借[9]。岐王曰:"贵主之强,不可力争。吾为子画[10]焉。子之旧诗清越者,可录十篇;琵琶之新声怨切者,可度一曲。后五日当诣此。"维即依命,如期而至。岐王谓曰:"子以文士,请谒贵主,何门[11]可见哉?子能如吾之教乎?"维曰:"谨奉命。"岐王则出锦绣衣服,鲜华奇异,遣维衣之;仍令赍琵琶[12],同至公主之第。岐王入曰:"承贵主出内[13],故携酒乐奉宴。"即令张筵。诸伶旅进[14]。维妙年[15]洁白,风姿都美[16],立于前行。公主顾之,谓岐王曰:"斯何人哉?"答曰:"知音者也。"即令独奏新曲,声调哀切,满座动容。公主自询曰:"此曲何名?"维起曰:"号《郁轮袍》。"公主大奇之。岐王曰:"此生非止音律,至于词学,无出其右[17]。"公主尤异之,则曰:"子有所为文乎？"维即出献怀中诗卷。公主览读，惊骇曰："皆我素所诵习者。常谓古人佳作，乃子之为乎？"因令更衣[18]，升之客右。维风流蕴藉[19]，语言谐戏，大为诸贵之所钦瞩[20]。岐王因曰："若使京兆今年得此生为解头，诚为国华[21]矣。"公主乃曰："何不遣其应举？"岐王曰："此生不得首荐[22]，义不就试，然已承贵主论托张九皋矣。"公主笑曰[23]："何预儿事[24]，本为他人所托。"顾谓维曰："子诚取解，当为子力[25]。"维起谦谢。公主则召试官至第，遣宫婢传教。维遂作解头而一举登第矣。及为太乐丞[26]，为伶人舞《黄师子》[27]，坐出官[28]。——《黄师子》者，非一人不舞[29]也。天宝末，禄山初陷西京，维及郑虔[30]、张通[31]等皆处贼庭[32]。洎克复，俱因于宣阳里杨国忠旧宅。崔圆[33]因召于私第，令画数壁。当时皆以圆勋贵无二，望其救解，故运思精巧，颇绝其艺[34]。后由此事，皆从宽典[35]；至于贬黜，亦获善地[36]。今崇义里窦丞相易直[37]私第，即圆旧宅也，画尚在焉。维累为给事中。禄山授以伪官。及贼平，兄缙为北都副留守[38]，请以己官爵赎之[39]。由是免死。累为尚书右丞。于蓝田[40]置别业，留心释典[41]焉。

〔1〕作者薛用弱，字中胜，唐河东人。穆宗时曾任光州刺史，文宗时又出守弋阳。著有《集异记》三卷，凡十六条。

王维，字摩诘，唐太原祁州（今山西祁县）人。玄宗时为右拾遗、监察御史、给事中，肃宗时任尚书右丞。他是盛唐时代名诗人，以善于描写山水田园著称。也擅长书画。苏轼曾说他"诗中有画，画中有诗"。这篇故事说他借岐王和太平公主的力量来获得"解头",不一定可信。不过,从这里可以看出当时权门豪贵把持政治、炙手可热的情况来。

〔2〕右丞:官名,"尚书右丞"的简称,属尚书省。掌管兵、刑、工三部官员仪礼,也有权纠正御史弹劾的不当。王维曾任这一官职,后世就称他为"王右丞"。

〔3〕娴:熟悉。

〔4〕岐王:名李范,唐玄宗的弟弟。因帮助玄宗计杀太平公主有功,历任州刺史、太子太傅等官。

〔5〕声称籍甚:名气很大。

〔6〕公主:指太平公主,唐高宗的女儿,武则天所生。她曾因清除张易之、张昌宗和韦氏家族有功,把持国家政权,十分跋扈。后因想废掉玄宗,被处死。

〔7〕为其致公主邑司牒京兆试官:"致",设法搞到的意思。"邑司",唐代为公主管理财货和封地租税收入的官员。"牒",本是古时一种公文的名称,这里作动词用,致送公文的意思。全句的意思是说:设法请求为公主管理财务的官员,用公主的名义写一封推荐的信给京兆的考官。

〔8〕解(jiè)头:唐代由州郡保举士人到京城里应考叫做"解";"解头"就是被保举人里的第一名。后来称乡试的魁首为"解元"。

〔9〕庇借:靠着庇荫而获得帮助。

〔10〕画:策画、筹画。

〔11〕何门:有什么门路。

〔12〕赍(jī):带着。

〔13〕出内:由皇宫里出来。

〔14〕旅进:"旅",俱。《礼记·乐记》里有"旅进旅退"这样一句话,是说一齐进,一齐退,形容整齐而有次序的样子。

213

〔15〕妙年：少年。

〔16〕都美：一种文雅的美。

〔17〕无出其右：古时以"右"为尊；"无出其右"，没有比他再好的了。

〔18〕更衣：换衣服。王维本是穿乐工的衣服去的，现在公主把他当做客人看待，所以要他换衣服。

〔19〕蕴藉：形容文雅有修养的样子。

〔20〕钦瞩：用钦佩的眼光看着。

〔21〕国华：国家的精华，犹如说国家的财富，也可作国家的体面解释。

〔22〕首荐：以第一名被保举。

〔23〕公主笑曰：原无"笑"字。似有"笑"字义较胜，据虞本改。

〔24〕何预儿事：和我有什么相干。

〔25〕当为子力：一定给你尽力设法。

〔26〕太乐丞：太乐署是唐代主持国家祭祀、宴会时乐奏和管理乐工的官署。"太乐丞"，太乐署的副长官。

〔27〕舞《黄师子》："师子"，同"狮子"。《师子舞》，是唐皇帝宴会时用的一种舞乐。由人扮作假狮子，另由人拿着红拂来引动，狮子就俯仰跳舞，做出种种姿态。一面舞，一面唱《太平乐》乐曲。狮子分五方设立，颜色各各不同；在中央的为"黄狮子"。

〔28〕坐出官：因为犯罪过而遭到处分叫做"坐"。"出官"，免去官职。

〔29〕非一人不舞："一人"，封建时代指皇帝的专词，意思他是天下仅有的一人，统治阶级恭维最高统治者的话。"非一人不舞"，是说像《黄师子》这一种舞乐，非皇帝在座时，是不许演出的。王维身为太乐丞，却允许乐工在皇帝不到时演出这种舞乐，是违法的，所以遭到免职

处分。

〔30〕郑虔:字弱斋,唐荥阳人。玄宗时为广文馆博士,世称"郑广文"。能诗,善书法和山水画,有"郑虔三绝"之称。

〔31〕张通:唐河间人,山水画家。曾任曹州刺史。

〔32〕处(chǔ)贼庭:指在安禄山的伪朝廷里为官。

〔33〕崔圆:字有裕,唐武城人。曾任中书侍郎同平章事、淮南节度使等官职。

〔34〕绝其艺:尽量发挥自己的技能,犹如说使出看家本领。

〔35〕从宽典:从宽处理。

〔36〕善地:好地方,指不是偏僻瘠苦的地区。

〔37〕窦丞相易直:字宗玄,唐始平人。宪宗时曾任户部侍郎同平章事,后来又做过左仆射、凤翔节度使。

〔38〕北都副留守:唐代以太原为"北都"。"副留守",官名。唐制,以西、东、北三都的府尹为留守,少尹为副留守。最初皇帝离开某一都城他往时,才设置留守和副留守;后来却成为固定的官职。

〔39〕请以己官爵赎之:请免去自己的官爵来赎王维的罪。

〔40〕蓝田:唐县名,今陕西蓝田县。

〔41〕留心释典:研究佛家经典。王维的后期生活较为消极,在辋川的蓝田别墅里过着田园生活,皈依佛教,信奉禅理。

王之涣[1]

开元中诗人,王昌龄[2]、高适[3]、王之涣齐名[4],时风尘未偶[5],而游处[6]略同。一日,天寒微雪。三诗人共诣旗亭,贳酒[7]小饮。忽有梨园伶官[8]十数人,登楼会宴。

三诗人因避席隈映[9]，拥炉火以观焉。俄有妙妓四辈，寻续而至，奢华艳曳[10]，都冶[11]颇极。旋则奏乐，皆当时之名部[12]也。昌龄等私相约曰："我辈各擅诗名，每不自定其甲乙，今者可以密观诸伶所讴，若诗入歌词之多者，则为优矣。"俄而一伶，拊节[13]而唱曰："寒雨连江夜入吴，平明送客楚山孤。洛阳亲友如相问，一片冰心在玉壶[14]。"昌龄则引手画壁曰："一绝句。"寻又一伶讴之曰："开箧泪沾臆，见君前日书。夜台何寂寞，犹是子云居[15]。"适则引手画壁曰："一绝句。"寻又一伶讴曰："奉帚平明金殿开，强将团扇共徘徊。玉颜不及寒鸦色，犹带昭阳日影来[16]。"昌龄则又引手画壁曰："二绝句。"之涣自以得名已久[17]，因谓诸人曰："此辈皆潦倒[18]乐官，所唱皆《巴人下里》之词[19]耳，岂《阳春白雪》之曲，俗物敢近哉？"因指诸妓之中最佳者曰："待此子所唱，如非我诗，吾即终身不敢与子争衡[20]矣。脱是吾诗，子等当须列拜床下[21]，奉吾为师。"因欢笑而俟之。须臾次至[22]双鬟发声，则曰："黄河远上白云间，一片孤城万仞山。羌笛何须怨杨柳，春风不度玉门关[23]。"之涣即撽歙二子曰[24]："田舍奴[25]，我岂妄哉！"因大谐笑。诸伶不喻其故，皆起诣曰："不知诸郎君何此欢噱？"昌龄等因话其事。诸伶竞拜曰："俗眼不识神仙，乞降清重[26]，俯就筵席。"三子从之，饮醉竟日。

[1] 王之涣：字季陵，唐并州人。少时以豪侠著称，好使酒击剑。曾任主簿、县尉等官职。与王昌龄、高适同为盛唐时诗人，时相唱和。但作

品多已散佚。

"王之涣",标题原作"王涣之",应误,改。本篇记述伶官歌唱他们诗篇的故事,不一定真实,但这种情况可以看作当时诗人生活的一种反映。

〔2〕王昌龄:字少伯,其籍贯有江宁、京兆、太原诸说;据近人考证,以太原说较可靠。玄宗时曾任校书郎、丞、尉等官职,后被刺史闾丘晓杀害。著有诗集五卷。

〔3〕高适:字达夫,唐渤海(今河北沧县)人。玄宗时历任刑部侍郎、西川节度使、散骑常侍等官职。著有《高常侍集》十卷。

〔4〕王之涣:"之涣",原作"涣之",改。

〔5〕风尘未偶:"风尘",指在社会里经历着艰辛困苦的样子。"未偶",没有走运。参看前《柳氏传》篇"郁埋不偶"注。

〔6〕游处:"游",指在外游历。"处(chǔ)",指在家居止。

〔7〕贳(shì)酒:赊酒。

〔8〕伶官:掌管乐曲的官员。

〔9〕避席隈映:躲在黑暗的角落里。"映",阴隐的意思。"隈",角落里。

〔10〕曳:形容行走时摇曳生姿的样子。

〔11〕都冶:漂亮而妖媚。

〔12〕名部:指有名的乐曲。

〔13〕拊节:"节",音乐中控制节奏之具,如拍板。"拊节",打着拍子。

〔14〕"寒雨"四句:这是王昌龄的一首七言绝句,题为《芙蓉楼送辛渐》。古时吴、楚两国疆域是相接的。前两句的意思是说:友人去后,遥望楚地山影,予人以孤寂之感。"平明",天亮时。末句的意思是说:自己虽然在外,但却清廉自持,不企求功名富贵,有如冰在玉壶里一样地纯

洁。鲍照《白头吟》中有"清如玉壶冰"一语，这里即引用此典。

〔15〕"开箧"四句：这是高适的一首题为《哭单（shàn）父梁九少府》的五言古诗的头四句，这里摘引单作为一首诗，故称为"绝句"。"夜台"，指坟墓。"子云"，汉代文学家扬雄的字。高适以扬雄比喻死友梁九少府，说他虽然死在地下，但那里仍然是一个文学家的住所。

〔16〕"奉帚"四句：这是王昌龄的一首乐府，题为《长信怨》（长信，汉宫名）。这首诗表面上是代班倢伃发抒哀怨之作，实际却反映了一般宫女悲惨苦闷的处境，也指出了专制帝王只知玩弄女性，并没有真正的、专一的爱情。班倢伃最初很得汉成帝的宠爱，后来赵飞燕姊妹入宫，她就失宠了，于是请求到长信宫里去侍奉太后。"奉帚"，捧着扫帚，指做洒扫一类的事，就是服侍太后的意思。班倢伃曾作《怨歌行》这一首诗，"强将团扇共徘徊"，就是引用诗中典故，比喻君恩断绝。参看前《霍小玉传》篇"秋扇见捐"注。"昭阳"，汉成帝和赵飞燕姊妹常住的殿名。"昭阳日影"，象征成帝的宠幸。

〔17〕之涣自以得名已久："之涣"，原作"涣之"，改。

〔18〕潦倒：本是放荡不羁的意思，这里作倒霉、不如意解释。

〔19〕《巴人下里》之词：战国时，楚王问宋玉说：是不是你的行为不好，所以有许多人批评你？宋玉于是作了一篇《答楚王问》，引用唱歌的事情做比喻，认为是别人不了解他。他说：有人在郢（yǐng）中唱歌，先唱《下里巴人》这一俚俗的曲子，跟着和唱的有好几千人；后来再唱《阳阿薤露》，这是文雅一点的曲子，跟着和唱的少到几百人；最后再唱最高雅的曲子——《阳春白雪》，跟着和唱的就只有几十人了。他因此得出结论：歌曲的格调越高，能和唱、欣赏的人就越少。这只是宋玉借以比喻的话。其实这种观点是片面的、不完全正确的，因为通俗而为广大群众所接受的，往往正是好歌曲。

〔20〕争衡："衡"，秤杆，是秤量轻重的东西；"争衡"，犹如说较量轻

重、比较高低。

〔21〕子等当须列拜床下:原无"列"字。似有"列"字义较胜,据虞本增。

〔22〕次至:轮到。

〔23〕"黄河"四句:这是王之涣的一首乐府,题为《出塞》(一作《凉州词》),它抒写了塞外荒凉景况和战士久戍思家的苦闷心情。古以八尺为"仞";"万仞",极言其高。"羌笛",古乐器,长一尺四寸,有三、四、五孔诸说,出于羌中(古时西方少数民族的名称),故名。"杨柳",《折杨柳》的简称,描写征人愁苦的乐曲。"羌笛何须怨杨柳",羌笛何必吹出《折杨柳》这一种哀怨的曲子;也以杨柳指实物,意含双关,因"春风"既"不度玉门关",则塞外无杨柳,也就不须怨它了。"玉门关",在今甘肃敦煌市西,是古时通西域的要道;出此关,就是塞外了。那时塞外是一片沙漠的荒凉之地,和今日建设成"塞上江南"的情况是完全不同的,所以有"春风不度玉门关"这种象征的说法。玉门关距黄河甚远,这里只是以之泛指塞外而已。"黄河",一作"黄沙"。究竟应作何字为是,近人曾有讨论,尚未解决。

〔24〕撇歈(yé yú):同"揶揄",作手势来加以嘲笑的意思。"之涣即撇歈二子曰":"之涣",原作"涣之",改。

〔25〕田舍奴:乡下人。封建社会里,剥削阶级轻视辛勤劳动的农民,因此,称人"田舍奴"是鄙视的话。

〔26〕降清重:"清重",指清高贵重的身份。"降清重",请清高贵重身份的人降临,客气话。

袁 郊[1]

红线

　　红线,潞州[2]节度使薛嵩[3]青衣。善弹阮[4],又通经史,嵩遣掌笺表[5],号曰"内记室[6]"。时军中大宴,红线谓嵩曰:"羯鼓[7]之音调颇悲,其击者必有事也。"嵩亦明晓音律,曰:"如汝所言。"乃召而问之,云:"某妻昨夜亡,不敢乞假。"嵩遽遣放归。时至德[8]之后,两河未宁[9],初置昭义军[10],以釜阳为镇[11],命嵩固守,控压山东。杀伤之余,军府草创。朝廷复遣嵩女嫁魏博[12]节度使田承嗣[13]男,男娶滑州节度使[14]令狐彰[15]女;三镇互为姻娅[16],人使日浃往来[17]。而田承嗣常患热毒风,遇夏增剧。每曰:"我若移镇山东,纳其凉冷,可缓数年之命[18]。"乃募军中武勇十倍者得三千人,号"外宅男",而厚恤养之。常令三百人夜直[19]州宅。卜选良日,将迁[20]潞州。嵩闻之,日夜忧闷,咄咄[21]自语,计无所出。时夜漏将传[22],辕门[23]已闭,杖策庭除[24],唯红线从行。红线曰:"主自一月,不遑寝食[25],意有所属,岂非邻境乎?"嵩曰:"事系安危,非汝能料。"红线曰:"某虽贱品,亦有解主忧者。"嵩乃具告其事,曰:"我承祖父遗业,受国家重恩,一旦失其疆土,即数百年勋业尽矣。"红线曰:"易尔,不足劳主忧。乞放某一到魏郡,看其形势,觇其有无。今一更首途[26],三更可以复命。请先定一走马[27]兼具寒暄书[28],其他即俟某却回也。"嵩大惊曰:"不知汝是异人,我之暗[29]也。然事若不济,反速其祸[30],奈何?"红线曰:"某之行,无不济者。"乃入闺房,饰其行具。梳乌蛮髻[31],攒[32]金凤钗,衣紫绣短袍,系青丝轻履。胸前佩龙文匕首,额上书太乙神[33]名。再拜而行,倏忽不见[34]。嵩乃返身闭户,背烛危坐。常时饮酒,不过数合,是夕举觞十余不醉。忽闻晓角[35]吟风,一叶坠露,惊而试问,即红线回矣。嵩喜而慰问曰:"事谐否?"曰:"不敢辱命。"又问曰:"无伤杀否?"曰:"不至是。但取床头金合为信耳。"红线曰:"某子夜[36]前三刻,即到魏郡,凡历数门,遂及寝所。闻外宅男止于房廊,睡声雷动。见中军[37]士卒,步于庭庑,传呼风生。某发其左扉,抵其寝帐。见田亲家翁正于帐内,鼓跌[38]酣眠,头枕文犀[39],髻包黄縠,枕前露一七星剑。剑前仰开一金合,合内书生身甲子[40]与北斗神[41]名;复有名香美珍,散覆其上。扬威玉帐[42],但期心豁于生前[43];同梦兰堂[44],不觉命悬于手下。宁劳擒纵,只益伤嗟。时则蜡炬光凝,炉香烬煨,侍人四布,兵器森罗。或头触屏风,鼾而龁[45]者;或手持巾拂,寝而伸者。某拔其簪珥,縻其襦裳[46],如病如昏,皆不能寤;遂持金合以归。既出魏城西门,将行二百里,见铜台高揭[47],而漳水[48]东注;晨飙[49]动野,斜月在林。忧往喜还,顿忘于行役[50];感知酬德,聊副于心期[51]。所以夜漏三时,往返七百里;入危邦,经五六城;冀减主忧,敢[52]言其苦。"嵩乃发使遗承嗣书曰:"昨夜有客从魏中来,云:自元帅头边获一金合。不敢留驻,谨却封纳[53]。"专使星驰[54],夜半方到。见搜捕金合,一军忧疑。使者以马挝[55]扣门,非时请见。承嗣遽出,以金合授之。捧承之时,惊恒绝倒[56]。遂驻使者止于宅中,狎以宴私,多其赐赉。明日遣使赍缯帛三万匹、名马二百匹,他物称是[57],以献于嵩曰:"某之首领,系在恩私[58]。便宜知过自新,不复更贻伊戚[59]。专膺指使,敢议姻亲[60]。役当奉毂后车[61],来则挥鞭前马。所置纪纲仆[62]号为外宅男者,本防它盗,亦非异图。今并脱其甲裳,放归田亩矣。"由是一两月内,河北河南,人使交至。而红线辞去。嵩曰:"汝生我家,而今欲安往?又方赖汝,岂可议行?"红线曰:"某前世本男子,历江湖间,读神农[63]药书,救世人灾患。时里有孕妇,忽患蛊症[64]。某以芫花[65]酒下之,妇人与腹中二子俱毙。是某一举杀三人。阴司见诛,降为女子,使身居贱隶,而气禀贼星[66]。所幸生于公家,今十九年矣。身厌罗绮,口穷甘鲜[67],宠待有加,荣亦至矣。况国家建极[68],庆且无疆[69]。此辈背违天理,当尽弭患。昨往魏郡,以示报恩。两地保其城池,万人全其性命,使乱臣知惧,烈士安谋[70]。某一妇人,功亦不小,固可赎其前罪,还其本身。便当遁迹尘中,栖心物外,澄清一气,生死长存[71]。"嵩曰:"不然[72],遗尔千金为居山之所给。"红线曰："事关来世,安可预谋。"嵩知不可驻,乃广为饯别;悉集宾客,夜宴中堂。嵩以歌送红线,请座客冷朝阳为词曰："《采菱》[73]歌怨木兰舟[74],送别魂消百尺楼。还似洛妃乘雾去,碧天无际水长流。"歌毕,嵩不胜悲。红线拜且泣,因伪醉离席,遂亡其所在。

〔1〕作者袁郊,字之仪(一作之乾),唐蔡州朗山(今河南汝南县)人。懿宗时曾任祠部郎中,后来又做过翰林学士、虢州刺史等官职。著有《二仪实录》、《衣服名义图》、《服饰变古元录》等书;又有《甘泽谣》一卷,《红线》是其中的一篇。

本篇是唐人侠义一类传奇的代表作之一。这类故事的产生,是有其历史根源的。唐末藩镇割据,横行跋扈,彼此互谋吞并,以致造成混战局势;一面又横征暴敛,更加重对人民的剥削。处在这种水深火热的环境里,人民生活极端痛苦而又无法逃避现实,于是渴望能有除暴安良的侠客出现,这种天真的幻想,就在传奇中得到反映。

这一类传奇的主角多为女性,使在封建社会里一贯受压迫的妇女能够扬眉吐气,这种写法也很有意义。

不过,这些侠义之士,多为封建统治阶级服务,并有浓厚的报恩思想,这却不免使形象的光彩为之减色。

〔2〕潞州:也称上党郡,约辖今山西浊漳河除榆社县以外地和河北涉县西部,州治在今山西长治市。

〔3〕薛嵩:唐龙门人。历任节度使、尚书、右仆射等官职。封平阳郡王。他是薛仁贵的孙子,薛仁贵在太宗、高宗时,因战功历任大总管、都督等官,所以下文有"承祖父遗业"的话。

〔4〕阮:"阮咸"的简称。琵琶一类的乐器,作正圆形,有如月琴。因是晋代阮咸所创制,就名为"阮咸"。有三弦、四弦两种,并有大阮、中

223

阮、小阮之别。

〔5〕掌笺表:主管文牍章奏。

〔6〕内记室:犹如说私人秘书。

〔7〕羯鼓:唐代盛行的一种打击乐器。因是羯族所制,故名。形如漆桶,横放在小牙床上,两头可击,又叫"两杖鼓"。

〔8〕至德:唐肃宗(李亨)的年号(公元七五六至七五七年)。

〔9〕两河未宁:"两河",指黄河南北。安禄山反唐后,至德二年,郭子仪才收复洛阳,那时黄河南北还很不安定。

〔10〕昭义军:当时设昭义军节度使,治潞州,管辖潞、泽、邢、洺(míng)、磁五州,在今河北邢台市以南和山西浊漳河、丹河流域一带地区。

〔11〕以釜阳为镇:以釜阳为昭义军节度使驻地。"釜阳",唐县名,就是滏(fǔ)阳,今河北磁县。下文"三镇",镇,藩镇的简称,即节度使。

〔12〕魏博:唐方镇名,当时的河北三镇之一,为收抚安、史残部而设。魏博节度使治魏州(今河北大名东),辖魏、博、贝、卫、澶、相六州,约在今河北邯郸、永年、南宫、大名和河南安阳等一带地区。

〔13〕田承嗣:唐卢龙人。曾任天雄军节度使(即平卢节度使后期的称谓),加中书同平章事,封雁门郡王。

〔14〕滑州节度使:"滑州",也称灵昌郡,约辖今河南延津、滑县等地区,州治在今滑县。"滑州节度使",就是滑亳魏博节度使。

〔15〕令狐彰:字伯阳,唐富平人。曾任滑亳魏博节度使,加御史大夫,封霍国公。

〔16〕姻娅(yà):古时以女婿的父亲为"姻",两婿彼此互称为"娅"。后来以"姻娅"为亲戚的泛称。

〔17〕日浃往来:"浃",一周。从甲日到癸日十天一周的期间叫做"浃日"。"日浃往来",时常往来的意思。

〔18〕可缓数年之命:可以多活几年的意思。

〔19〕直:值班守护。

〔20〕迁:这里是吞并的意思。

〔21〕咄(duō)咄:唉声叹气。单用一个"咄"字,是表示呵叱、招呼,如后文《裴航》篇"妪咄曰"。

〔22〕夜漏将传:快要起更的时候。漏本是古时一种计时器,这里是泛指更点。

〔23〕辕门:古代帝王出外住宿时,为了警戒,把两乘车子翻转来,以车辕相向放在门外,名为"辕门";后来就以"辕门"指官署的外门。

〔24〕杖策庭除:拿着手杖,在院里走来走去。"除",台阶。

〔25〕不遑寝食:没有心思吃饭睡觉,犹如说废寝忘餐。

〔26〕首途:动身。

〔27〕走马:骑马的使者。

〔28〕寒暄书:应酬信。

〔29〕暗:糊涂不明。

〔30〕反速其祸:反而招来灾祸。

〔31〕乌蛮髻:"乌蛮",古时西南少数民族名,在今四川、云南、贵州一带。"乌蛮髻",仿照乌蛮人的髻式。

〔32〕攒(cuán):聚在一起。这里是插簪的意思。

〔33〕太乙神:道教迷信传说的北极神。

〔34〕"再拜而行"二句:原无"行"字,连下文读。似有"行"字义较胜,据虞本增。

〔35〕晓角:军中黎明时吹的号角。

〔36〕子夜:夜半子时,晚十一时至凌晨一时之间。

〔37〕中军:军中发号施令的地方,就是主帅的驻所。

〔38〕鼓跌(fū):弯着腿、翘起了脚。

〔39〕文犀:有花纹的犀皮枕或瓦枕。

〔40〕甲子:年庚八字。

〔41〕北斗神:道教迷信传说主管人间生死的神。

〔42〕玉帐:古人迷信,认为根据方术推算而择定某一方向设立将帅的帐幕,就坚不可破,有如玉帐,后来因以"玉帐"为将帅帐幕的专称。

〔43〕但期心豁于生前:只希望自己活着的时候随心所欲。

〔44〕兰堂:犹如说香闺,指内室。

〔45〕鼾(hān)而鬌(duǒ):垂头打呼、打瞌睡。

〔46〕縻其襦(rú)裳:把他的衣裳都拴系在一处。"縻",拴系。"襦",短袄。"裳",下裙。

〔47〕铜台高揭:"铜台",铜雀台,三国时曹操建,在今河南安阳市。"高揭",巍然矗立。

〔48〕漳水:就是漳河,在河北、河南两省边境,有清漳河、浊漳河,均发源山西东南部,流经河北合漳镇后称漳河,东南流与卫河会合。

〔49〕晨飙(biāo):早晨的暴风。

〔50〕顿忘于行役:立刻把途中奔走的疲劳辛苦都忘掉了。路上奔走叫做"行役"。

〔51〕聊副于心期:总算完成了报答的心愿。

〔52〕敢:岂敢、不敢。

〔53〕谨却封纳:恭恭敬敬地封裹起来退还。

〔54〕星驰:连夜奔往。

〔55〕马挝(zhuā):马鞭。

〔56〕惊怛(dá)绝倒:由于吃惊而倒在地下。"怛",也是惊的意思。

〔57〕他物称(chèng)是:意思是其他赠物,质量也和缯帛、名马不相上下。"称",适合、相当。"是",此,指上文缯帛、名马。

〔58〕"某之首领"二句:这两句的意思是说:我的头之所以没有被

杀掉,是由于你对我私人有恩惠的缘故。

〔59〕不复更贻伊戚:不再自找麻烦、自寻苦恼。

〔60〕"专膺指使"二句:这两句的意思是说:一心一意地服从你的指挥命令,哪敢倚恃着亲戚的关系而以平等的地位自居呢。

〔61〕役当奉毂(gǔ)后车:有事出行的时候,跟在车后照料、侍奉着,也就是追随的意思。"奉",同"捧"字。"毂",车轮中心的圆木。

〔62〕纪纲仆:春秋时,晋文公重耳自秦归国,当时晋国局势还不十分安定,秦国就派三千人保卫他回去,做些照料门户等服役之事,称为"纪纲之仆"。见《左传》僖公二十四年。后来就以"纪纲仆"为仆人的通称。

〔63〕神农:传说中的古帝,曾尝百草以治疾病。

〔64〕蛊症(gǔ zhēng):腹内生虫的病。

〔65〕芫(yuán)花:开紫色小花的落叶灌木,高三四尺,有毒。从前渔人常把芫花煮后投放水中,鱼就毒死浮出,故又名"鱼毒"。

〔66〕气禀贼星:"命带贼星"。古人迷信,认为每一人都上应天上的星宿。红线盗合是一种偷窃的行为,所以这样说。

〔67〕"身厌罗绮"二句:穿够了绸缎,吃尽了美味。"厌",满足的意思。

〔68〕国家建极:国家的政教,照着中正的标准去做。"极",中正的意思。这本是封建统治者欺骗人民的一种说法。

〔69〕无疆:"疆",境界。"无疆",没有止境,也就是无穷无尽的意思。

〔70〕烈士安谋:将士们安分守己,不生异念。"烈士",指武士。

〔71〕"遁迹尘中"四句:离开人世,摒除俗念,养性炼气,长生不老。

〔72〕不然:不这样,就是如果你一定不肯留住的意思。

〔73〕《采菱》:即《采菱曲》,乐府《江南弄》的七曲之一。

〔74〕木兰舟:"木兰",一种干高数丈、花如莲花的树,也叫"木莲"。"木兰舟",刻木兰为舟。《述异记》:浔阳江中有木兰洲,上多木兰树,鲁班刻为木兰舟。古诗词中多引用"木兰舟"一词,取其美好芬芳之意。

裴　铏[1]

昆仑奴

大历中有崔生者，其父为显僚，与盖代[2]之勋臣一品者熟。生是时为千牛[3]，其父使往省一品疾。生少年容貌如玉，性禀孤介[4]，举止安详，发言清雅。一品命妓轴帘[5]召生入室。生拜传父命。一品忻然爱慕，命坐与语。时三妓人，艳皆绝代，居前以金瓯贮含桃[6]而擘之，沃以甘酪而进。一品遂命衣红绡妓者，擎一瓯与生食。生少年赧妓辈[7]，终不食。一品命红绡妓以匙而进之，生不得已而食。妓哂之。遂告辞而去。一品曰："郎君闲暇，必须一相访，无间[8]老夫也。"命红绡送出院。时生回顾，妓立三指，又反三掌[9]者，然后指胸前小镜子，云："记取。"馀更无言。生归达一品意，返学院[10]，神迷意夺，语减容沮，恍然[11]凝思，日不暇食。但吟诗曰："误到蓬山顶上游，明珰玉女动星眸。朱扉半掩深宫月，应照琼芝雪艳愁[12]。"左右莫能究其意。时家中有昆仑奴磨勒，顾瞻郎君曰："心中有何事，如此抱恨不已？何不报[13]老奴？"生曰："汝辈何知，而问我襟怀间事？"磨勒曰："但言，当为郎君解释[14]。远近必能成之。"生骇其言异，遂具告知。磨勒曰:"此小事耳,何不早言之,而自苦耶?"生又白其隐语。勒曰:"有何难会。立三指者,一品宅中有十院歌姬,此乃第三院耳。返掌三者,数十五指,以应十五日之数。胸前小镜子,十五夜月圆如镜,令郎来耶?"生大喜,不自胜,谓磨勒曰:"何计而能导达我郁结?"磨勒笑曰:"后夜乃十五夜,请深青绢两匹,为郎君制束身之衣。一品宅有猛犬守歌妓院门,非常人不得辄入,入必噬杀之。其警如神,其猛如虎。即曹州[15]孟海之犬也。世间非老奴不能毙此犬耳。今夕当为郎君挝杀之。"遂宴犒以酒肉。至三更,携链椎[16]而往,食顷而回曰:"犬已毙讫,固无障塞[17]耳。"是夜三更,与生衣青衣,遂负而逾十重垣,乃入歌妓院内,止第三门。绣户不扃,金釭[18]微明,惟闻妓长叹而坐,若有所俟。翠环初坠,红脸才舒[19],玉恨无妍,珠愁转莹。但吟诗曰:"深谷莺啼恨阮郎,偷来花下解珠珰。碧云飘断音书绝,空倚玉箫愁凤凰[20]。"侍卫皆寝,邻近阒然[21]。生遂缓搴帘而入。良久,验是生。姬跃下榻执生手曰:"知郎君颖悟,必能默识,所以手语[22]耳。又不知郎君有何神术,而能至此?"生具告磨勒之谋,负荷而至。姬曰:"磨勒何在?"曰:"帘外耳。"遂召入,以金瓯酌酒而饮之。姬白生曰:"某家本富,居在朔方[23]。主人拥旄[24],逼为姬仆。不能自死,尚且偷生。脸虽铅华[25],心颇郁结。纵玉箸举馔,金炉泛香,云屏[26]而每进绮罗,绣被而常眠珠翠,皆非所愿,如在桎梏[27]。贤爪牙既有神术,何妨为脱狴牢[28]?所愿既申,虽死不悔。请为仆隶,愿侍光容。又不知郎君高意如何?"生愀然[29]不语。磨勒曰:"娘子既坚确如是,此亦小事耳。"姬甚喜。磨勒请先为姬负其囊橐妆奁,如此三复[30]焉。然后曰:"恐迟明。"遂负生与姬而飞出峻垣十余重。一品家之守御,无有警者。遂归学院而匿之。及旦,一品家方觉。又见犬已毙。一品大骇曰:"我家门垣,从来邃密,扃锁甚严,势似飞腾,寂无形迹,此必侠士而挈之。无更声闻[31],徒为患祸耳。"姬隐崔生家二载,因花时驾小车而游曲江,为一品家人潜志认。遂白一品。一品异之。召崔生而诘之。事惧而不敢隐,遂细言端由:皆因奴磨勒负荷而去。一品曰:"是姬大罪过。但郎君驱使逾年,即不能问是非。某须为天下人除害。"命甲士五十人,严持兵仗,围崔生院,使擒磨勒。磨勒遂持匕首飞出高垣,瞥若翅翎,疾同鹰隼,攒矢[32]如雨,莫能中之。顷刻之间,不知所向。然崔家大惊愕。后一品悔惧,每夕多以家童持剑戟自卫。如此周岁方止。后十馀年,崔家有人见磨勒卖药于洛阳市,容颜如旧耳。

〔1〕作者裴铏,唐僖宗时人,曾任成都节度副使加御史大夫等官职。著有《传奇》三卷,多失传。

这篇作品中,红绡女反抗压迫,追求自由;昆仑奴不畏强暴,拯救弱女,都是值得称许的。

红绡以富家女的身份,尚且被贵官逼为姬仆,无钱无势者之遭受迫害,更可想而知。"盖代之勋臣一品者",向来认为是指的郭子仪。郭子仪在当时是所谓"再造国家"的"社稷之臣",史书称为"宽厚",还有这种行为,这就不难看出,封建社会里大官僚们是如何地作威作福,鱼肉人民了。

明人梁伯龙《红绡》、梅禹金《昆仑奴》两杂剧,均据此篇改写而成。昆仑奴,唐时昆仑族,流亡到中国,卖身为人奴仆,叫做"昆仑奴"。

〔2〕盖代:盖过当世,无人能比的意思。

〔3〕千牛:"千牛备身"的简称,唐时警卫宫殿的武官,属左右千牛卫,多由贵族子弟充当。这种武官手执千牛刀,所以称为"千牛"。千牛刀,意指刀锋锐利,可以解剖千牛而不钝。

〔4〕孤介:方正而不随和的脾气。

〔5〕轴帘:卷帘。

〔6〕含桃:樱桃的别名。

〔7〕赧(nǎn)妓辈:在歌妓们面前感到难为情。

〔8〕无间(jiàn):不要疏远。

〔9〕立三指,又反三掌:竖起三个指头,又把手掌反覆三次。

〔10〕学院:书房。

〔11〕恍然:神魂颠倒,迷迷糊糊的样子。

〔12〕"误到"四句:这首诗前两句的意思是说,在一品家中遇见了红绡女。"玉女",指红绡女。后两句的意思是想象红绡女在幽闭中的苦闷之状。"蓬山",就是蓬莱,参看前《长恨传》篇"蓬壶"注。

〔13〕报:告知。

〔14〕解释:这里是想办法的意思。

〔15〕曹州:也称济阴郡,约辖今山东菏泽、曹县、成武及河南一部分地区,州治在今曹县。

〔16〕链椎:有链条的槌。

〔17〕障塞:阻碍。

〔18〕金釭(gāng):灯。后文《却要》篇"银釭",义同。

〔19〕"翠环初坠"二句:刚把耳环摘掉,洗去脸上脂粉,恢复本色,指卸妆不久。

〔20〕"深谷"四句:这首诗前两句的意思是说遇见了崔生。"阮郎",本指阮肇,这里借指崔生。神话传说:东汉时,刘晨和阮肇上天台山采药,迷路不得回家,就以山上的桃子充饥。后来遇见仙女,被留住半年;等到回家时,子孙已经相传十世了。见《神仙传》。"偷来花下解珠珰",是一句象征的话,意指崔生打动了自己的情怀。后两句的意思是说,因为崔生没有消息,感到愁闷。"空倚玉箫愁凤凰",用萧史故事,说自己和崔生不能像萧史和弄玉那样吹箫相和,乘凤飞去。参看前《莺莺传》篇"萧史"注。

〔21〕邻近阒然:附近寂静无声。

〔22〕手语:打手势示意。

〔23〕朔方:北方。

〔24〕拥旄:"旄",旄节,皇帝给予将帅的一种符信。"拥旄",就是率领军队,为一方统帅的意思。

〔25〕脸虽铅华:脸上虽然搽着粉。

〔26〕云屏:云母(一种晶体透明成板状的矿物)制成的屏风。

〔27〕如在桎梏(zhì gù):如同在监牢里一样。"桎梏",脚镣和手铐。

〔28〕狴(bì)牢:"狴",狴犴(àn)。据《升庵外集》说:龙生九子,第四个叫做狴犴,形如虎,有威力。封建时代把它的像画在狱门上,表示"威严"。因称监狱为"狴牢"。

〔29〕愀(qiǎo)然:忧愁的样子。

〔30〕三复:来回三次。

〔31〕无更声闻:不要再声张、不要再把这件事传播出去。

〔32〕攒矢:集中地射箭。

233

聂隐娘[1]

聂隐娘者，贞元中魏博大将聂锋之女也。年方十岁，有尼乞食于锋舍，见隐娘，悦之，云："问押衙乞取此女教。"锋大怒，叱尼。尼曰："任押衙铁柜中盛，亦须偷去矣。"及夜，果失隐娘所向。锋大惊骇，令人搜寻，曾无影响[2]。父母每思之，相对涕泣而已。后五年，尼送隐娘归，告锋曰："教已成矣，子却领取。"尼欻亦不见。一家悲喜，问其所学。曰："初但读经念咒，余无他也。"锋不信，恳诘[3]。隐娘曰："真说又恐不信，如何？"锋曰："但真说之。"曰："隐娘初被尼挈，不知行几里。及明，至大石穴之嵌空，数十步寂无居人。猿狖[4]极多，松萝益邃。已有二女，亦各十岁。皆聪明婉丽，不食，能于峭壁上飞走，若捷猱登木，无有蹶失。尼与我药一粒，兼令长执宝剑一口，长二尺许，锋利吹毛[5]，令剸逐[6]二女攀缘，渐觉身轻如风。一年后，刺猿狖百无一失；后刺虎豹，皆决[7]其首而归；三年后能飞，使刺鹰隼，无不中。剑之刃渐减五寸，飞禽遇之，不知其来也。至四年，留二女守穴，挈我于都市，不知何处也。指其人者，一一数其过，曰：'为我刺其首来，无使知觉。定其胆，若飞鸟之容易也[8]。'受以羊角匕首，刀广三寸，遂白日刺其人于都市，人莫能见。以首入囊，返主人舍，以药化之为水。五年，又曰：'某大僚有罪，无故害人若干，夜可入其室，决其首来。'又携匕首入室，度其门隙无有障碍,伏之梁上。至瞑,持得其首而归。尼大怒曰:'何太晚如是?'某云:'见前人戏弄一儿,可爱,未忍便下手。'尼叱曰:'已后遇此辈,先断其所爱[9],然后决之。'某拜谢。尼曰:'吾为汝开脑后,藏匕首而无所伤,用即抽之。'曰:'汝术已成,可归家。'遂送还,云:'后二十年,方可一见。'"锋闻语甚惧。后遇夜即失踪,及明而返。锋已不敢诘之。因兹亦不甚怜爱。忽值磨镜[10]少年及门,女曰:"此人可与我为夫。"白父,父不敢不从,遂嫁之。其夫但能淬镜[11],余无他能。父乃给衣食甚丰。外室而居。数年后,父卒。魏帅稍知其异,遂以金帛署为左右吏。如此又数年。至元和间,魏帅与陈许[12]节度使刘昌裔[13]不协,使隐娘贼[14]其首。隐娘辞帅之许。刘能神算,已知其来。召衙将[15],令来日早至城北候一丈夫、一女子各跨白黑卫[16]至门,遇有鹊前噪,丈夫以弓弹之不中,妻夺夫弹,一丸而毙鹊者,揖之云:吾欲相见,故远相祗迎[17]也。衙将受约束[18],遇之。隐娘夫妻曰:"刘仆射果神人。不然者,何以洞[19]吾也。愿见刘公。"刘劳之。隐娘夫妻拜曰:"合负仆射万死[20]。"刘曰:"不然,各亲其主,人之常事。魏今与许何异?愿请留此,勿相疑也。"隐娘谢曰:"仆射左右无人,愿舍彼而就此,服公神明也。"知魏帅之不及刘。刘问其所须。曰:"每日只要钱二百文足矣。"乃依所请。忽不见二卫所之。刘使人寻之,不知所向。后潜收布囊中,见二纸卫,一黑一白。后月余,白刘曰:"彼未知住[21],必使人继至。今宵请剪发，系之以红绡，送于魏帅枕前，以表不回。"刘听之。至四更，却返曰："送其信了。后夜必使精精儿来杀某及贼仆射之首。此时亦万计杀之。乞不忧耳。"刘豁达大度[22]，亦无畏色。是夜明烛[23]，半宵之后，果有二幡子[24]，一红一白，飘飘然如相击于床四隅。良久，见一人望空而踣，身首异处。隐娘亦出曰："精精儿已毙。"拽出于堂之下，以药化为水，毛发不存矣。隐娘曰："后夜当使妙手空空儿继至。空空儿之神术，人莫能窥其用，鬼莫得蹑其踪，能从空虚而入冥，善无形而灭影。隐娘之艺，故不能造其境。此即系[25]仆射之福耳。但以于阗[26]玉周其颈[27]，拥以衾，隐娘当化为蠛蠓[28]，潜入仆射肠中听伺，其余无逃避处。"刘如言。至三更，瞑目未熟，果闻项上铿然[29]，声甚厉。隐娘自刘口中跃出，贺曰："仆射无患矣。此人如俊鹘[30]，一搏不中，即翩然[31]远逝，耻其不中，才未逾一更，已千里矣。"后视其玉，果有匕首划处，痕逾数分。自此刘转厚礼之。自元和八年，刘自许入觐，隐娘不愿从焉。云："自此寻山水访至人[32]。"但乞一虚给[33]与其夫。刘如约，后渐不知所之。及刘薨于统军，隐娘亦鞭驴而一至京师柩前，恸哭而去。开成[34]年，昌裔子纵除陵州[35]刺史，至蜀栈道，遇隐娘，貌若当时。甚喜相见，依前跨白卫如故。语纵曰："郎君大灾，不合适此。"出药一粒，令纵吞之。云："来年火急抛官归洛，方脱此祸。吾药力只保一年患耳。"纵亦不甚信。遗其缯彩，隐娘一无所受，但沉醉而去。后一年，纵不休官，果卒于陵州。自此无复有人见隐娘矣。

〔1〕 本篇主题思想和《红线》大体相同。

聂隐娘学会本领后,去刺杀无故害人的大僚,是符合人民愿望的。她以大将之女——封建统治阶级的身份,却自愿嫁与劳动人民——磨镜少年为妻,也反映了作者反抗当时门阀制度的思想。

〔2〕 曾无影响:一点消息、一点头绪也没有。

〔3〕 恳诘:苦苦追问。

〔4〕 狖(yòu):猴类的野兽。

〔5〕 吹毛:吹毛可断,极喻锋利。

〔6〕 专(zhuān)逐:专门跟着。

〔7〕 决:砍杀。

〔8〕 "定其胆"二句:放大了胆,就会像刺杀飞鸟一样地容易。

〔9〕 先断其所爱:先把他心爱的人杀了。

〔10〕 磨镜:古时用青铜做镜子,日久发黯,必须磨亮才能用,因而有以磨镜为业的工人。

〔11〕 淬镜:把铜镜烧红了,放在水里浸蘸一下,以利磨治,叫做"淬镜"。

〔12〕 陈许:"陈",陈州,也称淮扬郡,约辖今河南淮阳、太康、项城等地区,州治在今淮阳。"许",许州,也称颍川郡,约辖今河南许昌、长葛、鄢陵等地区,州治在今许昌市。

〔13〕 刘昌裔:字光后,唐阳曲人。曾任陈州刺史、检校工部尚书、左仆射等官职。

〔14〕 贼:杀害,作动词用。

〔15〕 衙将:唐代军府里的武官。

〔16〕 卫:驴子的别名。

〔17〕祗迎：敬迎。

〔18〕受约束：奉命令。

〔19〕洞：知道、明白。

〔20〕合负仆射万死：实在对不住你（仆射指刘昌裔），罪该万死。

〔21〕住：住手、罢休。

〔22〕豁达大度：胸怀坦白、度量宽大。

〔23〕明烛：点亮了蜡烛。

〔24〕幡子：旗帜之类。

〔25〕系：倚仗着。

〔26〕于阗：古时西域国名，今新疆和田。当地以产美玉出名。

〔27〕周其颈：围在脖子上。

〔28〕蠛蠓（miè měng）：一种比蚊子还小、色白而头有絮毛的飞虫。

〔29〕铿（kēng）然：金石物撞击的声音。

〔30〕俊鹘（hú）：迅疾的鹰隼。

〔31〕翩然：形容飘忽轻捷的样子。

〔32〕至人：得道的高人。

〔33〕虚给：拿干薪的挂名差事。

〔34〕开成：唐文宗（李昂）的年号（公元八三六至八四〇年）。

〔35〕陵州：也称仁寿郡，约辖今四川仁寿、井研等地区，州治在今仁寿县。

裴航[1]

长庆[2]中，有裴航秀才，因下第游于鄂渚[3]，谒故旧友人崔相国。值相国赠钱二十万，远挈归于京。因佣巨舟载于湘、汉。同载有樊夫人,乃国色[4]也。言词问接,帷帐昵洽。航虽亲切,无计道达而会面焉。因赂侍妾袅烟而求达诗一章,曰:"同为胡越[5]犹怀想,况遇天仙隔锦屏。傥若玉京[6]朝会去,愿随鸾鹤入青云。"诗往,久而无答。航数诘袅烟。烟曰:"娘子见诗若不闻,如何?"航无计,因在道求名酝珍果而献之。夫人乃使袅烟召航相识。及褰帷,而玉莹光寒,花明丽景,云低鬟鬓,月淡修眉,举止烟霞外人[7],肯与尘俗为偶!航再拜揖,愕眙良久之。夫人曰:"妾有夫在汉南[8],将欲弃官而幽栖岩谷[9],召某一诀耳。深哀草扰,虑不及期[10],岂更有情留盼他人,的不然耶[11]?但喜与郎君同舟共济,无以谐谑为意耳。"航曰:"不敢。"饮讫而归。操比冰霜,不可干冒。夫人后使袅烟持诗一章,曰:"一饮琼浆百感生,玄霜[12]捣尽见云英。蓝桥便是神仙窟,何必崎岖[13]上玉清[14]。"航览之,空愧佩而已,然亦不能洞达诗之旨趣。后更不复见,但使袅烟达寒暄而已。遂抵襄汉[15],与使婢挈妆奁,不告辞而去。人不能知其所造。航遍求访之,灭迹匿形,竟无踪兆。遂饰装归辇下[16]。经蓝桥驿侧近,因渴甚,遂下道求浆而饮。见茅屋三四间,低而复隘。有老妪缉麻苎。航揖之,求浆。妪咄曰:"云英,擎一瓯浆来,郎君要饮。"航讶之,忆樊夫人诗有云英之句,深不自会[17]。俄于苇箔[18]之下,出双玉手,捧瓷[19]。航接饮之,真玉液也。但觉异香氤郁[20],透于户外。因还瓯,遽揭箔,睹一女子,露裛琼英[21],春融雪彩,脸欺[22]腻玉,鬟若浓云,娇而

239

掩面蔽身,虽红兰之隐幽谷,不足比其芳丽也。航惊悒植足[23],而不能去。因白妪曰:"某仆马甚饥,愿憩于此,当厚答谢,幸无见阻。"妪曰:"任郎君自便。"且遂饭仆[24]秣马。良久,谓妪曰:"向睹小娘子,艳丽惊人,姿容擢世[25],所以踌躅而不能适[26]。愿纳厚礼而娶之,可乎?"妪曰:"渠已许嫁一人,但时未就耳。我今老病,只有此女孙。昨有神仙遗灵丹一刀圭[27],但须玉杵臼[28],捣之百日,方可就吞,当得后天而老[29]。君约[30]取此女者,得玉杵臼,吾当与之也。其余金帛,吾无用处耳。"航拜谢曰:"愿以百日为期,必携杵臼而至,更无他许人。"妪曰:"然。"航恨恨而去。及至京国[31],殊不以举事[32]为意。但于坊曲闹市喧衢而高声访其玉杵臼,曾无影响。或遇朋友,若不相识,众言为狂人。数月余日,或遇一货玉老翁曰:"近得虢州[33]药铺卞老书云:'有玉杵臼货之。'郎君恳求如此,此君吾当为书导达。"航愧荷珍重[34],果获杵臼。卞老曰:"非二百缗不可得。"航乃泻囊[35],兼货仆货马,方及其数。遂步骤[36]独挈而抵蓝桥。昔日妪大笑曰:"有如是信士乎?吾岂爱惜女子而不酬其劳哉?"女亦微笑曰:"虽然,更为吾捣药百日,方议姻好。"妪于襟带间解药,航即捣之。昼为而夜息,夜则妪收药臼于内室。航又闻捣药声,因窥之,有玉兔持杵臼,而雪光辉[37]室,可鉴毫芒[38]。于是航之意愈坚。如此日足,妪持而吞之曰:"吾当入洞而告姻戚,为裴郎具帐帏。"遂挈女入山,谓航曰:"但少留此。"逡巡,车马仆隶,迎航而往。别见一大第连云,珠扉晃日，内有帐幄屏帏，珠翠珍玩，莫不臻至[39]，愈如贵戚家焉。仙童侍女，引航入帐就礼讫。航拜妪悲泣感荷。妪曰："裴郎自是清冷裴真人[40]子孙，业[41]当出世，不足深愧[42]老妪也。"及引见诸宾，多神仙中人也。后有仙女，鬟髻霓衣[43]，云是妻之姊耳。航拜讫。女曰："裴郎不相识耶？"航曰："昔非姻好，不醒拜侍[44]。"女曰："不忆鄂渚同舟回而抵襄汉乎？"航深惊怛，恳悃陈谢。后问左右，曰："是小娘子之姊，云翘夫人，刘纲仙君之妻也。已是高真[45]，为玉皇之女吏。"妪遂遣航将妻入玉峰洞中，琼楼珠室而居之，饵以绛雪琼英之丹，体性清虚，毛发绀绿，神化自在，超为上仙。至太和[46]中，友人卢颢遇之于蓝桥驿之西。因说得道之事。遂赠蓝田[47]美玉十斤、紫府[48]云丹一粒，叙话永日[49]，使达书于亲爱[50]。卢颢稽颡[51]曰："兄既得道，如何乞一言而教授？"航曰："老子曰：'虚其心，实其腹。'[52]今之人，心愈实，何由得道之理！"卢子憪然[53]。而语之曰："心多妄想，腹漏精溢，即虚实可知矣。凡人自有不死之术、还丹[54]之方，但子未便可教，异日言之。"卢子知不可请，但终宴而去。后世人莫有遇者。

[1] 这是一篇描写人和神仙恋爱的故事。

作者生当唐末，局势动荡不安，人民生活痛苦，兼之在封建社会里，婚姻是不能自由的。在残酷的现实情况下，人们自我陶醉，幻想脱离尘世，成仙得道，也渴望获得恋爱自由，过幸福的日子，这两种心情的结合，就成为本篇所写这一类故事产生的根源。

"蓝桥相会",佳话流传至今。明人龙膺作《蓝桥记》传奇,即据此篇演绎而成。

〔2〕长庆:唐穆宗(李恒)的年号(公元八二一至八二四年)。

〔3〕鄂渚:古地名,传在今湖北武昌黄鹄山上游三百步长江中。

〔4〕国色:绝色、最美丽。

〔5〕胡越:胡在北方,越(今浙江一带)在南方,比喻距离很远。

〔6〕玉京:道家说法,天帝居住的地方。

〔7〕烟霞外人:尘世以外的人。

〔8〕汉南:唐县名,今湖北宜城市。

〔9〕幽栖岩谷:隐居深山的意思。

〔10〕"深哀草扰"二句:心中非常悲痛烦乱,惟恐不能如期到达那里。

〔11〕的不然耶:难道不的确是这样吗。

〔12〕玄霜:一种丹药的名称。

〔13〕崎岖:道路不平、经历艰险。

〔14〕玉清:道家说法的三清之一。道家以玉清元始天尊、上清灵宝道君、太清太上老君所住的天外仙境为玉清、上清、太清三清境。

〔15〕襄汉:就是襄阳。襄阳地当襄水回转处,襄水为汉水的一段,故称襄阳为"襄汉"。

〔16〕辇下:皇帝的车子叫做"辇",封建时代便把京城叫做"辇下"。后文《王知古》篇"辇毂之下",义同。"遂饰装归辇下","装",原作"妆"。似应作"装",《无双传》篇亦作"饰装",改。

〔17〕深不自会:心里很想不出这个道理来。

〔18〕苇箔:苇织的帘子。

〔19〕瓷:瓷瓯。

〔20〕氤郁:气味熏腾的样子。

〔21〕露裛(yì)琼英:"裛",同"浥",湿润的样子。"琼英",本是美的玉石,这里指花。"露裛琼英",带露水的花朵,形容极其娇艳。

〔22〕欺:这里引申作赛过、胜似解释。

〔23〕植足:站定了脚。这里是形容看见了美色,失神落魄,呆呆地站着。

〔24〕饭(fǎn)仆:给仆人饭吃。"饭",作动词用。

〔25〕擢世:世上少有的意思。

〔26〕踌躅而不能适:恋恋不舍的意思。"踌躅",犹疑不决的样子。

〔27〕一刀圭:"刀圭",古时的错刀(一种二寸长的货币),上面有一圈像圭璧(圆形有孔、上有短柄的玉)一样,习惯用来作取药的工具。用刀圭取药的分量是不多的,所以"一刀圭"指少量的药。

〔28〕杵臼:舂捣东西的器具。

〔29〕后天而老:天是永恒存在的,"后天而老",寿命在天之后老,极言可以长生。

〔30〕约:打算的意思。

〔31〕京国:都城。

〔32〕举事:应考的事情。

〔33〕虢州:见前《古〈岳渎经〉》篇"弘农"注。

〔34〕愧荷珍重:重视别人予以恩惠的情谊,而又感到很惭愧。

〔35〕泻囊:把腰包里的钱全部拿出来。

〔36〕步骤:走得很快。

〔37〕辉:照耀,作动词用。

〔38〕毫芒:"毫",毫毛。"芒",草谷的细须。"毫芒",形容细小、纤微。

〔39〕臻至:达于极点,极言其齐备,美好。

〔40〕真人:道家称修道成仙的人。

〔41〕业:佛家迷信说法:人的作为叫做"业"。业有善有恶,也就善有善报,恶有恶报。在这里的意思犹如说"命中注定"。

〔42〕不足深愧:"不足",用不着。"愧",作感谢的意思解释。

〔43〕霓衣:彩色的衣裳。

〔44〕不醒拜侍:记不得什么时候曾经在一起、记不得在哪里见过面。"醒",引申作记忆、觉察解释,用如"省"字。

〔45〕高真:指得道的仙人。

〔46〕太和:唐文宗(李昂)的年号(公元八二七至八三五年)。

〔47〕蓝田:山名,在陕西蓝田县东南,出美玉。

〔48〕紫府:神话传说中仙人居住的地方。

〔49〕永日:终日。

〔50〕使达书于亲爱:叫他代为传递书信给至亲好友。

〔51〕稽颡:磕头时以额触地的敬礼。

〔52〕"老子曰"三句:"老子",一般认为指老聃(dān),姓李名耳,春秋时人。著有《道德经》五千言,是道教的主要经典,也是古代一部著名的哲学书;"虚其心,实其腹"这两句,就出在这部书里。老子是主张无为而治的。"虚其心,实其腹",历来解释不一。一说是要人吃饱肚子,但却应该没有知识,没有欲望。这里引用,是说修道求仙的人,应该消除妄念,没有欲望。

〔53〕懵(méng)然:糊涂不懂的样子。

〔54〕还丹:道家炼丹,把丹砂放在火炉内烧成水银,然后又还为丹砂,叫做"还丹"。据说吃了还丹,就可以成仙。完全是迷信的方术。道家以炉火炼药为"外丹",修炼气功为"内丹"。

皇甫枚[1]

王知古

咸通庚寅岁[2]，卢龙军[3]节度使、检校尚书、左仆射张直方[4]抗表[5]，请修入觐之礼[6]。优诏[7]允焉。先是，张氏世莅燕土，民亦世服其恩。礼昭台之嘉宾，抚易水之壮士[8]；地沃兵庶，朝廷每姑息[9]之。洎直方之嗣事[10]也，出绮纨之中[11]，据方岳之上[12]，未尝以民间休戚[13]为意；而酣酒于室，淫兽于原[14]，巨赏狎于皮冠，厚宠袭于绿帻[15]，暮年而三军大怨。直方稍不自安。左右有为其计者，乃尽室[16]西上至京。懿宗授之左武卫大将军[17]。而直方飞苍走黄[18]，莫亲微道之职[19]，往往设罦[20]于通道，则犬彘无遗。臧获[21]有不如意者，立杀之。或曰："辇毂之下，不可专戮[22]。"其母曰："尚有尊于我子者乎？"则僭轶[23]可知也。于是谏官[24]列状上，请收付廷尉[25]。天子不忍置于法[26]，乃降为昭王府司马[27]，俾分务洛师[28]焉。直方至东京，既不自新，而慢游[29]愈亟。洛阳四旁骛者走者[30]，见皆识之，必群噪长噪而去。有王知古者，东诸侯之贡士[31]也。虽薄涉儒术[32]，而数奇不中春官选[33]，乃退处于三川[34]之上,以击鞠飞觞[35]为事,遨游于南邻北里间。至是有闻于直方者。直方延之。睹其利喙赡辞[36],不觉前席[37];自是日相狎。壬辰岁,冬十一月,知古尝晨兴,僦舍无烟[38],愁云塞望,悄然弗怡。乃徒步造直方第;至则直方急趋,将出畋[39]也。谓知古曰:"能相从乎?"而知古以祁寒有难色[40]。直方顾谓僮曰:"取短皂袍[41]来。"请知古衣之。知古乃上加麻衣焉,遂联辔而去。出长夏门,则凝霰始零[42],由阙塞[43]而密雪如注。乃渡伊水[44]而东,南践万安山之阴麓[45],而鞲弋之获甚伙[46]。倾羽觞[47],烧兔肩,殊不觉有严冬意。及乎霰开雪霁[48],日将夕焉,忽有封狐[49]突起于知古马首。乘酒驰之[50]数里,不能及,又与猎徒相失。须臾雀噪烟暝,莫知所如;隐隐闻洛城暮钟,但彷徨于樵径古陌之上。俄而山川黯然,若一鼓将半[51],试长望,有炬火甚明,乃依积雪光而赴之。复若十馀里,至则乔木交柯,而朱门中开,皓壁横亘,真北阙[52]之甲第也。知古及门,下马,将徙倚以达旦[53]。无何,小驷顿辔[54],阍者觉之,隔壁而问阿谁[55]。知古应曰:"成周[56]贡士太原王知古也。今旦有友人将归于崆峒旧隐者[57],仆饯之伊水滨,不胜离觞,既掺袂[58],马逸,复不能止,失道至此耳。迟明将去,幸无见让[59]。"阍[60]曰:"此乃南海副使[61]崔中丞[62]之庄也。主父[63]近承天书赴阙[64],郎君复随计吏[65]西征,此惟闺闱中人耳,岂可淹久乎?某不敢去留[66],请闻于内。"知古虽怵惕不宁[67],自度中宵矣,去将安适？乃拱立[68]以候。少顷，有秉蜜炬[69]自内至者，振钥管[70]辟扉，引保母[71]出。知古前拜，仍述厥由。母曰："夫人传语：主与小子，皆不在家，于礼无延客之道。然僻居与山薮接畛[72]，豺狼所嗥[73]，若固相拒，是见溺不救[74]也。请舍外厅，翌日可去。"知古辞谢。乃从保母而入。过重门，门侧厅事[75]，栾栌宏敞[76]，帷幌鲜华，张银灯，设绮席，命知古坐焉。酒三行，陈方丈之馔[77]，豹胎魴腴，穷水陆之美[78]。保母亦时来相勉[79]。食毕，保母复问知古世嗣宦族[80]及内外姻党[81]，知古具言之。乃曰："秀才轩裳令胄[82]，金玉奇标[83]，既富春秋[84]，又洁操履[85]，斯实淑媛之贤夫也。小君[86]以钟爱稚女，将及笄年，尝托媒妁，为求谐对[87]久矣。今夕何夕，获遘良人[88]。潘、杨之睦可遵，凤凰之兆斯在[89]？未知雅抱[90]何如耳？"知古敛容曰："仆文愧金声，才非玉润[91]；岂家室为望，惟泥涂是忧[92]。不谓宠及迷津，庆逢子夜[93]。聆好音于鲁馆，逼佳气于秦台[94]。二客游神，方兹莫及；三星委照，唯恐不扬[95]。倘获托彼强宗[96]，睦以佳耦[97]，则生平所志，毕在斯乎。"保母喜，遽浪而入[98]白。复出，致小君之命，曰："儿自移天[99]崔门，实秉懿范[100]；奉蘋蘩之敬，如琴瑟之和[101]。惟以稚女是怀[102]，思配君子。既辱高义[103]，乃叶夙心[104]。上京[105]飞书，路且不远；百两陈礼[106]，事亦非赊[107]。忻慰孔[108]多，倾瞩[109]而已。"知古磬折[110]而答曰："某虫沙微类[111]，分及湮沦[112]；而钟鼎高门[113]，

247

忽蒙采拾。有如白水，以奉清尘[114]，鹤企凫趋[115]，惟待休旨[116]。"知古复拜。保母戏曰："他日锦雉之衣欲解，青鸾之匣全开[117]；貌如月华，室若云邃。此际颇相念否？"知古谢曰："以凡近仙，自地登汉[118]，不有所举[119]，孰能自媒？谨当誓彼襟灵，志之绅带；期于没齿，佩以周旋[120]。"复拜。少时，则燎沈当庭[121]，良夜将艾[122]。保母请知古脱服以休。既解麻衣，而皂袍见。保母诮曰："岂有逢掖之士[123]，而服从役之衣耶？"知古谢曰："此乃假之于与所游熟者，固非己有。"又问所从。答曰："乃卢龙张直方仆射所借耳。"保母忽惊叫仆地，色如死灰。既起，不顾而走入宅。遥闻大叱曰："夫人，差事[124]！宿客乃张直方之徒也！"复闻夫人者叫曰："火急斥去，无启寇仇[125]！"于是婢子小竖[126]辈，群出秉猛炬[127]，曳白梃而登阶。知古佴仪[128]，避于庭中，四顾逊谢。骂言狎至，仅得出门。既出，已横关[129]阖扉，犹闻喧哗未已。知古愕立道左，自悒久之。将隐颓垣，乃得马于其下，遂驰走。遥望大火若燎原者，乃纵辔赴之。至则输租车[130]方饭牛附火[131]耳。询其所，则伊水东草店之南也。复枕辔假寐[132]。食顷，而震方洞然[133]，心思稍安。乃扬鞭于大道。比及都门，已有张直方骑数辈来迹[134]矣。遥至其第。既见直方，而知古愤懑不能言。直方慰之。坐定，知古乃述宵中怪事。直方起而抚髀[135]曰："山魈木魅[136]，亦知人间有张直方耶？"且止知古。复益[137]其徒数十人，皆射皮饮胄者[138]，享以卮酒豚肩。与知古复南出；既至万安之北，知古前导，雪中马迹宛然。直诣柏林下，则碑板废于荒坎，樵苏[139]残于茂林。中列大冢十余，皆狐兔之窟宅，其下成蹊。于是直方命四周张罗彀弓以待[140]。内则秉蕴[141]荷锸，且掘且薰。少焉，有群狐突出，焦头烂额者，罥罗罥挂[142]者，应弦饮羽[143]者，凡获狐大小百余头以归。三水人[144]曰："嗟乎王生，生世不谐，而为狐貉所侮，况其大者乎？向若无张公之皂袍，则强死[145]于秽兽之穴也。余时在洛敦化里第，于宴集中，博士[146]渤海[147]徐公说为余言之。岂曰语怪，亦以摭实，故传之焉。"

〔1〕作者皇甫枚，字遵美，唐安定（今甘肃泾川北）人。懿宗时曾任汝州鲁山（今河南鲁山县）令。著有《三水小牍》三卷，他所写的传奇，均出此书。

这虽是写王知古遭遇狐精的故事，但主题却在于反映当时藩镇的专横跋扈，蹂躏人民。作者极力渲染鸟兽精怪都异常畏惧张直方，只是有意作为陪衬之笔，从这里可以看出，人民处在淫威之下，是如何地遭到迫害。这是一种巧妙的暗示。

〔2〕咸通庚寅岁："咸通"，唐懿宗（李漼[cuī]）的年号（公元八六〇至八七三年）。"咸通庚寅岁"为咸通十一年（公元八七〇年）。下文"壬辰岁"，咸通十三年（公元八七二年）。

〔3〕卢龙军：唐方镇名，即范阳镇，辖幽、蓟、平、檀、妫（guī）、燕等州，约在今河北永定河以北、长城以南地区，治所在幽州（今北京市西南）。

〔4〕张直方：唐范阳人。他父亲张仲武，曾在幽州卢龙一带任兵马

留后等军职多年;仲武死后,他又任节度留后、副大使,所以下文说"张氏世莅燕土"。本篇虽对他作了一些夸张的描写,但也非全无根据。《唐书》里就曾说他:"性暴,奴婢细过辄杀。""后居东都,弋猎愈甚,洛阳飞鸟皆识之,见必群噪。"

〔5〕抗表:直率地、无所隐讳地上奏章。

〔6〕修入觐之礼:履行谒见皇帝的礼节。

〔7〕优诏:嘉奖而含有抚慰意味的诏书。

〔8〕"礼昭台之嘉宾"二句:"礼",有礼貌地接待。战国时,燕昭王发奋图强,采纳郭隗的建议,在易水东南筑台,招延天下贤士。见《战国策·燕策》。"易水"为大清河上源支流,有中易、南易、北易之分,均源出河北易县,会合后入南拒马河。燕太子丹叫侠士荆轲去刺秦王,临行时,在易水边为他饯行。荆轲曾高歌"风萧萧兮易水寒,壮士一去兮不复还"的句子。见《史记·刺客列传》。这里引用这两个典故,是说张氏能够以礼接待并任用贤能之士。

〔9〕姑息:敷衍宽容,以求得暂时平安的意思。一说:"姑"指归女,"息"指小孩,"姑息",像对待妇女和小孩一样地不多加责备。古人每每以妇女和小孩相提并论,认为妇女是同小孩一样地幼稚无知,这是封建社会里重男轻女观念的反映。

〔10〕嗣事:继任。

〔11〕出绮纨之中:"绮纨",丝织品,这里义同"纨绔",作为娇生惯养的富贵人家子弟的代称。"出绮纨之中",富贵人家出身的意思。

〔12〕据方岳之上:"方岳",四方之岳,指东岳泰山、南岳衡山、西岳华山、北岳恒山。古时帝王出巡到某方岳,那一方面的诸侯就要赶去朝见。节度使的地位有如从前的诸侯,所以引作比喻。"据方岳之上",就是霸据一方的意思。

〔13〕休戚:喜忧、乐苦。

〔14〕淫兽于原：事情做得过度叫做"淫"。"淫兽于原"，成天在郊外打猎的意思。

〔15〕"巨赏狎于皮冠"二句："狎"，狎昵、亲近。"皮冠"，古时猎人戴的帽子。"袭"，及的意思。"绿帻"，古时服劳役的人戴的绿色头巾。那时轻视劳动人民，把绿帻当做"贱者之服"。这两句的意思是说：张直方喜欢和猎人们在一起，亲近他们，而且给他们很多赏赐；又宠爱所谓"下贱"的劳动人民。

〔16〕尽室：全家。

〔17〕左武卫大将军：唐代设左右武卫，各置大将军一员，位在上将军之上，是掌宫禁宿卫的高级武官。

〔18〕飞苍走黄：放出苍鹰和猎犬，指打猎。"苍"，苍鹰。"黄"，黄犬。

〔19〕莫亲徼(jiào)道之职：不负警卫禁地的职责。"徼"，巡察。"徼道"，指禁卫之地。

〔20〕罝罦(jū fú)：捕兽的网。

〔21〕臧获：奴婢。

〔22〕专戮：擅自杀人。

〔23〕僭轶："僭"，僭越。"轶"，超过。

〔24〕谏官：指御史、给事中这一类负责净谏的官员。

〔25〕收付廷尉：逮捕到监牢里的意思。"廷尉"，本秦、汉时掌司法的官员，为九卿之一，就是后来主管刑狱的大理寺卿。

〔26〕置于法：治罪、处刑。

〔27〕昭王府司马："昭王"，名李汭(ruì)，唐宣宗的儿子。"王府司马"，是统领府寮纪纲职务的官员。

〔28〕分务洛师："师"，京师。唐以洛阳为东都，所以称为"洛师"。当时称分发洛阳去做官为"分务洛师"或"分司洛阳"。

251

〔29〕慢游:任意出游。

〔30〕翥(zhù)者走者:飞禽和走兽。"翥",飞的意思。

〔31〕东诸侯之贡士:指洛阳地方官保举进京应试的人。洛阳是东都。把东都的地方官比作古代诸侯,所以称为"东诸侯"。

〔32〕薄涉儒术:略为知道一点儒家之道,也就是曾读过一些书的意思。"涉",涉猎,以涉水和猎兽比喻对事情并不专精。

〔33〕数(shù)奇(jī)不中(zhòng)春官选:因为命运不好,没有考中明经或进士。"春官",是主持明经、进士考试的礼部的别称。武则天时代,曾一度改礼部为春官。

〔34〕三川:指伊水、洛水和黄河。又古郡名,在伊水、洛水、黄河间,治所在今洛阳东北。

〔35〕击鞠飞觞:打球喝酒。"鞠",皮球。"飞觞",喝酒时把杯子传来传去。

〔36〕利喙(huì)赡辞:"利喙",犹如说一张利嘴。"赡辞",会说话、善于辞令。

〔37〕前席:古人席地而坐,当谈得高兴,听得入神时,不知不觉地移到前面来凑近一点,叫做"前席"。

〔38〕僦(jiù)舍无烟:"僦舍",租住的房子。"无烟",不能举火,无以为炊的意思。

〔39〕出畋(tián):打猎。"畋",同"田"字。

〔40〕祁寒:严寒、酷冷。"祁",原作"祈",应两字形似误刻,据许本改。

〔41〕皂袍:黑色的袍子,古代劳动人民(所谓"贱者")的服装,所以下文说"服从役之衣"。

〔42〕凝霰(xiàn)始零:下起雪珠儿来了。"凝霰",凝结的雪珠。"零",降落。

〔43〕阙塞：山名，就是伊阙，也叫龙门山，在洛阳南约十里处。因龙门山（西山）和香山（东山）隔伊水夹峙如门，故称"伊阙"。上有著名的龙门石窟佛像。

〔44〕伊水：也称伊河、伊川。源出河南嵩县外方山，流经洛阳等地，至偃师入洛水。

〔45〕万安山之阴麓："万安山"，在洛阳东南四十里，也名石林山、半石山。"阴麓"，北面山脚下。

〔46〕韝（gōu）弋之获："韝"，射箭用的、像袖套一类的臂衣。"弋"，射。"韝弋之获"，指由于射猎而得到的收获。"弋"，原作"采"。"弋"字似较胜，据谈本改。

〔47〕倾羽觞：倒酒喝的意思。"羽觞"，古时一种鸟形、有头尾羽翼的酒器。

〔48〕及乎霰开雪霁："霰"，原作"霞"。前云"凝霰始零，密雪如注"，此处似应作"霰"是，据谈本改。

〔49〕封狐：大狐。

〔50〕乘酒驰之：趁着酒意追逐它。

〔51〕一鼓将半：古时一夜分为五更，报更用鼓。"一鼓将半"，就是半更天的时候。

〔52〕北阙："阙"，见前《李娃传》篇"岁一至阙下"注。皇宫是坐北朝南的，所以叫做"北阙"。

〔53〕将徙倚以达旦：打算在这里往来走动以等待天明。"徙倚"，徘徊不定，走来走去的样子。

〔54〕小驷顿辔：四匹马驾的车子叫做"驷"，这里"小驷"指小马。"顿辔"，抖动马缰绳。

〔55〕阿谁：什么人。"阿"，加强语气的助词。

〔56〕成周：古地名，旧城在今洛阳东北。这里指洛阳。

〔57〕将归于崆峒(kōng tóng)旧隐者：将要回到崆峒山里仍然隐居的人。崆峒山有好几处，这里可能指在河南汝州西南的一处，传说是古仙人广成子隐居修道的地方。

〔58〕掺(shǎn)袂：拉着袖子，是不要人离去的一种惜别表示，因以"掺袂"指离别。

〔59〕见让：加以责备。

〔60〕阍：阍者，看门人。

〔61〕副使：唐代除节度使有副使外，还设有观察、团练、防御等使，负地方军政责任，地位略高于刺史，其副长官也都称副使。

〔62〕中丞：御史中丞的简称。

〔63〕主父：古时婢妾对"主人"的称呼。

〔64〕承天书赴阙：奉皇帝的诏命而到京城里去。"天书"，皇帝的诏书。

〔65〕计吏：掌管会计簿籍的官员。

〔66〕不敢去留：意思是自己不敢作主，让王知古离开或者留住他。

〔67〕怵惕(chù tì)不宁：惊惧不安的样子。

〔68〕拱立：两手合起来(右手在内，左手在外)站着，古时表示恭敬的一种礼节。

〔69〕蜜炬：也叫"蜜烛"，就是蜡烛。

〔70〕振钥管：拿着钥匙开锁。"钥管"，钥匙。

〔71〕保母：古人在姬妾中选择一人负抚育子女的责任，称为"保母"。

〔72〕与山薮(sǒu)接畛：和深山大泽交界。

〔73〕然僻居与山薮接畛，豺狼所嗥：原作"然僻居于山薮，接畛豺狼所嗥"，文义不顺，据谈本改，"接畛"二字连上文读。

〔74〕见溺不救：看见别人淹没在水里而不加以援救，比喻的话。

254

〔75〕厅事：堂屋、大厅。原作"听事"，是官署问案的地方，后来私家堂屋也叫"听事"，一般通写作"厅事"。

〔76〕栾栌宏敞：房屋高大的意思。"栌"，斗栱，就是柱上的方木。"栾"，柱上两头承受斗栱的曲木。

〔77〕陈方丈之馔："方丈"，面积方一丈。"陈方丈之馔"，意思是饭菜满满地摆了一桌。

〔78〕"豹胎鲂（fáng）腴"二句：古时以"豹胎"和龙肝、熊掌并列，认为是食品中的珍味之一。《晋书·潘岳传》："厥肴伊何？龙肝豹胎。""鲂"，就是鳊鱼。"鲂腴"，指鲂鱼腹内的脂肪，味最美。"穷水陆之美"，极尽山珍海味的鲜美。

〔79〕勉：劝请多吃一些的意思。

〔80〕世嗣宦族：世家的后裔，就是出身于官僚地主大家庭。

〔81〕内外姻党："内"，指母系方面的；"外"，指父系方面的。"内外姻党"，指和父母亲有血统关系的亲戚。"党"，也是姻亲的意思。

〔82〕轩裳令胄：指贵族子弟。"轩裳"，车服，是富贵人家所用的。"令"，贤善，称呼别人的客气话。"胄"，后嗣。

〔83〕金玉奇标：像金玉一样高贵纯洁的风格。

〔84〕富春秋：正当少壮的时候。"富"，充裕、厚实的意思。"春秋"，指年龄。

〔85〕洁操履：品行和作为都保持清白、纯洁。"操"，指操行。"履"，指行为。

〔86〕小君：古时称诸侯的夫人为"小君"，副使的夫人地位和诸侯夫人略同，所以也以此相称。

〔87〕谐对：好配偶。

〔88〕良人：《诗经·唐风·绸缪》："今夕何夕，见此良人。"本是丈夫对妻子的称呼，妻子也可称丈夫为良人。古时也称善人、君子为良人。

255

此为后一义。后文《谭意哥传》篇"不得从良人",就是不能嫁一个丈夫的意思。

〔89〕"潘、杨之睦可遵"二句:这两句的意思是说:两家结亲之后,可望彼此和洽;这种婚姻,事先就有了好兆头的。晋代潘岳的妻子,是杨仲武的姑母;潘杨两家世代结亲,很是和好。潘岳在《杨仲武诔》文中说:"藉三叶世亲之恩,而子之姑,余之伉俪焉,潘杨之睦,有自来矣。"又春秋时,陈国公子完,因陈乱出奔齐国,齐大夫懿氏要把女儿许嫁给他;懿仲的妻子就先占卜一下,得到"凤凰于飞,和鸣锵锵"的吉利卦象,后来婚姻碰巧十分美满。见《左传》庄公二十二年。

〔90〕雅抱:指别人内心意志的客气话。

〔91〕"文愧金声"二句:古时称人文章作得好为"掷地作金石声"。"文愧金声",惭愧自己的文章作得不好。"才非玉润",才华不如玉之光润,也是比喻的话。

〔92〕"岂家室为望"二句:哪里有结婚成家的念头,只是以自己身份卑贱,没有前途为虑。"泥涂",指草野卑贱的人。

〔93〕"不谓宠及迷津"二句:想不到你们会看上我这迷路的人,在半夜里碰到这种好事情。"迷津",本是水路找不到出处的意思,典出《桃花源记》,这里指迷失路途的人。

〔94〕"聆好音于鲁馆"二句:春秋时,鲁庄公以周王同姓的关系,代为主持王姬的婚事,派大夫把周王姬迎到鲁国,在外面筑馆招待居住,然后送到齐国去和齐侯成婚。见《春秋》庄公元年。后来就以"鲁馆"为嫁女外住的代词。"佳气",吉祥气象。"秦台",就是凤台,见前《莺莺传》篇"萧史"注。这两句的意思是说:被许婚事,招为女婿,对于这个好消息,感到兴奋愉快。

〔95〕"二客游神"四句:"二客游神",出典不详。可能指刘晨、阮肇在天台遇仙的故事,"二客",指刘晨和阮肇。"游神",游于神仙境界。

参看前《昆仑奴》篇"阮郎"注。"方",比。如果是这样解释,意思就是说:他现在所处的环境,就是刘、阮在天台遇仙的情况也比不了。"三星",指二十八宿里的心星。古人认为,心星有尊卑夫妇父子之象(夫尊妇卑,是封建社会里夫权意识的反映);又以为,心星天昏黑时见于东方,是二月的合宿,也正是男女婚嫁的适当时候,因而以"三星"为婚姻的象征词。"三星委照",犹如说"红鸾星照命"。"不扬",不显著。"三星委照,唯恐不扬",是惟恐怕婚姻不能成功、不能如愿的意思。

〔96〕托彼强宗:"强宗",豪门大族。"托彼强宗",和豪门大族结亲的意思。

〔97〕睠以佳耦:"睠",同"眷"字,关心、顾念的意思。"耦",同"偶"字。"睠以佳耦",由于关切、顾念而介绍一个好配偶。

〔98〕谑浪而入:"谑浪",戏谑、开玩笑。"谑浪而入",一面走进去,一面嘴里开着玩笑。

〔99〕移天:封建时代,妇女尊称父亲和丈夫为"所天"。"移天",由父家转移到夫家去,就是出嫁的意思。

〔100〕懿范:美德的模范,专指女性而言。

〔101〕"奉蘋蘩之敬"二句:《诗经》有《采蘋》和《采蘩》两章,古人认为是表扬大夫和诸侯的夫人能够敬祀祖先的作品,后来因以"奉蘋蘩"为妇女主持家务的代词。又《诗经·小雅·常棣》里有"妻子好合,如鼓琴瑟"这两句,以琴瑟声音的相应和,比喻夫妇的要好。

〔102〕是怀:放在心上的意思。

〔103〕辱高义:承蒙答应婚事的意思。"辱",辱没,亵渎了别人的身份,客气话。参看前《柳毅传》篇"求托高义"注。

〔104〕叶夙心:犹如说趁心如意。"叶",同"协"字,和合的意思。

〔105〕上京:京师的通称,这里指东都洛阳。

〔106〕百两陈礼:古时诸侯出嫁女儿,要以百两为陪送,后来就以

"百两"为嫁娶的代词。"两",同"辆"字。"百两",一百辆车子。"百两陈礼",泛指婚嫁的礼物。

〔107〕赊:同"奢"字。

〔108〕孔:很、甚。

〔109〕倾瞩:用钦佩的眼光看着。

〔110〕磬折:形容弯着腰,恭恭敬敬地站着,像磬(古时以玉或石制成的乐器,中部是弯折的)一样。

〔111〕虫沙微类:指渺小无足轻重的东西。古代神话:周穆王南征,军队全化为异物:君子变为猿、鹤,小人变为虫、沙。见《太平御览》七十四引《抱朴子》。

〔112〕分(fèn)及湮沦:自料要终身埋没、倒霉了。

〔113〕钟鼎高门:指富贵人家。封建时代,官僚地主大家庭,吃饭时要先鸣钟,然后列鼎而食(鼎,古食器。列鼎,排列着多少碗的意思),所以称为"钟鼎高门"。

〔114〕"有如白水"二句:"有如白水",是对着河水发出的一句誓词。春秋时,狐偃随着晋公子重耳流亡在外,遇事进谏,重耳很不高兴。后来重耳返国将任国君,当路过一条河流的时候,狐偃向重耳告辞,打算他往。他说:过去对你没有礼貌,是很有罪的,所以不能跟你一道回国了。重耳不许他走,并指着河水发誓说:今后和你如果不是一条心,有如白水!见《左传》僖公二十四年。"清尘",见前《莺莺传》篇"犹托清尘"注。这两句是发誓要追随在一起的意思。

〔115〕鹤企凫趋:鹤的颈子很长,"鹤企",形容伸长着颈子盼望着。"凫趋"以野鸭的随群趋赴,形容欢欣鼓舞的样子。

〔116〕休旨:好消息。

〔117〕"锦雉之衣欲解"二句:这两句是形容成婚时的情况。"锦雉之衣",指华美的衣服。"青鸾",指镜子。古代传说,鸾喜对镜而舞,故

以青鸾为镜的代词。"青鸾之匣全开",把妆台里的镜匣全打开了。

〔118〕自地登汉:犹如说平地登天。"汉",河汉,就是天河。

〔119〕不有所举:如果不是因为有人保举、推荐。

〔120〕"誓彼襟灵"四句:这四句是把保母介绍婚事的恩惠记在心里,终身不忘的意思。"襟灵",指胸怀、怀抱。"誓彼襟灵",发誓记在心里。"绅",腰带的下垂部分。"志之绅带",把这件事记在衣带上。"没齿",终身的意思。"期于没齿",打算一直到终身。"佩以周旋",走到哪里,就把这一种心情带到哪里。

〔121〕燎沈当庭:"燎",庭燎,古时用松柴、苇竹之类浇上油脂,于举行典礼时,在庭院里燃烧作照明之用的东西。其形有如叉杆,一般用铁制,上有圆斗,可插燃料。"燎沈当庭",在庭院里把庭燎烧得很久。

〔122〕将艾:将尽。

〔123〕逢掖之士:"逢",大的意思。"掖",同"腋"字,指衣腋、衣袖。"逢掖",犹如说宽袍大袖。古时读书人和官僚地主阶级是不参加劳动的,所以可以穿着宽袍大袖的衣服。"逢掖之士",就指这一类的人。

〔124〕差事:奇事,怪事。差在唐宋俗语中有奇怪的意思。

〔125〕无启寇仇:不要找麻烦、不要惹祸端。

〔126〕小竖:小使、小仆人。

〔127〕猛炬:大火把。

〔128〕俇儴(kuāng ráng):形容慌慌张张,走路时跌跌冲冲的样子。

〔129〕横关:把门闩插起来。

〔130〕输租车:缴纳租税的车子。

〔131〕饭牛附火:喂牛烤火。

〔132〕假寐:不脱衣服睡觉叫做"假寐"。

〔133〕震方洞然:"震",《易经》卦名。《易经》里八卦方位,以震卦

为东方。"震方洞然",意思是在东方,也就是狐精所在的方向,空空洞洞地,什么都看不见、听不见了。

〔134〕迹:寻觅。

〔135〕抚髀:拍着大腿。

〔136〕山魈(chī)木魅:古代说法,一种山林异气所生的害人怪物。

〔137〕益:增加。

〔138〕射皮饮胄者,指武士、猎人。把箭射进去叫做"饮"。"胄",头盔,武士所用。

〔139〕樵苏:砍木为薪叫做"樵",割取野草叫做"苏"。

〔140〕于是直方命四周张罗彀(gòu)弓以待:原无"罗"字。按下文云,"置罗罥挂,应弦饮羽",则此处似应有一"罗"字,据谈本增。张罗彀弓:张开了猎网,拉满了弓弦:射猎前的准备工作。

〔141〕秉蕴:拿着引火的草把。

〔142〕置罗罥(juàn)挂:悬挂在猎网上。"置罗",捕兽的网。"罥",结系。

〔143〕应弦饮羽:弓弦响处,鸟兽应声命中。"饮羽",射箭深入,连箭尾的羽毛也射进去了。

〔144〕三水人:作者皇甫枚自称,皇甫枚是三水人。

〔145〕强死:非命而死、不正常的死亡。"强",强健。强健的人死亡了,就不会是死于疾病,因而一定是被害、非命而死。

〔146〕博士:官名。唐时有太学、国子等博士,是教授官僚贵族子弟的官员,一般所称博士指此;但其他官署里,也还有博士这一名目。

〔147〕渤海:古郡名,唐时为沧州景城郡,州治在今河北沧县。又唐时另有渤海县,在今山东惠民、乐陵一带地方。

飞烟传[1]

　　临淮[2]武公业，咸通中任河南府功曹参军[3]。爱妾曰飞烟，姓步氏，容止[4]纤丽，若不胜绮罗。善秦声[5]，好文墨，尤工击瓯[6]，其韵与丝竹合。公业甚嬖之。其比邻，天水[7]赵氏第也，亦衣缨之族[8]，不能斥言[9]。其子曰象，端秀有文，才弱冠矣。时方居丧礼。忽一日，于南垣隙中窥见飞烟，神气俱丧，废食忘寐。乃厚赂公业之阍，以情告之。阍有难色，复为厚利所动，乃令其妻伺飞烟闲处，具以象意言焉。飞烟闻之，但含笑凝睇而不答。门媪尽以语象。象发狂心荡，不知所持[10]，乃取薛涛笺[11]，题绝句曰："一睹倾城貌，尘心只自猜。不随萧史去，拟学阿兰来[12]。"以所题密缄之，祈门媪达飞烟。烟读毕，吁嗟良久，谓媪曰："我亦曾窥见赵郎，大好才貌。此生薄福，不得当之。"盖鄙武生粗悍[13]，非良配耳。乃复酬[14]一篇，写于金凤笺，曰："绿惨双娥不自持，只缘幽恨在新诗。郎心应似琴心怨，脉脉春情更泥谁[15]。"封付门媪，令遗象。象启缄，吟讽数四，抚掌喜曰："吾事谐矣。"又以剡溪玉叶纸[16]，赋诗以谢，曰："珍重佳人赠好音，彩笺芳翰两情深。薄于蝉翼难供恨，密似蝇头未写心[17]。疑是落花迷碧洞，只思轻雨洒幽襟[18]。百回消息千回梦，裁作长谣寄绿琴[19]。"诗去旬日，门媪不复来。象忧懑[20]，恐事泄；或飞烟追悔。春夕，于前庭独坐，赋诗曰："绿暗红藏起暝烟[21]，独将[22]幽恨小庭前。沉沉[23]良夜与谁语，星隔银河[24]月半天。"明日，晨起吟际，而门媪来，传飞烟语曰："勿讶旬日无信，盖以微有不安。"因授象以连蝉锦香囊[25]并碧苔笺[26]，诗曰："无力严妆[27]倚绣栊[28]，暗题蝉锦思难穷。近来赢得[29]伤春病，柳弱花欹怯晓风。"象结锦香囊于怀，细读小简。又恐飞烟幽思增疾，乃剪乌丝阑为回械[30]，曰："春日迟迟[31]，人心悄悄[32]。自因窥觑，长役梦魂[33]。虽羽驾尘襟[34]，难于会合；而丹诚皎日，誓以周旋[35]。昨日瑶台[36]青鸟[37]忽来，殷勤寄语。蝉锦香囊之赠，芬馥盈怀，佩服徒增，翘恋弥切。况又闻乘春多感，芳履乖和[38]，耗冰雪之妍姿，郁蕙兰之佳气。忧抑之极，恨不翻飞[39]。且望宽情[40]，无至憔悴。莫孤短韵[41]，宁爽后期[42]。惝恍寸心，书岂能尽[43]？兼持菲什[44]，仰继华篇。伏惟试赐凝睇。"诗曰："见说伤情为九春[45]，想封蝉锦绿蛾颦[46]。叩头为报烟卿道，第一风流最损人。"门媪既得回报[47]，径赍诣飞烟阁中。武生为府掾属[48]，公务繁夥，或数夜一直[49]，或竟日不归。此时恰值入府曹。飞烟拆书，得以款曲寻绎[50]。既而长太息[51]曰："丈夫之志，女子之情，心契魂交，视远如近也。"于是阖户垂幌[52]，为书曰："下妾不幸，垂髫[53]而孤。中间为媒妁所欺，遂匹合于琐类[54]。每至清风明月，移玉柱[55]以增怀；秋帐冬釭，泛金徽[56]而寄恨。岂谓公子，忽贻好音。发华缄而思飞，讽丽句而目断。所恨洛川波隔，贾午墙高；连云不及于秦台,荐梦尚遥于楚岫[57]。犹望天从素恳,神假微机[58],一拜清光,九殒无恨[59]。兼题短什,用寄幽怀。伏惟特赐吟讽也。"诗曰:"画檐春燕须同宿[60],兰浦双鸳肯独飞?长恨桃源诸女伴,等闲花里送郎归[61]。"封讫,召门媪[62],令达于象。象览书及诗,以飞烟意稍切,喜不自持,但静室焚香,虔祷以候。忽一日[63],将夕,门媪促步而至[64],笑且拜曰:"赵郎愿见神仙否?"象惊,连问之。传飞烟语曰:"值今夜功曹府直,可谓良时。妾家后庭,即君之前垣也。若不渝惠好,专望来仪[65]。方寸万重[66],悉候晤语。"既曛黑[67],象乃乘梯而登,飞烟已令重榻于下[68]。既下,见飞烟靓妆盛服[69],立于庭前。交拜讫,俱以喜极不能言。乃相携自后门入房中,遂背缸解幌,尽缱绻之意焉。及晓钟初动,复送象于垣下。飞烟执象手曰:"今日相遇,乃前生姻缘耳。勿谓妾无玉洁松贞之志,放荡如斯。直以郎之风调,不能自固。愿深鉴之。"象曰:"挹希世之貌,见出人之心[70]。已誓幽庸[71],永奉欢洽。"言讫,象逾垣而归。明日,托门媪赠飞烟诗曰[72]:"十洞三清[73]虽路阻,有心还得傍瑶台。瑞香风引思深夜,知是蕊宫[74]仙驭来。"飞烟览诗微笑,复赠象诗曰:"相思只怕不相识,相见还愁却别君。愿得化为松下鹤,一双飞去入行云。"付门媪[75],仍令语象曰:"赖值儿家有小小篇咏[76],不然,君作几许大才面目[77]?"兹不盈旬,常得一期于后庭。展幽微之思,罄宿昔之心,以为鬼神不知,天人相助。或景物寓目,歌咏寄情,来往便繁,不

263

能悉载。如是者周岁。无何,飞烟数以细过挞其女奴,奴阴衔之,乘间尽以告公业。公业曰:"汝慎勿扬声!我当伺察之。"后至直日,乃伪陈状请假。迨夜,如常入直,遂潜于里门。街鼓既作,匍伏[78]而归。循墙至后庭,见飞烟方倚户微吟,象则据垣斜睇。公业不胜其愤,挺前欲擒。象觉,跳去。公业搏之,得其半襦。乃入室,呼飞烟诘之。飞烟色动声颤,而不以实告。公业愈怒,缚之大柱,鞭楚血流。但云:"生得相亲,死亦何恨。"深夜,公业怠而假寐。飞烟呼其所爱女仆曰:"与我一杯水。"水至,饮尽而绝。公业起,将复笞之,已死矣。乃解缚,举置阁中,连呼之,声言飞烟暴疾[79]致殒。数日,窆之北邙[80]。而里巷间皆知其强死矣。象因变服,易名远,自窜于江、浙间。洛中才士,有崔、李二生,尝与武掾游处。崔赋诗末句云[81]:"恰似传花人饮散,空床抛下最繁枝[82]。"其夕,梦飞烟谢曰:"妾貌虽不迨桃李,而零落[83]过之。捧君佳什,愧抑无已。"李生诗末句云:"艳魄香魂如有在,还应羞见坠楼人[84]。"其夕,梦飞烟戟手[85]而詈曰:"士有百行,君得全乎?何至务矜片言,苦相诋斥[86]?当屈君于地下面证之。"数日,李生卒。时人异焉。远后调授汝州鲁山县[87]主簿,陇西李垣代之[88]。咸通末,予复代垣,而与远少相狎,故洛中秘事,亦知之,而垣复为手记,故得以传焉。三水人曰:"噫!艳冶之貌,则代有之矣;洁朗之操,则人鲜闻乎。故士矜才则德薄,女炫色[89]则情私。若能如执盈[90],如临深[91],则皆为端士淑女矣。飞烟之罪,虽不可逭[92],察其心,亦可悲矣!"

〔1〕步飞烟为了争取婚姻自由,和所爱的人相会,大胆地冲破了封建礼教的藩篱。在事情败露、处于被"鞭楚流血"的情况下,仍然意志坚强,一直到死也不肯屈服。作者塑造了这样一个反封建的叛逆女性的光辉形象,较之其他恋爱故事中的女性,多少还带有一些畏缩顾虑情绪的,就更显得突出。然而,她毕竟被虐杀了!在夫权主义社会里,被压迫、被侮辱的妇女,终于成为牺牲者!相爱的青年,不能成为配偶;被媒妁所欺,嫁给粗暴之人为妾的,终身不能自由。这正是封建婚姻制度酿成的悲剧。

作者在旧礼教的压力下,不能不说飞烟是"罪不可逭";然而又说,"察其心,亦可悲矣",这就流露了同情。在文末穿插的小故事里,飞烟感谢悼念她身世零落的人,而要诋斥她为"羞见坠楼人"者"于地下面证之",也可见作者用意一斑。

〔2〕临淮:见前《谢小娥传》篇"泗州"注。

〔3〕功曹参军:即功曹司功参军事。唐代在西都、东都、北都、凤翔、成都等府设置掌管考课、假使、祭祀、礼乐、学校、表疏等事务的官员。参看前《霍小玉传》篇"参军"注。

〔4〕容止:容貌、举止。

〔5〕秦声:秦地(今陕西)的歌曲,犹如说"秦腔"。

〔6〕击瓯:"瓯",瓦盆。"击瓯",排列瓦盆十余只,里面各盛不等量的水,用箸击盆,随着轻重缓急,就发出音乐般的声音,是唐代盛行的一种娱乐。

〔7〕天水:唐郡名,也称秦州,约辖今甘肃天水、临洮等地区,州治在今天水市。

〔8〕衣缨之族:犹如说衣冠门第,就是官僚地主大家庭。

〔9〕不能斥言:不便把他的名字明白说出来。"斥",指明的意思。

〔10〕不知所持:不知道怎样克制自己的感情了。

〔11〕薛涛笺:"薛涛",唐代能诗的名妓。她曾制作一种深红色的小诗笺,当时称之为"薛涛笺",后来也以薛涛笺指红八行笺。

〔12〕"一睹倾城貌"四句:意思是说:自从看到飞烟的美貌,就打动了自己尘俗之心,而以不能相聚为恨。但愿她不要像弄玉一样地随着萧史仙去,而能如杜兰香之谪降人间。"倾城",见前《长恨传》篇"倾国"注。"猜",恨。"萧史",见前《莺莺传》篇注。"阿兰",出典不详,可能指古代神话传说中的仙女杜兰香,她曾因罪谪降人间。

〔13〕粗悍:粗鲁、凶暴。

〔14〕酬:指作诗和答。

〔15〕"绿惨"四句:"绿",妇女画眉毛用的青绿色颜料。"惨",形容色泽的深暗。"娥",娥眉,见前《长恨传》篇"娥眉"注。"绿惨双娥",指画的两道浓黑色的细眉。眉毛是可以表达情意的。"脉脉",形容含蓄着情意的样子。用柔情的言语来要求为"泥"(nì),犹如说软缠。愁思困人也叫"泥"。"泥",原作"拟"。"泥"字似较胜,据虞本改。

〔16〕剡(shàn)溪玉叶纸:"剡溪",水名,在浙江嵊(shèng)州南,曹娥江上游。用剡溪水制成的藤纸最有名,有一种洁白如玉,名为"玉叶纸"。

〔17〕"薄于蝉翼难供恨"二句:这两句的意思是说:你写信用这么薄的纸,尽管写了很多页,也不能把怅恨之情全行表达;这么密的小字,似乎也没有接触到内心。"薄于蝉翼",指笺纸如蝉翼之薄。"密似蝇头",指写的字小而且密,有如蝇头。

〔18〕"疑是落花迷碧洞"二句:上句似是形容飞烟诗句的优美。下句似是形容自己读诗后感到一些快慰。"思",想象的意思。"轻雨",微雨。"幽襟",幽深的情怀。

〔19〕"百回消息千回梦"二句:上句的意思是说:对于飞烟的音信,念念不忘,魂思梦想。"百回"、"千回",都是夸张的说法。下句的意思是说:写成长篇曲调,把相思情绪,从弹的曲调里发抒出来。"谣",指曲调。"寄",寄托。"绿琴",绿绮琴。汉司马相如有绿绮琴,后来就以绿绮琴指佳琴。

〔20〕象忧懑:"忧",原作"幽"。"忧"字似较胜,据虞本改。

〔21〕绿暗红藏起暝烟:这是描写"春夕"的一句诗:在朦胧暮烟中,庭前的花木都看不见了。

〔22〕将(jiāng):带着。

〔23〕沉沉:时间悠长的形容词。

〔24〕银河:天河。

〔25〕连蝉锦香囊:一种薄绸做成的香囊。"连蝉锦",连文而薄如蝉翼之锦。

〔26〕碧苔笺:用水苔制成的笺纸,也叫"侧理纸"。

〔27〕严妆:着意打扮。

〔28〕绣栊:即绣户,指装饰华美的门窗。

〔29〕赢得:获得、剩得。

〔30〕回缄:回信。"缄",同"缄"字。

〔31〕春日迟迟:"日",原作"景"。"春日迟迟"出《诗经》,似较胜,据虞本改。形容春天的日子,过得懒洋洋而又漫长。

〔32〕人心悄悄:指内心忧愁的样子。

〔33〕长役梦魂:"役",牵挂、纠缠一类的意思。"长役梦魂",神魂颠倒,睡梦里也想念着的意思。

〔34〕羽驾尘襟:天上人间的意思。"羽驾",指神仙。仙人飞升变化,如有羽翼,故称"羽驾"。"尘襟",尘俗的襟怀,指世俗。

〔35〕丹诚皎日,誓以周旋:一片诚恳的赤心,可以对着太阳发誓,一

定要追随着和你在一起。

〔36〕瑶台:神话传说中仙人居住的地方。

〔37〕青鸟:神话传说:汉武帝见青鸟飞集殿前,知道它是西王母的信使,果然一会儿西王母就来了。见《汉武故事》。后来因称传达信息的人为"青鸟"。

〔38〕芳履乖和:犹如说"玉体不适"。

〔39〕恨不翻飞:恨不能如鸟之有翅,可以飞到你那里去的意思。

〔40〕宽情:宽心。

〔41〕莫孤短韵:不要辜负我在短诗里所表达的情意。

〔42〕宁爽后期:哪里就没有再见面的日子。

〔43〕"悢(tǎng)恍寸心"二句:抑郁不乐的心情,信里哪能说得完。

〔44〕菲什:《诗经》里的《雅》、《颂》,每十篇为"什",后来就以"什"称诗篇。"菲什",犹如说拙诗。下文"短什"、"佳什",就是短诗、好诗。

〔45〕九春:春季。一季九十天,所以称春天为"九春"。

〔46〕颦:皱着眉头。

〔47〕门媪既得回报:"门",原作"阍"。按前文均作"门",不统一,虞本则一律作"门媪"。据虞本改。

〔48〕掾(yuàn)属:属官、佐吏。

〔49〕直:值班。

〔50〕款曲寻绎:"款曲",仔细、周密的意思。"寻绎",研究。

〔51〕太息:长叹。

〔52〕垂幌(huǎng):拉下了帷幕。

〔53〕垂髫(tiáo):古时儿童的头发是披散的,叫做"垂髫";到了少年时代,才把头发梳扎起来,谓之"束发"。因而就以"垂髫"为童年的代词。

〔54〕琐类:犹如说小人。

〔55〕玉柱:琴、琵琶等乐器,在指板上凸起的一排小横木条,名为"柱",用来确定音位,以便按弦取音;可以向左右移动,以调节音之高低。也称"品柱"或"品位"。"玉柱",玉饰的柱。

〔56〕金徽:古琴在面板左方镶嵌一排圆星点,名为"徽位",简称作"徽"。有用磁或贝壳制成的,有用金属物制成的;"金徽",指后者。徽位共十三个,居中者最大,其余以次递小。在任何一徽位处,用左手指轻按,右手指挑拨琴弦,即可奏出泛音。"移玉柱,泛金徽",就指弹琴。

〔57〕"洛川波隔"四句:"洛川",指洛妃的故事。"贾午",晋代贾充的女儿。她爱上了贾充的属吏韩寿,韩寿就于夜间跳墙进去和她相会。"云",朝云,巫山神女自称"旦为朝云"。"连云",意指欢会。"秦台",就是凤台,见前《莺莺传》篇"萧史"注。"荐梦",在梦中"荐枕、侍寝"。"楚岫",指巫山神女的故事。"洛川"、"楚岫",见前《霍小玉传》篇"巫山、洛浦"注。"波隔"、"墙高"、"不及"、"遥",都是形容有阻碍。这四句的意思是说:他们的恋爱困难很多,不能像上述故事里的人可以如愿以偿。

〔58〕"天从素恳"二句:"天从素恳",犹如说天从人愿。"素恳",指一向就具有的诚心诚意。"神假微机",神仙给予一点机会。

〔59〕"一拜清光"二句:极言只要能和你晤见,即使让自己死去若干次,也无所怨恨。"清光",对人的敬词,犹如说"尊容"。"九殒",九死。古时以九为极数。

〔60〕画檐春燕须同宿:"檐",原作"帘"。"檐"字似较胜,疑形似误刻,据虞本改。

〔61〕"长恨桃源诸女伴"二句:"等闲",随随便便、很轻易的意思。这里是用刘晨、阮肇入天台的故事。刘晨、阮肇想回家,仙女就指示归途,让他们回去。参看前《昆仑奴》篇"阮郎"注。

〔62〕召门媪:"门",原作"闾",据虞本改。

269

〔63〕忽一日:"忽",原作"息",连上文读,费解。疑形似误刻,据郢本改。

〔64〕门媪促步而至:"门",原作"阘",据虞本改。促步,急行。

〔65〕来仪:《书经·益稷》:"凤凰来仪",意思是凤凰来舞而有容仪。后来就以"来仪"为称人到来的敬词。

〔66〕方寸万重:心里有千言万语的意思。

〔67〕曛黑:落日的馀光为"曛"。"曛黑",指黄昏时候。

〔68〕重榻于下:指把榻椅之类重叠地搭起来放在下面。

〔69〕靓(jìng)妆盛服:"靓妆",搽粉抹脂地打扮。"盛服",穿得很漂亮。

〔70〕挹希世之貌,见(xiàn)出人之心:生成世上少有的美貌,显露高出一般人的心性。"挹",本含有"取"的意思,引申作长成、生长解释。

〔71〕已誓幽庸:已经对着鬼神发过誓。"幽庸",犹如说幽冥、阴间。

〔72〕托门媪赠飞烟诗曰:"门",原作"阘",据虞本改。

〔73〕十洞三清:道家认为,大地名山里,有"十大洞天",是上天分遣群仙统治的地方,如王屋山洞、小有清虚之天,委羽山洞、大有空明之天,等等。见《云笈七签》。"三清",见前《裴航》篇"玉清"注。

〔74〕蕊(ruǐ)宫:"蕊珠宫"的简称。道家认为是上清境里的宫名。

〔75〕付门媪:"门",原作"阘",据虞本改。

〔76〕赖值儿家有小小篇咏:幸亏遇到我还能作几句诗的意思。

〔77〕作几许大才面目:犹如说摆弄那么大才学的样子。

〔78〕匍伏:手爬在地下走路。

〔79〕暴疾:急病。

〔80〕窆(biǎn):下葬。北邙(máng):山名,在洛阳东北,古时贵族的葬地。

〔81〕崔赋诗末句云:原无"赋"字,似应有"赋"字,据虞本增。

〔82〕"恰似传花人饮散"二句:这两句是比喻飞烟被男子玩弄,有如击鼓催花里的花枝一样地被传来传去;后来遭凌辱而死,情人也逃走不能顾她,正如酒席散了,花枝也被抛弃了。"传花",指饮酒时行的"击鼓催花"令。"最繁枝",花朵开得最多最盛的一枝。

〔83〕零落:凋谢衰落。这里指不幸的命运。

〔84〕还应羞见坠楼人:"坠楼人",指绿珠,是晋代石崇的爱妾,很美丽。孙秀要石崇把绿珠送给他,石崇不肯,孙秀就假传皇帝的旨意,发兵围捕石崇,绿珠跳楼自杀。见《晋书·石崇传》。这句的意思是说:飞烟和别人恋爱,不能如绿珠之"守贞",所以应该对之有愧色的。

〔85〕戟手:用手指着,像戟(古时一种杆上有歧出的刀尖的武器)一样,是怒骂时的一种姿态。

〔86〕"何至"二句:何至于一定要傲慢地用一两句话(指诗),来极力诬蔑侮辱我呢。

〔87〕汝州鲁山县:"汝州",也称临汝郡,约辖今河南北汝河、沙河流域一带地区,州治在今汝州。"鲁山县",今河南鲁山县,唐时属汝州管辖。

〔88〕代之:做他的后任。下文"代有之矣"的"代",指朝代、世代。

〔89〕炫(xuàn)色:犹如说搔首弄姿。"炫",炫露、卖弄。

〔90〕执盈:义同"持盈",语出《国语·越语》。"持",守。"盈",满。"持盈",意思是人处在盛时,不要骄傲自满,才可以长久保持自己的地位。

〔91〕临深:"如临深渊"的省语,出《诗经·小雅·小旻》。人走在深水边上,知道危险,就会自己提高警惕,因而以"如临深渊"比喻小心谨慎。

〔92〕逭(huàn):逃、推脱。

却　要[1]

　　湖南[2]观察使李庚之女奴,曰却要。美容止,善辞令。朔望通礼谒于亲姻家[3],惟却要主之,李侍婢数十,莫之偕[4]也。而巧媚才捷,能承顺颜色[5],姻党亦多怜之。李四子:长曰延禧,次曰延范,次曰延祚,所谓大郎而下五郎也。皆年少狂侠,咸欲蒸[6]却要而不能也。尝遇清明节,时纤月娟娟,庭花烂发,中堂垂绣幕,背银缸,而却要遇大郎于樱桃花影中,大郎乃持之求偶。却要取茵席授之,曰:"可于厅中东南隅,伫立相待;候堂前[7]眠熟,当至。"大郎既去,至廊下,又逢二郎调之。却要复取茵席授之,曰:"可于厅中东北隅相待。"二郎既去,又遇三郎束之[8]。却要复取茵席授之,曰:"可于厅中西南隅相待。"三郎既去,又五郎遇着,握手不可解。却要亦取茵席授之,曰:"可于厅中西北隅相待。"四郎皆去。延禧于厅角中,屏息以待。厅门斜闭,见其三弟比比[9]而至,各趋一隅。心虽讶之,而不敢发。少顷,却要突燃炬,疾向厅事,豁双扉而照之,谓延禧辈曰:"阿堵[10]贫儿,争敢向这里觅宿处?"皆弃所携,掩面而走。却要复从而哈[11]之。自是诸子怀惭,不敢失敬。

　　[1] 这是一篇短篇讽刺作品。
　　却要处在险恶的环境里,却能从容布置,玩弄主人的四个儿子于掌上,使他们怀惭而去,从此不敢失敬。她是一个机智而又风趣的人物。

这篇故事也反映了官僚子弟腐化无耻的本质。

〔2〕湖南:指洞庭湖以南的地方,唐时分属江南西、山南东、黔中诸道。

〔3〕朔望通礼谒于亲姻家:指在初一、十五这两天,和亲戚间彼此送礼应酬,互致问候,是古时的一种风俗。"朔"、"望",农历每月的初一、十五日。

〔4〕莫之偕:不能同她一道去做,意思是说没有这个能力。

〔5〕颜色:脸色。

〔6〕蒸:对长一辈的人犯奸淫行为叫做"蒸"。却要是李庚的姬妾,相当于李庚儿子们的庶母的身份,李庚的儿子们却想对她无礼,所以称之为"蒸"。

〔7〕堂前:指父母。

〔8〕束之:这里是抱持的意思。

〔9〕比比:屡屡、陆续。

〔10〕阿堵:"若个"的意思,当时的口语。若个,犹如说哪个。

〔11〕咍(hāi):讥笑。

温京兆[1]

温璋,唐咸通壬辰尹正天府[2]。性黩货[3],敢杀,人亦畏其严残不犯,由是治有能名。旧制:京兆尹之出,静通衢[4],闭里门;有笑其前道者,立杖杀之。是秋,温公出自天街[5],将南抵五门[6],呵喝风生。有黄冠[7]老而且伛[8],

273

弊衣[9]曳杖,将横绝其间[10],驺人[11]呵不能止。温公命捽来,笞背二十。振袖而去,若无苦者。温异之,呼老街吏,令潜而觇之,有何言;复命黄冠扣之[12]。既而迹之,迨暮过兰陵里,南入小巷,中有衡门[13],止处也。吏随入关。有黄冠数人,出谒甚谨,且曰:"真君[14]何迟也?"答曰:"为凶人所辱。可具汤水。"黄冠前引,双鬟青童从而入,吏亦随之。过数门,堂宇华丽,修竹夹道,拟王公之甲第。未及庭,真君顾曰:"何得有俗物气?"黄冠争出索之。吏无所隐,乃为所录[15]。见真君。吏叩头拜伏,具述温意。真君盛怒曰:"酷吏不知祸将覆族[16],死且将至,犹敢肆毒于人,罪在无赦!"叱街吏令去。吏拜谢了,趋出,遂走诣府,请见温,时则深夜矣。温闻吏至,惊起,于便室召之。吏悉陈所见,温大嗟惋。明日将暮,召吏引之。街鼓既绝[17],温微服[18],与吏同诣黄冠所居。至明,吏款扉。应门者问谁。曰:"京兆温尚书[19]来谒真君。"既辟重闱,吏先入拜,仍白曰:"京兆尹温璋。"温趋入拜。真君踞坐堂上,戴远游冠[20],衣九霞之衣[21],色貌甚峻。温伏而叙曰:"某任惚浩穰[22],权唯震肃,若稍畏懦,则损威声。昨日不谓凌迫大仙,自贻罪戾,故来首服[23],幸赐矜哀。"真君责曰:"君忍杀立名,专利不厌,祸将行及,犹逞凶威!"温拜首求哀者数四,而真君终蓄怒不许。少顷,有黄冠自东序[24]来,拱立于真君侧,乃跪启曰:"尹虽得罪,亦天子亚卿[25];况真君洞其职所统,宜少降礼。"言讫,真君令黄冠揖温升堂,别设小榻,令坐。命酒数行。而真君怒色不解。黄冠复启曰[26]："尹之忤犯,弘宥[27]诚难;然则真君变服尘游,俗士焉识？白龙鱼服,见困豫且[28]。审思之[29]。"真君悄然,良久曰："恕尔家族[30]。此间亦非淹久之所。"温遂起,于庭中拜谢而去。与街吏疾行至府,动晓钟矣。虽语亲近,亦秘不令言。明年,同昌主[31]薨,懿皇[32]伤念不已。忿药石之不征[33]也,医韩宗绍等四家,诏府穷竟[34],将诛之。而温鬻狱缓刑[35],纳宗绍等金带及余货,凡数千万。事觉,饮酖[36]而死。

〔1〕本篇揭露了封建官僚贪赃枉法,残忍好杀的卑鄙酷虐行为。正是这样的人,却偏偏"治有能名"。作者借真君对温璋的斥责,表示了人民对贪官酷吏的无比愤怒,也是对他们的严重警告。可是在封建时代里,人民虽然遭受虐害剥削,往往无从抗拒,于是作者便幻想出神仙可以制伏他们,就造作这一故事。在人民面前作威作福的大官僚,在神仙面前,却又卑躬屈节,显得软弱渺小了。这位酷吏终于饮酖而死,正如神仙的预言,虽有一些宿命论思想,但这毕竟是使人感到快意的事。

〔2〕尹正天府:做京兆府府尹。"正天府",就是京兆府。"尹",做动词用。

〔3〕黷(dú)货:贪财。

〔4〕静通衢:封建大官僚出行时,要街上的行人回避,不许喧哗,以表示他的威严。这种行为叫做"静街","静通衢"指此。"通衢",四通的街道。

〔5〕天街:京城里的道路。

〔6〕五门:指唐代长安正南面的明德门。唐时长安各城门都有三个门洞,惟明德门有五个门洞,称为"五门"。又大明宫南面正中一门,

也称"五门"。

〔7〕黄冠:古时道士戴金色冠,因而就以"黄冠"为道士的代称。一说唐代李淳风之父李播弃官出家为道士,自号"黄冠子",是道士称"黄冠"的由来。

〔8〕伛(yǔ):弯着腰,指驼背。

〔9〕弊衣:古时一种长仅及膝的裤子叫做"弊衣"。也可作坏衣解释。

〔10〕将横绝其间:打算从仪仗中间横冲过去。

〔11〕驺(zōu)人:骑马跟在官员前后护卫的人。

〔12〕复命黄冠扣之:又取道士的帽子叫他戴上,就是也让他扮作道士模样。

〔13〕衡门:横木做的门,形容居处的简陋。

〔14〕真君:道教对神仙的称呼,地位在真人之上。

〔15〕录:查察的意思,这里指因发觉而被抓获。

〔16〕覆族:犹如说灭族。因为有罪而连同父母妻子都被杀害,叫做"覆族"。

〔17〕街鼓既绝:指敲过了街鼓,也就是路无行人的时候。参看前《任氏传》篇"候鼓"注。

〔18〕微服:穿着平常人的服装,让人看不出自己的身份,叫做"微服"。

〔19〕京兆温尚书:温璋当时以京兆尹的身份,获有"检校吏部尚书"的加衔,所以称为"京兆温尚书"。

〔20〕远游冠:古时王爵戴的一种高帽子,和皇帝戴的通天冠大体相同,但前面没有山子——衬起的一块木头。

〔21〕九霞之衣:华丽多彩的衣服。

〔22〕任惣(zǒng)浩穰:意思是京城里人口很多,因而自己的公务十

分繁忙。"任惚",公务很忙。"浩穰",盛大的样子,形容人口的众多。

〔23〕首服:认罪。

〔24〕东序:东边廊下。

〔25〕亚卿:比正卿低一等的官员为"亚卿"。这里指京兆尹。京兆尹是京城地方长官,仅比中央政府宰相一类的官员低一等,所以称为"亚卿"。

〔26〕黄冠复启曰:"启",原作"答"。未问何以答,应误,据许本改。

〔27〕弘宥:宽洪大量地予以饶恕。

〔28〕"白龙鱼服"二句:比喻有地位的人微服出行而遭遇灾难的一个故事。有一条白龙,化为鱼形,被渔人豫且射中了眼睛。于是白龙到天帝处去控告。天帝问它:当你被射的时候,是一个什么模样呢?白龙说:我在水里,变做一条鱼的样子。天帝说:鱼本是渔人所射之物。你既然变做鱼,豫且当然可以射你,所以他是无罪的。见《说苑·正谏》。

〔29〕审思之:多想一下、多考虑一下。

〔30〕恕尔家族:上文说温璋"祸将覆族",现在由于他的哀求,因而决定由他一人身受其祸,而免除全家族的遭到诛灭,所以说"恕尔家族"。

〔31〕同昌主:就是"卫国文懿公主",最初封为同昌公主,是唐懿宗最宠爱的女儿。

〔32〕懿皇:指唐懿宗。

〔33〕不征:没有效验。

〔34〕穷竟:极力追究。

〔35〕鬻狱缓刑:由于受贿而出卖官司,对犯人拖延着不用刑法。

〔36〕酖:同"鸩"字,一种毒酒。据说鸩是一种似鹰而大、紫黑色、食蛇的禽类。古人说鸩羽有毒,把鸩羽和在酒里,人喝了就会毒死。后来"酖"就成为一般毒酒的通称。

277

张　读[1]

间丘子

　　有荥阳郑又玄,名家子[2]也。居长安中。自小与邻舍间丘氏子,偕读书于师氏。又玄性骄,率以门望清贵[3],而间丘氏寒贱者,往往戏而骂之曰:"间丘氏非吾类也!而我偕学于师氏,我虽不语,汝宁不愧于心乎?"间丘子嘿[4]然有惭色。后数岁,间丘子病死。及十年,又玄以明经上第。其后调补参军于唐安郡[5]。既至官,郡守命假尉唐兴[6]。有同舍仇生者,大贾之子,年始冠。其家资产万计。日与又玄会,又玄累受其金钱赂遗[7],常与宴游。然仇生非士族[8],未尝以礼貌接之。尝一日,又玄置酒高会[9],而仇生不得预[10]。及酒阑,有谓又玄者曰:"仇生与子同舍,会宴而仇生不得预,岂非有罪乎?"又玄惭,即召仇生。生至,又玄以卮饮之。生辞不能引满,固谢。又玄怒骂曰:"汝市井之民[11],徒知锥刀尔[12],何为僭居官秩邪?且吾与汝为伍,实汝之幸,又何敢辞酒乎?"因振衣起。仇生羞且甚,俯而退。遂弃官闭门,不与人往来。经数月病卒。明年,郑罢官,侨居濛阳郡[13]佛寺。郑常好黄老之道[14]。时有吴道士者,以道艺闻[15]，庐[16]于蜀门山。又玄高其风[17]，即驱而就谒，愿为门弟子。吴道士曰："子既慕神仙，当且居山林，无为汲汲[18]于尘俗间。"又玄喜谢曰："先生真有道者。某愿为隶于左右，其可乎？"道士许而留之。凡十五年，又玄志稍惰。吴道士曰："子不能固其心，徒为居山林中，无补矣。"又玄即辞去。宴游濛阳郡久之。其后东入长安，次褒城[19]，舍逆旅氏。遇一童儿十馀岁，貌甚秀。又玄与之语，其辨慧千转万化，又玄自谓不能及。已而谓又玄曰："我与君故人有年矣，君省之乎？"又玄曰："忘矣。"童儿曰："吾尝生闾丘氏之门，居长安中，与子偕学于师氏。子以我寒贱，且曰'非吾类也'。后又为仇氏子，尉于唐兴。与子同舍。子受我金钱赂遗甚多。然子未尝以礼貌遇我，骂我市井之民。——何吾子骄傲之甚邪？"又玄惊，因再拜谢曰："诚吾之罪也。然子非圣人，安得知三生事乎？"童儿曰："我太清真人。上帝以汝有道气，故生我于人间，与汝为友，将授真仙之诀；而汝以性骄傲，终不能得其道。吁！可悲乎！"言讫，忽亡[20]所见。又玄既寤[21]其事，甚惭恚，竟以忧卒。

〔1〕作者张读，字圣朋（一作圣用），唐深州陆泽（在今河北深州市北）人。宣宗时进士，历任礼部侍郎、尚书左丞等官职。著有《宣室志》十卷，是一部记载鬼神怪异的书。

这是一篇讽刺当时门阀制度的作品。唐代重视门第，贵族豪门，属于统治阶级的上层，是瞧不起一般所谓"市井之民"的。商人是新兴的市民阶层之一，由于有了经济基础，也想往上爬，要做官，这就和贵族豪门有了矛盾。本文写他们之间的磨擦,而"门望清贵"者因为"性骄傲,不能得其道",终于"惭恚忧卒",可以看出作者对于门阀制度之不满,是具有进步意义的。但是,全篇贯串着因果报应之说,这又反映了作者思想落后的一面。

〔2〕 名家子:高贵门第出身的子弟。

〔3〕 率以门望清贵:自以为家世高贵。"率以",自以。"门望",就是门第、家世的意思。封建社会里,官僚贵族出身的人家,是一般人所羡慕仰望的,所以也称门第为"门望"。

〔4〕 嘿:同"默"字。

〔5〕 唐安郡:也称蜀州,约辖今四川崇州、新津等地区,州治在今崇州市。

〔6〕 假尉唐兴:官员兼代某一职务叫做"假"。"唐兴",唐安郡的属县。"假尉唐兴",是说郑又玄以州郡参军的资格,去兼代唐兴县尉的职务。

〔7〕 赂遗(wèi):馈赠。

〔8〕 士族:唐代山东的大贵族地主集团称为"士族",就是所谓"高门"、"郡望"。当时最著名的,有崔、卢、郑、李等家,它们在社会上具有很大的潜势力,在政治上和另一贵族地主集团——关陇集团是对立的,而且与新兴的工商业市民阶层也有较大的矛盾。

〔9〕 高会:盛大的宴会。

〔10〕 预:参加。

〔11〕 市井之民:"市井",犹如说市场。古人在井边打水时,顺带着做交易买卖,后来因以"市井"称一般市场。"市井之民",做生意买卖的人。

〔12〕 徒知锥刀尔:"锥刀之末"是一句成语,比喻微利。"徒知锥刀尔",只知道做生意图一点微利罢了。"尔",语助词。

〔13〕濛阳郡:也称彭州,约辖今四川彭州、什邡(fāng)、郫(pí)都等地区,州治在今彭州市。

〔14〕黄老之道:"黄",黄帝。"老",老子。道家奉二人为始祖,所以称道家为"黄老之道"。

〔15〕以道艺闻:因为有道术而出了名。"道艺",这里指道术。

〔16〕庐:"庐",房屋,这里作动词用,居住的意思。

〔17〕高其风:崇拜他的风格、作为。

〔18〕汲汲:形容忙忙碌碌的样子。

〔19〕褒城:唐县名,在今陕西褒城东南。

〔20〕亡:同"无"字。

〔21〕寤:同"悟"字。

段成式[1]

崔玄微

　　唐天宝中,处士崔玄微洛东有宅。耽道[2],饵术及茯苓[3]三十载。因药尽,领僮仆辈入嵩山[4]采芝,一年方回。宅中无人,蒿莱[5]满院。时春季夜间,风清月朗,不睡,独处一院,家人无故辄不到。三更后,有一青衣云:"君在院中也。今欲与一两女伴过,至上东门[6]表姨处,暂[7]借此歇,可乎?"玄微许之。须臾,乃有十余人,青衣引入。有绿裳者前曰:"某姓杨。"指一人,曰:"李氏。"又一人,曰:"陶氏。"又指一绯小女,曰:"姓石,名阿措。"各有侍女辈。玄微相见毕,乃坐于月下,问行出之由。对曰:"欲到封十八姨数日,云欲来相看,不得[8]。今夕众往看之。"坐未定,门外报:"封家姨来也。"坐皆惊喜出迎。杨氏云:"主人甚贤,只此从容不恶,诸亦未胜于此[9]也。"玄微又出见封氏,言词泠泠,有林下风气[10]。遂揖入坐。色皆殊绝。满座芳香,馥馥袭人。诸人命酒,各歌以送之,玄微志其二焉。有红裳人与白衣送酒,歌曰:"皎洁玉颜胜白雪,况乃当年对芳月。沉吟[11]不敢怨春风,自叹容华暗消歇[12]。"又白衣人送酒,歌曰:"绛衣披拂露盈盈[13],淡染胭脂一朵轻。自恨红颜留不住,莫怨春风道薄情。"至十八姨持盏,性颇轻佻,翻酒汗阿措衣[14]。阿措作色[15]曰:"诸人即奉求,余即不知奉求耳。"拂衣而起。十八姨曰:"小女弄酒[16]!"皆起,至门外别;十八姨南去,诸人西入苑中而别。玄微亦不知异。明夜又来,云:"欲往十八姨处。"阿措怒曰:"何用更去封妪舍!有事只求处士,不知可乎?"阿措又言曰:"诸侣皆住苑中,每岁多被恶风所挠,居止不安,常求十八姨相庇;昨阿措不能依回[17],应难取力[18]。处士倘不阻见庇,亦有微报耳。"玄微曰:"某有何力,得及诸女[19]?"阿措曰:"但处士每岁岁日[20],与作一朱幡,上图日月五星[21]之文,于苑东立之,则免难矣。今岁已过;但请至此月二十一日平旦,微有东风,即立之,庶夫免患也。"玄微许之。乃齐声谢曰:"不敢忘德。"拜而去。玄微于月中随而送之,逾苑墙,乃入苑中,各失所在。依其言,至此日立幡。是日东风振地,自洛南折树飞沙,而苑中繁花不动。玄微乃悟:诸女曰姓杨、李、陶,及衣服颜色之异,皆众花之精也;绯衣名阿措,即安石榴[22]也;封十八姨,乃风神也。后数夜,杨氏辈复至愧谢。各裹桃李花数斗,劝崔生:"服之可延年却老。愿长如此住,卫护某等,亦可致长生。"至元和初,玄微犹在,可称年三十许人。又尊贤坊田弘正[23]宅,中门外有紫牡丹成树,发花千余朵;花盛时,每月夜,有小人五六,长尺余,游于花上。如此七八年。人将掩[24]之,辄失所在。

〔1〕作者段成式,字柯古,唐齐州临淄(今山东淄博市)人。穆宗时

曾任校书郎、太常少卿等官职。著有《酉阳杂俎》二十卷、续集十卷,是一部笔记小说。本篇也见于《博异志》。《博异志》作者署名谷神子,传说是裴铏(一说郑还古)的化名。

阿措是一个性格倔强可爱的女子。她面对着掌生杀大权的封十八姨,也绝不畏葸退缩。"诸人即奉求,余即不知奉求耳。"简简单单的两句话,说得是那样地斩钉截铁!然而她并不是有勇无谋的。她能分清善恶,和同伴们求助于崔玄微。在崔玄微的帮忙下,终于战胜了暴力,彼此过着美好幸福的生活。

〔2〕耽道:欢喜学习道术。

〔3〕饵术及茯苓:"饵",服食。"术",菊科野生草本植物。"茯苓",寄生松根的菌类植物。术有白、苍,茯苓有赤、白之分,其根块都可为药。古人认为,服食这一类东西,可以轻身延年,甚至成仙。

〔4〕嵩山:即五岳中的中岳,在今河南登封市北。

〔5〕蒿莱:"蒿",艾类植物;"莱",藜科植物:统指野草。

〔6〕上东门:唐时洛阳东城有三门,北面的一门为"上东门"。

〔7〕蹔:同"暂"字。

〔8〕"欲到"三句:意思是说:要到封十八姨处去有好多天了,因为封十八姨说要来相看,所以一直没有去成。

〔9〕诸亦未胜于此:别的地方也未必比这里更好一些。

〔10〕"言词泠(líng)泠"二句:"泠泠",本是清凉的意思,"言词泠泠",指说话时冷隽的样子。古时称妇女态度沉静大方为"有林下风气",本是晋代谢道韫的故事。《世说新语·贤媛》:谢遏推重他的姊姊(谢道韫),张玄却常常称道他的妹妹,总想能赛过谢姊。有一个名济的尼姑,常到张、谢两家去。有人问她:两人谁更好一些?她答说:王夫人(谢姊)神情散朗,本来有林下风气;顾家妇(张妹)清心玉映,自然是闺房之秀。

〔11〕沉吟：低声吟咏。

〔12〕消歇：憔悴、零落。

〔13〕盈盈：形容轻巧美好的样子。

〔14〕翻酒汗阿措衣："汗"，疑"污"字因形似误刻。汗：弄脏了。

〔15〕作色：变了脸色、翻了脸。

〔16〕弄酒：犹如说发酒疯。

〔17〕不能依回：不能顺承着的意思。

〔18〕取力：获得帮助。

〔19〕得及诸女：能够为诸女帮忙的意思。

〔20〕岁日：元旦。

〔21〕五星：指金、木、水、火、土五行星。古人称为太白、岁星、辰星、荧惑、镇星。

〔22〕安石榴：就是石榴。石榴是汉时由西域安石国传来的，所以当初称为"安石榴"。

〔23〕田弘正：唐卢龙人，字安道。宪宗时曾任魏博、成德等节度使，封沂国公。

〔24〕掩：乘人不防备的时候去袭取叫做"掩"。

皇甫氏[1]

吴堪

常州义兴县[2]，有鳏夫吴堪[3]，少孤，无兄弟。为县吏。性恭顺。其家临荆溪，常于门前，以物遮护溪水，不曾秽污。每县归，则临水看玩，敬而爱之。积数年，忽于水滨得一白螺，遂拾归，以水养。自县归，见家中饮食已备，乃食之。如是十余日。然堪为[4]邻母怜其寡独，故为之执爨[5]，乃卑谢[6]邻母。母曰："何必辞[7]？君近得佳丽修事[8]，何谢老身？"堪曰："无。"因问其母。母曰："子每入县后，便见一女子，可十七八，容颜端丽，衣服轻艳；具馔讫，即却入房。"堪意疑白螺所为，乃密言于母曰："堪明日当称入县，请于母家自隙窥之，可乎？"母曰："可。"明旦诈出，乃见女自堪房出，入厨理爨。堪自门而入，其女遂归房不得。堪拜之。女曰："天知君敬护泉源，力勤小职，哀君鳏独，敕余以奉媲[9]。幸君垂悉[10]，无致疑阻。"堪敬而谢之。自此弥将敬洽。闾里传之，颇增骇异。时县宰豪士[11]，闻堪美妻，因欲图之。堪为吏恭谨，不犯笞责[12]。宰谓堪曰："君熟于吏能久矣。今要虾蟆毛及鬼臂二物，晚衙[13]须纳；不应此物[14]，罪责非轻!"堪唯而走出。度人间无此物,求不可得。颜色惨沮,归述于妻,乃曰:"吾今夕殒矣!"妻笑曰:"君忧余物,不敢闻命;二物之求,妾能致矣。"堪闻言,忧色稍解。妻曰:"辞出取之。"少顷而到。堪得以纳令。令视二物,微笑曰:"且出。"然终欲害之。后一日,又召堪曰:"我要蜗斗一枚,君宜速觅此;若不至,祸在君矣!"堪承命奔归,又以告妻。妻曰:"吾家有之,取不难也。"乃为取之。良久,牵一兽至,大如犬,状亦类之。曰:"此蜗斗也。"堪曰:"何能?"妻曰:"能食火,奇兽也。君速送。"堪将此兽上宰。宰见之,怒曰:"吾索蜗斗,此乃犬也!"又曰:"必何所能?"曰:"食火。其粪火。"宰遂索炭烧之,遣食;食讫,粪之于地,皆火也。宰怒曰:"用此物奚为!"令除火埽粪。方欲害堪,吏以物及粪,应手洞然[15],火飙暴起,焚爇墙宇,烟焰四合,弥亘城门,宰身及一家,皆为煨烬。乃失吴堪及妻。其县遂迁于西数步,今之城是也。

〔1〕作者皇甫氏,唐末人,事迹无可考。此篇和下文《京都儒士》、《画琵琶》,都选自他所著的《原化记》。

这是一篇在晋人所写螺精故事基础上而加以发展的作品。作者写一个小市民,勤恳供职而又鳏独无依,上帝可怜他,叫白螺精做他的配偶。可是县官却生妄想,想出种种方法迫害他;由于螺精的智慧,结果县官自食恶果,被火烧死。这反映了当时人民的愿望。

〔2〕义兴县:唐代常州的属县,今江苏宜兴县。

〔3〕鳏(guān)夫:无妻或丧妻的人。

〔4〕为：以为。

〔5〕执爨(cuàn)：烧饭。下文"理爨"，义同。

〔6〕卑谢：客气地、作揖打躬地道谢。

〔7〕何必辞：何必说什么客气话的意思。

〔8〕得佳丽修事：得到美丽的妻子为你料理家务。

〔9〕敕余以奉媲：叫我来做你的配偶。"敕"，命令的意思。"媲"，配偶。

〔10〕幸君垂悉：希望你了解。

〔11〕豪士：这里不是指豪杰之士，而是指豪强称霸的人。

〔12〕不犯笞责：没有因为犯罪而挨过打。

〔13〕晚衙：从前官员每天早晚两回坐堂问事，晚上坐堂叫做"晚衙"。

〔14〕不应此物：不能够把这样东西取来。

〔15〕应手洞然：手碰上去空空洞洞地，好像没有接触到东西一样。

京都儒士〔1〕

近者，京都有数生会宴，因说人有勇怯，必由胆气；胆气若盛，自无所惧，可谓丈夫。座中有一儒士自媒〔2〕曰："若言胆气，余实有之。"众人笑曰："必须试，然〔3〕可信之。"或曰："某亲故有宅，昔大凶〔4〕，而今已空锁。君能独宿于此宅，一宵不惧者，我等酬君一局〔5〕。"此人曰："唯命〔6〕。"明日便往。——实非凶宅，但暂空耳。——遂为置酒果灯烛，送于此宅中。众曰："公更要何物？"曰："仆有一剑，可以自卫，请无忧也。"众乃出宅,锁门却归。此人实怯懦者。时已向夜,系所乘驴别屋,奴客并不得随,遂向阁宿,了[7]不敢睡,唯灭灯抱剑而坐,惊怖不已。至三更,有月上,斜照窗隙,见衣架头有物如鸟鼓翼,翻翻而动。此人凛然强起,把剑一挥,应手落壁,磕然有声。后寂无音响。恐惧既甚,亦不敢寻究,但把剑坐。及五更,忽有一物,上阶推门;门不开,于狗窦中出头,气休休然[8]。此人大怕,把剑前斫,不觉自倒,剑失手抛落。又不敢觅剑,恐此物入来,床下跧伏[9],更不敢动。忽然困睡,不觉天明。诸奴客已开关,至阁子间,但见狗窦中,血淋漓狼籍[10]。众大惊呼,儒士方悟,开门尚自战栗,具说昨宵与物战争之状。众大骇异。遂于此壁下寻,惟见席帽[11],半破在地,即夜所斫之鸟也;乃故帽[12]破敝,为风所吹,如鸟动翼耳。剑在狗窦侧。众又绕堂寻血踪,乃是所乘驴,已斫口喙,唇齿缺破:乃是向晓因解[13],头入狗门,遂遭一剑。众大笑绝倒[14],扶持而归。士人惊悸,旬日方愈。

〔1〕这是一篇喜剧性而具有讽刺意味的作品。

作者具有"无鬼论"的唯物主义观点。他笔底下的京都儒士,是一个表面说大话,实际却十分怯懦的人。作者嘲笑他由于不能破除迷信,心里是相信有鬼的,以致庸人自扰,造成种种错觉,使得自己陷于极度紧张而窘迫的环境里。

〔2〕自媒:自己介绍自己、推荐自己。

〔3〕然:然后。

〔4〕"某亲"二句:古时人迷信,认为某一所房子里常有鬼怪出现,

往往捣乱得令人不安,甚至致人死亡,就称这种房子为"凶宅"——不吉利的房子。

〔5〕酬君一局:请你吃喝一顿。

〔6〕唯命:就依你所说。

〔7〕了:完全、简直的意思。

〔8〕休休然:本应作"咻咻然",形容喘息、呼吸急促的样子。

〔9〕踡(quán)伏:爬在地下。"踡",同"蜷"。

〔10〕狼籍:乱七八糟的样子。

〔11〕席帽:一种用藤子编织的帽子。唐时习惯,读书人外出时,每以席帽随身;等到中举后,就弃置不用了。

〔12〕故帽:旧帽。

〔13〕因解:因为挣脱了所系的绳索。

〔14〕大笑绝倒:狂笑、笑得打跌。

画琵琶[1]

有书生欲游吴地,道经江西,因风阻泊船,书生因上山闲步。入林数十步,上有一坡。见僧房院开,中有床,床塌。门外小廊数间,傍有笔砚。书生攻画[2],遂把笔,于房门素壁上,画一琵琶,大小与真不异。画毕,风静船发。僧归,见画处,不知何人。乃告村人曰:"恐是五台山[3]圣琵琶。"当亦戏言,而遂为村人传说,礼施求福甚效。书生便到杨家[4],入吴经年,乃闻人说江西路僧室,有圣琵琶,灵应非一。书生心疑之。因还江西时,令船人泊船此处,上访之。僧亦不在,

290

所画琵琶依旧,前幡花香炉。书生取水洗之尽。僧亦未归。书生夜宿于船中,至明日又上。僧夜已归,觉失琵琶,以告;邻人大集,相与悲叹。书生故问,具言前验:"今应有人背着[5],琵琶所以潜隐。"书生大笑,为说画之因由,及拭却之由。僧及村人信之,灵圣亦绝耳。

〔1〕这是一篇破除迷信的故事。它指出了一切所谓神灵,都只是唯心主义的产物,根本是没有的。它也说明了,凡事不可盲从,必须经过调查研究,才能得出正确的结论。

此篇据《太平广记》选录。各家版本,篇首都有缺文,这里是根据《唐人说荟》补入的。《唐人说荟》本不全可靠,而且《太平广记》自"泊船"以上原缺二十二字,《唐人说荟》却仅补入十四字,也未必就是原文。姑采录以待考订。

〔2〕攻画:会画画、对绘画有研究。"攻",同"工"字。

〔3〕五台山:在山西五台县东北。道家、佛家均以五台为圣地,有关于五台的种种神话传说,过去经常到此处朝山进香,所以这里说"五台山圣琵琶"。

〔4〕书生便到杨家:"杨家"二字文中无根据。人本校记云,明抄本"家"作"州"。疑"杨"系"扬"字形似误刻,"杨家"应作"扬州",指地名。下文云:"入吴经年",亦可为系扬州之证。

〔5〕背着:指做了不好的事情,违反了神的意旨。

缺　名[1]

李 謩

　　[李]謩,开元中吹笛为第一部[2],近代无比。有故[3],自教坊请假至越州[4],公私更宴,以观其妙。时州客举进士者十人,皆有资业,乃醵二千文同会镜湖[5],欲邀李生湖上吹之,想其风韵,尤敬人神[6]。以费多人少,遂相约各召一客。会中有一人,以日晚方记得,不遑他请;其邻居有独孤生者,年老,久处田野,人事不知[7],茅屋数间,尝呼为"独孤丈",至是遂以应命。到会所,澄波万顷,景物皆奇。李生拂笛,渐移舟于湖心。时轻云蒙笼[8],微风拂浪,波澜陡起。李生捧笛,其声始发之后,昏曀齐开[9],水木森然[10],仿佛如有鬼神之来。坐客皆更赞咏之,以为钧天之乐[11]不如也。独孤生乃无一言。会者皆怒。李生为轻己,意甚忿之。良久,又静思作一曲,更加妙绝,无不赏骇。独孤生又无言。邻居召至者甚惭悔,白于众曰:"独孤村落幽处,城郭稀至,音乐之类,率所不通。"会客同诮责之;独孤生不答,但微笑而已。李生曰:"公如是,是轻薄,为复是[12]好手?"独孤生乃徐曰:"公安知仆不会也?"坐客皆为李生改容谢之。独孤

曰："公试吹《凉州》[13]。"至曲终,独孤生曰："公亦甚能妙;然声调杂夷乐[14],得无有龟兹[15]之侣乎?"李生大骇,起拜曰："丈人[16]神绝!某亦不自知,本师实龟兹人也。"又曰："第十三叠[17]误入《水调》[18],足下知之乎?"李生曰："某顽蒙[19],实不觉。"独孤生乃取吹之。李生更有一笛,拂拭以进。独孤视之曰："此都不堪取,执者粗通耳[20]。"乃换之,曰："此至入破[21],必裂,得无吝惜否?"李生曰："不敢。"遂吹。声发入云,四座震栗;李生蹜蹜[22]不敢动。至第十三叠,揭示谬误之处,敬伏将[23]拜。及入破,笛遂败裂,不复终曲。李生再拜,众皆帖息[24],乃散。明旦,李生并会客皆往候之,至则唯茅舍尚存,独孤生不见矣。越人知者皆访之,竟不知其所去。

〔1〕本篇录自《太平广记》,原注出《逸史》。《逸史》今已失传,仅《说郛》里存有三则,但并没有这一篇。据《逸史》的短序,知道作者姓卢,著《逸史》三卷共四十五篇。作序的时间为大中初年,可知作者为唐末人,其他不详。

文内首一字原无"李"字,似于文例不合,今暂以六角括弧补之。

这篇故事告诉我们,学无止境,尽管有相当成就,也应该虚心向人学习,而不能故步自封,骄傲自满。故事也说明了,在旧社会里,虽然身怀绝技,也往往埋没终身,没有办法可以表现、发展自己的才能,独孤生就是一个例子。

〔2〕第一部:犹如说第一把好手。

〔3〕有故:因为有事。

〔4〕越州:也称会稽郡,约辖今浙江馀姚和浦阳江(除浦江县)、曹

293

娥江流域一带地区,州治在今绍兴市。

〔5〕镜湖:鉴湖的别名,绍兴的名湖。

〔6〕"想其风韵"二句:想象他笛子吹出优雅的腔调,听了令人十分神往。

〔7〕"久处田野"二句:长期住在乡村里,对社会情况一点也不了解。

〔8〕蒙笼:形容云彩的密集。

〔9〕昏曀(yì)齐开:本来阴沉沉的天气完全开朗了。

〔10〕森然:阴冷的样子。

〔11〕钧天之乐:天上的音乐,意思是美妙非人间所有的。"钧天",天上的中央。

〔12〕为复是:唐人常用语,还是的意思。

〔13〕《凉州》:乐曲名。唐天宝时,很多乐曲都以边地为名,《凉州》是其中之一。这个乐曲是由西凉州进献的,所以名为《凉州》。

〔14〕杂夷乐:夹杂着外国音乐的调子。

〔15〕龟兹(qiū cí):汉时西域的国家之一。龟兹音乐在唐代很流行,很多乐曲都是用的龟兹乐。

〔16〕丈人:对老人的敬称。

〔17〕叠:段、遍。

〔18〕《水调》:唐时曲调名,共十一叠:前五叠是歌,后六叠是入破,调子很悲切。

〔19〕顽蒙:愚蠢。

〔20〕执者粗通耳:持有这个笛子的人,不过略为懂得一点音乐的皮毛罢了。

〔21〕入破:唐、宋时大曲(宫廷宴会上奏的大型乐曲)中专用名词。当时每套大曲都有十馀"遍",分别归入"散序"、"中序"、"破"三大段。

"入破"是"破"这一段的第一遍。入破以前各遍,乐调舒缓而不舞;入破后,打击乐器羯鼓等和丝竹合奏,声繁拍急,此时舞者入场。

〔22〕蹙踖(jí):恭敬而又惭愧不安的样子。

〔23〕将:且。

〔24〕帖息:顺服。

康　骈[1]

李使君

乾符[2]中，有李使君出牧罢归[3]，居在东洛。深感一贵家旧恩，欲召诸子从容。有敬爱寺僧圣刚者，常所往来，李因以具宴为说。僧曰："某与为门徒[4]久矣。每观其食，穷极水陆滋味；常馔必以炭炊，往往不惬其意。此乃骄逸成性，使君召之可乎？"李曰："若朱象髓、白猩唇，恐未能致；止于精办小筵，亦未为难。"于是广求珍异，俾妻孥[5]亲为调鼎[6]，备陈绮席雕盘。选日邀致。弟兄列坐，矜持[7]俨若冰玉。肴羞[8]每至，曾不入口；主人揖之再三，唯沾果实而已。及至冰餐，俱置一匙于口，各相眄良久，咸若啮蘗[9]吞针。李莫究其由，但以失饪[10]为谢。明日复见圣刚，备述诸子情貌。僧曰："前者所说岂谬哉！"既而造其门问之曰："李使君特备一筵，肴馔可谓丰洁，何不略领其意？"诸子曰："燔炙[11]煎和未得法。"僧曰："他物纵不可食，炭炊之餐，又嫌何事？"乃曰："上人[12]未知，凡以炭炊馔，先烧令熟，谓之'炼炭'，方可入爨；不然，犹有烟气。李使君宅炭不经炼，是以难食。"僧拊掌大笑曰："此则非贫道所知也！"及"巢寇"陷洛[13]，财产剽掠[14]俱尽。昆仲数人，乃与圣刚同窜，潜伏山谷，不食者至于三日。"贼"锋稍远，徒步将往河桥。道中小店始开，以脱粟[15]为餐而卖。僧囊中有钱数百，买于土杯[16]同食；腹枵[17]既甚，膏粱[18]之美不如。僧笑而谓之曰："此非炼炭所炊，不知堪与郎君吃否？"皆低头惭觍，无复词对。

〔1〕作者康骈，字驾言，唐池阳（今陕西泾阳县西北）人。僖宗时进士，曾任崇文馆校书郎。著有《剧谈录》三卷，记天宝以来杂事。

此篇描写封建时代的贵族子弟，靠着父兄的剥削收入，穷奢极欲，尽情享受。在饮食方面，他们对烹饪用的炭火，也有种种讲究；炭火不对，即使是山珍海味，也食不下咽。这简直到了令人难以相信的地步！后来逃难时，因为饿极了，于是吃"脱粟之餐"时也觉得"膏粱之美"不如。和尚嘲笑他们："此非炼炭所炊，不知堪与郎君吃否？"使得他们惭愧得无话可答。前后鲜明而强烈的对照，突出了文字的讽刺性。

〔2〕乾符：唐僖宗（李儇）的年号（公元八七四至八七九年）。

〔3〕出牧罢归：在外做太守（刺史），免职回家。

〔4〕门徒：门客。

〔5〕妻孥：妻子。

〔6〕调鼎：做烹饪工作。

〔7〕矜持：因骄傲自大而故意做出不轻言动的样子。

〔8〕肴羞：美味的饮食。

〔9〕啮檗（niè bò）："檗"，本作"蘖"，就是黄檗，一种芸香科的落叶乔木，茎的内皮和果实，都可以作药用，味道极苦。"啮檗"，形容犹如吃了苦的东西。

〔10〕失饪:烹调食物,有的火候不到,有的烧过了火,以致味道不好,叫做"失饪"。

〔11〕燔(fán)炙:烧烤。

〔12〕上人:佛教称上德的人为"上人",后来就作为对和尚的通称。

〔13〕"巢寇"陷洛:"巢",指黄巢,曹州冤句(今山东菏泽)人,唐末农民起义军的领袖。他先打下了洛阳,后来又攻取长安,唐僖宗逃往四川。他在长安称帝,国号"大齐",改元"金统"。由于组织松懈,内部有矛盾,又中了封建统治阶级分化的诡计,终于失败,在泰山下不屈自杀。这一支农民起义军,当时很受人民爱戴;入长安时,居民曾夹道欢迎。这里称为"巢寇",称打下洛阳为"陷洛",下文又说他"剽掠",诬他的军队为"贼",是作者站在反动阶级的立场看问题的缘故。

〔14〕剽(piào)掠:抢劫。

〔15〕脱粟:糙米饭。

〔16〕土杯:盛羹的瓦器。

〔17〕腹枵(xiāo):肚子饿了。"枵",空虚的意思。

〔18〕膏粱:"膏",肥肉。"粱",细粮。

孟 启[1]

崔护

博陵[2]崔护，资质甚美，而孤洁寡合。举进士下第[3]。清明日，独游都城南。得居人庄，一亩之宫[4]，而花木丛萃[5]，寂若无人。扣门久之。有女子自门隙窥之，问曰："谁耶？"护以姓字对，曰："寻春独行，酒渴求饮。"女入，以杯水至；开门，设床命坐；独倚小桃斜柯伫立，而意属殊厚[6]，妖姿媚态，绰有馀妍。崔以言挑之，不对。彼此目注者久之。崔辞去，送至门，如不胜情而入。崔亦眷盼而归。尔后绝不复至。及来岁[7]清明日，忽思之，情不可抑，径往寻之。门院如故，而已锁扃之。崔因题诗于左扉曰："去年今日此门中，人面桃花相映红。人面不知何处去，桃花依旧笑春风。"后数日，偶至都城南，复往寻之。闻其中有哭声，扣门问之。有老父出曰："君非崔护耶？"曰："是也。"又哭曰："君杀吾女！"崔惊怛，莫知所答。老父曰[8]："吾女笄年知书，未适人。自去年以来，常恍惚若有所失。比日[9]与之出，及归，见左扉有字[10]，读之，入门而病，遂绝食数日而死。吾老矣，惟此一女，所以不嫁者，将求君子，以托吾身[11]。今不幸而殒,得非君杀之耶!"又持崔大哭。崔亦感恸,请入哭之。尚俨然[12]在床。崔举其首,枕其股[13],哭而祝曰:"某在斯,某在斯[14]。"须臾开目,半日复活。老父大喜,遂以女归之[15]。

〔1〕作者孟启(旧题作棨),字初中,唐人,曾在梧州(今广西梧州市)为官。著有《本事诗》,其中颇多唐代诗人轶事。

本篇即见于《本事诗》。它写男女互恋,精诚相感,女的终于死而复生,两人成为佳偶,是一篇美丽的爱情故事。

"人面桃花"这一典故,后世常加引用。元人白仁甫、尚仲贤,都曾本此作"崔护渴浆"杂剧。

〔2〕博陵:唐郡名,也称定州;约辖今河北定州、井陉、藁城等地区,州治在今定州。

〔3〕举进士下第:原无"下"字。"举进士",其下不必再有"第"字,似应作"下第",据顾本增。

〔4〕一亩之宫:"宫",本指普通房屋,后来才作宫殿解释,这里仍是原义,指墙垣。"一亩之宫",有一亩地大小的围墙。语出《礼记·儒行》:"儒有一亩之宫。"

〔5〕而花木丛萃:原无"而"字,似有"而"字较胜,据顾本增。

〔6〕意属殊厚:待他的意思很殷勤。

〔7〕来岁:明年。

〔8〕老父曰:原无"老"字,无"老"字文义不顺,且前后文均作"老父",据顾本增。

〔9〕比日:近日。

〔10〕见左扉有字:原"见"下有"在"字(许本"左"作"在"),"在"字似可略去,据顾本删。

〔11〕"将求君子"二句:打算找一个好女婿,好让我老来有靠。

〔12〕俨(yǎn)然:形容态度端庄如生的样子。

〔13〕枕其股:把头睡在死者的大腿上。

〔14〕"某在斯"二句:"某",本指别人,这里崔护却是指自己。语出《论语·卫灵公》:孔子和盲乐师名冕的相见,坐定之后,一一为他介绍在座的人说,某人在这里,某人在这里(某在斯,某在斯)。"某在斯,某在斯":原无下"某在斯"三字。重复言之,似较传神,据顾本增。

〔15〕归之:嫁给他。

张　实[1]

流红记

唐僖宗时,有儒士于祐,晚步禁衢[2]间。于时万物摇落,悲风素秋[3],颓阳[4]西倾,羁怀[5]增感。视御沟[6],浮叶续续而下。祐临流浣手。久之,有一脱叶,差[7]大于他叶,远视之,若有墨迹载于其上。浮红泛泛[8],远意绵绵[9]。祐取而视之,果有四句题于其上。其诗曰:

　　流水何太急,深宫尽日闲。殷勤谢红叶,好去到人间。

祐得之,蓄于书笥,终日咏味,喜其句意新美,然莫知何人作而书于叶也。因念御沟水出禁掖,此必宫中美人所作也。祐但宝之,以为念耳,亦时时对好事者[10]说之。祐自此思念,精神俱耗。一日,友人见之,曰:"子何清削[11]如此?必有故,为吾言之。"祐曰:"吾数月来,眠食俱废。"因以红叶句言之。友人大笑曰:"子何愚如是也!彼书之者,无意于子。子偶得之,何置念如此?子虽思爱之勤,帝禁深宫,子虽有羽翼,莫敢往也。子之愚,又可笑也。"祐曰:"天虽高而听卑[12],人苟有志,天必从人愿耳。吾闻王仙客遇无双之

事[13],卒得古生之奇计。但患无志耳,事固未可知也。"祐终不废思虑,复为二句,题于红叶上云[14]:

曾闻叶上题红怨,叶上题诗寄阿谁?

置御沟上流水中,俾其流入宫中。人或笑之[15],亦为好事者称道。有赠之诗者,曰:

君恩不禁东流水,流出宫情是此沟。

祐后累举不捷[16],迹颇羁倦,乃依河中[17]贵人韩泳门馆[18],得钱帛稍稍自给,亦无意进取。久之,韩泳召祐谓之曰:"帝禁宫人三十馀得罪,使各适人。有韩夫人者,吾同姓,久在宫。今出禁庭,来居吾舍。子今未娶,年又逾壮,困苦一身,无所成就,孤生独处,吾甚怜汝。今韩夫人箧中不下千缗,本良家女,年才三十,姿色甚丽。吾言之,使聘子[19],何如?"祐避席伏地曰:"穷困书生,寄食门下,昼饱夜温,受赐甚久。恨无一长,不能图报,早暮愧惧,莫知所为。安敢复望如此!"泳令人通媒妁,助祐进羔雁,尽六礼之数,交二姓之欢。祐就吉之夕,乐甚。明日,见韩氏装橐甚厚,姿色绝艳。祐本不敢有此望,自以为误入仙源,神魂飞越。既而韩氏于祐书笥中见红叶,大惊曰:"此吾所作之句,君何故得之?"祐以实告。韩氏复曰:"吾于水中亦得红叶,不知何人作也。"乃开笥取之,乃祐所题之诗。相对惊叹感泣久之。曰:"事岂偶然哉?莫非前定也。"韩氏曰:"吾得叶之初,尝有诗,今尚藏箧中。"取以示祐。诗云:

独步天沟岸,临流得叶时。此情谁会得[20],肠断

303

一联诗。

闻者莫不叹异惊骇。一日,韩泳开宴召祐洎[21]韩氏。泳曰:"子二人今日可谢媒人也。"韩氏笑答曰:"吾为[22]祐之合,乃天也,非媒氏之力也。"泳曰:"何以言之?"韩氏索笔为诗,曰:

一联佳句题流水,十载幽思满素怀。今日却成鸾凤友,方知红叶是良媒。

泳曰:"吾今知天下事无偶然者也。"僖宗之幸蜀[23],韩泳令祐将[24]家僮百人前导。韩以宫人得见帝,具言适祐事。帝曰:"吾亦微闻之。"召祐,笑曰:"卿乃朕门下旧客也。"祐伏地拜,谢罪。帝还西都,以从驾得官,为神策军[25]虞候。韩氏生五子三女。子以力学[26]俱有官,女配名家。韩氏治家有法度,终身为命妇。宰相张濬[27]作诗曰:

长安百万户,御水日东注。水上有红叶,子独得佳句。子复题脱叶,流入宫中去。深宫千万人,叶归韩氏处。出宫三十人,韩氏籍中数。回首谢君恩,泪洒胭脂雨。寓居贵人家,方与子相遇。通媒六礼具,百岁为夫妇。儿女满眼前,青紫盈门户。兹事自古无,可以传千古。

议曰:流水,无情也。红叶,无情也。以无情寓无情而求有情,终为有情者得之,复与有情者合,信前世所未闻也。夫在天理可合,虽胡、越之远,亦可合也;天理不可,则虽比屋邻居[28],不可得也。悦于得,好于求者,观此,可以为诫也。

〔1〕作者张实,字子京,宋魏陵人。事迹无可考。

唐时已有"红叶题诗"的故事,见《本事诗》和《云溪友议》,本篇是根据这一类的传说渲杂加工写成的。

封建时代,宫女们长期被禁在深宫里,她们精神非常苦闷,渴望获得自由,作者反映这一事实,是有一定的积极意义的。

〔2〕禁衢:指皇城里的街道。唐代长安城分三部分,宫城在最北面,是皇帝和后妃们住的地方,宫城之南为皇城,是官员办公的地方;皇城之南和宫城、皇城的两侧为京城,是一般人民居住的地方。下文"禁掖"、"禁庭",指皇宫。

〔3〕素秋:秋天的别称。

〔4〕颓阳:落日、斜阳。

〔5〕羁怀:流浪的情绪。

〔6〕御沟:唐时引终南山水从宫内流过,叫做"御沟",也称"禁沟",就是下文所指的"天沟"。

〔7〕差(chā):略为。

〔8〕浮红泛泛:"浮红",漂浮的红叶。"泛泛",形容东西浮在水面的样子。

〔9〕远意绵绵:带来了远方绵长的情意。

〔10〕好(hào)事者:爱管闲事的人。

〔11〕清削:消瘦。

〔12〕天虽高而听卑:古人认为,天上有主宰人间的神,它虽然高高在上,却能鉴察下界的一切事情。这是一种迷信的说法。

〔13〕王仙客遇无双之事:见前《无双传》篇。"王",原作"牛",据《无双传》改。

〔14〕复为二句,题于红叶上云:原"为"作"题","题"作"书"。似作"为"、"题"较胜,据惠本改。

305

〔15〕人或笑之:"或",原作"为"。似作"或"较胜,据惠本改。

〔16〕累举不捷:屡次应试都没有考中。

〔17〕河中:唐府名,见前《莺莺传》篇"蒲"注。

〔18〕门馆:从前文人教书,或者代人办办笔墨一类的事情,借以维持生活,叫做"处馆"。这里"依河中贵人韩泳门馆",就是在韩泳家里教书或担任文墨职务。后文《谭意哥传》篇"门馆如市","门馆"却指住所。

〔19〕使聘子:叫她嫁给你。"聘",聘礼,即六礼中的"纳征",是封建婚礼中的一个重要过程,引申作娶妻解释,这里却指嫁给。

〔20〕会得:体会得到。

〔21〕洎:及、和。

〔22〕为:与、同。

〔23〕僖宗之幸蜀:当时黄巢打下了洛阳和长安,唐僖宗匆忙地逃往蜀地。后来唐朝统治者勾结沙陀族的军队打败了黄巢,僖宗才得回来。

〔24〕将(jiāng):率领。

〔25〕神策军:唐代设左右神策军,以大将军为首,掌卫兵及内外八镇兵,和左右龙武军、左右神武军,号为"六军"。代宗后,神策军由宦官主持,势力在其他禁军之上。

〔26〕力学:用功读书。

〔27〕张濬:字禹川,唐河间人。僖宗时任尚书右仆射,所以称为宰相。

〔28〕比屋邻居:"比",近的意思。"比屋邻居",住宅挨着住宅的邻居。

秦　醇[1]

谭意哥传

　　谭意哥小字英奴,随亲生于英州[2]。丧亲,流落长沙[3],今潭州也。年八岁,母又死,寄养小工张文家。文造竹器自给。一日,官妓[4]丁婉卿过之,私念苟得之,必丰吾屋[5]。乃召文饮,不言而去。异日复以财帛贶[6]文,遗颇稠叠[7]。文告婉卿曰:"文廛市贱工,深荷厚意。家贫,无以为报。不识子欲何图也?子必有告。幸请言之。愿尽愚图报,少答厚意。"婉卿曰:"吾久不言,诚恐激君子之怒。今君恳言,吾方敢发。窃知意哥非君之子。我爱其容色。子能以此售我,不惟今日重酬子,异日亦获厚利。无使其居子家,徒受寒饥。子意若何?"文曰:"文揣知君意久矣,方欲先白。如是,敢不从命?"是时方十岁,知文与婉卿之议[8],怒诘文曰:"我非君之子,安忍弃于娼家乎?子能嫁我,虽贫穷家,所愿也。"文竟以意归婉卿。过门,意哥大号泣曰:"我孤苦一身,流落万里,势力微弱,年龄幼小。无人怜救,不得从良人。"闻者莫不嗟恻。婉卿日以百计诱之。以珠翠饰其首,轻暖披其体,甘鲜足其口[9],既久益勤,若慈母之待婴儿。晨夕浸没[10],则心为爱夺,情由利迁[11]。意都忘其初志[12]。未及笄,为择佳配。肌清骨秀,发绀眸长,荑手纤纤[13],宫腰搦搦[14],独步于一时。车马骈溢[15],门馆如市。加之性明敏慧,解音律,尤工诗笔。年少千金买笑春风[16],惟恐居后;郡官宴聚,控骑[17]迎之。时运使[18]周公权府[19]会客,意先至府,医博士[20]及有故至府,升厅拜公。及美髯可爱,公因笑曰:"有句,子能对乎?"及曰:"愿闻之。"公曰:"医士拜时须拂地。"及未暇对答,意从旁曰:"愿代博士对。"公曰:"可。"意曰:"郡侯宴处幕侵天[21]。"公大喜。意疾既愈,庭见府官,多自称诗酒于刺[22]。蒋田见其言,颇笑之。因令其对句,指其面曰:"冬瓜霜后频添粉[23]。"意乃执其公裳袂,对曰:"木枣秋来也著绯[24]。"公且惭且喜,众口噏然[25]称赏。魏谏议之镇长沙[26],游岳麓[27]时,意随轩[28]。公知意能诗,呼意曰:"子可对吾句否?"公曰:"朱衣吏,引登青嶂[29]。"意对曰:"红袖人,扶下白云。"公喜,因为之立名文婉,字才姬。意再拜曰:"某,微品[30]也。而公为之名字,荣逾万金之赐。"刘相之镇长沙,云一日登碧湘门[31]纳凉,幕官[32]从焉。公呼意对。意曰:"某,贱品也,安敢敌公之才?——公有命,不敢拒。"尔时迤逦望江外湘渚间[33],竹屋茅舍,有渔者携双鱼入修巷[34]。公相曰:"双鱼入深巷。"意对曰:"尺素[35]寄谁家。"公喜,赞美久之。他日,又从公轩游岳麓,历抱黄洞[36]望山亭吟诗,坐客毕和[37]。意为诗以献曰:

真仙去后已千载,此构危亭四望赊[38]。灵迹几迷三岛[39]路,凭高空想五云车[40]。清猿啸月千岩晓,古木吟风一径斜。鹤驾何时还古里,江城应少旧人家[41]。

公见诗愈惊叹;坐客传观,莫不心服。公曰:"此诗之妖[42]也。"公问所从来[43],意哥以实对。公怆然[44]悯之。意乃告曰:"意入籍[45]驱使迎候之列有年矣,不敢告劳。今幸遇公。倘得脱籍为良人箕帚之役[46],虽死必谢。"公许其脱。异日,诣投牒[47],公诺其请。意乃求良匹,久而未遇。会汝州民张正字为潭茶官[48],意一见谓人曰:"吾得婿矣。"人询之,意曰:"彼风调才学,皆中吾意。"张闻之,亦有意。一日,张约意会于江亭。于时亭高风怪,江空月明。陡帐垂丝[49],清风射牖,疏帘透月,银鸭[50]喷香。玉枕相连,绣衾低覆,密语调簧,春心飞絮[51]。如仙葩之并蒂,若双鱼之同泉,相得之欢,虽死未已。翌日,意尽挈其装囊归张。有情者赠之以诗曰:

　　　才色相逢方得意[52],风流相遇事尤佳。牡丹移入仙都去,从此湘东无好花。

后二年,张调官,复来见。意乃治行[53],饯之郊外。张登途,意把臂[54]嘱曰:"子本名家,我乃娼类,以贱偶贵,诚非佳婚。况室无主祭之妇[55],堂有垂白之亲[56]。今之分袂[57],决无后期。"张曰:"盟誓之言,皎如日月,苟或背此,神明非欺。"意曰:"我腹有君之息[58]数月矣。此君之体[59]

也,君宜念之。"相与极恸,乃舍去。意闭户不出,虽比屋莫见意面。既久,意为书与张云:

阴老[60]春回,坐移岁月。羽伏鳞潜[61],音问两绝。首春[62]气候寒热,切宜保爱。逆旅都辇[63],所见甚多。但幽远之人,摇心左右,企望回辕[64],度日如岁。因成小诗,裁寄所思[65]。兹外千万珍重。

其诗曰:

潇湘江上探春回,消尽寒冰落尽梅。愿得儿夫似春色,一年一度一归来。

逾岁,张尚未回,亦不闻张娶妻。意复有书曰:

相别入此新岁,湘东地暖,得春尤多。溪梅堕玉,槛杏吐红,旧燕初归,暖莺已啭。对物如旧,感事自伤。或勉为笑语,不觉泪泠[66]。数月来颇不喜食,似病非病,不能自愈。孺子无恙(意子年二岁),无烦流念[67]。向尝面告,固匪[68]自欺。君不能违亲之言,又不能废己之好,仰结高援[69],其无口焉。或俯就微下,曲为始终,百岁之恩,没齿何报?虽亡若存,摩顶至足,犹不足答君意。反覆其心,虽秃十兔毫,磬三江楮[70],亦不能口兹稠叠,上浼[71]君听。执笔不觉堕泪几砚中。郁郁之意,不能自已。千万对时善育[72],无或以此为至念也。短唱二阕[73],固非君子齿牙间可吟,盖欲摅情[74]耳。

曲名《极相思令》一首:

　　　　湘东最是得春先,和气暖如绵。清明过了,残花巷陌,犹见秋千。　　对景感时情绪乱,这密意,翠羽空传[75]。风前月下,花时永昼[76],洒泪何言。

又作《长相思令》一首:

　　　　旧燕初归,梨花满院,迤逦天气融和。新晴巷陌,是处[77]轻车骄马[78],禊饮[79]笙歌。旧赏人非[80],对佳时一向,乐少愁多。远意沉沉,幽闺独自颦蛾。正消黯[81],无言自感,凭高远意,空寄烟波。从来美事,因甚天教,两处多磨?开怀强笑,向新来,宽却衣罗[82]。似恁地[83],人怀憔悴,甘心总为伊呵。

张得意书辞,情悰[84]久不快,亦私以意书示其所亲,有情者莫不嗟叹。张内逼慈亲之教,外为物议之非[85],更期月[86],亲已约孙贲殿丞[87]女为姻。定问[88]已行,媒妁素定,促其吉期,不日佳赴[89]。张回肠危结,感泪自零。好天美景,对乐成悲,凭高怅望,默然自已。终不敢为记报意。逾岁,意方知,为书云:

　　　　妾之鄙陋,自知甚明。事由君子,安敢深扣[90]。一入闺帏,克勤妇道[91],晨昏恭顺,岂敢告劳。自执箕帚,三改岁□[92]。苟有未至,固当垂诲;遽此见弃,致我失图[93]。求之人情,似伤薄恶;揆之天理[94],亦所不容。业已许君,不可贻咎[95]。有义则合,常风服于前书[96];无故见离,深自伤于微弱。盟顾可欺,则不复道[97]。稚子今已三岁,方能移步。期于成人,此犹可

311

待。妾囊中尚有数百缗,当售[98]附郭[99]之田亩,日与老农耕耨剶穧[100],卧漏复甃[101],凿井灌园。教其子知诗书之训,礼义之重。愿其有成,终身休庇[102]妾之此身,如此而已。其他清风馆宇,明月亭轩,赏心乐事,不致如心[103]久矣。今有此言,君固未信,俟在他日,乃知所怀。燕尔方初[104],宜君子之多喜;拔葵在地,徒向日之有心[105]。自兹弃废,莫敢凭高。思入白云,魂游天末。幽怀蕴积,不能穷极。得官何地,因风寄声。固无他意,贵知动止。饮泣[106]为书,意绪无极。千万自爱。

张得意书,日夕叹怅。后三年,张之妻孙氏谢世[107],湖外莫通信耗。会有客自长沙替归[108],遇于南省书理间[109]。张询客意哥行没[110]。客抚掌[111]大骂曰:"张生乃木人石心也!使有情者见之,罪不容诛!"张曰:"何以言之?"客曰:"意自张之去,则掩户不出,虽比屋莫见其面。闻张已别娶,意之心愈坚,方买郭外田百亩以自给。治家清肃,异议纤毫不可入。亲教其子。吾谓古之李住满女,不能远过此。吾或见张,当唾其面而非之。"张惭忸久之。召客饮于肆,云:"吾乃张生。子责我皆是。但子不知吾家有亲,势不得已。"客曰:"吾不知子乃张君也。"久乃散。张生乃如长沙。数日,既至,则微服游于市[112],询意之所为。言意之美者不容刺口[113]。默询其邻,莫有见者。门户潇洒[114],庭宇清肃。张固已恻然。意见张,急闭户不出。张曰:"吾无故涉重河[115],跨大岭,行数千里之地,心固在子。子何见拒之深也,岂昔相待之薄欤?"意云:"子已有室,我方端洁以全其素志。君宜去,无浼我。"张云:"吾妻已亡矣。曩者之事,君勿复为念,以理推之可也。吾不得子,誓死于此矣。"意云:"我向慕君,忽遽入君之门[116],则弃之也容易。君若不弃焉,君当通媒妁,为行吉礼[117],然后妾敢闻命。不然,无相见之期。"竟不出。张乃如其请,纳彩问名,一如秦晋之礼焉。事已,乃挈意归京师。意治闺门,深有礼法,处亲族皆有恩意,内外和睦,家道已成。意后又生一子,以进士登科[118],终身为命妇。夫妇偕老,子孙繁茂。呜呼,贤哉!

〔1〕作者秦醇,字子复(一作子履),宋谯川人。事迹无可考。

这是一篇脱胎于《霍小玉传》,某些地方又模仿《莺莺传》笔意写成的故事,却以团圆为结局。

谭意哥被人遗弃,"怨而不怒",闭户教子,贞节自持,是一个遵守旧礼教的妇女的典型。她虽然出身娼门,但一经嫁人,就是"良家"身份,"失节事大",尽管对方薄幸,她在社会的压力下,除了"闭户教子",却别无出路。在张生要求重合时,她起初加以拒绝,后来又表示因为"忽遽入门",所以"弃之容易",必须"通媒妁,行吉礼",否则就"无相见之期"。她这一微弱的"抗议",只要求以"明媒正娶"来保障自己未来的地位,这是一种无力的反抗。她被迫为娼,念念不忘从良,自以为找到一个好对象,可以过美满幸福的生活了,却又遭到挫折。从这里可见封建势力影响之大和封建思想毒害之深。

"谭意哥传","哥",原作"歌"。内文或作"意哥",或作"意歌",未统一,惠本则全作"哥",据惠本改。

〔2〕英州:也称英德府,州治在今广东英德。

〔3〕长沙:宋郡名,也称潭州,约辖今湖南长沙、湘潭、浏阳、醴陵等地区,州治在今长沙市。

〔4〕官妓:封建时代,官僚们指定一批妓女为官府当差,送往迎来,供他们玩弄,叫做"官妓"。

〔5〕丰吾屋:扩大我的门户,就是发家致富的意思。

〔6〕贶(kuàng):赐给。

〔7〕遗(wèi)颇稠叠:屡次赠送东西、赠送的东西很多很多。"稠叠",重叠的意思。下文"□兹稠叠",稠叠,指要说的话很多很多,犹如说千言万语。

〔8〕知文与婉卿之议:"议",原作"意"。似"议"字较胜,据惠本改。

〔9〕"轻暖披其体"二句:给她最好的衣服穿,最好的食物吃。

〔10〕晨夕浸没:意思是早晚随时用话来逐渐劝诱说动,像用水慢慢把东西浸湿一样。"晨",原作"辰",据惠本改。

〔11〕心为爱夺,情由利迁:由于为物质享受所诱惑,使得原来的意志动摇、改变了。"为",原作"自",据惠本改。

〔12〕意都忘其初志:"都",原作"哥"。似"都"字较胜,据惠本改。

〔13〕荑(tí)手纤纤:"荑",本指草木刚长出来的嫩芽。《诗经·卫风·硕人》有"手如柔荑"这一句,形容手柔而且白,这里就以"荑手"借指女人的手。"纤纤",形容细而柔的样子。

〔14〕宫腰搦(nuò)搦:春秋时,楚灵王爱好细腰的女子,于是宫中妃嫔们都流行着细腰的装束。见《韩非子·二柄》。"宫腰"就指细腰。"搦",疑"嫋"(niǎo)字之误。"嫋嫋"同"袅袅",形容柔弱而细长。

〔15〕车马骈溢:车马排列得很多的样子。

〔16〕买笑春风:狎妓的代词。

〔17〕控骑：驾驭车马。

〔18〕运使：转运使的简称。宋代设有都转运使、转运使和副使，最初掌管军需、粮饷、水陆转运，后来职权扩大，对边防、盗贼、狱讼、钱谷、按察等事，也都在管辖范围内。当时分路而治，运使就成为一路的监司。

〔19〕权府：暂时代理太守的职务。

〔20〕医博士：唐、宋时州县所设主管治疗民间疾病的官员。

〔21〕郡侯宴处幕侵天：夸张的说法：指太守举行盛宴，所张的帷幕十分高大。"郡侯"，本爵名，这里作为太守的代称，因为太守主管一郡，有如古时诸侯。

〔22〕多自称诗酒于刺：往往把自己会作诗、能喝酒的本领写在名帖上。

〔23〕冬瓜霜后频添粉：这句话是讥笑谭意哥虽然时时往脸上搽粉，可是却长得像冬瓜一样难看。

〔24〕木枣秋来也著绯："绯"，红色。"著绯"，穿绯色官服（宋代四五品官员的制服）。这里挖苦蒋田的面貌像木枣一样难看，又借秋天枣子熟了变为红色来比喻蒋田穿着绯服。

〔25〕噷(xī)然：形容啧啧夸赞的样子。

〔26〕魏谏议之镇长沙：指姓魏的以谏议大夫的身份，外放做长沙郡守。"谏议"，谏议大夫的省称。宋代侍中省下设左谏议大夫，中书省下设右谏议大夫，主规谏讽谕。下文"刘相之镇长沙"，指姓刘的以做过宰相的身份来做长沙郡守。

〔27〕岳麓：山名，在长沙西南，湘江西岸，是南岳七十二峰的一峰。

〔28〕随轩：跟在车子后面，就是追随的意思。

〔29〕青障：青色的步障。参看前《南柯太守传》篇"步障"注。

〔30〕微品：犹如说贱人。下文"贱品"，义同。

〔31〕碧湘门：也称黄道门，就是长沙的南门。

〔32〕幕官:幕僚、属官。

〔33〕迤逦望江外湘渚间:"迤逦",歪歪斜斜、曲曲折折的样子。"湘渚",湘水间的小洲。湘水曲折纡回,有"三十六湾"之称,所以说"迤逦望江外湘渚间"。参看前《柳毅传》篇"湘滨"注。下文"迤逦天气晴和",迤逦却引申作到处、遍地解释。

〔34〕修巷:深巷、长巷。

〔35〕尺素:指书信,参看前《柳毅传》篇"尺书"注。《古乐府·饮马长城窟行》:"客从远方来,遗我双鲤鱼。呼儿烹鲤鱼,中有尺素书。"唐人寄书信,就常常以尺素结成双鲤的形状。这里因出对有"双鱼"二字,因引用古诗的典故而以"尺素"为对。

〔36〕抱黄洞:岳麓山的古迹之一,在禹碑北山谷中,本建有寺观,后湮废。传说古时有道士在岩下修炼,丹成仙去,所以下文诗中有"真仙去后已千载"之句。

〔37〕坐客毕和(hè):在座的客人都做了和诗。

〔38〕此构危亭四望赊:从这里高耸的亭子向四面眺望,可以看得很远很远。"构",建筑结构。"危亭",高亭。"赊",远。

〔39〕三岛:就是三神山,参看前《长恨传》篇"蓬壶"注。

〔40〕五云车:仙人所乘五色祥云簇拥着的车子。《真诰》:"朱孺子乘五云车登天。"

〔41〕"鹤驾何时还古里"二句:这里是用丁令威化鹤归来的故事。《搜神后记》:丁令威,汉辽东人,入山学道成仙。后化鹤归辽,徘徊空中说:"有鸟有鸟丁令威,去家千年今始归。城郭如故人民非,何不学仙冢累累!"仙人能驾鹤飞升,因称仙驾为"鹤驾"。

〔42〕诗之妖:"妖",在这里是奇怪、不比寻常的意思。因为谭意哥以一妓女而能作出很好的诗,所以这样说。

〔43〕问所从来:问她身世、经历的意思。

〔44〕怆(chuàng)然:形容因同情而心里难过的样子。下文"恻然",义同。

〔45〕入籍:"籍",簿册。这里指官署里的妓女登记簿。"入籍"把名字写在妓女登记簿上,就是征为官妓的意思。下文"脱籍",是把名字从妓女登记簿上注销,这样,身体就可以自由了。

〔46〕为良人箕帚之役:嫁人的意思。参看前《任氏传》篇"奉巾栉"注。

〔47〕诣投牒:到官府里递送呈文。

〔48〕茶官:宋代设"提举茶盐"和"提举茶马"等官;又在某些地区(潭州是其中之一)设置山场,征收茶税,派员主持山场,管理茶民。"茶官",统指这一类的官员。

〔49〕陡帐垂丝:"陡",本是峻峭的意思,这里引申作深严、严密解释。"垂丝",指帐上挂的流苏一类的饰物。

〔50〕银鸭:香炉的别称。

〔51〕"密语调簧"二句:笙竽一类乐器管中装有薄铜片,吹以发声,名为簧。"密语调簧",亲密的言语,像调弄乐器一样好听。"春心飞絮",彼此要好的情怀,像飞絮一样不能自主。

〔52〕才色相逢方得意:"色",原作"识"。似"色"字较胜,据惠本改。

〔53〕治行:整理行装。

〔54〕把臂:手挽着手,亲密的表示。

〔55〕主祭之妇:指正妻。参看前《李娃传》篇"奉蒸尝"注。

〔56〕垂白之亲:指年老的父母。参看前《李娃传》篇"垂白上偻"注。

〔57〕分袂:指离别。

〔58〕息:儿女、孩子。

〔59〕体:体胤、后嗣,犹如说亲骨血。

〔60〕阴老:"阴",指冬天。"阴老",犹如说冬天过去了。

〔61〕羽伏鳞潜:毫无信息的意思。"羽",指鸟。"鳞",指鱼。借用古时雁足和鲤腹传书的故事。

〔62〕首春:早春,指农历正月。

〔63〕逆旅都辇:"逆旅",旅馆,这里作动词用,旅居的意思。"都",京都;"辇",辇下,指京城。

〔64〕企望回辕:犹如说盼望着大驾回来。

〔65〕所思:所怀念的人,通常指情人。

〔66〕泪泠:落泪。"泠",同"零"字。

〔67〕无烦流念:用不着挂念。

〔68〕匪:同"非"字。

〔69〕仰结高援:仰攀富贵人家结亲的意思。

〔70〕"秃十兔毫"二句:"兔毫",笔。"罄",同"罄"字。"三江",有种种说法,这里可能指浙江、浦阳江、剡江;剡江就是剡溪,是著名出产纸张的地方。"楮",纸。这两句是夸张说法,把十支笔写秃了,三江出产的纸写完了的意思。

〔71〕浼(měi):沾染、弄脏了。

〔72〕对时善育:适应着季节气候的变化而好好地保养自己。

〔73〕阕(què):一出乐歌叫做"一阕"。下面的《极相思令》和《长相思令》是两首曲词,可以歌唱,所以称之为"阕"。

〔74〕摅(shū)情:发泄情怀。

〔75〕"这密意"二句:"翠羽",本是珍饰,这里指眉毛。黛色深青,妇女用以画眉,称为翠眉;晋人傅玄诗,有"蛾眉分翠羽"之句。这两句的意思是说:眉目间所含的深情密意,没有相爱的人可以领会、接受,不免辜负了。

〔76〕永昼:长日、漫长的光阴。

〔77〕是处:到处、遍处。

〔78〕轻车骄马:轻巧玲珑的车子和放纵不羁的马匹。"骄",原作"轿",似作"骄"是。疑两字形似误刻,据惠本改。

〔79〕禊(xì)饮:"禊",修禊。古人在上巳日要到郊外游玩,在水边洗濯,名为"修禊"。"禊饮",在修禊时饮酒作乐。

〔80〕旧赏人非:如今在一起游玩的,却不是从前的旧人了。

〔81〕消黯:黯然消魂的意思,表示伤感的情绪。

〔82〕宽却衣罗:即宽却罗衣,因押韵关系,故作"衣罗"。衣服穿起来觉得宽大,也就是说人消瘦了。

〔83〕似恁(rèn)地:像这般。

〔84〕情悰:情怀、心情。

〔85〕物议之非:指亲友的批评责难。

〔86〕期(jī)月:满了一月。

〔87〕殿丞:宋代"殿中省监丞"的简称,是管理皇帝服食医药的官员。

〔88〕定问:即问名。见前《莺莺传》篇"纳采问名"注。

〔89〕不日佳赴:不久就有好的前程,指结婚。

〔90〕扣:扣问,就是询问。

〔91〕克勤妇道:能竭尽做妻子的道理。参看前《李娃传》篇"妇道甚修"注。

〔92〕三改岁囗:"囗",惠本作"垂",疑"华"字之误。

〔93〕"苟有未至"四句:如果我有什么不到的地方,你本应当教导我;可是你却骤然抛弃了我,以致我毫无指望、毫无办法。

〔94〕揆:揣测。

〔95〕不可贻咎:不应该埋怨哪个、不能把责任推在哪个身上。

〔96〕"有义则合"二句：人和人之间，本于正道才能结合在一起，我是很钦佩古书里关于这一类的记载的。"合"，原作"企"。似"合"字义较胜，且与下文"无故见离"之"离"字为对，疑形似误刻，据惠本改。

〔97〕"盟顾可欺"二句：倘若盟约是可以背弃的，那就没有什么可说的了。

〔98〕售：这里是买的意思。

〔99〕附郭：靠近城边。

〔100〕耕耨（nòu）别穰（ráng）：就是耕田的意思。"耨"，锄草。"穰"，禾茎。

〔101〕卧漏复毳（cuì）：睡在漏雨的屋子里，盖上粗毛毡，形容生活艰苦。"复"，同"覆"字。"毳"，毳幕，就是毡帐。

〔102〕休庇：好的照顾。

〔103〕不致如心：不能够趁心如意。

〔104〕燕尔方初：正在新婚的时候。"燕"，同"宴"字。《诗经·邶风·谷风》："宴尔新昏，如兄如弟。"后来就以"燕尔"指新婚。

〔105〕"拔葵在地"二句：战国时，鲁国宰相公仪休回家时，吃着家里种的葵菜，味道很好，又看见妻子在织布；于是把地里的葵菜拔掉，而且休了妻子。他的意思是：自己做了宰相，高官厚禄，是不应该在种菜织布这些小地方与民争利的。见《史记·董仲舒传》。这里引用这一典故，并借"葵菜"为向日葵之"葵"，比喻自己尽管像葵花向日一样地向着丈夫，但到底还是被抛弃了。如果不根据上述典故，而只是照着字面如此解释，也说得通。

〔106〕饮泣：眼泪流到嘴里。

〔107〕谢世：去世、死亡。

〔108〕替归：由于官职有了更动而回来。

〔109〕南省书理间：宋代尚书省的地址在皇宫南面，习惯称为"南

省"。"书理间",办理公文的地方,犹如说办公厅。

〔110〕行没:行止、动静。

〔111〕抚掌:喜笑高兴而拍手叫做"抚掌",这里却是形容愤怒。

〔112〕则微服游于市:"市",原作"肆"。似"市"字义较胜,疑音近误刻,据惠本改。

〔113〕不容刺口:不许别人多所批评。"刺口",多话的意思。

〔114〕潇洒:这里是清静、干净的意思。

〔115〕重河:好几道河。

〔116〕忽遽入君之门:"忽",疑"匆"字形似误刻。

〔117〕吉礼:古称祭祀之礼为"吉礼",后来一般指婚礼。

〔118〕登科:"科",科举。"登科",科举考试及格了,就是及第。

缺　名[1]

梅妃传

梅妃,姓江氏,莆田[2]人。父仲逊,世为医。妃年九岁,能诵《二南》[3],语父曰:"我虽女子,期以此为志。"父奇之,名之曰采蘋[4]。开元中,高力士使闽、粤,妃笄矣。见其少丽,选归,侍明皇[5],大见宠幸。长安大内[6]、大明、兴庆三宫,东都大内、上阳两宫,几四万人,自得妃,视如尘土;宫中亦自以为不及。妃善属文,自比谢女[7]。淡妆雅服,而姿态明秀,笔不可描画。性喜梅,所居阑槛,悉植数株,上榜[8]曰梅亭。梅开赋赏,至夜分[9]尚顾恋花下不能去。上以其所好,戏名曰梅妃。妃有《萧兰[10]》、《梨园》、《梅花》、《凤笛》、《玻杯》、《剪刀》、《绮窗》七赋。是时承平[11]岁久,海内无事,上于兄弟间极友爱,日从燕[12]间,必妃侍侧。上命破橙往赐诸王。至汉邸[13],潜以足蹴[14]妃履,妃登时[15]退阁。上命连宣[16],报言:"适履珠脱缀,缀竟当来。"久之,上亲往命妃。妃拽衣迓上,言胸腹疾作,不果前[17]也。卒不至。其恃宠如此。后上与妃斗茶[18],顾诸王戏曰:"此梅精也。吹白玉笛,作《惊鸿舞》[19],一座光辉[20]。斗茶今又胜我矣。"妃应声曰:"草木之戏,误胜陛下。设使调和四海,烹饪鼎鼐[21],万乘[22]自有宪法[23],贱妾何能较胜负也?"上大喜。会太真杨氏入侍,宠爱日夺,上无疏意[24]。而二人相嫉,避路而行。上尝方之英、皇[25],议者谓广狭不类[26],窃笑之。太真忌而智,妃性柔缓,亡以胜[27]。后竟为杨氏迁于上阳东宫。后上忆妃,夜遣小黄门[28]灭烛,密以戏马[29]召妃至翠华西阁,叙旧爱,悲不自胜。继而上失寤[30],侍御惊报曰:"妃子已届[31]阁前,当奈何?"上披衣,抱妃藏夹幙间。太真既至,问:"梅精安在?"上曰:"在东宫。"太真曰:"乞宣至,今日同浴温泉。"上曰:"此女已放屏[32],无并往也。"太真语益坚,上顾左右不答。太真大怒曰:"肴核狼籍,御榻下有妇人遗舄,夜来何人侍陛下寝,欢醉至于日出不视朝[33]?陛下可出见群臣。妾止此阁俟驾回。"上愧甚,拽衾向屏假寐曰:"今日有疾,不可临朝。"太真怒甚,径归私第。上顷觅妃所在,已为小黄门送令步归东宫。上怒斩之。遗舄并翠钿命封赐妃。妃谓使者曰:"上弃我之深乎?"使曰:"上非弃妃,诚恐太真恶情[34]耳。"妃笑曰:"恐怜我则动肥婢[35]情,岂非弃也?"妃以千金寿[36]高力士,求词人拟[37]司马相如为《长门赋》[38],欲邀上意[39]。力士方奉[40]太真,且畏其势,报曰:"无人解赋。"妃乃自作《楼东赋》,略曰:

玉鉴尘生,凤奁香殄。懒蝉鬓之巧梳,闲缕衣之轻练[41]。苦寂寞于蕙宫,但凝思乎兰殿。信摽落之梅花，隔长门而不见[42]。况乃花心扬恨，柳眼弄愁，暖风习习，春鸟啾啾；楼上黄昏兮，听凤吹[43]而回首，碧云日暮兮，对素月而凝眸。温泉不到，忆拾翠[44]之旧游；长门深闭，嗟青鸾之信修[45]。忆昔太液清波，水光荡浮，笙歌赏燕，陪从宸旒[46]。奏舞鸾之妙曲，乘画鹢[47]之仙舟。君情缱绻，深叙绸缪。誓山海而常在，似日月而无休。奈何嫉色庸庸[48]，妒气冲冲，夺我之爱幸，斥我乎幽宫[49]。思旧欢之莫得，想梦著乎朦胧。度花朝与月夕，羞懒对乎春风。欲相如之奏赋，奈世才之不工。属愁吟之未尽，已响动乎疏钟。空长叹而掩袂，踌躇[50]步于楼东。

太真闻之，诉明皇曰[51]："江妃庸贱，以廋词[52]宣言怨望，愿赐死。"上默然。会岭表[53]使归，妃问左右："何处驿使[54]来，非梅使耶？"对曰："庶邦[55]贡杨妃荔实使来。"妃悲咽泣下。上在花萼楼[56]，会夷使[57]至，命封珍珠一斛密赐妃。妃不受，以诗付使者，曰："为我进御前也。"曰：

柳叶双眉久不描，残妆和泪湿红绡。长门自是无梳洗，何必珍珠慰寂寥。

上览诗，怅然不乐。令乐府[58]以新声度[59]之，号《一斛珠》，曲名始此也。后禄山犯阙[60]，上西幸，太真死。及东归，寻妃所在，不可得。上悲谓兵火之后，流落他处。诏有得之，官二秩[61]、钱百万。搜访不知所在。上又命方士飞神御气，潜经天地，亦不可得。有宦者进其画真[62]，上言似

甚,但不活耳。诗题于上,曰:

忆昔娇妃在紫宸[63],铅华不御得天真。霜绡虽似当时态,争奈娇波不顾人。

读之泣下,命模象刊石。后上暑月昼寝,仿佛见妃隔竹间泣,含涕障袂,如花朦雾露状。妃曰:"昔陛下蒙尘[64],妾死乱兵之手,哀妾者埋骨池东梅株傍。"上骇然流汗而寤。登时令往太液池发视之,不获。上益不乐。忽悟温泉池侧有梅十馀株,岂在是乎?上自命驾,令发视。才数株,得尸,裹以锦裯,盛以酒槽[65],附土三尺许。上大恸,左右莫能仰视。视其所伤,胁下有刀痕。上自制文诔[66]之,以妃礼易葬焉。

赞曰:"明皇自为潞州别驾[67],以豪伟闻,驰骋犬马鄠、杜之间[68],与侠少游。用此起支庶,践尊位[69]。五十馀年,享天下之奉,穷极奢侈,子孙百数。其阅万方美色众矣,晚得杨氏,变易三纲[70],浊乱四海,身废国辱,思之不少悔。是固有以中其心、满其欲矣。江妃者,后先其间,以色为所深嫉,则其当人主[71]者,又可知矣。议者谓或覆宗,或非命[72],均其媢忌[73]自取。殊不知明皇耄而怯忮忍[74],至一日杀三子[75],如轻断蝼蚁之命。奔窜而归,受制昏逆[76],四顾嫔嫱,斩亡俱尽,穷独苟活,天下哀之。《传》曰:'以其所不爱及其所爱[77]。'盖天所以酬之[78]也。报复之理,毫发不差,是岂特两女子之罪哉?"

汉兴,尊《春秋》,诸儒持《公》、《穀》角胜负,《左传》独隐而不宣,最后乃出[79]。盖古书历久始传者极众。今世图画美人把[80]梅者,号梅妃,泛言唐明皇时人,而莫详所自也。盖明皇失邦,咎归杨氏,故词人喜传之。梅妃特嫔御擅美,显晦不同,理应尔也。此传得自万卷朱遵度[81]家,大中[82]二年七月所书,字亦媚好。其言时有涉俗者。惜乎史逸[83]其说。略加修润[84]而曲循旧语,惧没其实也。惟叶少蕴[85]与余得之,后世之传,或在此本。又记其所从来如此。

〔1〕作者生平无可考。清陈莲塘《唐人说荟》曾指为唐人曹邺作,但文中提到叶少蕴,叶为北宋末期人,可证此篇应是宋人所作。

这是一篇描写唐玄宗两个妃子争宠互妒的故事,反映了封建时代宫庭生活腐化的一斑。文末对玄宗的骄奢淫佚,作了有力的抨击,可见作者用意所在。

明人吴世美曾据此篇作《惊鸿记》杂剧。

〔2〕莆(pú)田:唐县名,在今福建莆田市东南。

〔3〕《二南》:指《诗经·国风》里的《周南》和《召南》两篇,是周南(今陕西、河南间)和召南(今河南、湖北间)的民间歌谣。从前认为,《周南》和《召南》大半是写周文王的后妃和诸侯夫人"修身齐家"的事情。

〔4〕采蘋:本是《召南》里的章名。从前认为,这一章是写士大夫妻子主持祭祀的事情,所以梅妃的父亲取做女儿的名字,希望她将来会持家。

〔5〕明皇:就是唐玄宗。唐玄宗死后,谥号里有一个"明"字,所以后世称为"明皇"。

〔6〕大内:本皇宫通称。唐代长安的大明、兴庆宫,洛阳的上阳宫,都是在原有的皇宫之外另行建筑的,所以这里以大内指原来的皇宫——

长安的太极宫和洛阳的太初宫。

〔7〕谢女:指谢道韫,东晋时的女诗人。

〔8〕上榜:上面题着匾额。

〔9〕夜分:夜半。

〔10〕萧兰:"萧",贱草。"兰",香草。古人文中,往往以萧艾和芳草并举,以萧艾喻不肖。

〔11〕承平:相沿下来的太平岁月。

〔12〕燕:同"宴"字。

〔13〕汉邸:王府为"邸","汉邸"就指的汉王。

〔14〕蹑(niè):踩、践踏。

〔15〕登时:立刻、马上。

〔16〕宣:传达皇帝的命令叫做"宣"。

〔17〕不果前:不能前来。"果",实现、做到的意思。

〔18〕斗茶:一种比赛烹茶技术优劣的游戏。古人烹茶,着重火候和水质;唐、宋时所谓"点茶",更有种种讲究。宋蔡襄《茶录》载:"钞茶先注汤,调令极匀,又添注入,环回击拂,汤上盏可四分则止;眂(同'视'字)其面色鲜白,著盏无水痕为绝佳。建安斗试,以水痕先没者为负,耐久者为胜。"宋唐庚著有《斗茶记》。

〔19〕作《惊鸿舞》:曹植《洛神赋》:"翩若惊鸿。"注谓"翩然若鸿雁之惊"。"惊鸿舞",指美女体态轻盈的舞蹈。

〔20〕一座光辉:指在座的人看到这种精湛的表演技巧,都感到很光荣。

〔21〕调和四海,烹饪鼎鼐(nài):"调和",调味,引申作治理解释。古时称中国海内之地为"四海",犹如说天下、全国。"鼎",古烹饪器。"鼐",大鼎。这里是用烹饪调味来比喻治理国家。

〔22〕万乘(shèng):古时皇帝拥有兵车万乘,因而以"万乘"为皇帝

的代称。

〔23〕宪法:法令、法度。

〔24〕"宠爱日夺"二句:虽然宠爱一天天地移到杨贵妃身上,但是唐玄宗对梅妃也还没有疏远的意思。

〔25〕上尝方之英、皇:皇帝曾将她们比作女英和娥皇。娥皇、女英,古帝尧的二女,舜的后妃。原无"尝"字。似有"尝"字义较胜,据顾本增。

〔26〕议者谓广狭不类:"议者",批评的人。"广狭",在这里有优劣、好坏、贤愚一类的意思。"不类",不同。

〔27〕亡以胜:没有办法斗过她。"亡",同"无"字。

〔28〕小黄门:小宦官。东汉时,以宦官为黄门令、中黄门等官,后来就称宦官为"黄门"。

〔29〕戏马:赌博用具;这里是用它作为一种信物。

〔30〕失寤:睡过了头。

〔31〕届:到临。

〔32〕放屏(bìng):驱逐。

〔33〕视朝:临朝听政。

〔34〕恶情:发火、动怒。

〔35〕肥婢:据说杨贵妃生得胖,有"环肥"之称,所以这里骂她为"肥婢"。

〔36〕寿:送人钱财叫做"寿"。

〔37〕拟:模仿。

〔38〕司马相如为《长门赋》:"司马相如",汉代文学家。武帝时,陈皇后失宠,被放逐到长门宫,于是送给司马相如黄金百斤,请他作了一篇《长门赋》,以表达自己悲伤的情绪。武帝看了深受感动,就和她恢复了感情。

〔39〕欲邀上意：想挽回皇帝对自己的情意。

〔40〕奉：趋奉、巴结。

〔41〕"玉鉴尘生"四句：意思是说：因为失宠，情绪低落，不愿装饰打扮，所以镜子长久不用，为灰尘所掩，镜匣也没有香味；头发既不再梳成轻巧玲珑的式样，漂亮的衣服也不高兴再穿着了。"玉鉴"，玉镜。"凤奁"（lián），凤形的镜匣。"殄"（tiǎn），灭绝。"蝉鬓"，见前《莺莺传》篇"低鬟蝉影动"注。"缕衣"，金缕衣，指华贵的衣服。"轻练"，薄绸。

〔42〕"信摽（piǎo）落之梅花"二句：上句是用《诗经·摽有梅》的典故，不过《摽有梅》的梅指梅子，这里却借指梅花。"摽"，落的意思。《摽有梅》说："摽有梅，其实七兮。求我庶士，迨其吉兮。"意思是梅子熟透了就要落下来，女子到了一定年龄，有和异性恋爱的要求，不然，就感到年华老大，如同熟透了落下来的梅子一样了。下句见前注。这两句的意思是说：自己悲伤虚度青春，被隔离在冷宫里，看不见皇帝的面。

〔43〕凤吹（chuì）：指笙箫一类的乐器。

〔44〕拾翠：唐殿名，在大明宫内。也可能指古时妇女采百草以为娱乐的一种"拾翠"游戏，就是"斗草"。唐代盛行斗草之戏，多于端午节野游时进行，以草的多少、草质的坚韧程度和对草名等等方法来比赛胜负。

〔45〕嗟青鸾之信修："青鸾"，皇帝车驾上的銮铃，见前《南柯太守传》篇"銮铃"注。"嗟青鸾之信修"，是叹息长久不知道皇帝车驾的消息，也就是皇帝长久不来了的意思。又"青鸾"如指青鸟，亦通，参看前《飞烟传》篇"青鸟"注。

〔46〕宸旒（liú）：皇帝的住所叫做"宸"，引申称有关皇帝的事物为"宸"，略如"御"字。"旒"，皇帝戴的帽子前后下垂的玉饰。这里就以"宸旒"指皇帝。

〔47〕画鹢："鹢"是一种水鸟。古人把鹢鸟的形状画在船头上，认

为能镇压水患。

〔48〕庸庸:本是形容烦劳的样子,这里引申作紧张、勾心斗角一类的意思解释。

〔49〕斥我乎幽宫:把我打进冷宫里。

〔50〕踌躇(chóu chú):因犹疑、烦闷而走来走去的样子。

〔51〕诉明皇曰:"诉",原作"谓"。似"诉"字义较胜,据顾本改。

〔52〕廋(sōu)词:隐语。

〔53〕岭表:就是岭南,今广东一带地方。

〔54〕驿使:骑着快马,为官府传递文书和其他物件的人。

〔55〕庶邦:外地、属地。

〔56〕花萼楼:即花萼相辉楼,在兴庆宫内。

〔57〕夷使:外国使节。

〔58〕乐府:汉代的音乐官署,武帝时设,掌管祭祀朝会所用的乐歌,也肩负采集民间诗歌和乐曲之责。哀帝时罢废。这里是指唐时教坊一类的机构。

〔59〕度:作曲。

〔60〕犯阙:封建统治者称起兵反对皇帝、进迫京城的行动为"犯阙"。

〔61〕官二秩:"秩",品级。"官二秩",加官两级。

〔62〕画真:画像。

〔63〕紫宸:唐殿名,在大明宫内。

〔64〕蒙尘:皇帝逃亡奔走在外,婉词称为"蒙尘"——蒙受风尘的意思。

〔65〕酒槽:一种盛酒的器具。

〔66〕诔(lěi):旧文体的一种,是叙述、表彰死者德行的哀祭文字。这里作动词用,作诔文的意思。

〔67〕明皇自为潞州别驾：唐玄宗为临淄郡王时，曾以卫尉少卿兼任潞州别驾。

〔68〕驰骋（chěng）犬马鄠（hù）、杜之间：指游猎一类的事情。"鄠、杜"，借用汉武帝故事。鄠、杜县名，都在长安附近，汉武帝常常在这一带射猎，把农民的庄稼都踩坏了。这里引用这一故事，是含有讥讽意味的。

〔69〕"起支庶"二句："支庶"，指妾生的儿子。唐玄宗是妃子所生，所以说是"起支庶"。"践尊位"，就是做了皇帝。

〔70〕变易三纲："纲"，网的大绳，引申有主宰者的含义。封建社会以"君为臣纲，父为子纲，夫为妻纲"，谓之"三纲"，是一种不平等的封建礼教。"变易三纲"，毁弃了所谓"伦常"的意思。这里指唐玄宗强纳儿子李瑁的妃子（即杨贵妃）为己有，是违背伦常的。

〔71〕当（dàng）人主：合皇帝的心意。

〔72〕"或覆宗"二句："覆宗"，毁灭了家族，指杨贵妃全族被害。"非命"，指梅妃被乱兵杀死。

〔73〕媢（mào）忌：嫉妒。

〔74〕忮（zhì）忍：忌刻而残忍。

〔75〕一日杀三子：唐玄宗的三个儿子——太子瑛、鄂王瑶、光王琚，因受武惠妃的谗言，被玄宗废为庶人，后来又在同一天把他们杀死。

〔76〕"奔窜而归"二句：唐玄宗从四川回到长安后，由于宦官李辅国的离间，肃宗把他由兴庆宫移往西内（太极宫）居住，而且所宠信的王承恩、高力士、陈玄礼等人，也都被迁谪了。玄宗郁郁不乐，不久就死去。见《唐书·李辅国传》。

〔77〕以其所不爱及其所爱：语出《孟子·尽心》："不仁者，以其所不爱及其所爱。"意思是不仁的人，会使得灾祸由疏远的人及于所亲近的人。这里指唐玄宗荒淫失政，人民遭受苦难，但结果连他自己所爱的两个妃子也牺牲了。原文说出《左传》，误。

331

〔78〕酬之：给他的报应。

〔79〕"汉兴"五句：《公》，《公羊传》，周朝公羊高传述，他的玄孙公羊寿和胡母子都编写成书。《榖》，《榖梁传》，周朝榖梁周传述，后来由继承他学说的人编写成书。《公》、《榖》和《左传》合称《春秋三传》，都是解释《春秋》的书。汉景帝、武帝时，儒家公孙弘、董仲舒、瑕丘江公、荣广等，或精《公羊》之学，或精《榖梁》之学，都曾风行一个时期；惟有《左传》，因为它对《春秋》里贬损当世君臣之义多所发挥，着重事实方面，和《公羊传》、《榖梁传》完全用义理来解释不同，这是触犯时忌的，为了免祸，大家都不愿去研究它，所以"独隐而不宣，最后乃出"。

〔80〕把：拿着。

〔81〕万卷朱遵度："朱遵度"，南唐人。好藏书，人称为"朱万卷"。

〔82〕大中：唐宣宗（李忱）的年号（公元八四七至八五九年）。

〔83〕逸：散失。

〔84〕修润：修改描写。

〔85〕叶少蕴：名梦得，号石林，少蕴是他的字，宋吴县人。曾任学士、安抚使、节度使等官职。著有《石林春秋传》和诗词集多种。

缺　名

李师师外传[1]

李师师者，汴京[2]东二厢[3]永庆坊染局匠王寅之女也。寅妻既产女而卒，寅以菽浆代乳乳之[4]，得不死。在襁褓[5]未尝啼。汴俗，凡男女生，父母爱之，必为舍身[6]佛寺。寅怜其女，乃为舍身宝光寺。女时方知孩笑[7]。一老僧目之曰："此何地，尔乃来耶？"女至是忽啼。僧为摩其顶，啼乃止。寅窃喜，曰："是女真佛弟子。"——为佛弟子者，俗呼为"师"，故名之曰师师。师师方四岁，寅犯罪系狱死。师师无所归，有倡籍李姥者收养之。比长，色艺绝伦，遂名冠诸坊曲[8]。徽宗帝[9]即位，好事奢华，而蔡京、章惇、王黼[10]之徒，遂假绍述[11]为名，劝帝复行青苗诸法[12]。长安[13]中粉饰为饶乐[14]气象。市肆酒税，日计万缗，金玉缯帛，充溢府库。于是童贯、朱勔[15]辈复导以声色狗马宫室苑囿之乐。凡海内奇花异石，搜[16]采殆遍。筑离宫[17]于汴城之北，名曰艮岳[18]。帝般乐[19]其中，久而厌之。更思微行，为狎邪游[20]。内押班[21]张迪者，帝所亲幸之寺人[22]也。未宫时[23]为长安狎客，往来诸坊曲，故与李姥善。为帝言陇西氏[24]色艺双绝,帝艳心[25]焉。翼日,命迪出内府[26]紫茸[27]二匹、霞氎[28]二端、瑟瑟珠[29]二颗、白金[30]廿镒[31],诡云大贾赵乙,愿过庐一顾。姥利金币,喜诺。暮夜,帝易服杂内寺四十馀人中,出东华门,二里许,至镇安坊。——镇安坊者,李姥所居之里也。帝麾止馀人,独与迪翔步[32]而入。堂户卑庳[33]。姥出迎,分庭抗礼[34],慰问周至。进以时果数种,中有香雪藕、水晶苹婆[35],而鲜枣大如卵,皆大官所未供者。帝为各尝一枚。姥复款洽[36]良久,独未见师师出拜,帝延伫以待[37]。时迪已辞退,姥乃引帝至一小轩。棐几[38]临窗,缥缃数帙[39],窗外新篁[40],参差弄影[41]。帝儵然[42]兀坐,意兴闲适,独未见师师出侍。少顷,姥引帝到后堂。陈列鹿炙、鸡酢、鱼脍、羊签[43]等肴,饭以香子稻米[44],帝为进一餐。姥侍旁,款语移时,而师师终未出见。帝方疑异,而姥忽复请浴,帝辞之。姥至帝前,耳语[45]曰:"儿性好洁,勿忤。"帝不得已,随姥至一小楼下湢室[46]中浴竟。姥复引帝坐后堂,肴核水陆,杯盏新洁,劝帝欢饮,而师师终未一见。良久,姥才执烛引帝至房。帝搴帷而入,一灯荧然,亦绝无师师在。帝益异之,为倚徙几榻间。又良久,见姥拥一姬珊珊[47]而来。淡妆不施脂粉,衣绢素,无艳服。新浴方罢,娇艳如出水芙蓉。见帝意似不屑[48],貌殊倨,不为礼。姥与帝耳语曰:"儿性颇愎[49],勿怪。"帝于灯下凝睇物色[50]之,幽姿逸韵,闪烁惊眸[51]。问其年,不答。复强之,乃迁坐于他所。姥复附帝耳曰:"儿性好静坐。唐突[52]勿罪。"遂为下帷而出。师师乃起,解玄绢褐袄,衣轻绨[53],卷右袂,援[54]壁间琴,隐几[55]端坐而鼓《平沙落雁》之曲[56]。轻拢慢捻[57],流韵淡远[58]。帝不觉为之倾耳[59],遂忘倦。比曲三终,鸡唱矣。帝亟披帷出。姥闻,亦起,为进杏酥饮[60]、枣饎[61]、怀饦[62]诸点品。帝饮杏酥杯许,旋起去。内侍从行者皆潜候于外,即拥卫还宫。时大观[63]三年八月十七日事也。姥私语师师曰:"赵人礼意不薄,汝何落落乃尔[64]?"师师怒曰:"彼贾奴耳。我何为者[65]?"姥笑曰:"儿强项[66],可令御史里行[67]也。"而长安人言籍籍[68],皆知驾幸陇西氏。姥闻大恐,日夕惟涕泣。泣语师师曰:"洵是[69],夷吾族[70]矣!"师师曰:"无恐。上肯顾我,岂忍杀我?且畴昔之夜[71],幸不见逼,上意必怜我。惟是我所窃自悼者,实命不犹[72],流落下贱,使不洁之名,上累至尊,此则死有余辜[73]耳。若夫天威震怒,横被诛戮,事起佚游[74],上所深讳,必不至此,可无虑也。"次年正月,帝遣迪赐师师蛇跗琴[75]。——蛇跗琴者,琴古而漆黬[76],则有纹如蛇之跗,盖大内珍藏宝器也。又赐白金五十两。三月,帝复微行如陇西氏。师师仍淡妆素服,俯伏门阶迎驾。帝喜,为执其手令起。帝见其堂户忽华敞[77],前所御处[78],皆以蟠龙锦绣覆其上。又小轩改造杰阁[79],画栋朱阑,都无幽趣。而李姥见帝至,亦匿避;宣至,则体颤不能起,无复向时调寒送暖情态。帝意不悦,为霁颜[80],以老娘呼之,谕以一家子无拘畏。姥拜谢,乃引帝至大楼。楼初成,师师伏地叩帝赐额。时楼前杏花盛放,帝为书"醉杏楼"三字赐之。少顷置酒,师师侍侧,姥匍匐传樽为帝寿[81]。帝赐师师隅坐[82],命鼓所赐蛇跗琴,为弄《梅花三叠》[83]。帝衔杯[84]饮听,称善者再。然帝见所供肴馔皆龙凤形,或镂或绘,悉如宫中式。因问之,知出自尚食房[85]厨夫手,姥出金钱倩制者。帝亦不怿,谕姥今后悉如前,无矜张显著[86]。遂不终席,驾返。帝尝御画院[87],出诗句试诸画工,中式者岁间得一二。是年九月,以"金勒马嘶芳草地,玉楼人醉杏花天"名画一幅赐陇西氏。又赐藕丝灯[88]、暖雪灯、芳苡灯[89]、火凤衔珠灯各十盏;鸬鹚杯、琥珀杯、琉璃盏、镂金偏提[90]各十事[91];月团、凤团、蒙顶等茶[92]百斤;怀饦、寒具[93]、银馃饼[94]数盒。又赐黄白金各千两。时宫中已盛传其事,郑后[95]闻而谏曰:"妓流下贱,不宜上接圣躬。且暮夜微行,亦恐事生叵测[96]。愿陛下[97]自爱。"帝领之。阅岁者再[98],不复出;然通问赏赐,未尝绝也。宣和[99]二年,帝复幸陇西氏。见悬所赐画于醉杏楼,观玩久之。忽回顾见师师,戏语曰:"画中人乃呼之竟出耶?"即日赐师师辟寒[100]金钿、映月珠环、舞鸾青镜、金虬香鼎。次日,又赐师师端溪、凤味砚[101],李廷珪墨[102],玉管宣毫笔[103],剡溪绫纹纸[104]。又赐李姥钱百千缗。迪私言于上曰:"帝幸陇西,必易服夜行,故不能常继。今艮岳离宫东偏有官地袤延二三里,直接镇安坊。若于此处为潜道[105],帝驾往还殊便。"帝曰:"汝图之。"于是迪等疏言:

"离宫宿卫人向多露处[106]。臣等愿捐赀若干,于官地营室数百楹,广筑围墙,以便宿卫。"帝可其奏。于是羽林巡军[107]等,布列至镇安坊止,而行人为之屏迹[108]矣。四年三月,帝始从潜道幸陇西,赐藏阄、双陆[109]等具。又赐片玉棋盘、碧白二色玉棋子、画院宫扇[110]、九折五花之簟[111]、鳞文蓐叶之席[112]、湘竹绮帘[113]、五彩珊瑚钩。是日,帝与师师双陆不胜,围棋又不胜,赐白金二千两。嗣后师师生辰,又赐珠钿、金条脱[114]各二事,玑珧[115]一箧,毳锦数端、鹭毛缯、翠羽缎百匹,白金千两。后又以灭辽庆贺,大赉州郡,加恩宫府[116]。乃赐师师紫绡绢幕、五彩流苏[117]、冰蚕[118]神锦被、却尘锦褥[119]、麸金千两,良酝[120]则有桂露、流霞、香蜜等名。又赐李姥大府[121]钱万缗。计前后赐金银钱、缯帛、器用、食物等,不下十万。帝尝于宫中集宫眷等宴坐,韦妃[122]私问曰:"何物李家儿[123],陛下悦之如此?"帝曰:"无他,但令尔等百人,改艳妆,服玄素,令此娃杂处其中,迥然自别。其一种幽姿逸韵,要在色容之外耳。"无何,帝禅位,自号为道君教主[124],退处太乙宫[125]。佚游之兴,于是衰矣。师师语姥曰:"吾母子嘻嘻[126],不知祸之将及。"姥曰:"然则奈何?"师师曰:"汝第勿与知,唯我所欲[127]。"时金人方启衅,河北告急[128]。师师乃集前后所赐金钱,呈牒开封尹[129],愿入官[130],助河北饷。复赂迪等代请于上皇,愿弃家为女冠。上皇许之,赐北郭慈云观居之。未几,金人破汴[131]。主帅闼嬾索师师,云:"金主[132]

知其名,必欲生得之。"乃索之累日不得。张邦昌[133]等为踪迹[134]之,以献金营。师师骂曰:"吾以贱妓,蒙皇帝眷,宁一死无他志。若辈高爵厚禄,朝廷何负于汝[135],乃事事为斩灭宗社计[136]?今又北面事丑虏[137],冀得一当[138],为呈身之地。吾岂作若辈羔雁贽[139]耶?"乃脱金簪自刺其喉,不死;折而吞之,乃死。道君帝在五国城[140],知师师死状,犹不自禁其涕泣之汍澜[141]也。

　　论曰:李师师以娼妓下流,猥蒙异数[142],所谓处非其据[143]矣。然观其晚节[144],烈烈有侠士风,不可谓非庸中佼佼[145]者也。道君奢侈无度,卒召北辕之祸[146],宜哉。

〔1〕宋徽宗和李师师的故事,屡见于他书记载,并不完全出于虚构。文中反映昏君穷奢极欲,荒淫无耻,奸臣逢迎希宠,剥削人民,具有一定的批判意义。

　　李师师是一妓女,却不肯在入侵者之前低头。她慷慨捐躯,骂贼而死,颇有民族气节。作者显然借此以讽刺那些屈膝媚敌、腼颜偷生的封建统治阶级投降派。

　　宋人传奇,多因袭模仿唐人之作,而且写的大都是前代故事。此篇却是本朝事迹,文字也较雅洁,是宋人传奇中较好的一篇。

〔2〕汴京:北宋的京城,今河南开封市。

〔3〕厢:宋代划分京城地区为若干厢,略如今日的区。

〔4〕以菽浆代乳乳之:用豆浆代替人奶去喂她。"菽浆",豆浆。上一"乳"字是名词,下一"乳"字是动词。

〔5〕在襁褓:"襁褓",包裹婴儿的衣被。"在襁褓",指婴儿时代。

〔6〕舍身：古时信佛的人，把自身舍到庙里为奴，甚至烧臂焚身，割肉自杀，认为这样就是对佛的供养，叫做"舍身"。

〔7〕孩笑：小孩的笑。小儿笑为"孩"。

〔8〕名冠(guàn)诸坊曲："坊曲"，指曲巷，就是妓院。参看前《任氏传》篇"狭斜"注。"名冠诸坊曲"，色艺在各妓院里首屈一指的意思。

〔9〕徽宗帝：名赵佶(jí)，北宋末期一位昏庸的皇帝。宣和七年（公元一一二五年）传位给儿子钦宗（赵桓）。靖康元年（公元一一二六年）秋，金人攻陷开封，大肆屠杀劫掠，次年把徽宗、钦宗和赵氏宗室、后妃、公主等，都俘掳北去。后来徽宗死于五国城，高宗（赵构）在临安（今杭州）即位，从此成为南宋偏安的局面。

〔10〕蔡京、章惇(dūn)、王黼(fǔ)：当时的几个奸臣。"蔡京"字元长，仙游（今福建仙游）人。徽宗时曾任尚书右仆射兼中书侍郎，前后四为宰相。"章惇"字元厚，浦城（今福建浦城）人。哲宗（赵煦）时曾知枢密院事，任尚书左仆射兼门下侍郎，徽宗时为特进，封申国公。"王黼"字将明，祥符（今河南开封）人。徽宗时曾任左谏议大夫，特进少宰。他们把持国政，结党营私，北宋之亡，他们要负很大责任；尤其是蔡京，奸恶最著，当时号为"六贼之首"。章惇于徽宗初年被贬死，蔡京、王黼于钦宗时被贬、被杀。

〔11〕绍述：宋哲宗和宋徽宗继续推行宋神宗（赵顼）的新法，历史家称为"绍述之政"。"绍述"，继续遵行的意思。蔡京等主张推行新法，其目的却在挟制皇帝，排斥异己，所以说是"假绍述为名"。

〔12〕青苗诸法：宋神宗时，王安石做宰相，创行青苗、农田水利、均输、保甲等新法。"青苗法"是由政府办理平籴(dí)，借钱给人民：春天借出，夏天归还；夏天借出，秋天归还；收取二分利息。王安石新法在当时是一种以"富国"为目的的政治改良运动，对促进生产力发展起了一定的作用，但却遭到保守派和异党的猛烈反对。

339

〔13〕长安:首都的通称,指汴京。

〔14〕饶乐:富足安乐。

〔15〕童贯、朱勔(miǎn):当时的两个奸臣。"童贯"字道辅,开封(今河南开封)人,本是宦官,曾领枢密院事,封广阳郡王。"朱勔",苏州(今苏州市)人,曾任防御使,是以"花石纲"骚扰民间的主持人。两人都于钦宗时被杀。

〔16〕搜:同"搜"字。

〔17〕离宫:就是行宫,皇帝出巡时休息的地方。

〔18〕艮(gèn)岳:宋徽宗政和元年(公元一一一七年),在开封兴建万岁山,以供游乐。因为山在京城东北方,所以也称"艮岳"("艮",本《易经》卦名,其方位在东北)。地周围十馀里,有山有水,建筑楼台亭馆无数,都穷极工妙。并积十馀年之力,向民间大肆搜括,所有花竹奇石,珍禽异兽,莫不充塞其中。这是当时劳民伤财的一大弊政,国力为之日竭。

〔19〕般乐:游乐。"般",同"盘"字,也是乐的意思。

〔20〕狎邪游:"邪",音义同"斜"字。"狎邪游",指狎妓。参看前《任氏传》篇"狭斜"注。

〔21〕内押班:官名。宋代设内侍省或入内内侍省押班,是皇帝贴身的内侍官。

〔22〕寺人:宦官、太监。下文"内寺",义同。

〔23〕未宫时:还未被阉割成为宦官时。

〔24〕陇西氏:汉代李广是陇西人,汉、唐以来,李姓世为陇西的大族,后来就以"陇西氏"指姓李的人。

〔25〕艳心:心里羡慕。

〔26〕内府:皇家的内库。

〔27〕紫茸:一种珍贵的细毛皮筒。

〔28〕霞氎(dié)：一种有光彩的棉布。

〔29〕瑟瑟珠：于阗(今新疆和田)出产的有名的碧珠。古时也称玉为珠，碧珠就是一种青玉。

〔30〕白金：银子。

〔31〕镒：古衡名，二十四两为一镒。

〔32〕翔步：两手微张地走着，形容随随便便的样子。

〔33〕堂户卑庳(bì)：家里很卑陋狭隘。

〔34〕分庭抗礼："抗"，对抗。"分庭抗礼"，处在庭中，相对为礼，就是行彼此平等的礼节。语出《庄子·渔父》。

〔35〕苹婆：也作"频婆"，就是苹果。

〔36〕款洽：亲切周到的应酬。下文"款语"，指亲密的说话。

〔37〕延伫以待：久久地站在那里等待着。

〔38〕棐几：榧木(一种干高数丈的常绿乔木)做的几。"棐"，同"榧"字。

〔39〕缥缃(piǎo xiāng)数帙(zhì)："缥"，淡青色或月白色的丝织物。"缃"，浅黄色的丝织物。古书为卷轴写本，多以缥缃囊盛，或作为书衣，后来就以"缥缃"为书卷的代称。"帙"，书衣、书函。

〔40〕篁：竹子的通称。

〔41〕参差(cēn cī)弄影：在阳光照耀下，竹子的枝叶被风吹动，其阴影映射地面，细碎而摇曳不定，所以称为"弄影"。这里是借对景物的描写，以烘托出环境的幽静。

〔42〕翛(xiāo)然：无牵无挂，没有拘束的样子。

〔43〕鹿炙、鸡酢(zuò)、鱼脍、羊签："鹿炙"，烤鹿肉。"鱼脍"，鱼羹。"酢"和"签"都是菜名，制法不详。当时有"鸡酢"、"鹅酢"、"羊头签"、"羊舌签"一类"名肴"。

〔44〕香子稻米：一种珍贵的稻米。据说把少量的这种稻米和在普

341

通米里,煮出饭来,就十分芬芳甘美。见《谷谱》。

〔45〕耳语:凑着别人耳朵旁小声说话。

〔46〕湢(bì)室:浴室。

〔47〕珊珊:身上佩带着玉饰的响声。

〔48〕不屑:瞧不起。

〔49〕愎(bì):倔强、顽梗。

〔50〕物色:本指形貌,这里是仔细瞧看的意思。

〔51〕闪烁惊眸:"闪烁",光芒不定的样子,形容光彩照人。"惊眸",犹如说眼睛看花了。

〔52〕唐突:冒犯。

〔53〕解玄绡褐袄:脱下了黑绸短袄。衣(yì)轻绨(tí):里面只穿着一件绸衣。

〔54〕援:取下。

〔55〕隐(yìn)几:倚几、凭几。

〔56〕《平沙落雁》之曲:古琴曲名,又名《雁落平沙》,是描写群雁在沙滩上起落情景的一种流传很广的古典乐曲。

〔57〕轻拢慢捻(niǎn):"拢",击的意思。"捻",手捏。"轻拢慢捻",都是弹琴时的手法。

〔58〕流韵淡远:音韵淡雅而传布悠远。

〔59〕倾耳:犹如说拉长了耳朵听。

〔60〕杏酥饮:疑即现在杏仁茶一类的东西。

〔61〕餻:同"糕"字。

〔62〕怀饦(bó tuō):汤饼、水煮的面食。

〔63〕大观:宋徽宗(赵佶)的年号(公元一一〇七至一一一〇年)。

〔64〕落落乃尔:"落落",形容对人冷淡、不随和的样子。"乃尔",竟到如此的程度。

〔65〕我何为者:意思是我为什么要敷衍他。

〔66〕强(jiàng)项:硬着脖子,形容态度倔强的样子。东汉时,董宣为洛阳令。当时湖阳公主家的仆人白昼杀人,吏役不敢到公主家里逮捕他。后来公主乘车出行,这个仆人跟随着,董宣就当街拦住,把他拉下来杀了。公主向光武帝(刘秀)控诉。光武帝把董宣叫去,命小宦官挟持着,要他向公主叩头谢罪。董宣用两手支撑在地下,始终不肯屈服。光武帝只好说:强项令出去吧。见《后汉书·董宣传》。

〔67〕御史里行:官名,办御史的事,但不算正官,犹如后来某官上行走、某官上办事之类的官职。

〔68〕籍籍:形容彼此私下谈论的声音。

〔69〕洵是:如果是这样。

〔70〕夷吾族:杀掉我的全家。"夷",杀灭的意思。封建最高统治者为了镇压人民,对于犯了所谓"谋反"、"大逆"一类罪名的人,有夷三族(父母、兄弟、妻子)和夷九族(从高祖到玄孙)的残酷刑法。

〔71〕畴昔之夜:那一天夜里。"畴昔",日前、昔日。

〔72〕实命不犹:实在是命不如人。"犹",如、同。语出《诗经·召南·小星》。

〔73〕死有余辜:死了还有余罪,极言罪恶之甚。"辜",罪的意思。

〔74〕佚游:无节制的游乐。

〔75〕蛇跗(fū)琴:"跗",蛇腹下的横鳞。"蛇跗琴",一种漆面有断纹、形如蛇腹下鳞纹一样的古琴。

〔76〕漆黝(yù):黄黑色、黑纹。

〔77〕华敞:华丽而宽敞。"敞",原作"厂",应形似误刻,改。

〔78〕前所御处:从前所曾用过、接触过的东西。

〔79〕杰阁:伟丽的楼阁。

〔80〕霁颜:雨过天晴叫做"霁"。"霁颜",指内心恼怒而表面装成

和颜悦色的样子。

〔81〕匍匐传樽为帝寿："匍匐"，伏在地下。"传樽"，把杯子递来递去。"传樽为帝寿"，向皇帝祝酒的意思。

〔82〕隅坐：坐在一旁。

〔83〕《梅花三叠》：即《梅花三弄》，古琴曲名。最早见于《神奇秘谱》，据说是根据晋代伊桓的笛曲所改编。《三叠》，指曲调反复三次，就是泛音三段，异徽同弦。

〔84〕衔杯：把酒杯放在嘴边，要饮不饮的样子。

〔85〕尚食房：就是尚食局，是主管皇帝膳食的官署。

〔86〕无矜张显著：不要过分地炫耀铺张。

〔87〕御画院："御"，降临。"画院"，指翰林图画院，北宋时设，是皇帝御用的绘画机构，罗致画家，按才艺高下，授以待诏、祗候、艺学、画学正、学生、供奉等职衔。宣和年间，更将绘画列入科举，在画院内建立"画学"，并规定肄业和考绩制度。

〔88〕藕丝灯：一种彩色的灯。"藕丝"，彩色名。

〔89〕芳苡（yǐ）灯：《洞冥记》："招仙阁燃芳苡灯，光色紫。有白凤、黑龙、异（读如 zhù，后左脚白色的马）足来戏于阁。"这只是一种神话，这里所指的芳苡灯是什么式样不详。

〔90〕偏提：一种扁形的酒壶，俗称"酒鳖"。

〔91〕十事：十件、十样。

〔92〕月团、凤团、蒙顶等茶："月团"，一种形如团月的片茶，出湖南衡山。"凤团"，一种印有凤纹的茶饼，八饼重一斤，出福建建溪。"蒙顶"，四川蒙山最高峰上所产的茶叶，产量极少。以上几种茶叶都非常珍贵，当时是专供皇帝饮用的贡品。

〔93〕寒具：一种油炸的面食，就是馓子一类的东西。

〔94〕银馅（dàn）饼：一种乳酪和肉类制成的饼。

〔95〕郑后：就是显肃皇后，有贤名，随宋徽宗北去，也死于五国城。

〔96〕叵(pǒ)测：不测。

〔97〕陛下：对皇帝的敬称。

〔98〕阅岁者再：经过了两年。"阅"，经历、经过。

〔99〕宣和：宋徽宗(赵佶)的年号(公元一一一九至一一二五年)。

〔100〕辟寒：避寒。

〔101〕端溪、凤咮(zhòu)砚："端溪"，溪名，在今广东肇庆西江羚羊峡东口的烂柯山麓，入山数里，有坑洞，产石可以制砚，以质地温润细腻著名，世称"端砚"。据近人研究，端石是一种泥质变质岩，形成于泥盆纪或更早的地质年代，经过高温和重压而成，故宜于制砚。"咮"，鸟口。据说福建北苑龙焙山的形势有如凤凰饮水模样；正当凤嘴的地方，有一块石头，苍黑而坚致如玉。宋代王颐采取这种石头制成砚台，苏轼给它取名为"凤咮砚"。

〔102〕李廷珪墨：当时一种最名贵的墨。"李廷珪"，南唐的墨工，所制墨最为精妙，据说其坚如玉，有纹如犀，浸在水中，三年不坏，一锭墨可以用五六十年之久。

〔103〕宣毫笔：宣州(今安徽宣城)出产的名笔。

〔104〕剡溪绫纹纸：用剡溪水制成的一种名贵的纸。参看前《飞烟传》篇"剡溪玉叶纸"注。

〔105〕潜道：地道。

〔106〕露处(chǔ)：露宿。

〔107〕羽林巡军：皇帝禁卫军的专称。宋代不设羽林军，这里只是泛指禁卫军。

〔108〕屏(bǐng)迹：绝迹。

〔109〕藏阄(jiū)、双陆："藏阄"，就是古藏钩之戏。游戏者分为两队，甲队把东西藏在某一人手里，叫乙队的人猜在何人手中。这里指藏

345

阄所用的戏具。"双陆",博戏名。据说南北朝时由天竺传入,因局如棋盘而长,左右各有六路,故名"双陆"。马作椎形,黑白各十五枚,两人相戏,用骰子掷采行马,白马从右到左,黑马从左到右,先出完的为胜。详细玩法已失传。

〔110〕宫扇:就是团扇。古代皇宫里多用这种扇子,故名。

〔111〕九折五花之簟:一种可以折成若干层、有五彩花纹的簟子。

〔112〕鳞文蓐叶之席:"鳞文",疑应作"麟文"。古代有一种麟文席,把宝饰镶嵌在席上,成为麟凤云雾的形状。也可能指像鱼鳞一样花纹的席子。"蓐叶",不详。

〔113〕湘竹绮帘:用湘妃竹编织花纹的帘子。"湘竹",湘妃竹,一种上有斑纹的竹子,就是斑竹。传说舜死后,他的后妃娥皇、女英哭泣甚哀,泪染于竹,斑斑点点像泪痕一样,因称这种竹子为湘妃竹。产湖南、广西一带。

〔114〕条脱:腕钏、手镯。

〔115〕玑琲(bèi):珠子一百粒(一说五百粒)为"琲"。这里指珠圈、珠串之类的东西。

〔116〕灭辽庆贺,大赉(lài)州郡,加恩宫府:"赉",赏赐。宋徽宗宣和五年(公元一一二三年),金国把攻取的辽国都城燕京(今北京)和涿、易、檀、顺、景、蓟(今北京附近一带地方)等地归还宋朝。当时派童贯等到燕京去接收,大吹大擂地认为是灭了辽国,收复失地了,于是对中央和州郡官员,大加赏赐,封官进爵,以示庆贺。

〔117〕五彩流苏:用五彩线结成球形,下面垂着须络的一种装饰品。

〔118〕冰蚕:《拾遗记》:员峤山出冰蚕,是一种七寸长、有角有鳞的黑色的虫。它在冰雪下面结五彩的茧;用这种茧织成文锦,可以不怕水火。

〔119〕却尘锦褥:《杜阳杂编》:唐代元载为宠姬薛瑶英备却尘之

褥,出句骊国,是却尘之兽毛所为,其色殷鲜,光软无比。《物类相感志》也有同样记载,说剥其皮毛为褥,则尘埃无犯。

〔120〕良酝(yùn):美酒。

〔121〕大府:指皇家府库。

〔122〕韦妃:宋高宗的母亲,也被金兵掳去;高宗即位后,遥尊为宣和皇后,后经交涉放回。

〔123〕何物李家儿:姓李的妇女是什么样一个人。

〔124〕道君教主:道家以所谓"三清九宫仙人"的高等僚属为"道君"。宋徽宗信奉道教,想以道教之主自尊,因自称为"道君教主"。

〔125〕太乙宫:"太乙",星名。宋时崇祀太乙,认为太乙所在,兵疫不兴,人民丰乐,因而先后兴建东太乙宫、西太乙宫、中太乙宫。

〔126〕嘻嘻:喜笑自得的样子。

〔127〕"汝第勿与知"二句:你只不要过问,听从我怎么做。

〔128〕"时金人方启衅"二句:宋徽宗宣和七年,也就是宋钦宗靖康元年,金兵攻下了相州、濬州、滑州等地,渡过黄河,河北一带,形势危急。"河北",宋路名,包括今河北大清河以南和河南、山东境内黄河以北的地区。

〔129〕开封尹:宋时设开封府尹,就是京兆尹的地位。

〔130〕入官:捐给政府。

〔131〕金人破汴:靖康元年,金将斡(wò)离不和粘罕,分两路侵犯开封,于闰十一月攻陷。参看前"徽宗帝"注。

〔132〕金主:指金太宗完颜晟(chéng)。

〔133〕张邦昌:字子能,东光(宋时属永静军,在今河北境内)人,当时的大汉奸。曾任太宰兼门下侍郎,却和金国私通。金兵攻陷汴京后,立为"楚帝"。由于人心不附,没有多久就下了台。宋高宗为帝后,把他贬在潭州,处死。

347

〔134〕踪迹:寻找。

〔135〕朝廷何负于汝:"廷",原作"庭",应形似误刻,改。

〔136〕为斩灭宗社计:做颠覆国家的打算。"宗",宗庙,指皇帝的祖庙。"社",社稷:社,土神;稷,谷神。皇帝例须祭祀社稷;如果国家亡了,社稷也就随之而变置。因此,"宗社"就成为国家的象征词。

〔137〕北面事丑虏:皇帝的坐位朝南,臣僚要面北朝见,所以"北面"就是称臣的意思。"丑",众、群。"虏",骂敌人的话,犹如说"贼"。"北面事丑虏",指投降了敌人。

〔138〕冀得一当(dàng):希望获得一个机会。

〔139〕贽:见面的礼物。

〔140〕五国城:辽代有剖阿里等五国归附,当时设节度使管辖他们;这五国分住各城,即今黑龙江依兰县以东至乌苏里江口的松花江两岸一带,称为"五国城"。依兰县为"五国头城",宋徽宗被掳北去,就囚死在这里。

〔141〕汍(wán)澜:流泪的样子。

〔142〕猥(wěi)蒙异数:"猥",含有胡乱地、马马虎虎地一类的意思。"猥蒙异数",指不应获得而获得的不比寻常的待遇。

〔143〕处(chǔ)非其据:所处的地位,不是她所应得的。

〔144〕晚节:晚年的节操。

〔145〕庸中佼(jiǎo)佼:"佼佼",超越一般的样子。"庸",本作"佣",佣工的意思。"庸中佼佼",指普通人里的特出人物。

〔146〕北辕之祸:"北辕",犹如说北行。"北辕之祸",指宋徽宗被掳往五国城的事。